일본근대 단편소설 걸작선

일본근대 단편소설 걸작선

이기섭·이지은 옮김

머 리 말

　일본문학은 크게 상대·중고·중세·근세·근대의 5단계로 나뉘며, 장르별로는 운문문학·산문문학·극문학의 세 종류로 대별할 수 있다. 이번에 시간의 물레에서 발간하는 『일본근대 단편소설의 걸작선』에는 1890년대 초기부터 1940년대까지의 일본문단에 중요한 위치를 차지하는 대표적인 작가들이 발표한 작품을 수록하였다. 모두 13편으로 나누어 보다 폭넓은 일본문학의 이해를 돕고자 다음과 같은 기준으로 편집되었다.
　첫째, 일본 근대소설에 대한 기초적인 토양을 마련하기위해 문학사적인 의미와 소설적 경향을 참조하면서 일본 근대문학사에 주류를 차지하고 있는 작품을 선정 기준으로 정했다.
　둘째, 작품의 요약이 아닌 작품 전문의 번역물을 수록하여 독자들이 소설내용을 전체적으로 조망할 수 있도록 했으며, 작품의 생존력을 살리기 위해 원작도 번역문 앞에 실었다.
　셋째, 실린 작품들은 1900년대 이후 일본소설사에 비중이 있는 것으로 선정하였으며 일본문학 협회에서 추천한 「중·고등학교 독서안내」에 추천된 작품을 중심으로 가급적 발표연대 순으로 엮었다.
　넷째, 작품에 들어가기 앞서 작가에 대한 이해를 돕기 위해 간략한 작가의 약력을 개괄적으로 소개하여 작품의 이해를 돕는 길잡이도 될 수 있을 것이다.

그리고 이 책에 소개된 작가와 작품에 관련된 여러 사항을 인용함에 있어 세부적인 각주를 표기해야 마땅하나 참고문헌으로 대치한 것에 대해 지면을 빌어 양해를 구하는 바이다. 아무쪼록 이 책이 독자들에게 일본문학을 가까이 접하고 나아가 일본을 이해하는 데 큰 도움이 되었으면 한다. 끝으로 어려운 출판 여건에도 불구하고 이러한 기획 출판에 응해 준 시간의 물레에 감사를 드린다.

2017. 3.
옮긴이 이기섭, 이지은

Contents

머리말 / 4
일러두기 / 7

■ 모리오가이 _ 9
1. 무희(原題:舞姫, 1890) / 12, 36
2. 망상(原題:妄想, 1911) / 61, 82
3. 최후의 한 마디(原題:最後の一句, 1915) / 103, 118

■ 나쓰메소세키 _ 133
1. 하룻밤(原題:一夜, 1905) / 135, 146
2. 열흘 밤의 꿈(原題:夢十夜, 1908) / 159, 187

■ 시가나오야 _ 213
1. 정의파(原題:正義派, 1912) / 215, 222
2. 키노사키에서(原題:城の崎にて, 1917) / 230, 237

■ 아쿠다가와류노스케 _ 245
1. 라쇼몽(原題:羅生門, 1915) / 247, 256
2. 코(原題:鼻, 1916) / 264, 273
3. 거미줄(原題:蜘蛛の糸, 1918) / 282, 287

■ 미야자와겐지 _ 291
1. 주문 많은 요리점(原題:注文の多い料理店, 1924) / 293, 303
3. 개미와 버섯(原題:ありとこのこ, 1933) / 312, 315

■ 다자이오사무 _ 319
1. 달려라 메로스(原題:走れメロス, 1940) / 321, 335

【일러두기】

1. 이 책에 수록된 작품들은 일본 근대소설사에 주류를 치지하고 있는 단편소설로서 일본문체의 독특한 특색을 맛볼 수 있도록 원문을 싣기로 하였으며, 일본어 원문은 아오조라(青空) 문고작성 파일에서 참조하였다.
2. 이 책은 작가에 대한 해설과, 작품 원문, 작품 전문 번역 순서로 편집되었다.
3. 실린 작품의 표기는 원문의 효과를 고려하여 발표당시의 표기형태를 중시했으나 가로쓰기에 따라 고쳐 적은 부분도 있으며 읽기 어려운 한자는 괄호에 가나로 표기하였다.
4. 주요작품을 시대 순으로 수록해 일본 근대문학의 전체적인 흐름을 제대로 알 수 있게 했으며, 편집의 체제상 대부분 단편소설만을 대상으로 하였다.
5. 이 책을 편찬함에 있어 참고한 자료는 다음과 같으며 『일본단편문학』을 저본으로 일부 작품을 번역하여 재편성하였다.
   - 이기섭, 『일본단편문학』, 불이문화사. 2006.2.25.
   - 이기섭, 『일본근대단편선집』, 불이문화사. 1998.8.30.
   - 吉田精一 外7人, 『日本文學小辭典』, 新潮社. 1963.1.10.
   - 福田淸人 外1人, 『太宰治』, 淸水書院. 1987.11.25.
   - 福田淸人 外1人, 『宮沢賢置』, 淸水書院. 1987.11.25.
   - 宮坂覺一, 『Spiritrkd芥川龍之介』, 有精堂. 1989.6.15.

모리 오가이
(森鴎外, 1862~1922)

1. 무희(舞姫, 1890)
2. 망상(妄想, 1911)
3. 최후의 한 마디(最後の一句, 1915)

시마네현(島根県)출생으로 의학·문학박사이며, 본명은 린타로(林太郎)이다. 동경대학 의학부를 졸업하고 1884년 위생학연구를 목적으로 독일에 유학하였다. 1888년에 귀국하여 육군군의관으로 근무하는 한편, 번역시집「오모카게(於母影)」(1889)를 발표하고 문예잡지「시가라미소시(しがらみ草紙)」를 창간하여 문예활동을 시작했다. 자신의 독일 유학 체험을 배경으로『마이히메(舞姬)』『우타카타노키(うたがたの記)』『후미즈카히(文づかひ)』등 청춘소설을 발표하였으며, 안델센의 작품을 번역한『솟쿄시진(即興詩人)』은 낭만적 시정이 잘 나타나 있어 원작보다 뛰어나다는 평판을 받았다.

그 후 자연주의의 이론을 일본에 소개하고 그 영향을 받으면서도 이 유파에 반발하여『이타세쿠스아리스(ヰタ−セクスアリス)』(1909),『세넨(青年)』(1910),『간(雁)』(1911) 등을 발표했다. 만년에는 역사소설, 사전(史伝)으로 옮겨 많은 작품을 남겼다.

- 역사소설 …『아베이치조쿠(阿部一族)』(1913),『산쇼다유(山椒太夫)』(1915),『사이고노잇쿠(最後の一句)』(1915),『다카세부네(高瀬舟)』(1916),『간잔짓토쿠(寒山拾得)』(1916) 등
- 사전(史伝) …『시부에츄사이(渋江抽斎)』(1916),『이자와란켄(伊沢蘭軒)』(1916),『호조카테(北条霞亭)』(1917) 등

이와 같이 오가이(鴎外)의 문학적 경향이 얼마나 다양했던가를 알 수 있으며 그의 방대한 업적은 일본근대문학사상 최고봉에 올려놓고도 남

음이 있다.
 공인으로도 육군 군의관으로서의 최고봉인 의무국장을 역임했으며, 1916년 공직에 물러나서도 황실 박물관장 겸 도서관장이 되었으며, 제국 미술원장, 임시 국어조사회장 등을 역임하였다.

♣ 原題：**舞姫**

　石炭をば早(は)や積み果てつ。中等室の卓(つくゑ)のほとりはいと静にて、熾熱燈(しねつとう)の光の晴れがましきも徒(いたづら)なり。今宵は夜毎にここに集ひ来る骨牌(カルタ)仲間も「ホテル」に宿りて、舟に残れるは余一人(ひとり)のみなれば。

　五年前(いつとせまへ)の事なりしが、平生(ひごろ)の望足りて、洋行の官命を蒙(かうむ)り、このセイゴンの港まで来(こ)し頃は、目に見るもの、耳に聞くもの、一つとして新(あらた)ならぬはなく、筆に任せて書き記(しる)しつる紀行文日ごとに幾千言をかなしけむ、当時の新聞に載せられて、世の人にもてはやされしかど、今日(けふ)になりておもへば、穉(をさな)き思想、身の程(ほど)知らぬ放言、さらぬも尋常(よのつね)の動植金石、さては風俗などをさへ珍しげにしるししを、心ある人はいかにか見けむ。こたびは途に上りしとき、日記(にき)ものせむとて買ひし冊子(さつし)もまだ白紙のままなるは、独逸(ドイツ)にて物学びせし間(ま)に、一種の「ニル、アドミラリイ」の気象をや養ひ得たりけむ、あらず、これには別に故あり。

　げに東(ひんがし)に還(かへ)る今の我は、西に航せし昔の我ならず、学問こそ猶(なほ)心に飽き足らぬところも多かれ、浮世のうきふしをも知りたり、人の心の頼みがたきは言ふも更なり、われとわが心さへ変り易きをも悟り得たり。きのふの是はけふの非なるわが瞬間の感触を、筆に写して誰(たれ)にか見せむ。これや日記の成らぬ縁故なる、あらず、これには別に故あり。

　嗚呼(ああ)、ブリンヂイシイの港を出(い)でてより、早や二十日

（はつか）あまりを経ぬ。世の常ならば生面（せいめん）の客にさへ交（まじはり）を結びて、旅の憂さを慰めあふが航海の習（ならひ）なるに、微恙（びやう）にことよせて房（へや）の裡（うち）にのみ籠（こも）りて、同行の人々にも物言ふことの少きは、人知らぬ恨に頭（かしら）のみ悩ましたればなり。此（この）恨は初め一抹の雲の如く我（わが）心を掠（かす）めて、瑞西（スヰス）の山色をも見せず、伊太利（イタリア）の古蹟にも心を留めさせず、中頃は世を厭（いと）ひ、身をはかなみて、腸（はらわた）日ごとに九廻すともいふべき惨痛をわれに負はせ、今は心の奥に凝り固まりて、一点の翳（かげ）とのみなりたれど、文（ふみ）読むごとに、物見るごとに、鏡に映る影、声に応ずる響の如く、限なき懐旧の情を喚び起して、幾度（いくたび）となく我心を苦む。嗚呼、いかにしてか此恨を銷（せう）せむ。若（も）し外（ほか）の恨なりせば、詩に詠じ歌によめる後は心地（ここち）すがすがしくもなりなむ。これのみは余りに深く我心に彫（ゑ）りつけられたればさはあらじと思へど、今宵はあたりに人も無し、房奴（ばうど）の来て電気線の鍵を捩（ひね）るには猶程もあるべければ、いで、その概略を文に綴りて見む。

　余は幼き比（ころ）より厳しき庭の訓（をしへ）を受けし甲斐（かひ）に、父をば早く喪（うしな）ひつれど、学問の荒（すさ）み衰ふることなく、旧藩の学館にありし日も、東京に出でて予備黌（よびくわう）に通ひしときも、大学法学部に入りし後も、太田豊太郎（とよたらう）といふ名はいつも一級の首（はじめ）にしるされたりしに、一人子（ひとりご）の我を力になして世を渡る母の心は慰みけらし。十九の歳には学士の称を受けて、大学の立ちてよりその頃までにまたなき名誉なりと人にも言はれ、某（なにがし）省に出仕して、故郷なる母を都に呼び迎へ、楽しき年を送ること三とせばかり、官長の覚え殊（こと）なり

しかば、洋行して一課の事務を取り調べよとの命を受け、我名を成さむも、我家を興さむも、今ぞとおもふ心の勇み立ちて、五十を踰(こ)えし母に別るゝをもさまで悲しとは思はず、遙々(はるばる)と家を離れてベルリンの都に来ぬ。

　余は模糊(もこ)たる功名の念と、検束に慣れたる勉強力とを持ちて、忽(たちま)ちこの欧羅巴(ヨオロツパ)の新大都の中央に立てり。何等(なんら)の光彩ぞ、我目を射むとするは。何等の色沢ぞ、我心を迷はさむとするは。菩提樹下と訳するときは、幽静なる境(さかひ)なるべく思はるれど、この大道髪(かみ)の如きウンテル、デン、リンデンに来て両辺なる石だたみの人道を行く隊々(くみぐみ)の士女を見よ。胸張り肩聳(そび)えたる士官の、まだ維廉(ヰルヘルム)一世の街に臨める窓(まど)に倚(よ)り玉ふ頃なりければ、様々の色に飾り成したる礼装をなしたる、妍(かほよ)き少女(をとめ)の巴里(パリー)まねびの粧(よそほひ)したる、彼も此も目を驚かさぬはなきに、車道の土瀝青(チヤン)の上を音もせで走るいろいろの馬車、雲に聳ゆる楼閣の少しとぎれたる処(ところ)には、晴れたる空に夕立の音を聞かせて漲(みなぎ)り落つる噴井(ふきゐ)の水、遠く望めばブランデンブルク門を隔てて緑樹枝をさし交(か)はしたる中より、半天に浮び出でたる凱旋塔の神女の像、この許多(あまた)の景物目睫(もくせふ)の間に聚(あつ)まりたれば、始めてここに来(こ)しものの応接に遑(いとま)なきも宜(うべ)なり。されど我胸には縦(たと)ひいかなる境に遊びても、あだなる美観に心をば動さじの誓ありて、つねに我を襲ふ外物を遮(さへぎ)り留めたりき。

　余が鈴索(すずなは)を引き鳴らして謁(えつ)を通じ、おほやけの紹介状を出だして東来の意を告げし普魯西(プロシヤ)の官員は、皆快く余を迎へ、公使館よりの手つゞきだに事なく済みたらましかば、何事

にもあれ、教へもし伝へもせむと約しき。喜ばしきは、わが故里 (ふるさと) にて、独逸、仏蘭西 (フランス) の語を学びしことなり。彼等は始めて余を見しとき、いづくにていつの間にかくは学び得つると問はぬことなかりき。

　さて官事の暇 (いとま) あるごとに、かねておほやけの許をば得たりければ、ところの大学に入りて政治学を修めむと、名を簿冊 (ぼさつ) に記させつ。

　ひと月ふた月と過す程に、おほやけの打合せも済みて、取調も次第に捗 (はかど) り行けば、急ぐことをば報告書に作りて送り、さらぬをば写し留めて、つひには幾巻 (いくまき) をかなしけむ。大学のかたにては、穉き心に思ひ計りしが如く、政治家になるべき特科のあるべうもあらず、此か彼かと心迷ひながらも、二三の法家の講筵 (かうえん) に列 (つらな) ることにおもひ定めて、謝金を収め、往きて聴きつ。

　かくて三年 (みとせ) ばかりは夢の如くにたちしが、時来れば包みても包みがたきは人の好尚なるらむ、余は父の遺言を守り、母の教に従ひ、人の神童なりなど褒 (ほ) むるが嬉しさに怠らず学びし時より、官長の善き働き手を得たりと奨 (はげ) ますが喜ばしさにたゆみなく勤めし時まで、ただ所動的、器械的の人物になりて自ら悟らざりしが、今二十五歳になりて、既に久しくこの自由なる大学の風に当りたればにや、心の中になにとなく妥 (おだやか) ならず、奥深く潜みたりしまことの我は、やうやう表にあらはれて、きのふまでの我ならぬ我を攻むるに似たり。余は我身の今の世に雄飛すべき政治家になるにも宜 (よろ) しからず、また善く法典を諳 (そらん) じて獄を断ずる法律家になるにもふさはしからざるを悟りたりと思ひぬ。

　余は私 (ひそか) に思ふやう、我母は余を活 (い) きたる辞書となさんとし、我官長は余を活きたる法律となさんとやしけん。辞書たらむは

猶ほ堪ふべけれど、法律たらんは忍ぶべからず。今までは瑣々（ささ）たる問題にも、極めて丁寧（ていねい）にいらへしつる余が、この頃より官長に寄する書には連（しき）りに法制の細目に拘（かかづら）ふべきにあらぬを論じて、一たび法の精神をだに得たらんには、紛々たる万事は破竹の如くなるべしなどと広言しつ。又大学にては法科の講筵を余所（よそ）にして、歴史文学に心を寄せ、漸く蔗（しよ）を嚼（か）む境に入りぬ。

官長はもと心のままに用ゐるべき器械をこそ作らんとしたりけめ。独立の思想を懐（いだ）きて、人なみならぬ面（おも）もちしたる男をいかでか喜ぶべき。危きは余が当時の地位なりけり。されどこれのみにては、なほ我地位を覆（くつがへ）すに足らざりけんを、日比（ひごろ）伯林（ベルリン）の留学生の中（うち）にて、或る勢力ある一群（ひとむれ）と余との間に、面白からぬ関係ありて、彼人々は余を猜疑（さいぎ）し、又遂（つひ）に余を讒誣（ざんぶ）するに至りぬ。されどこれとても其故なくてやは。

彼人々は余が倶（とも）に麦酒（ビイル）の杯をも挙げず、球突きの棒（キユウ）をも取らぬを、かたくななる心と慾を制する力とに帰して、且（かつ）は嘲（あざけ）り且は嫉（ねた）みたりけん。されどこは余を知らねばなり。嗚呼、此故よしは、我身だに知らざりしを、怎（いか）でか人に知るべき。わが心はかの合歓（ねむ）といふ木の葉に似て、物触（さや）れば縮みて避けんとす。我心は処女に似たり。余が幼き頃より長者の教を守りて、学（まなび）の道をたどりしも、仕（つかへ）の道をあゆみしも、皆な勇気ありて能（よ）くしたるにあらず、耐忍勉強の力と見えしも、皆な自ら欺き、人をさへ欺きつるにて、人のたどらせたる道を、唯（た）だ一条（ひとすぢ）にたどりしのみ。余所に心の乱れざりしは、外物を棄てゝ顧みぬ程の勇気ありしにあら

ず、唯(ただ)外物に恐れて自らわが手足を縛せしのみ。故郷を立ちいづる前にも、我が有為の人物なることを疑はず、又我心の能く耐へんことをも深く信じたりき。嗚呼、彼も一時。舟の横浜を離るゝまでは、天晴(あつぱれ)豪傑と思ひし身も、せきあへぬ涙に手巾(しゆきん)を濡らしつるを我れ乍(なが)ら怪しと思ひしが、これぞなかなかに我本性なりける。此心は生れながらにやありけん、又早く父を失ひて母の手に育てられしによりてや生じけん。

　彼(かの)人々の嘲るはさることなり。されど嫉むはおろかならずや。この弱くふびんなる心を。

　赤く白く面(おもて)を塗りて、赫然(かくぜん)たる色の衣を纏(まと)ひ、珈琲店(カツフエエ)に坐して客を延(ひ)く女(をみな)を見ては、往きてこれに就かん勇気なく、高き帽を戴き、眼鏡に鼻を挟ませて、普魯西(プロシヤ)にては貴族めきたる鼻音にて物言ふ「レエベマン」を見ては、往きてこれと遊ばん勇気なし。此等の勇気なければ、彼活溌なる同郷の人々と交らんやうもなし。この交際の疎(うと)きがために、彼人々は唯余を嘲り、余を嫉むのみならで、又余を猜疑することゝなりぬ。これぞ余が冤罪(ゑんざい)を身に負ひて、暫時の間に無量の艱難(かんなん)を閲(けみ)し尽す媒(なかだち)なりける。

　或る日の夕暮なりしが、余は獣苑を漫歩して、ウンテル、デン、リンデンを過ぎ、我がモンビシユウ街の僑居(けうきよ)に帰らんと、クロステル巷(かう)の古寺の前に来ぬ。余は彼の燈火(ともしび)の海を渡り来て、この狭く薄暗き巷(こうぢ)に入り、楼上の木欄(おばしま)に干したる敷布、襦袢(はだぎ)などまだ取入れぬ人家、頬髭長き猶太(ユダヤ)教徒の翁(おきな)が戸前(こぜん)に佇(たたず)みたる居酒屋、一つの梯(はしご)は直ちに楼(たかどの)に達し、他の

梯は窖(あなぐら)住まひの鍛冶(かぢ)が家に通じたる貸家などに向ひて、凹字(あふじ)の形に引籠みて立てられたる、此三百年前の遺跡を望む毎に、心の恍惚となりて暫し佇みしこと幾度なるを知らず。

今この処を過ぎんとするとき、鎖(とざ)したる寺門の扉に倚りて、声を呑みつつ泣くひとりの少女(をとめ)あるを見たり。年は十六七なるべし。被(かむ)りし巾(きれ)を洩れたる髪の色は、薄きこがね色にて、着たる衣は垢つき汚れたりとも見えず。我足音に驚かされてかへりみたる面(おもて)、余に詩人の筆なければこれを写すべくもあらず。この青く清らにて物問ひたげに愁(うれひ)を含める目(まみ)の、半ば露を宿せる長き睫毛(まつげ)に掩(おほ)はれたるは、何故に一顧したるのみにて、用心深き我心の底までは徹したるか。

彼は料(はか)らぬ深き歎きに遭(あ)ひて、前後を顧みる遑(いとま)なく、ここに立ちて泣くにや。わが臆病なる心は憐憫(れんびん)の情に打ち勝たれて、余は覚えず側(そば)に倚り、「何故に泣き玉ふか。ところに繋累(けいるゐ)なき外人(よそびと)は、却(かへ)りて力を借し易きこともあらん。」といひ掛けたるが、我ながらわが大胆なるに呆(あき)れたり。

彼は驚きてわが黄なる面を打守りしが、我が真率なる心や色に形(あら)はれたりけん。「君は善き人なりと見ゆ。彼の如く酷(むご)くはあらじ。又(ま)た我母の如く。」暫し涸れたる涙の泉は又溢れて愛らしき頰(ほ)を流れ落つ。

「我を救ひ玉へ、君。わが恥なき人とならんを。母はわが彼の言葉に従はねばとて、我を打ちき。父は死にたり。明日(あす)は葬らでは愜(かな)はぬに、家に一銭の貯(たくはへ)だになし。」

跡は歔欷(ききよ)の声のみ。我眼(まなこ)はこのうつむきたる少女の顫(ふる)ふ項(うなじ)にのみ注がれたり。

「君が家(や)に送り行かんに、先(ま)づ心を鎮(しづ)め玉へ。声をな人に聞かせ玉ひそ。ここは往来なるに。」彼は物語するうちに、覚えず我肩に倚りしが、この時ふと頭(かしら)を擡(もた)げ、又始てわれを見たるが如く、恥ぢて我側を飛びのきつ。

人の見るが厭はしさに、早足に行く少女の跡に附きて、寺の筋向ひなる大戸を入れば、欠け損じたる石の梯あり。これを上ぼりて、四階目に腰を折りて潜るべき程の戸あり。少女は鏽(さ)びたる針金の先きを捩(ね)ぢ曲げたるに、手を掛けて強く引きしに、中には咳枯(しはが)れたる老媼(おうな)の声して、「誰(た)ぞ」と問ふ。エリス帰りぬと答ふる間もなく、戸をあららかに引開(ひきあ)けしは、半ば白(しら)みたる髪、悪(あ)しき相にはあらねど、貧苦の痕を額(ぬか)に印せし面の老媼にて、古き獣綿の衣を着、汚れたる上靴を穿(は)きたり。エリスの余に会釈して入るを、かれは待ち兼ねし如く、戸を劇(はげ)しくたて切りつ。

余は暫し茫然として立ちたりしが、ふと油燈(ラムプ)の光に透して戸を見れば、エルンスト、ワイゲルトと漆(うるし)もて書き、下に仕立物師と注したり。これすぎぬといふ少女が父の名なるべし。内には言ひ争ふごとき声聞えしが、又静になりて戸は再び明きぬ。さきの老媼は慇懃(いんぎん)におのが無礼の振舞せしを詫(わ)びて、余を迎へ入れつ。戸の内は厨(くりや)にて、右手(めて)の低き竈に、真白(ましろ)に洗ひたる麻布を懸けたり。左手(ゆんで)には粗末に積上げたる煉瓦の竈(かまど)あり。正面の一室の戸は半ば開きたるが、内には白布(しらぬの)を掩へる臥床(ふしど)あり。伏したるはなき人なるべし。竈の側なる戸を開きて余を導きつ。この処は所謂(いはゆる)「マンサルド」の街に面したる一間(ひとま)なれば、天井もなし。隅の屋根裏より窓に向ひて斜に下れる梁(はり)を、紙にて張りたる下の、立た

ば頭（かしら）の支（つか）ふべき処に臥床あり。中央なる机には美しき氈（かも）を掛けて、上には書物一二巻と写真帖とを列（なら）べ、陶瓶（たうへい）にはここに似合はしからぬ価（あたひ）高き花束を生けたり。そが傍（かたはら）に少女は羞（はぢ）を帯びて立てり。

　彼は優（すぐ）れて美なり。乳（ち）の如き色の顔は燈火に映じて微紅（うすくれなゐ）を潮（さ）したり。手足の繊（かぼそ）く嫋（たをやか）なるは、貧家の女（をみな）に似ず。老媼の室（へや）を出でし跡にて、少女は少し訛（なま）りたる言葉にて云ふ。「許し玉へ。君をここまで導きし心なさを。君は善き人なるべし。我をばよも憎み玉はじ。明日に迫るは父の葬（はふり）、たのみに思ひしシヤウムベルヒ、君は彼を知らでやおはさん。彼は「ヰクトリア」座の座頭（ざがしら）なり。彼が抱へとなりしより、早や二年（ふたとせ）なれば、事なく我等を助けんと思ひしに、人の憂に附けこみて、身勝手なるいひ掛けせんとは。我を救ひ玉へ、君。金をば薄き給金を析（さ）きて還し参らせん。縦令（よしや）我身は食（くら）はずとも。それもならずば母の言葉に。」彼は涙ぐみて身をふるはせたり。その見上げたる目（まみ）には、人に否（いな）とはいはせぬ媚態あり。この目の働きは知りてするにや、又自らは知らぬにや。

　我が隠しには二三「マルク」の銀貨あれど、それにて足るべくもあらねば、余は時計をはづして机の上に置きぬ。「これにて一時の急を凌（しの）ぎ玉へ。質屋の使のモンビシユウ街三番地にて太田と尋ね来（こ）ん折には価を取らすべきに。」

　少女は驚き感ぜしさま見えて、余が辞別（わかれ）のために出（いだ）したる手を唇にあてたるが、はらはると落つる熱き涙（なんだ）を我手の背（そびら）に濺（そそ）ぎつ。

　嗚呼、何等の悪因ぞ。この恩を謝せんとて、自ら我僑居（けうきよ）

に来 (こ) し少女は、シヨオペンハウエルを右にし、シルレルを左にして、終日 (ひねもす) 兀坐 (こつざ) する我読書の窻下 (さうか) に、一輪の名花を咲かせてけり。この時を始として、余と少女との交 (まじはり) 漸く繁くなりもて行きて、同郷人にさへ知られぬれば、彼等は速了 (そくれう) にも、余を以 (も) て色を舞姫の群に漁 (ぎよ) するものとしたり。われ等二人 (ふたり) の間にはまだ痴騃 (ちがい) なる歓楽のみ存したりしを。

その名を斥 (さ) さんは憚 (はばかり) あれど、同郷人の中に事を好む人ありて、余がしばしば芝居に出入して、女優と交るといふことを、官長の許 (もと) に報じつ。さらぬだに余が頗 (すこぶ) る学問の岐路 (きろ) に走るを知りて憎み思ひし官長は、遂に旨を公使館に伝へて、我官を免じ、我職を解いたり。公使がこの命を伝ふる時余に謂 (い) ひしは、御身 (おんみ) 若し即時に郷に帰らば、路用を給すべけれど、若し猶ここに在らんには、公の助をば仰ぐべからずとのことなりき。余は一週日の猶予を請ひて、とやかうと思ひ煩ふうち、我生涯にて尤 (もつと) も悲痛を覚えさせたる二通の書状に接しぬ。この二通は殆ど同時にいだししものなれど、一は母の自筆、一は親族なる某 (なにがし) が、母の死を、我がまたなく慕ふ母の死を報じたる書 (ふみ) なりき。余は母の書中の言をここに反覆するに堪へず、涙の迫り来て筆の運 (はこび) を妨ぐればなり。

余とエリスとの交際は、この時までは余所目 (よそめ) に見るより清白なりき。彼は父の貧きがために、充分なる教育を受けず、十五の時舞の師のつのりに応じて、この恥づかしき業 (わざ) を教へられ、「クルズス」果てて後、「ヰクトリア」座に出でて、今は場中第二の地位を占めたり。されど詩人ハツクレンデルが当世の奴隷といひし如く、はかなきは舞姫の身の上なり。薄き給金にて繋がれ、昼の温習、夜の舞台と緊 (き

び) しく使はれ、芝居の化粧部屋に入りてこそ紅粉をも粧ひ、美しき衣をも纏へ、場外にてはひとり身の衣食も足らず勝なれば、親腹からを養ふものはその辛苦奈何 (いかに) ぞや。されば彼等の仲間にて、賤 (いや) しき限りなる業に堕 (お) ちぬは稀 (まれ) なりとぞいふなる。エリスがこれを逭 (のが) れしは、おとなしき性質と、剛気ある父の守護とに依りてなり。彼は幼き時より物読むことをば流石 (さすが) に好みしかど、手に入るは卑しき「コルポルタアジユ」と唱ふる貸本屋の小説のみなりしを、余と相識 (あひし) る頃より、余が借しつる書を読みならひて、漸く趣味をも知り、言葉の訛 (なまり) をも正し、いくほどもなく余に寄するふみにも誤字 (あやまりじ) 少なくなりぬ。かかれば余等二人の間には先づ師弟の交りを生じたるなりき。我が不時の免官を聞きしときに、彼は色を失ひつ。余は彼が身の事に関りしを包み隠しぬれど、彼は余に向ひて母にはこれを秘め玉へと云ひぬ。こは母の余が学資を失ひしを知りて余を疎 (うと) んぜんを恐れてなり。

　嗚呼、委 (くはし) くここに写さんも要なけれど、余が彼を愛 (め) づる心の俄 (にはか) に強くなりて、遂に離れ難き中となりしは此折なりき。我一身の大事は前に横 (よこたは) りて、洵 (まこと) に危急存亡の秋 (とき) なるに、この行 (おこなひ) ありしをあやしみ、又た誹 (そし) る人もあるべけれど、余がエリスを愛する情は、始めて相見し時よりあさくはあらぬに、いま我数奇 (さくき) を憐み、又別離を悲みて伏し沈みたる面に、鬢 (びん) の毛の解けてかかりたる、その美しき、いぢらしき姿は、余が悲痛感慨の刺激によりて常ならずなりたる脳髄を射て、恍惚の間にここに及びしを奈何 (いか) にせむ。

　公使に約せし日も近づき、我命 (めい) はせまりぬ。このままにて郷にかへらば、学成らずして汚名を負ひたる身の浮ぶ瀬あらじ。さればとて留まらんには、学資を得べき手だてなし。

此時余を助けしは今我同行の一人なる相沢謙吉なり。彼は東京に在りて、既に天方伯の秘書官たりしが、余が免官の官報に出でしを見て、某新聞紙の編輯長（へんしふちやう）に説きて、余を社の通信員となし、伯林（ベルリン）に留まりて政治学芸の事などを報道せしむることとなしつ。

　社の報酬はいふに足らぬほどなれど、棲家（すみか）をもうつし、午餐（ひるげ）に往く食店（たべものみせ）をもかへたらんには、微（かすか）なる暮しは立つべし。兎角（とかう）思案する程に、心の誠を顕（あら）はして、助の綱をわれに投げ掛けしはエリスなりき。かれはいかに母を説き動かしけん、余は彼等親子の家に寄寓することとなり、エリスと余とはいつよりとはなしに、有るか無きかの収入を合せて、憂きがなかにも楽しき月日を送りぬ。

　朝の咖啡（カツフエエ）果つれば、彼は温習に往き、さらぬ日には家に留まりて、余はキヨオニヒ街の間口せまく奥行のみいと長き休息所に赴（おもむ）き、あらゆる新聞を読み、鉛筆取り出でて彼此と材料を集む。この截（き）り開きたる引窓より光を取れる室にて、定りたる業（わざ）なき若人（わかうど）、多くもあらぬ金を人に借して己れは遊び暮す老人、取引所の業の隙を偸（ぬす）みて足を休むる商人（あきうど）などと臂（ひぢ）を並べ、冷なる石卓（いしづくゑ）の上にて、忙はしげに筆を走らせ、小をんなが持て来る一盞（ひとつき）の咖啡の冷（さ）むるをも顧みず、明きたる新聞の細長き板ぎれに挿みたるを、幾種（いくいろ）となく掛け聯（つら）ねたるかたへの壁に、いく度となく往来（ゆきき）する日本人を、知らぬ人は何とか見けん。又一時近くなるほどに、温習に往きたる日には返り路（ぢ）によぎりて、余と倶（とも）に店を立出づるこの常ならず軽き、掌上（しやうじやう）の舞をもなしえつべき少女を、怪み見送る人もありしなるべし。

我学問は荒(すさ)みぬ。屋根裏の一燈微に燃えて、エリスが劇場よりかへりて、椅(いす)に寄りて縫ものなどする側の机にて、余は新聞の原稿を書けり。昔しの法令条目の枯葉を紙上に搔寄(かきよ)せしとは殊にて、今は活溌々たる政界の運動、文学美術に係る新現象の批評など、彼此と結びあはせて、力の及ばん限り、ビヨルネよりは寧ろハイネを学びて思を構へ、様々の文(ふみ)を作りし中にも、引続きて維廉(ヰルヘルム)一世と仏得力(フレデリツク)三世との崩殂(ほうそ)ありて、新帝の即位、ビスマルク侯の進退如何(いかん)などの事に就ては、故(ことさ)らに詳(つまびら)かなる報告をなしき。さればこの頃よりは思ひしよりも忙はしくして、多くもあらぬ蔵書を繙(ひもと)き、旧業をたづぬることも難く、大学の籍はまだ刪(けづ)られねど、謝金を収むることの難ければ、唯だ一つにしたる講筵だに往きて聴くことは稀なりき。

　我学問は荒みぬ。されど余は別に一種の見識を長じき。そをいかにといふに、凡(およ)そ民間学の流布(るふ)したることは、欧洲諸国の間にて独逸に若(し)くはなからん。幾百種の新聞雑誌に散見する議論には頗(すこぶ)る高尚なるもの多きを、余は通信員となりし日より、曾(かつ)て大学に繁く通ひし折、養ひ得たる一隻の眼孔もて、読みては又読み、写しては又写す程に、今まで一筋の道をのみ走りし知識は、自(おのづか)ら綜括的になりて、同郷の留学生などの大かたは、夢にも知らぬ境地に到りぬ。彼等の仲間には独逸新聞の社説をだに善くはえ読まぬがあるに。

　明治廿一年の冬は来にけり。表街(おもてまち)の人道にてこそ沙(すな)をも蒔(ま)け、すき(金挿)をもふるへ、クロステル街のあたりは凸凹(とつあふ)坎坷(かんか)の処は見ゆめれど、表のみは一面に氷りて、朝に戸を開けば飢ゑ凍(こご)えし雀の落ちて死にたるも

哀れなり。室（へや）を温め、竈に火を焚きつけても、壁の石を徹し、衣の綿を穿（うが）つ北欧羅巴の寒さは、なかなかに堪へがたかり。エリスは二三日前の夜、舞台にて卒倒しつとて、人に扶（たす）けられて帰り来しが、それより心地あしとて休み、もの食ふごとに吐くを、悪阻（つはり）といふものならんと始めて心づきしは母なりき。嗚呼、さらぬだに覚束（おぼつか）なきは我身の行末なるに、若し真（まこと）なりせばいかにせまし。

　今朝は日曜なれば家に在れど、心は楽しからず。エリスは床に臥（ふ）すほどにはあらねど、小（ちさ）き鉄炉の畔（ほとり）に椅子さし寄せて言葉寡（すくな）し。この時戸口に人の声して、程なく庖厨（はうちゆう）にありしエリスが母は、郵便の書状を持て来て余にわたしつ。見れば見覚えある相沢が手なるに、郵便切手は普魯西（プロシヤ）のものにて、消印には伯林（ベルリン）とあり。訝（いぶか）りつつも披（ひら）きて読めば、とみの事にて預（あらかじ）め知らするに由なかりしが、昨夜（よべ）ここに着せられし天方大臣に附きてわれも来たり。伯の汝（なんぢ）を見まほしとのたまふに疾（と）く来よ。汝が名誉を恢復するも此時にあるべきぞ。心のみ急がれて用事をのみいひ遣（や）るとなり。読み畢（をは）りて茫然たる面もちを見て、エリス云ふ。「故郷よりの文なりや。悪しき便（たより）にてはよも。」彼は例の新聞社の報酬に関する書状と思ひしならん。「否、心にな掛けそ。おん身も名を知る相沢が、大臣と倶にここに来てわれを呼ぶなり。急ぐといへば今よりこそ。」

　かはゆき独り子を出し遣る母もかくは心を用ゐじ。大臣にまみえもやせんと思へばならん、エリスは病をつとめて起ち、上襦袢（うはじゆばん）も極めて白きを撰び、丁寧にしまひ置きし「ゲエロツク」といふ二列ぼたんの服を出して着せ、襟飾りさへ余が為めに手づから結びつ。

「これにて見苦しとは誰(た)れも得言はじ。我鏡に向きて見玉へ。何故(なにゆゑ)にかく不興なる面もちを見せ玉ふか。われも諸共(もろとも)に行かまほしきを。」少し容(かたち)をあらためて。「否、かく衣を更め玉ふを見れば、何となくわが豊太郎の君とは見えず。」又た少し考へて。「縦令(よしや)富貴になり玉ふ日はありとも、われをば見棄て玉はじ。我病は母の宣(のたま)ふ如くならずとも。」
　「何、富貴。」余は微笑しつ。「政治社会などに出でんの望みは絶ちしより幾年(いくとせ)をか経ぬるを。大臣は見たくもなし。唯年久しく別れたりし友にこそ逢ひには行け。」エリスが母の呼びし一等「ドロシユケ」は、輪下にきしる雪道を窓の下まで来ぬ。余は手袋をはめ、少し汚れたる外套を背に被(おほ)ひて手をば通さず帽を取りてエリスに接吻して楼(たかどの)を下りつ。彼は凍れる窓を明け、乱れし髪を朔風(さくふう)に吹かせて余が乗りし車を見送りぬ。
　余が車を下りしは「カイゼルホオフ」の入口なり。門者に秘書官相沢が室の番号を問ひて、久しく踏み慣れぬ大理石の階(はしご)を登り、中央の柱に「プリユツシユ」を被へる「ゾフア」を据ゑつけ、正面には鏡を立てたる前房に入りぬ。外套をばここにて脱ぎ、廊(わたどの)をつたひて室の前まで往きしが、余は少し跼躅(ちちう)したり。同じく大学に在りし日に、余が品行の方正なるを激賞したる相沢が、けふは怎(いか)なる面もちして出迎ふらん。室に入りて相対して見れば、形こそ旧に比ぶれば肥えて逞(たく)ましくなりたれ、依然たる快活の気象、我失行をもさまで意に介せざりきと見ゆ。別後の情を細叙するにも遑(いとま)あらず、引かれて大臣に謁し、委托せられしは独逸語にて記せる文書の急を要するを翻訳せよとの事なり。余が文書を受領して大臣の室を出でし時、相沢は跡より来て余と午餐(ひるげ)を共にせんといひぬ。

食卓にては彼多く問ひて、我多く答へき。彼が生路は概(おほむ)ね平滑なりしに、轗軻(かんか)数奇(さくき)なるは我身の上なりければなり。

　余が胸臆を開いて物語りし不幸なる閲歴を聞きて、かれはしばしば驚きしが、なかなかに余を譴(せ)めんとはせず、却りて他の凡庸なる諸生輩を罵りき。されど物語の畢(をは)りしとき、彼は色を正して諌(いさ)むるやう、この一段のことは素(も)と生れながらなる弱き心より出でしなれば、今更に言はんも甲斐なし。とはいへ、学識あり、才能あるものが、いつまでか一少女の情にかかづらひて、目的なき生活(なりはひ)をなすべき。今は天方伯も唯だ独逸語を利用せんの心のみなり。おのれも亦(また)伯が当時の免官の理由を知れるが故に、強(しひ)て其成心を動かさんとはせず、伯が心中にて曲庇者(きよくひもの)なりなんど思はれんは、朋友に利なく、おのれに損あればなり。人を薦(すす)むるは先づ其能を示すに若(し)かず。これを示して伯の信用を求めよ。又彼少女との関係は、縦令彼に誠ありとも、縦令情交は深くなりぬとも、人材を知りてのこひにあらず、慣習といふ一種の惰性より生じたる交なり。意を決して断てと。是(こ)れその言(こと)のおほむねなりき。

　大洋に舵(かぢ)を失ひしふな人が、遙(はるか)なる山を望む如きは、相沢が余に示したる前途の方鍼(はうしん)なり。されどこの山は猶ほ重霧の間に在りて、いつ往きつかんも、否、果して往きつきぬとも、我中心に満足を与へんも定かならず。貧きが中にも楽しきは今の生活(なりはひ)、棄て難きはエリスが愛。わが弱き心には思ひ定めんよしなかりしが、姑(しばら)く友の言(こと)に従ひて、この情縁を断たんと約しき。余は守る所を失はじと思ひて、おのれに敵するものには抗抵すれども、友に対して否とはえ対(こた)へぬが常なり。

別れて出づれば風面(おもて)を撲(う)てり。二重(ふたへ)の玻璃(ガラス)窓を緊しく鎖して、大いなる陶炉に火を焚きたる「ホテル」の食堂を出でしなれば、薄き外套を透る午後四時の寒さは殊さらに堪へ難く、膚(はだへ)粟立(あはだ)つと共に、余は心の中に一種の寒さを覚えき。

　翻訳は一夜になし果てつ。「カイゼルホオフ」へ通ふことはこれより漸く繁くなりもて行く程に、初めは伯の言葉も用事のみなりしが、後には近比(ちかごろ)故郷にてありしことなどを挙げて余が意見を問ひ、折に触れては道中にて人々の失錯ありしことどもを告げて打笑ひ玉ひき。

　一月ばかり過ぎて、或る日伯は突然われに向ひて、「余は明旦(あす)、魯西亜(ロシア)に向ひて出発すべし。随(したが)ひて来(く)べきか、」と問ふ。余は数日間、かの公務に違なき相沢を見ざりしかば、此問は不意に余を驚かしつ。「いかで命に従はざらむ。」余は我恥を表さん。此答はいち早く決断して言ひしにあらず。余はおのれが信じて頼む心を生じたる人に、卒然ものを問はれたるときは、咄嗟(とつさ)の間(かん)、その答の範囲を善くも量らず、直ちにうべなふことあり。さてうべなひし上にて、その為(な)し難きに心づきても、強(しひ)て当時の心虚なりしを掩ひ隠し、耐忍してこれを実行すること屡々なり。

　此日は翻訳の代(しろ)に、旅費さへ添へて賜(たま)はりしを持て帰りて、翻訳の代をばエリスに預けつ。これにて魯西亜より帰り来んまでの費(つひえ)をば支へつべし。彼は医者に見せしに常ならぬ身なりといふ。貧血の性(さが)なりしゆゑ、幾月か心づかでありけん。座頭よりは休むことのあまりに久しければ籍を除きぬと言ひおこせつ。まだ一月ばかりなるに、かく厳しきは故あればなるべし。旅立の事にはいたく心を悩ますとも見えず。偽りなき我心を厚く信じたれば。

鉄路にては遠くもあらぬ旅なれば、用意とてもなし。身に合せて借りたる黒き礼服、新に買求めたるゴタ板の魯廷（ろてい）の貴族譜、二三種の辞書などを、小「カバン」に入れたるのみ。流石に心細きことのみ多きこの程なれば、出で行く跡に残らんも物憂かるべく、又停車場にて涙こぼしなどしたらんには影護（うしろめた）かるべければとて、翌朝早くエリスをば母につけて知る人がり出（いだ）しやりつ。余は旅装整へて戸を鎖し、鍵をば入口に住む靴屋の主人に預けて出でぬ。

　魯国行につきては、何事をか叙すべき。わが舌人（ぜつじん）たる任務（つとめ）は忽地（たちまち）に余を拉（らつ）し去りて、青雲の上に堕（おと）したり。余が大臣の一行に随ひて、ペエテルブルクに在りし間に余を囲繞（ゐねう）せしは、巴里絶頂の驕奢（けうしや）を、氷雪の裡（うち）に移したる王城の粧飾（さうしよく）、故（ことさ）らに黄蝋（わうらふ）の燭（しよく）を幾つ共なく点（とも）したるに、幾星の勲章、幾枝の「エポレット」が映射する光、彫鏤（てうる）の工（たくみ）を尽したる「カミン」の火に寒さを忘れて使ふ宮女の扇の閃きなどにて、この間仏蘭西語を最も円滑に使ふものはわれなるがゆゑに、賓主の間に周旋して事を弁ずるものもまた多くは余なりき。

　この間余はエリスを忘れざりき、否、彼は日毎に書（ふみ）を寄せしかばえ忘れざりき。余が立ちし日には、いつになく独りにて燈火に向はん事の心憂さに、知る人の許（もと）にて夜に入るまでもの語りし、疲るゝを待ちて家に還り、直ちにいねつ。次の朝（あした）目醒めし時は、猶独り跡に残りしことを夢にはあらずやと思ひぬ。起き出でし時の心細さ、かかる思ひをば、生計（たつき）に苦みて、けふの日の食なかりし折にもせざりき。これ彼が第一の書の略（あらまし）なり。

　又程経てのふみは頗る思ひせまりて書きたる如くなりき。文をば否といふ字にて起したり。否、君を思ふ心の深き底（そこひ）をば今ぞ知り

ぬる。君は故里(ふるさと)に頼もしき族(やから)なしとのたまへば、此地に善き世渡のたつきあらば、留り玉はぬことやはある。又我愛もて繋ぎ留めでは止(や)まじ。それも憐(かな)はで東(ひんがし)に還り玉はんとならば、親と共に往かんは易けれど、か程に多き路用を何処(いづく)よりか得ん。怎(いか)なる業をなしても此地に留りて、君が世に出で玉はん日をこそ待ためと常には思ひしが、暫しの旅とて立出で玉ひしより此二十日ばかり、別離の思は日にけに茂りゆくのみ。袂(たもと)を分つはただ一瞬の苦艱(くげん)なりと思ひしは迷なりけり。我身の常ならぬが漸くにしるくなれる、それさへあるに、縦令(よしや)いかなることありとも、我をば努(ゆめ)な棄て玉ひそ。母とはいたく争ひぬ。されど我身の過ぎし頃には似で思ひ定めたるを見て心折れぬ。わが東(ひんがし)に往かん日には、ステツチンわたりの農家に、遠き縁者あるに、身を寄せんとぞいふなる。書きおくり玉ひし如く、大臣の君に重く用ゐられ玉はば、我路用の金は兎も角もなりなん。今は只管(ひたすら)君がベルリンにかへり玉はん日を待つのみ。

　嗚呼、余は此書を見て始めて我地位を明視し得たり。恥かしきはわが鈍(にぶ)き心なり。余は我身一つの進退につきても、また我身に係らぬ他人(ひと)の事につきても、決断ありと自ら心に誇りしが、此決断は順境にのみありて、逆境にはあらず。我と人との関係を照さんとするときは、頼みし胸中の鏡は曇りたり。

　大臣は既に我に厚し。されどわが近眼は唯だおのれが尽したる職分をのみ見き。余はこれに未来の望を繋ぐことには、神も知るらむ、絶えて想(おもひ)到らざりき。されど今こゝに心づきて、我心は猶ほ冷然たりし賤(か)。先に友の勧めしときは、大臣の信用は屋上の禽(とり)の如くなりしが、今は稍稍(やや)これを得たるかと思はるゝに、相沢がこの頃の言葉の端に、本国に帰りて後も倶にかくてあらば云々(しか

じか)といひしは、大臣のかく宣(のたま)ひしを、友ながらも公事なれば明には告げざりし歟。今更おもへば、余が軽卒にも彼に向ひてエリスとの関係を絶たんといひしを、早く大臣に告げやしけん。

　嗚呼、独逸に来し初に、自ら我本領を悟りきと思ひて、また器械的人物とはならじと誓ひしが、こは足を縛して放たれし鳥の暫し羽を動かして自由を得たりと誇りしにはあらずや。足の糸は解くに由なし。曩(さき)にこれを繰(あや)つりしは、我(わが)某(なにがし)省の官長にて、今はこの糸、あなあはれ、天方伯の手中に在り。余が大臣の一行と倶にベルリンに帰りしは、恰(あたか)も是れ新年の旦(あした)なりき。停車場に別を告げて、我家をさして車を駆(か)りつ。ここにては今も除夜に眠らず、元旦に眠るが習なれば、万戸寂然たり。寒さは強く、路上の雪は稜角ある氷片となりて、晴れたる日に映じ、きらきらと輝けり。車はクロステル街に曲りて、家の入口に駐(とど)まりぬ。この時窓を開く音せしが、車よりは見えず。馭丁(ぎょてい)に「カバン」持たせて梯を登らんとする程に、エリスの梯を駈け下るに逢ひぬ。彼が一声叫びて我頸(うなじ)を抱きしを見て馭丁は呆れたる面もちにて、何やらむ髭(ひげ)の内にて云ひしが聞えず。「善くぞ帰り来玉ひし。帰り来玉はずば我命は絶えなんを。」

　我心はこの時までも定まらず、故郷を憶(おも)ふ念と栄達を求むる心とは、時として愛情を圧せんとせしが、唯だ此一刹那(せつな)、低徊踟蹰(ていくわいちちう)の思は去りて、余は彼を抱き、彼の頭(かしら)は我肩に倚りて、彼が喜びの涙ははらはらと肩の上に落ちぬ。

　「幾階か持ちて行くべき。」と鑼(どら)の如く叫びし馭丁は、いち早く登りて梯の上に立てり。

　戸の外に出迎へしエリスが母に、馭丁を労(ねぎら)ひ玉へと銀貨をわたして、余は手を取りて引くエリスに伴はれ、急ぎて室に入りぬ。一

瞥 (いちべつ) して余は驚きぬ、机の上には白き木綿、白き「レエス」などを堆 (うづたか) く積み上げたれば。

　エリスは打笑 (うちゑ) みつつこれを指 (ゆびさ) して、「何とか見玉ふ、この心がまへを。」といひつつ一つの木綿ぎれを取上ぐるを見れば襁褓 (むつき) なりき。「わが心の楽しさを思ひ玉へ。産れん子は君に似て黒き瞳子 (ひとみ) をや持ちたらん。この瞳子。嗚呼、夢にのみ見しは君が黒き瞳子なり。産れたらん日には君が正しき心にて、よもあだし名をばなのらせ玉はじ。」彼は頭を垂れたり。「穉 (をさな) しと笑ひ玉はんが、寺に入らん日はいかに嬉しからまし。」見上げたる目には涙満ちたり。

　二三日の間は大臣をも、たびの疲れやおはさんとて敢 (あへ) て訪 (とぶ) らはず、家にのみ籠り居 (をり) しが、或る日の夕暮使して招かれぬ。往きて見れば待遇殊にめでたく、魯西亜行の労を問ひ慰めて後、われと共に東にかへる心なきか、君が学問こそわが測り知る所ならね、語学のみにて世の用には足りなむ、滞留の余りに久しければ、様々の係累もやあらんと、相沢に問ひしに、さることなしと聞きて落居 (おちゐ) たりと宣ふ。其気色辞 (いな) むべくもあらず。あなやと思ひしが、流石に相沢の言 (こと) を偽なりともいひ難きに、若しこの手にしも縋 (すが) らずば、本国をも失ひ、名誉を挽 (ひ) きかへさん道をも絶ち、身はこの広漠たる欧洲大都の人の海に葬られんかと思ふ念、心頭を衝 (つ) いて起れり。嗚呼、何等の特操なき心ぞ、「承 (うけたま) はり侍 (はべ) り」と応 (こた) へたるは。

　黒がねの額 (ぬか) はありとも、帰りてエリスに何とかいはん。「ホテル」を出でしときの我心の錯乱は、譬 (たと) へんに物なかりき。余は道の東西をも分かず、思に沈みて行く程に、往きあふ馬車の馭丁に幾度か叱 (しつ) せられ、驚きて飛びのきつ。暫くしてふとあたりを見れ

ば、獣苑の傍(かたはら)に出でたり。倒るる如くに路の辺(べ)の榻(こしかけ)に倚りて、灼くが如く熱し、椎(つち)にて打ちたるゝ如く響く頭(かしら)を榻背(たふはい)に持たせ、死したる如きさまにて幾時をか過しけん。劇しき寒さ骨に徹すと覚えて醒めし時は、夜に入りて雪は繁く降り、帽の庇(ひさし)、外套の肩には一寸許(ばかり)も積りたりき。

最早(もはや)十一時をや過ぎけん、モハビツト、カルヽ街通ひの鉄道馬車の軌道も雪に埋もれ、ブランデンブルゲル門の畔(ほとり)の瓦斯燈(ガスとう)は寂しき光を放ちたり。立ち上らんとするに足の凍えたれば、両手にて擦(さす)りて、漸やく歩み得る程にはなりぬ。

足の運びの捗(はかど)らねば、クロステル街まで来しときは、半夜をや過ぎたりけん。ここ迄来し道をばいかに歩みしか知らず。一月上旬の夜なれば、ウンテル、デン、リンデンの酒家、茶店は猶ほ人の出入盛りにて賑(にぎ)はしかりしならめど、ふつに覚えず。我脳中には唯唯我は免(ゆる)すべからぬ罪人なりと思ふ心のみ満ち満ちたりき。

四階の屋根裏には、エリスはまだ寝(い)ねずと覚(お)ぼしく、烱然(けいぜん)たる一星の火、暗き空にすかせば、明かに見ゆるが、降りしきる鷺の如き雪片に、乍(たちま)ち掩はれ、乍ちまた顕れて、風に弄(もてあそ)ばるゝに似たり。戸口に入りしより疲を覚えて、身の節の痛み堪へ難ければ、這(は)ふ如くに梯を登りつ。庖厨(はうちゆう)を過ぎ、室の戸を開きて入りしに、机に倚りて襁褓(むつき)縫ひたりしエリスは振り返へりて、「あ」と叫びぬ。「いかにかし玉ひし。おん身の姿は。」

驚きしも宜(うべ)なりけり、蒼然として死人に等しき我面色、帽をばいつの間にか失ひ、髪は蓬(おど)ろと乱れて、幾度か道にて跌(つまづ)き倒れしことなれば、衣は泥まじりの雪に汗(よご)れ、処々は

裂けたれば。

　余は答へんとすれど声出でず、膝の頻（しき）りに戦（をのゝ）かれて立つに堪へねば、椅子を握（つか）まんとせしまでは覚えしが、そのまゝ（まゝ）に地に倒れぬ。

　人事を知る程になりしは数週（すしう）の後なりき。熱劇しくて譫語（うはこと）のみ言ひしを、エリスが懇（ねもごろ）にみとる程に、或日相沢は尋ね来て、余がかれに隠したる顛末（てんまつ）を審（つば）らに知りて、大臣には病の事のみ告げ、よきやうに繕（つくろ）ひ置きしなり。余は始めて、病牀に侍するエリスを見て、その変りたる姿に驚きぬ。彼はこの数週の内にいたく痩せて、血走りし目は窪み、灰色の頬（ほ）は落ちたり。相沢の助にて日々の生計（たつき）には窮せざりしが、此恩人は彼を精神的に殺ししなり。

　後に聞けば彼は相沢に逢ひしとき、余が相沢に与へし約束を聞き、またかの夕べ大臣に聞え上げし一諾を知り、俄（にはか）に座より躍り上がり、面色さながら土の如く、「我豊太郎ぬし、かくまでに我をば欺き玉ひしか」と叫び、その場に僵（たふ）れぬ。相沢は母を呼びて共に扶（たす）けて床に臥させしに、暫くして醒めしときは、目は直視したるまゝにて傍の人をも見知らず、我名を呼びていたく罵り、髪をむしり、蒲団（ふとん）を噛みなどし、また遽（にはか）に心づきたる様にて物を探り討（もと）めたり。母の取りて与ふるものをば悉（ことごと）く抛（なげう）ちしが、机の上なりし襁褓を与へたるとき、探りみて顔に押しあて、涙を流して泣きぬ。

　これよりは騒ぐことはなけれど、精神の作用は殆（ほとんど）全く廃して、その痴（ち）なること赤児の如くなり。医に見せしに、過劇なる心労にて急に起りし「パラノイア」といふ病（やまひ）なれば、治癒の見込なしといふ。ダルドルフの癲狂院（てんきやうゐん）に入れむとせし

に、泣き叫びて聴かず、後にはかの襁褓一つを身につけて、幾度か出しては見、見ては歔欷(ききよ)す。余が病牀をば離れねど、これさへ心ありてにはあらずと見ゆ。ただをりをり思ひ出したるやうに「薬を、薬を」といふのみ。

　余が病は全く癒えぬ。エリスが生ける屍(かばね)を抱きて千行(ちすぢ)の涙を濺(そそ)ぎしは幾度ぞ。大臣に随ひて帰東の途に上ぼりしときは、相沢と議(はか)りてエリスが母に微(かすか)なる生計(たつき)を営むに足るほどの資本を与へ、あはれなる狂女の胎内に遺しし子の生れむをりの事をも頼みおきぬ。

　嗚呼、相沢謙吉が如き良友は世にまた得がたかるべし。されど我脳裡(なうり)に一点の彼を憎むこころ今日までも残れりけり。

(明治二十三年一月)

1. 무희

　석탄 선적은 벌써 끝났다. 이등실의 테이블 주위는 너무 조용해서 백열등의 아스라한 빛도 허무하게 비쳐지는 것 같다. 오늘 저녁은 밤마다 선실에 모여들곤 했던 트럼프꾼들도 호텔에 머물러서 배에는 나 한사람만 있었다.

　5년 전 일이다. 평생의 소원이 이루어져 독일 유학의 관명을 받고, 이 사이공의 항구까지 왔던 무렵은 눈에 보이는 것, 귀에 들리는 것, 어느 하나 새롭지 않은 게 없어 붓 가는 대로 기행문을 쓰기를, 날마다 얼마나 많은 것을 썼던가. 당시 신문에도 실려서 세상 사람들에게 사랑도 받았지만, 오늘에 와서 생각하니 미숙한 사상이며, 분수를 모르는 방자한 말인 것을, 게다가 아주 보편적인 소재 하물며 풍속 따위까지도 유별난 듯이 썼던 것을, 지각 있는 사람은 어떻게 보았을까?

　이번 귀국 여행길에 올랐을 때 일기를 쓰려고 샀던 노트가 아직 백지인 채 남아있는 것은 독일에서 학문을 하는 사이에 일종의 냉담성(nil admirari)을 기를 수 있었기 때문이었을까. 아니, 여기에는 딴 이유가 있다. 말할 것도 없지만.

　정녕, 동쪽의 고국으로 돌아가는 지금의 나는, 서쪽으로 항해했던 이전의 내가 아니다. 학문이야 아직 만족할 처지가 못 되지만, 덧없는 세상의 괴로움을 알았고, 남의 마음이 믿을 수 없음은 두말 할 나위도 없을뿐더러 나와 내 마음조차 변하기 쉬운 것이라는 것을 깨달았다. 어제의 올바름이 오늘은 잘못이 되는 나의 순간순간의 심정을 글로 적어서 누구에게 보일 것인가. 그렇다고 이것이 일기를 쓰지 않은 진짜 이유일까? 아니다. 여기에는 다른 이유가 있다.

 아아, 이탈리아 브린디지의 항구를 출발한지, 벌써 20여 일이 지났다. 처음 대면한 손님과도 교제를 맺어, 여행의 무료함을 서로 달래는 게 항해의 관례이지만, 하찮은 병을 핑계로 선실 안에만 틀어박혀 동행한 사람들과도 이야기하는 일이 적은 것은, 남모르는 한(恨)에 온통 머릿속이 괴로웠기 때문이다. 이 한은 처음에는 실구름처럼 내 마음에 다가와서는 스위스의 아름다운 경치를 보지 못하게 하고 이탈리아의 고적에도 마음을 머무르게 하지 않았다. 한때는 세상을 비관하고, 내 자신을 하찮은 것으로 여겨서, 창자를 날마다 아홉 번 뒤트는 처참한 고통을 맛보았다. 그것이 이제는 마음속에 응어리져서 한 점의 어두운 그림자가 되었지만, 아직도 책을 읽을 때마다, 뭔가를 볼 적마다 마치 거울에 비치는 영상, 목소리에 응답하는 울림처럼, 끝없는 회구의 정을 불러일으키고는 몇 번이고 내 마음을 괴롭힌다. 아아! 어떻게 하면 이 회환을 없앨 수 있을까? 만약 다른 회환이었다면, 시를 읊고 노래를 부르고 나면 마음이 상쾌해지기도 하련만. 하지만 이것만은 너무나 깊이 내 마음속에 박혀서 그리되지도 않고, 오늘 저녁은 다행히 주위에 사람도 없고, 선실 웨이터가 와서 전등스위치를 끌 때까지는 아직 시간이 있으니, 여기에 대략 옮겨 보려고 한다.

 나는 어릴 적부터 엄한 가정교육을 받은 덕택에 아버지를 일찍 여의었어도 학문이 뒤지는 일없이, 옛날 번(藩)의 학교에 다녔을 때도, 동경으로 나와 예비교에 다녔을 때도, 그리고 또 대학 법학부에 들어간 후에도, 오오타 토요타로오라고 하는 이름은 언제나 학급에서 일등을 차지하고 있었다. 독자인 나를 의지 삼아 세상을 사시는 어머니도 그것으로 마음의 위안으로 삼았던 것 같다. 19세에 학사의 칭호를 얻고, '그것은 대학 개교 이후 그날까지 없던 더없는 명예'라고 남들로부터 칭찬을 들으며, 모 중앙부처의 관직의 자리를 얻어서는 고향에 계신 어머니를 동경으로 모셔왔다. 이렇게 행복한 세월을 보낸 지 3년쯤에 장관의 신임이 각별하여 서양에 가서 한 부서의 사무를 자세히 조사하라는 위임을 받고, '내가 출세하는 것도 우리 가문을 일으키는 것도 바로 지금이다'라는 생각이 용솟음쳐, 50세를 넘은 어머니와 헤어지는 것도 그렇게 슬프다고 생각지 않고 멀리 집을 떠나 베를린이라는 도시로 왔다.

 나는 그저 막연한 공명의 일념과 자기 규제로 익힌 학구열을 가지고 지금 이 유럽의 신 대도시의 중심부에 서 있다. 이 얼마나 눈부신 광채인가? 내 눈에 비치는 것은, 무슨 광채일까. 내 마음을 어지럽히려는 것은, 어떤 색채일까. 보리수 아래라고 번역할 때는 그윽하고 고요한 곳이라는 생각이 들지만, 이렇게 쭉 뻗은 대로 운터 덴 린덴에 와서 양쪽의 돌길의 인도를 삼삼오오로 짝지어 가는 신사 숙녀를 보라. "가슴을 펴고 어깨를 치켜세운 사관이 아직 빌헬름 1세가 거리에 면한 창문에 나타나 내려다보는 그런 시대였으므로 가슴과 어깨를 펴고 지나가는 병사들은 갖가지 색으로 장식한 정복을 입고 있으며, 아름다운 소녀들은 신 유행의 파리풍의 옷차림을 하고 있다. 이것도 저것도 어느 하나 눈을 놀라게 하지 않는게 없다. 차도의 아스팔트 위를 소리 없이 달리는 갖가지 마차, 구름 사이로 솟아있는 고층건물의 조금 사이진 곳에서, 맑은 하늘에 소나기 소리를 들려주며 기운차게 흘러 떨어지는 분수, 멀리 바라보면 블나덴부르크문을 사이에 두고 푸른 나무가 어우러져 심어 있는 사이로 공중에 떠올라 있는 개선탑의 여신상, 이 수많은 광경들이 눈앞에 모여 있어, 처음으로 이곳에 온 나는 이를 일일이 돌아볼 겨를이 없음도 당연했다." 하지만 나는 설사 어떠한 장소에 있더라도, 허황된 겉모습에 마음을 동요케 하지 않겠다는 다짐으로 항상 나를 유혹하는 갖가지 거리의 모습을 차단하고 묶어둘 수 있었다.

내가 벨을 울려, 면담을 요청하고, 정부의 소개장을 내밀어 일본에서 왔다고 인사를 하자, 독일 관원은 모두 쾌히 나를 맞아들여 공사관으로부터의 수속만 탈 없이 끝나면 무슨 일이든지 가르쳐주기도 하고 지식을 전해주기도 하겠다고 약속했다. 기쁜 것은 내가 일본에서 독일어와 불어를 배워두었던 일이다. 그들은 처음에 나를 만났을 때 '어디에서 어느새 이처럼 독일어를 배울 수 있었는가' 하고 묻지 않는 이가 없었다.

일본에 있을 때 미리 정부의 허가를 얻은 바 있으므로 공무에 시간이 생기면 베를린 대학에 들어가서 정치학을 수강하려고 청강생 명부에 등록해 두었다.

한 달 두 달 지남에 따라 관청의 업무처리도 끝나고, 조사도 점차 잘 진척되어 급한 것은 보고서로 작성하여 보내고, 급하지 않은 것은 기록해두니, 마침내 몇 권이 넘었다. 대학에는 어린 마음에 생각했던 바와 같은 정치가가 되기 위한 실무적인 특별한 과가 있을 리가 없었고, 이것 또는 저것하고 망설이다 두세 분의 법률가의 강좌를 수강하기로 마음먹고 수업료를 납부하고 강의를 들었다.

이렇게 3년은 꿈결처럼 지났지만, 때를 만나 감추려고 해도 완전히 감추기 어려운 게 인간이 지닌 본성인 것이다. 나는 아버지의 유언을 지키고 어머니의 가르침을 따라 남들이 신동이라고 칭찬하는 게 기뻐서 게으름피우는 일없이 공부한 때부터 그리고, 장관이 좋은 일꾼을 얻었다며 격려하는 게 기뻐서 해이해지는 일없이 근무했을 때까지 한결같이 소극적, 기계적으로 움직이는 인물이 되어 있으면서도 이를 스스로 깨닫지는 못했는데, 지금 25세가 되어서는 벌써 오랫동안 이 자유로운 대학의 분위기에 젖었기 때문일까, 마음속이 어쩐지 가라앉지 않고 깊숙이 숨어있는 본래의 내가 점차 표면에 나타나면서 어제까지의 나 아닌 나를 책만 하는 것 같다. 내 자신이 이 세상에 웅비하는 정치가가 되는 것도 적합하지 않고 또, 법전을 잘 암기해서 재판의 판결을 내리는 법률가가 되는 것도 어울리지 않음을 깨달았던 것이다.

  나는 가만히 생각해 보니, 나의 어머니는 나를 살아있는 사전으로 만들려고 하고, 장관은 나를 살아있는 법률로 만들려고 한 것같이 여겨졌다. 사전적인 인간이 되는 것은 그런 대로 참을 수 있어도 법률적인 인간이 되는 것은 견딜 수 없다. 지금까지는 하잘것없는 그런 사소한 문제에도 매우 정성껏 일본에 있는 장관에게 답신했던 내가 이 무렵부터는 장관에게 보내는 글에는 법제의 세세한 조목에 얽매일게 아님을 자주 논하고 일단 법의 정신만 익히면 사소한 문제점은 대나무를 쪼개듯 간단명료하게 해결될 것이라는 따위의 호언을 했다. 또 대학에서는 법과의 강의를 뒤로 미루고 역사·문학에 마음을 두어, 겨우 그 분야의 재미를 알게 되었다.

  장관은 원래, 마음대로 부릴 수 있는 기계를 만들려고 했던 것이었다. 그러니 독립적인 사상을 품고 보통 이상의 모습으로 변신한 사나이를 어찌 좋아할 것인가. 위태로운 것은 당시의 내 지위였다. 하지만 그런 이유로는 아직 내 지위를 무너뜨릴 수는 없었지만, 당시 베를린 유학생 중에, 어떤 세력 있는 한 무리들과 나 사이에 좋지 않은 관계가 생겼는데 그 사람들은 나를 시기하고 또 마침내 나를 모함하기에 이르렀다. 물론 여기에는 그만한 이유가 없는 것은 아니다.

  그 사람들은 내가 함께 맥주잔을 기울이지 않고 당구의 큐도 잡지 않은 것을 나의 뒤틀리고 또한 욕구를 억제하려는 마음에서 그렇다며 혹은 비웃고 혹은 질투하기도 했을 것이다. 그러나 그것은 나라는 인간을 잘 몰라서 그랬을 것이다. 아아, 그렇다 하더라도 내가 내 지신조차 모르는데, 어떻게 남에게 내 자신을 알아 달라 할 수 있을 것인가. 내 마음은 자귀나무의 나뭇잎과 닮아서 어떤 물체에 닿으면 움츠러들어 피하려고 한다. 내 마음은 겁 많은 처녀와도 닮았다. 내가 어릴 적부터 어른들의 가르침을 지키고, 배움의 길을 걸었던 것도, 모두 용기가 있어서 잘한 게 아니다. 참고 견디며 공부한 힘으로 목적을 달성한 것처럼 보이나, 그렇지 않고 모두 자신을 속이고 다른 사람조차 속인 것으로, 남이 시켜서 걷게 한 길을 그저 걸어왔을 뿐이다. 세속의 딴 일에 마음이 흐트러지지 않았던 것도 그런 외부적인 것을 버리고 돌아다보지 않을 용기가 있었기 때문이 아니다. 단지 그와 같은 것을 두려워하여 스스로 자신의 손발을 묶었던 것일 뿐이다. 고향을 떠나오기 전에도, 내가 똑똑한 인물임을 의심하지 않았고 또, 나의 마음의 참을성도 굳게 믿고 있었다. 하지만 그 마음도 한 순간이었다. 배가 요코하마를 떠날 때까지만 해도, 장한 호걸이라고 스스로 생각했었던 내가, 일단 배가 항구를 빠져 나가자마자 억누를 길 없는 눈물에 수건을 적시는 나 자신을 보고 어이없게 생각했는데, 이것이 바로 나의 본성이었던 것이다. 이 마음은 태어날 때부터 있었던 것일까? 또 일찍 아버지를 여의고 어머니의 손에서 길러졌기 때문에 생긴 것일까?

  그 사람들의 조롱하는 것은 당연한 일이다. 그러나 인간을 시기하는 것은 어리석은 것이 않은가? 이 약하고 가련한 마음을.

  빨갛게 하얗게 화장을 하고, 자극적인 빛깔의 옷을 걸치고, 카페에 앉아서 손님을 끄는 여인을 보면 가서 대할 용기도 없고, 높은 모자를 쓰고, 안경을 코에 걸쳐, 프러시아에서는 귀족 티 나는 콧소리를 내는 한량들을 보고는, 접근해서 같이 놀 용기가 없다. 이런 용기가 없으므로 저 활발한 동향사람들과 사귈 능력도 없다. 이렇게 교제가 원활하지 않았기 때문에 그 사람들은 그저 나를 비웃고, 나를 시기할 뿐만 아니라 또 나를 모함하게까지 되었다. 이것이 내가 억울한 죄를 쓰고, 잠깐 사이에 헤아릴 수 없는 정도의 고역을 겪게 되는 계기가 된 것이다.

어느 날, 저녁 무렵이었는데, 나는 동물원에서 산보하고, 운터 덴 린덴 거리를 지나 내가 사는 몬비쥬우가의 하숙에 돌아가려고, 클로스텔 거리의 낡은 사원 앞에 이르렀다. 나는 저 조명의 바다인 번화가를 지나와서 이 좁고 어스름한 거리에 들어서서, 2, 3층의 나무 난간에서 말리고 있는 요·내의 등을 아직도 걷어 들이지 않은 집, 구레나룻이 기다란 유태교인 할아버지가 문 앞에 우두커니 서 있는 선술집, 하나의 계단은 곧장 2층으로 나 있고, 다른 계단은 지하에 있는 대장간 집으로 통하는 셋집 등과 마주 서서 곧 凹자의 형태로 오목하게 지어져 있는, 이 3백 년 전의 낡은 건물들을 바라볼 때마다 마음이 황홀해져서 잠시나마 우뚝 멈춰선 일이 몇 번이었는지 모른다.

지금 막 이곳을 지나가려고 할 때, 닫혀있는 사원의 문에 기대어, 목소리를 삼켜가며 우는 한 소녀가 있는 걸 보았다. 나이는 16, 17세 정도 되었을까. 머리에 쓰고 있는 머플러 사이로 흘러나온 머리 색깔은 연한 황금빛이고, 입고 있는 옷은 때가 묻거나 더럽혀 있다고는 보이지 않는다. 내 발소리에 놀라서 뒤돌아 본 얼굴은, 나에겐 시인의 재능이 없어 이를 묘사할 수 없다. 이 파랗고 청아한 뭔가 묻고 싶은 듯 슬픔을 머금은 눈동자가 반쯤 눈물을 머금은 채 긴 속눈썹에 싸여 있는 것을 한 번 보았을 뿐인데, 어째서 그것이 매사에 조심스럽고 겁 많은 내 마음속 깊이까지 새겨지게 된 것일까?

그녀는 도대체 어떤 헤아릴 수 없는 깊은 어려움에 빠져있기에 앞 뒤 생각할 틈도 없이 여기에 서서 우는 걸까? 나의 겁 많은 마음이 연민의 정에 이끌려, 나도 모르게 그녀 곁에 다가가 "어째서 울고 있는지? 이곳에 아무 권속이 없는 외국인이, 오히려 도와드리기가 쉬울 수도 있겠지요"라고 말을 걸었고, 그러는 나 자신의 대담함에 나도 놀랐다.

그녀는 놀라며 나의 황색 얼굴을 응시하더니, 나의 진솔한 마음이 얼굴에 나타난 것이었을까? "당신은 좋은 사람인 것 같습니다. 그 누구처럼 잔혹하진 않겠지요. 또 내 어머니처럼"이라고 말했다. 잠시 말라있던 눈물의 샘이 또 넘쳐서 애처로운 뺨으로 흘러내린다.

"저를 구해주세요. 내가 철면피 같은 사람이 되지 않도록 구해주세요. 어머니는 내가 그의 말에 따르지 않는다고 나를 때렸습니다. 아버지는 돌아가셨습니다. 내일은 장사지내지 않으면 안 되는데, 집에 일전 한 푼도 모아둔 게 없습니다"라고 말한 뒤 홀쩍이는 목소리뿐, 나의 시선은 고개를 떨군 소녀의 떨고 있는 목덜미로 쏠렸다. "그대의 집으로 바래다 줄 테니, 우선 마음을 진정하세요. 울음소리가 사람들에게 들리지 않도록 하세요. 여기는 사람이 왕래가 잦은 곳이니"내가 말하는 사이에 그녀는 저도 모르게 내 어깨에 기대었지만, 이내 문득 얼굴을 들고 비로소 나를 쳐다본 듯, 수줍어하며 내 곁에서 얼른 물러섰다.

남의 시선을 꺼리기라도 하듯이 빠르게 걷는 소녀의 뒤를 따라 사원 맞은편에 있는 집의 큰문을 들어서니 군데군데 부서진 돌계단이 있다. 이를 올라가니 4층에 허리를 굽혀서 빠져나갈 만한 문이 있다. 소녀가 녹슨 철사 줄 끝을 비틀어놓은 데에 손을 대고 강하게 당겼다. 안에서 노파의 쉰 목소리가 들리는데, "누구냐"고 묻는다. "엘리스가 돌아왔어요"라고 대답하자마자 문을 거칠게 끌어당겨 열며 나타난 이는 반쯤 하얗게 센 머리, 흉한 용모는 아니지만, 궁핍의 흔적을 이마에 새긴 얼굴을 한 노파로, 낡은 나사 옷을 입고, 더러운 실내화를 신고 있다. 엘리스가 나에게 가볍게 머리를 끄덕여 들어가자 노파는 기다렸다는 듯이 문을 세차게 닫아버렸다.

나는 잠시 망연하게 그냥 서 있다가, 얼핏 램프의 빛을 통해서 문을 보니 에른스트 와이게르트라고 옻칠로 씌어있고, 그 아래에 재봉사라고 주가 달려 있다. 이것은 세상을 떠났다고 하는 소녀의 아버지 이름임에 틀림없다. 안에서는 말다툼하는 것 같은 소리가 들리더니, 이내 조용해지고는 문이 다시 열렸다. 조금 전의 노파는 자신의 무례하게 행동했던 점을 정중하게 사과하고, 나를 안으로 맞아들였다. 문 안쪽은 부엌으로 오른쪽에 있는 낮은 창에, 새하얗게 세탁해 놓은 삼베천이 걸려 있다. 왼쪽에는 서투르게 쌓아올린 벽돌 아궁이가 있다. 정면에 있는 하나의 방의 문은 절반쯤 열려 있었는데, 안에는 하얀 천을 덮은 침상이 있다. 누워 있는 이는 죽은 사람임에 틀림없다. 노파는 부뚜막 옆에 있는 문을 열고 나를 안내했다. 이곳은 이른바 "지붕 밑 다락방"으로, 거리에 면한 단칸방이어서 천장도 없다. 구석의 지붕 안으로부터 창을 향해서 비스듬하게 내려간 대들보를 종이로 바른 아래에, 허리를 펴면 머리가 닿음 직한 그곳에 침상이 있다. 중앙의 책상에는 아름다운 모직물의 깔개를 씌우고, 위에는 책 한 두 권과 사진첩을 진열하고, 도자기 화병에는 여기에 어울리지 않는 값비싼 꽃다발이 꽂아 있다. 그 옆에 소녀는 수줍은 듯 서 있다.

　그녀는 대단히 아름답다. 우유 빛 얼굴은 등불에 비쳐 연분홍빛으로 비친다. 손발이 가느다랗고 연약함은 가난한 집의 소녀 같지 않다. 노파가 방을 나간 뒤에, 소년 조금 사투리 섞인 말씨로 말한다. "용서해 주세요. 당신을 여기까지 끌고 온 분별없는 짓을. 당신은 좋은 사람임에 틀림없습니다. 저를 설마 미워하시지 않겠지요. 내일로 다가온 아버지의 장례, 믿었던 샤움베르히, 당신은 그를 모르겠지만, 그는 빅토리아 극단의 단장입니다. 그에게 고용된 지 벌써 2년이 됐으므로, 당연히 우리들을 도울 거라고 생각했었는데, 남의 어려운 처지를 기회로 삼아, 엉뚱한 요구를 해오고 있어요. 저를 구해주세요. 돈은 얼마 안 되는 월급에서 쪼개어 돌려 드리겠습니다. 설령 제가 굶더라도. 돈을 융통할 수 없으면 어머니의 말씀대로 따를 수밖에 없습니다. 소녀는 눈물을 글썽이며 몸을 떨었다. 그 올려다보는 눈에는, 사람이면 거절할 수 없는 미태가 있다. 이 눈의 움직임은 그녀는 의식적으로 일부러 하는 걸까 아니며 자신은 모르고 하는 걸까?

내 주머니에는 2, 3마르크의 은화가 있지만, 그것으로 충분할 것 같지 않아서, 시계를 풀어 책상 위에 놓았다. 이것을 전당포에 맡기면 급한 것은 면할 수 있을 것입니다. 전당포 점원이 몬비쇼우가 3번지에 오오타라고 찾아올 때는 그 값을 치러주겠습니다.

소녀는 놀라며 감격한 듯했고, 내가 작별인사로 내민 손에 입술을 대더니, 뚝뚝 떨어지는 그녀의 뜨거운 눈물이 내 손등을 적서졌다.

아아, 이 무슨 좋지 않은 인연이란 말인가. 그 은혜를 갚으려고 직접 내 하숙에 온 소녀는 소펜하우어를 오른쪽에 쉴러를 왼쪽에 놓고, 종일 단정히 앉아 있는 나의 서재의 창밑에, 한 송이의 아름다운 꽃을 피게 한 것이다. 이것을 시초로 하여 나와 소녀와의 만남이 점차 빈번해져서, 동향인에게까지 알려지게 되어 버렸으니, 그들은 지레짐작으로, 나를 두고 여색을 무희들에게 구하는 자라고 했다. 우리 두 사람 사이에는 아직 그저 그런 천진스런 만남만 있었던 것을.

그 이름을 지적한다는 건 꺼림칙하나 동향인 중에는 참견을 좋아하는 이가 있어, 내가 종종 극단에 드나들며, 여배우와 교제하고 있다는 것을 장관에게 보고했다. 그렇지 않아도, 내가 다른 학문에 관심을 갖고 있음을 알고, 밉게 보던 장관은 마침내 그 사연을 공사관에 전달하여 내 관직을 파면하여, 나를 해임시켰다. 공사가 이 명령을 전달할 때 나에게 말한 것은, 만약 자네가 즉시 고향에 돌아간다면, 여비를 주겠지만 그렇지 않고 여기에 머무른다면 정부의 도움은 받을 생각을 말라는 것이었다. 나는 1주일의 유예를 청하고 여러 가지로 고민하는 동안에, 내 생애에서 가장 비통함을 느끼게 하는 두 통의 편지를 받았다. 이 두 통은 거의 동시에 부친 것이었는데, 하나는 어머니의 자필의 편지이고 하나는 친척의 어떤 사람이 어머니의 사망을, 내가 더없이 그리워하는 어머니의 죽음을 알려온 편지였다. 나는 어머니의 편지 속의 말을 여기에 되풀이할 수 없다. 눈물이 복 바쳐 도저히 붓을 옮길 수 없기 때문이다.

　나와 엘리스와의 교제는, 이때까지는 남들이 보는 것보다 순결했었다. 그녀는 아버지가 가난함으로 해서 충분한 교육을 받지 못하고, 15세에 무용선생 모집에 응모하여 이 창피한 부끄러운 춤을 배우게 된 것이고, 연습과정을 수료한 후에는 빅토리아 극단에 들어가 지금은 극단 제2의 지위를 차지하게 되었다. 하지만 시인 하크랜더가 당시 노예라고 말한 것처럼, 덧없는 게 무희의 신세이다. 박봉에 얽매여 낮에는 연습, 밤에는 무대에서 혹사당하고, 극장분장실에 들어가면 화장도 하고, 아름다운 옷도 걸치나, 극단 밖에서는 자기 한 사람의 의식주도 해결할 수 없는 형편인데, 부모형제까지 부양해야하는 사람의 그 괴로움이야말로 어떻게 표현할 수 있겠는가. 그러므로, 그들 동료 중에는 천하기 그지없는 처지로 떨어져 버리는 경우가 흔하다고 한다. 엘리스가 그렇게 되지 않았던 것은 얌전한 성격과 완고한 아버지의 보호 때문이다. 그녀는 어렸을 때부터 책 읽는 것을 무척 좋아했지만, 손에 들어오는 것은 천한 「콜 포르타쥬」라고 부르는 대본서점의 소설뿐이었던데, 나와 서로 알게 되면서부터는 내가 빌려준 책을 꾸준히 읽어서 점점 흥미를 갖게 되고, 사투리도 바로잡게 되어, 얼마 후에는 나에게 보내는 편지에 오자도 보이지 않았다. 이런 사이로 우리 둘은 우선 사제로서의 교제가 생겨난 것이라고 할 수 있다. 나의 뜻하지 않은 면직을 들었을 때, 그녀는 안색이 변했다. 나는 그녀가 이번 일에 한 원인이 되었다는 것을 숨겼지만, 그녀는 나에게 "어머니에게는 그 일을 숨겨주세요"라고 말했다, 이는 어머니가, 내가 학비조달이 안 되는 것을 알면 나를 멀리 대할까 두려워했기 때문이다.

　아아, 자세하게 여기에 옮겨 쓸 필요도 없지만, 내가 그녀를 사랑하는 마음이 갑자기 타올라, 마침내 헤어지기 어려운 사이가 된 것은 바로 이 때였다. 나의 한 몸의 큰 문제가 앞에 가로 놓여서, 실로 위급하기 이루 말할 수 없는 시기인데도, 이러한 교제를 야릇하게 여기고 또 비방하는 사람도 있을 테지만, 내가 엘리스를 사랑하는 마음은 처음 만났을 때보다 결코 가볍지 않는 데다, 지금 나의 불행을 동정하며, 또 이별을 슬퍼하여 엎드려 울고 있는 얼굴을 볼 때, 옆의 잔머리가 흘러내려 있는 그 아름다운 모습은 나의 비통한 현재의 심정은 평상시와 다른 나의 두뇌를 자극하여 자신도 모르는 사이에 그녀에게 매료되어버렸고 그런 사이에 서로 떨어질 수 없는 사이가 되어버린 것이다.

　공사에게 약속한 날이 다가와, 나의 운명은 절박했다. 이대로 고국에 돌아가면, 학문을 이루지 못하고, 오명을 쓰고 있는 몸이라 출세할 수는 없을 것이다. 그렇다고 해서, 머무르자니, 학자금을 얻을 수 있는 길은 없다.

　이 때 나를 도와준 것은 지금 나의 동행의 한 명인 아이자와 겡기찌이다. 그는 현재 도쿄에서, 이미 아마가따 백작의 비서관으로 있었는데, 나의 면직 기사가 관보에 나와 있는 것을 보고, 모 신문사의 편집장을 설득하여 나를 신문사의 통신원으로서 베를린에 머무르게 해서 정치·학문·예술에 관한 것 등을 보고하게 하도록 해주었다.

　신문사의 보수는 보잘것없는 정도였지만, 거처를 싼 곳으로 옮기고, 점심식사 하는 식당도 바꾸면, 간신히 생계는 꾸릴 수 있을 것이다. 이리저리 궁리할 때 정성을 다하여 구원의 밧줄을 던져준 이는 엘리스였다. 그녀는 어떻게 어머니를 설득시켰는지, 나는 그들 모녀의 집에 임시 거처하게 됐고 엘리스와 나는 언제부터랄 것 없이, 서로의 보잘 것 없는 수입을 합쳐서, 어려운 생활 속에서도 즐거운 나날을 보냈다.

 아침 커피가 끝나면 그녀는 연습하러 나가고, 그렇지 않은 날에는 집에서 쉬었다. 나는 쾨니히가의, 입구는 좁으나 안길이 유난히 기다란 휴게소로 가서, 갖가지 신문을 읽고, 연필을 끄집어내서는 이것저것 자료를 모았다. 여기는 지붕 쪽으로 활짝 열린 창으로부터 햇빛이 들어오는 방에서, 일정한 직업이 없는 젊은이, 많지도 않은 돈을 남에게 빌려줘서, 그 자신은 놀며 지내는 노인, 거래소 일의 틈을 타서 쉬고 있는 상인들, 그들과 나란히 앉아서 차디찬 돌 탁자 위에서 바쁜 듯이 붓을 놀리는 동안, 소녀가 갖고 온 한잔의 커피가 식는 것도 모른 채 가늘고 긴 막대에 끼어진 신문을 그것도 여러 종류를 늘어놓아 걸려있는 한쪽 벽에, 몇 번이고 왔다갔다 하는 일본인을 보고는 모르는 사람은 어떻게 보았을까? 또 이렇게 1시간 정도 시간이 지나면, 연습이 있는 날에는 돌아오는 길에 여기에 들려서, 나와 함께 휴게소를 나서는 대단히 경쾌하게 우아한 몸짓을 지닌 이 소녀를, 이상히 여기는 사람도 있었을 것이다.

 나는 학문에 소홀해졌다. 등불 하나가 희미하게 타오르는 다락방에서 엘리스가 극장에서 돌아와, 의자에 기대어 바느질하는 그 옆 책상에서, 나는 신문의 원고를 썼다. 옛날의 무미건조한 법령조목을 종이에 기록했던 것과는 달리, 지금은 활기에 넘치는 정계의 움직임, 문학, 미술에 관한 신 현상의 비평 등, 이것저것 맞추어서 힘닿는 한, 청년 독일 파 작가 뵈르네보다는 오히려 하이네편에서 익히고 생각을 정리하며 갖가지 글을 썼다. 그 중에서도 연달아 빌헬름 1세와 프레드릭 3세가 죽고, 신 황제의 즉위, 비스마르크재상의 진퇴문제 등에 대해서는 더욱 상세한 보고를 했다. 그래서, 이 무렵부터는 생각 보다 바빠져서, 많지도 않은 장서를 펴서 옛날에 했던 학문을 다시 하기가 어려워졌으며, 대학의 학적은 아직 정리하지 않았지만, 수업료를 납부하는 게 힘들어 단 하나의 강의조차 출석하는 일이 드물어졌다.

　나는 학문에서 멀어졌다. 하지만 나는 다른 분야에 견식을 갖게 되었다. 그것은 어떤 것인가 하면, 일반적으로 민간학(저널리즘)이 유포되어 있는 것은, 구 유럽 여러 나라 사이에서도 독일에 필적할 나라는 없을 것이다. 수백 종의 신문·잡지에 실려 있는 논의에는 대단히 수준 높은 것이 많았고, 나는 통신원이 된 날부터, 전에 대학에 빈번히 다녔을 때, 배웠던 식견으로 그것을 읽고 또 읽고 옮겨 쓰고 또 옮겨 쓰기도 함으로써, 지금까지 오직 외길만 달렸던 지식이, 저절로 종합적이 되어서 대부분의 동향 유학생들은 꿈에서도 생각하지 못할 경지에 도달했다. 그들 가운데는 독일신문의 사설조차 제대로 읽을 수 없는 자가 있었으니 말이다.

　메이지 21년의 겨울이 왔다. 중심가의 인도에는 모래를 뿌리고 가래질로 눈을 치우지만, 크로스텔가의 거리는 울퉁불퉁하게 드러나, 표면은 온통 얼어붙어 있다. 아침에 문을 열었더니 굶주려서 얼어붙은 참새가 떨어져 죽어 있는데 보기에도 애처롭다. 방을 따뜻하게 하고, 아궁이에 불을 계속 지펴도, 벽돌 사이로 옷속을 꿰뚫는 북유럽의 추위는 좀처럼 견디기 어려웠다. 엘리스는 2, 3일전 밤에, 무대에서 졸도하여, 남에게 부축받아 돌아왔는데, 그때부터 기분이 좋지 않다고 해서 쉬면서, 먹는 것마다 토하는 걸 보고, 입덧이 아닌가 하고 처음으로 알아차린 건 그녀의 어머니였다. 아아 그렇지 않아도 불안한 내 장래인데, 만약 그것이 사실이라면, 어찌하면 좋을까?

　오늘은 일요일이라 집에서 쉬고 있지만 마음은 편치 않다. 엘리스는 자리에 드러누울 정도는 아니지만, 작은 난로 곁으로 의자를 끌어당겨 앉고는 말이 없다. 이때 입구에 사람소리가 나더니, 이윽고 부엌에 있던 엘리스의 어머니가 편지를 갖고 와서 나에게 건넸다. 받아보니, 눈에 익은 아이자와의 필적인데 우표는 프로이사 것이고, 소인은 베를린으로 되어 있다. 이상하게 여기면서도 펼쳐서 읽어보니, "너무 급하여 미리 연락할 수가 없었어. 어젯밤 여기에 도착하신 아마가따 대신을 따라서 나도 왔다. 백작께서 자네를 보고 싶다고 말씀하시니 빨리 오게. 자네의 명예를 회복하는 것도 지금일 거야. 마음이 급해서 용건만 적는다."라고 되어 있다. 다 읽고서 망연해하는 표정을 보고, 엘리스가 말한다. "고국에서 온 편지예요? 설마 나쁜 소식은 아니겠지요?" 그녀는 신문사 보수에 관한 편지라 생각했을 테지. "아니, 걱정하지 마. 당신도 아는 아이자와가, 대신과 함께 여기에 와서 나를 찾는 것이야. 급하다고 하니 지금 곧 가봐야겠어."

사랑하는 외아들을 내보내는 어머니도 이렇게는 마음 쓰지 않을 것이다. 대신을 만나 뵙게 될지도 모른다고 생각한 것일까. 엘리스는 병중인데도 간신히 일어나서 와이셔츠도 새하얀 것으로 고르고, 정성 들여 챙겨두었던 후록코드라고 하는 더블 버튼의 양복을 꺼내서 입히고, 넥타이까지 직접 매주었다.

"이 정도면 보기 흉하다고 누구도 말하지 않을 거예요. 이 거울에 향해 보세요. 왜 이렇게 언짢은 표정을 보이세요? 나도 함께 가고 싶네요." 조금 표정을 바꾸더니, "아니, 이렇게 옷을 갈아입으신 걸 보니, 어쩐지 나의 토요타로오인 당신으로 보이지 않네요." 또 조금 생각하는 듯 하더니, "설령 부귀하게 되시는 날이 있더라도, 저를 버리시지 않겠지요. 내 병이 어머니가 말씀하시는 임신이 아닐지라도."

"뭐라고 부귀?" 나는 미소 지었다. "정치사회 따위에 나가려는 희망을 버린 지 이미 오래 이고, 대신은 보고 싶지도 않아. 단지 오랫동안 헤어져 있던 친구를 만나러 갈 뿐이야." 엘리스의 어머니가 불러 준 1등 마차는 바퀴를 삐걱거리면서 눈길을 달려 집 앞 창 아래까지 왔다. 나는 장갑을 끼고, 조금 더러운 외투를 등에 걸친 채 팔을 끼우지 않고 모자를 들어 엘리스에게 키스하고 아래층으로 내려갔다. 그녀는 얼어붙은 창문을 열고, 흐트러진 머리를 찬바람에 날리면서 내가 탄 마차를 전송했다.

내가 마차에서 내린 것은 카이젤호프호텔의 입구이다. 카운터에서 비서관 아이자와의 방 번호를 물어 오랜만에 밟아보는 대리석 계단을 올라갔더니, 중앙 기둥에는 비로드를 씌운 소파가 놓여 있고, 정면에 거울을 세운 대기실이 있는데 그리로 들어갔다. 여기서 외투를 벗고, 복도를 따라 방 앞까지 갔는데 나는 좀 주저하게 됐다. 같이 대학에 다닐 때에는 나의 품행의 방정함을 격찬한 아이자와가 오늘은 어떤 얼굴로 맞이할 것인가. 방으로 들어가 만나보니, 용모는 그때보다 살쪄 듬직하게 보였지만, 변함없는 쾌활한 기상으로 내 허물도 그다지 마음에 두고 있지 않은 것으로 보인다. 헤어진 이후의 소식을 자세히 말할 틈도 없이 그에게 안내되어 대신을 알현했다. 위탁받은 것은 독일어로 쓰여 진 문서로 급히 필요한 것이니 번역하라는 것이었다. 내가 문서를 받아 대신 방을 나왔을 때, 아이자와는 뒤따라와서 나에게 점심을 같이 하자고 말했다.

식당에서는 그가 많은 것을 물어서 내가 대답해 주었다. 그의 인생행로는 대체로 평탄한데, 불행하고 기구한 것은 나의 처지였다.

내가 마음 터놓고 얘기한 불행한 과거지사를 들으면서 그는 가끔 놀랐지만, 좀처럼 나를 책망하려고 하지 않고, 오히려 나를 중상한 다른 유학생 선배들을 욕했다. 그렇지만 이야기가 끝났을 때 그는 정색을 하고 충고하기를 "그러한 일은 원래 태어날 때부터 타고난 너의 약한 심성에서 온 것이니, 이제 와서 얘기해도 소용없을 것이다. 그렇지만 학식 있고, 재능 있는 자가 언제까지나 한 소녀의 정에 얽매어서 목적 없는 생활을 할 것인가. 지금은 아마가따 백작도 단지 자네의 독일어 실력을 이용하려는 마음뿐이다. 나도 백작이 당시의 면직이 된 이유를 알고 있기 때문에 억지로 그분의 선입관을 바꾸어보려고 하지 않는다. 백작이 마음속으로 옳지 못한 일을 감싸는 자인가 생각하실 수 있으니 그것은 친구에게 도움이 안 되고, 내게도 손해가 되기 때문이다. 사람을 추천하는 데는 우선 그 능력을 나타내는 것이 제일 좋다. 능력을 보여서 백작의 신용을 얻으라, 또 그 소녀와의 관계는 설령 진실이 있다 하더라도, 또 비록 사랑이 깊어졌더라도 상대의 인물, 재능을 알고서 한 사랑이 아니다. 유학생들의 관례에서 오는 일종의 타성적인 교제에 지나지 않을 것이다. 마음을 단단히 먹고 끊어라." 이것이 그가 말한 내용이다.

바다에서 키를 잃은 뱃사람이 아득히 먼 산을 바라보는 것 같은 이야기가 아이자와가 나에게 제시한 전도의 방침이다. 그렇지만, 그 산을 더욱 짙은 안개 속에 싸여 언제 닿을지도, 아니 설령 닿는다고 하더라도 내 마음속에 만족을 줄지 어떨지 확실하지 않다. 가난한 가운데서도 즐거운 것은 지금의 생활이고, 버리기 어려운 것은 엘리스의 사랑이다, 내 약한 마음에는 판단이 서지 않았으나, 당분간 친구의 말에 따라 그녀와의 관계를 끊겠다고 약속했다. 나는 엘리스와의 관계는 끊을 수 없는 것이라 생각하면서 나에게 대항하는 것에는 저항하지만 친구에 대해서만은 거절하는 말을 못하는 것이 나의 성격이었기 때문이다.

그와 헤어져 나오니 바람이 뺨을 스쳤다. 이중창을 꽉 닫고, 큰 난로에 불을 지핀 호텔식당을 나서자, 얇은 외투에 스며드는 오후 4시의 추위는 더욱 참기 어려워, 소름이 돋음과 동시에 내 마음도 일종의 한기를 느꼈다.

번역은 하룻밤에 끝냈다. 카이젤호프로 다니는 일은 이 때부터 점점 잦아짐에 따라, 처음에는 백작의 말도 업무에 한했었지만, 나중에는 요즘 고국에서 있던 일 등을 예를 들어 나의 의견을 묻기도 하고 때로는 여행 중에 사람들이 실수한 이야기를 하면서 웃기도 하셨다.

한 달쯤 지나, 어느 날 백작은 돌연히 나를 향해 "나는 내일, 러시아로 향해 출발할 것이다. 수행원으로서 가지 않겠는가?"라고 하셨다. 나는 여러 날 공무로 바쁜 아이자와를 만나보지 못했기 때문에 갑작스러운 백작의 질문을 받고 나는 놀랐다. "어찌 명령에 따르지 않겠습니까." 나는 나의 부끄러운 점을 쓰겠다. 이 대답은 냉철히 결단해서 말한 것은 아니다. 나는 내가 믿고 의지하는 마음을 자아내게 한 사람에게 갑자기 질문을 당했을 때, 순간적으로 그 대답의 범위를 헤아리지 않고 곧 승낙해버리는 일이 있다. 그리고 승낙한 이상 그것이 이루기 어렵다는 것을 깨달아도 무리하게 승낙했을 때의 생각이 깊지 못했음을 말하지 못하고 억지로 이를 실행하는 일이 종종 있었던 것이다.

이 날은 번역료에다 여비까지 보태서 준 것을 받아 가지고 돌아와서 이를 엘리스에게 맡겼다. 이것으로 러시아에서 돌아올 때까지의 생활비를 충당할 수 있을 것이다. 그녀는 의사에게 진찰 받았더니 임신이라고 한다. 빈혈성이었으므로 몇 달이나 알아차리지 못했을 것이다. 극단 단장으로부터는 너무 오래 쉬었기 때문에 제적하겠다고 연락이 왔다. 아직 한 달밖에 안되었는데도 이렇게 엄하게 구는 것은 다른 이유가 있기 때문일 것이다. 내가 여행 떠나는 데에는 그리 괴로워하는 것 같아 보이지 않는다. 거짓 없는 내 마음을 굳게 믿고 있기 때문이다.

기차로는 멀지도 않은 여행이어서, 준비랄 것도 없다. 몸에 맞춰 빌린 검은 예복, 새로 산 고다판 러시아 궁정의 귀족명부 등, 두세 종류의 사전을 작은 가방에 챙겼을 뿐이다. 그렇지 않아도 괜히 울적해하는 날이 많은 요즈음이어서 나를 보내고 난 뒤에 남는 그녀는 더욱 우울해 할 것이고 또는 정류장에서 눈물을 흘리기라도 하면, 왠지 마음이 아플 것 같아 다음날 일찍 엘리스를 어머니에게 부탁해서 아는 사람 집으로 보냈다. 나는 여장을 챙긴 후 문을 잠그고, 열쇠를 문간채에 사는 구두집 주인에게 맡기고 집을 나섰다.

러시아 여행에 대하여는 무엇을 적어야 할 것인가? 나의 통역임무로 해서 갑자기 내 의지와 관계없이 동행하게 되었고, 청운의 꿈을 갖게 했다. 내가 대신의 일행을 따라 수도 페테르부르크에 있는 동안 내 주위에 있는 물건들은 파리 제일의 사치품을 얼음과 눈으로 뒤덮인 추운 곳으로 옮겨 놓은 궁성의 장식과 마치 황금색 촛불을 무수히 밝혀 놓은 것과 같은 훈장 그리고 수많은 견장에서 반사되는 빛, 그리고 조각과 조금(彫金)기술의 정수를 담은 벽난로의 화기에 추위도 잊고 사용하는 궁녀의 부채 등이었다. 여기서 프랑스어를 가장 유창하게 말하는 사람은 나였기 때문에 주인과 내빈 사이에서 일을 주선하고 통역하는 자도 또한 거의 나였다.

그 동안 나는 엘리스를 잊지 않았다. 아니, 그녀는 날마다 편지를 보내왔기 때문에 잊을 수가 없었다. 내가 떠난 날에는 "여느 때와 달리 혼자서 등불을 대하는 게 울적하여, 아는 사람 집에서 밤이 깊도록 얘기하고 피곤해지기를 기다려 집에 돌아와서는 바로 잤어요. 다음날 아침에 눈을 떴을 때는 홀로 뒤에 남겨진 것이 꿈이 아닌 가 했어요. 일어났을 때의 허전함, 이러한 생각은 생계에 허덕이며 그날의 끼니를 걱정하던 때에도 느껴보지 못했던 것이다." 이것이 그녀가 쓴 첫 번째 편지의 내용이다.

또 어느 정도 지난 다음에 온 편지는 매우 절박한 마음으로 쓴 편지 같았다. 편지는 "아니"라는 글자로 시작되어 있었다.

아니 당신을 사모하는 깊은 마음속을 이제야 깨달았습니다. 당신은 고향에 의지할 만한 친족·친우가 없다고 말씀하셨기 때문에 이 땅에서 좋게 살아가는 방도가 있기만 하면, 머물러 있으시겠지요. 또한 내 애정으로서 당신을 계속 붙잡아두지 않고서는 뱃길 수 없어요. 그런데 할 수 없어서 일본으로 돌아가시게 된다면 어머님과 함께 따라가는 것은 쉽지만, 그 정도로 많은 여비를 어디에서 구하겠습니까? 어떠한 일을 하는 한이 있어도 이 땅에 머물러서 당신이 출세하시는 날만을 기다리겠다고 늘 생각했습니다만, 잠시 여행이라고 떠나신 지 20일 동안 이별의 슬픔은 날이 갈수록 더하여 갈 뿐입니다. 헤어지는 것은 단지 일순간의 괴로운 일이라고 생각한 것은 잘못이었습니다. 내 몸이 홀몸이 아닌 것이 점점 확실해져 가고 당신조차 옆에 없으니, 설령 어떤 일이 있어도 나를 결코 버리지 않으시겠지요. 어머니하고 크게 싸웠습니다. 그러나 내가 예전과 달리 마음을 정한 것을 아시고는 어머니도 생각을 바꿨답니다. 내가 일본에 가는 날에는 슈테틴 근처 농가에 먼 친척이 있는데 그 곳에 몸을 의지하겠다고 말씀하셨습니다. 써서 보내신 것과 같이 대신께서 중요한 자리로 임용해 주시면 내 여비는 어떻게든 되겠지요. 지금은 다만 당신이 베를린으로 돌아오실 날을 기다릴 뿐입니다.

아아, 나는 이 편지를 보고 비로소 나의 처지를 분명히 알 수 있었다. 수치스러운 것은 나의 우둔함이다. 나는 내 한 몸의 진퇴에 대해서도 또 나하고는 아무런 상관이 없는 타인의 일에 대해서도 결단력을 지니고 있다고 믿고 그것을 긍지로 생각했으나, 이러한 결단력은 순조로울 경우만 그렇고 역경의 경우에는 통하지 않았다. 나하고 남과의 관계를 비교해 보려고 할 때에는 그 믿었던 마음속의 거울은 흐려지고 만다.

대신은 벌써 나를 신임하고 있다. 그렇지만, 나의 좁은 시야로는 오직 자기가 수행한 직분만을 생각했다. 나는 여기에 미래의 소망이 걸려있으리라고는, 신도 아시겠지만, 조금도 생각이 미치지 못했던 일이다. 그러나 지금은 여기까지 생각이 미치니 더욱 내 마음은 냉담했었던 탓일까. 앞서 친구가 권했을 때는 대신에게 신임을 얻는다는 일은 지붕 위의 새처럼 손이 미치지 못하는 것이라 생각했으나, 지금은 조금 신임을 얻었는가 하는데,

아이자와가 근래의 말끝마다 본국에 돌아간 다음에도 함께 일했으면 하는 것은 대신이 그렇게 이른 것을, 친구사이인데도 공무이니까 확실하게 말하지 않았던 것일까? 이제 와서 생각하니 내가 경솔하게도 그에게 엘리스와의 관계를 끊겠다고 말한 것을 대신에게 이미 알린 것일까.

아아, 독일에 처음 왔을 때는, 스스로 나의 본분을 깨달은 줄 알고 또 기계적으로 순종하는 인물은 되지 않겠다고 맹세하였지만, 이는 발 묶인 새가 잠시 깃을 펄럭이며 자유를 얻었다고 자랑하는 것과 다를 바 없었다. 발을 옭은 실을 풀 방법이 없다. 이전에 이 실끈을 조종한 자는 모 중앙관청의 장관이고, 지금 이 실은 아아! 아마가따 백작의 손아귀에 있구나! 내가 대신의 일행과 함께 베를린에 돌아온 것은 때마침 신년의 아침이었다. 정거장에서 이별을 고하고 집으로 마차를 몰았다. 이곳에서는 지금도 섣달 그믐에는 자지 않고 새해 아침에 자는 게 습관이어서, 집집마다 고요했다. 너무나 추워서 노상의 눈은 뾰족한 얼음 조각이 되어서 맑게 갠 햇살에 반사되어 반짝반짝 빛났다. 차는 클로스터가를 돌아 집 앞에 멈췄다. 이 때 창문을 여는 소리가 났지만, 마차에서는 보이지 않는다. 마부에게 가방을 들게 하고 계단을 올라가려고 할 때에 엘리스가 계단을 달려 내려왔다. 그녀는 소리를 지르며 내 목을 껴안았다. 그것을 본 마부는 어이없는 듯한 표정으로 수염투성이 입속에서 무어라 중얼거린 듯싶었으나 들리지는 않았다.

"잘 돌아오셨습니다. 돌아오시지 않았으면, 제 목숨은 끊어졌을 것입니다."

내 마음은 이때까지도 갈피를 잡지 못했고 고향을 생각하는 일념과 출세를 바라는 마음이 때로는 애정을 억압하려 했지만, 오직 이 순간 여러 생각은 사라지고 나는 그녀를 안고 그녀는 머리를 내 어깨에 기대어 기쁨의 눈물을 하염없이 흘렸다.

"몇 층으로 가져갈까요."라고 굵고 탁한 목소리를 지른 마부는 재빨리 올라가서 벌써 층계 위에 서 있다.

문밖으로 마중 나온 엘리스 어머니에게 "마부에게 요금을 치러주세요" 하고 은화를 건네고, 나는 손을 잡고 끄는 엘리스에 이끌려 서둘러 방으로 들어왔다. 한 번 훑어보고는 나는 놀랐다. 책상 위에 하얀 무명, 하얀 레이스 등이 수북이 쌓여있기 때문이다.

엘리스는 웃으면서 그것들을 가리키며 "어찌 생각하십니까? 이 마음 준비를"하고 말하면서 하나의 무명조각을 들어 올리는 것을 보니까 기저귀였다. "제 기쁜 마음을 이해해 주십시오, 태어날 아기는 당신과 닮아서 검은 눈동자일 것입니다. 그 눈동자, 아아, 꿈에서 본 것도 당신의 검은 눈동자입니다. 아기가 태어나면 당신의 올바른 심성으로 설마 다른 성으로 이름 지으시지 않겠지요." 그녀는 고개를 떨구었다. "유치하다고 웃으실지 모르니 교회에 가서 세례를 받는 날에는 얼마나 기쁘겠습니까." 쳐다보는 눈에는 눈물이 가득 차 있었다.

2, 3일 간은, 대신도 여행의 피로가 풀리지 않을 것이라 생각하고 아예 방문하지도 않고 집에만 머물러 있었지만, 어느 날 저녁, 인편으로 오라는 전갈이 있었다. 가보니 잘 대해주면서 러시아 여행 때의 노고를 치하하고 위로한 뒤에 "나와 함께 고국으로 돌아갈 마음이 없는가. 자네의 학문은 내가 짐작할 수 있는바 아니나, 어학력만으로도 세상에 큰 도움이 될 것인데, 독일에 체류하는 게 너무 오래되어서 여러 가지 인간관계에 연루되어 있지 않겠느냐고 아이자와에게 물었다. 그런 일 없다고 해서 안심하고 있었다"고 하신다. 그 진지한 모습에 거절할 수 있는 분위기는 아니었다. 그러나 진실을 말하려 했지만 사실 아이자와의 말을 거짓이라고 하기도 어렵고 만일 대신의 연줄에 매달리지 않으면, 고국도 잃고 명예를 돌이킬 길도 끊어지고, 이 몸은 이 넓은 유럽 대도시의 사람들 속에 파묻히고 말 것

이라는 생각이 머리끝까지 치밀었다. 그렇게도 지조 없는 마음인지 "그렇게 하겠습니다"라고 대답해 버렸으니.

걸음걸이가 순조롭지 못하여 크로스텔가까지 왔을 때는 한밤중이 지난 시간이었다. 여기까지 어떻게 걸어왔는지 모른다. 정월 초순의 밤이었기에 운터 덴 린덴의 술집·찻집은 여전히 사람의 출입이 않고 북적거렸을 텐데 조금도 기억이 나지 않는다. 나의 머릿속에는 오직 나는 용서받을 수 없는 죄인이라는 생각으로 가득 차 있었다.

4층에 있는 다락방에는 엘리스가 아직도 자지 않은 듯 불빛이 캄캄한 하늘로 새어나오는 게 분명히 보였지만, 펄펄 내리는 백로와 같은 눈송이에 금방 가려지기도 하고 금방 또 비취기도 하여 바람에 우롱 당하는 것만 같았다. 입구에 들어서면서 비로소 피로가 느껴지고 몸의 마디마디가 아파서 견딜 수 없어 기어가듯 계단을 올라갔다. 부엌을 지나 방문을 열고 들어갔을 때 책상에 기대어 기저귀를 꿰매고 있던 엘리스는 뒤돌아보고 "아!" 하고 외쳤다. "어찌 된 일입니까. 그 모습은."

놀라는 것도 당연한 일이었다. 내 얼굴은 죽은 사람과도 같이 창백하고 모자는 어느새 잃어버리고, 머리카락은 헝클어져 있고, 몇 번이나 길에서 넘어지고 쓰러져, 옷은 진흙탕과 뒤범벅된 눈에 더럽혀지고 여기저기 찢겨져 있었기 때문이다.

나는 말을 하려고 해도 목소리가 나오지 않고, 무릎이 자꾸 떨려서 더 이상 서 있질 못하겠어서 의자를 끌어당기려고 한 것까지는 기억나지만 그 다음은 그대로 바닥에 쓰러지고 말았다.

의식을 회복하게 된 것은 수주일이 지난 뒤였다. 열이 대단했고 헛소리만 하는 나를 엘리스가 정성껏 돌보고 있던 어느 날 아이자와가 찾아왔다. 그는 내가 숨기고 있었던 전말을 다 알고 있었으나, 대신에게는 아픈 것만 알리고 나머지는 적당히 얼버무려 두었다. 나는 비로소 내 병상 곁을 지켜서 있는 엘리스를 보고 수척해진 모습에 놀랐다. 그녀는 이 몇 주일 사이에 몸은 몹시 여위고 충혈 된 눈은 우묵 패였으며 회색의 볼은 홀쭉해 있었다. 아이자와의 도움으로 나날의 생계에는 지장이 없었지만, 이 은인은 그녀를 정신적으로 죽인 것이다.

나중에 들은 바로는 그녀는 아이자와를 만났을 때, 내가 아이자와에게 한 약속을 전해 듣고 또 저번 날 저녁때 대신에게 한 귀국의 승낙까지 알고서는 벌떡 자리에서 일어나 흙빛 같은 안색으로 "내 임자 토요타로오, 당신은 그렇게까지 나를 속일 수 있는가"라고 외치고 그 자리에 쓰러졌다고 한다, 아이자와는 어머니를 불러 함께 부축하여 자리에 눕혔는데, 잠시 후 깨어났을 때는 눈을 곧바로 뜬 채 곁에 있는 사람을 알아보지 못하고, 내 이름을 부르며 심하게 욕을 퍼붓고 머리를 쥐어뜯으며, 이불을 물어 찢는 등 그러다가 곧 제 정신이 들어 무슨 물건들인가 찾아 헤맸다고 한다. 그래서 어머니가 여러 가지 물건들을 집어주었으나 모조리 내던지고 탁자 위에 있는 기저귀를 받았을 때는 이를 더듬어 보고는 얼굴에 대어 눈물을 흘리면서 울었던 것이다.

이로부터는 소란 피우는 일이 없었지만 정신적 폐인이 되다시피 해서 하는 행동이 갓난애와 같았다. 의사에게 보이니, 신경과민으로 갑자기 생기는 파라노이아라는 병이기 때문에 치유의 가망이 없다고 한다. 달돌프의 정신병원에 입원시키려 하니 울며불며 말을 듣지 않고, 나중에는 저 기저귀 하나를 들고 몇 번이나 들여다보고, 또 보고는 흐느껴 울었다. 내 곁을 떠나지 않으나 이것마저 제정신으로 하는 것은 아닌 것 같았다. 그저 그때그때 생각난 듯이 "약을, 약을." 하고 말할 뿐이다.

내 병은 완전히 나았다. 산송장이나 마찬가진 엘리스를 안고 하염없는 눈물을 흘린 게 그 몇 번이던가? 대신을 따라 귀국 길에 올랐을 때는 아이자와와 의논해서 엘리스 어머니에게 겨우 생계를 꾸려나갈 수 있을 정도의 돈을 주고 가련한 광녀의 뱃속의 아기가 태어날 때의 일까지도 부탁해 두었다.

아아! 아이자와 겐기찌와 같은 좋은 친구는 이 세상에 두 번 다시 얻기 어려울 것이다. 그러나 나의 뇌리에는 한 점의, 그를 원망하는 마음이 지금까지도 남아 있다.

♣ 原題: 妄想

　目前(もくぜん)には広々と海が横はつてゐる。
　その海から打ち上げられた砂が、小山のやうに盛り上がつて、自然の堤防を形づくつてゐる。アイルランドとスコットランドとから起つて、ヨオロッパ一般に行はれるやうになつた dûn (ドユウン) といふ語(ことば)は、かういふ処を斥(さ)して言ふのである。
　その砂山の上に、ひよろひよろした赤松が簇(むら)がつて生えてゐる。余り年を経た松ではない。
　海を眺めてゐる白髪の主人は、此松の幾本かを切つて、松林の中へ嵌(は)め込んだやうに立てた小家(こいへ)の一間(ひとま)に据わつてゐる。
　主人が元(も)と世に立ち交つてゐる頃に、別荘の真似事のやうな心持で立てた此小家は、只二間(ふたま)と台所とから成り立つてゐる。今据わつてゐるのは、東の方一面に海を見晴らした、六畳の居間である。
　据わつてゐて見れば、砂山の岨(そば)が松の根に縦横に縫はれた、殆ど鉛直な、所々中窪(なかくぼ)に崩れた断面になつてゐるので、只果(はて)もない波だけが見えてゐるが、此山と海との間には、一筋の河水と一帯(いつたい)の中洲(なかす)とがある。
　河は迂回(うくわい)して海に灌(そそ)いでゐるので、岨(そば)の下では甘い水と鹹(から)い水とが出合つてゐるのである。
　砂山の背後(うしろ)の低い処には、漁業と農業とを兼ねた民家が疎(まば)らに立つてゐるが、砂山の上には主人の家が只一軒あるばかりである。

いつやらの暴風に漁船が一艘跳(は)ね上げられて、松林の松の梢(こずゑ)に引つ懸(かか)つてゐたといふ話のある此砂山には、土地のものは恐れて住まない。

河は上総(かづさ)の夷灊川(いしみがは)である。海は太平洋である。

秋が近くなつて、薄靄(うすもや)の掛かつてゐる松林の中の、清い砂を踏んで、主人はそこらを一廻(ひとめぐ)りして来て、八十八(やそはち)という老僕の拵(こしら)へた朝餉(あさげ)をしまつて、今自分の居間に据わつた処である。

あたりはひつそりしてゐて、人の物を言ふ声も、犬の鳴く声も聞えない。只朝凪(あさなぎ)の浦の静かな、鈍い、重くろしい波の音が、天地の脈搏(みやくはく)のやうに聞えてゐるばかりである。

丁度径(わたり)一尺位に見える橙黄色(たうわうしよく)の日輪(にちりん)が、真向うの水と空と接した処から出た。水平線を基線にして見てゐるので、日はずんずん升(のぼ)つて行くやうに感ぜられる。

それを見て、主人は時間といふことを考へる。生といふことを考へる。死といふ事を考へる。

「死は哲学の為めに真の、気息を嘘(ふ)き込む神である、導きの神(Musagetes)である」と Schopenhauer(シヨオペンハウエル) は云つた。主人は此語(ことば)を思ひ出して、それはさう云つても好からうと思ふ。併し死といふものは、生といふものを考へずには考へられない。死を考へるといふのは生が無くなると考へるのである。

これまで種々の人の書いたものを見れば、大抵老(おい)が迫つて来るのに連れて、死を考へるといふことが段々切実になると云つてゐる。主人は過去の経歴を考へて見るに、どうもさういふ人々とは少し違ふや

うに思ふ。

　　＊　　＊　　＊

　自分がまだ二十代で、全く処女のやうな官能を以て、外界のあらゆる出来事に反応して、内には甞（かつ）て挫折（ざせつ）したことのない力を蓄へてゐた時の事であつた。自分は伯林（ベルリン）にゐた。列強の均衡を破つて、独逸（ドイツ）といふ野蛮な響の詞（ことば）にどつしりした重みを持たせたヰルヘルム第一世がまだ位にをられた。今のヰルヘルム第二世のやうに、dämonisch（デモオニシユ）な威力を下（しも）に加へて、抑へて行かれるのではなくて、自然の重みの下に社会民政党は喘（あへ）ぎ悶（もだ）えてゐたのである。劇場では Ernst（エルンスト）von（フオン）Wildenbruch（ヰルデンブルツホ）が、あの Hohenzollern（ホオヘンツオルレルン）家の祖先を主人公にした脚本を興業させて、学生仲間の青年の心を支配してゐた。

　昼は講堂や Laboratorium（ラボラトリウム）で、生き生きした青年の間に立ち交つて働く。何事にも不器用で、癡重（ちちよう）といふやうな処のある欧羅巴（ヨオロツパ）人を凌（しの）いで、軽捷（けいせふ）に立ち働いて得意がるやうな心も起る。夜は芝居を見る。舞踏場にゆく。それから珈琲店（コオフイイてん）に時刻を移して、帰り道には街燈丈（だけ）が寂しい光を放つて、馬車を乗り廻す掃除人足が掃除をし始める頃にぶらぶら帰る。素直に帰らないこともある。

　さて自分の住む宿に帰り着く。宿と云つても、幾竈（いくかまど）もあるおほ家（いへ）の入口の戸を、邪魔になる大鍵で開けて、三階か四階へ、蝋（らふ）マッチを擦（す）り擦（す）り登つて行つて、やうやう chambre（シヤンブル）garnie（ガルニイ）の前に来るのである。

　高机一つに椅子二つ三つ。寝台に箪筒（たんす）に化粧棚。その外に

はなんにもない。火を点(とも)して着物を脱いで、その火を消すと直ぐ、寝台の上に横になる。

　心の寂しさを感ずるのはかういふ時である。それでも神経の平穏な時は故郷の家の様子が俤(おもかげ)に立つて来るに過ぎない。その幻を見ながら寐入る。Nostalgia（ノスタルギア）は人生の苦痛の余り深いものではない。

　それがどうかすると寐附かれない。又起きて火を点して、為事(しごと)をして見る。為事に興が乗つて来れば、余念もなく夜を徹してしまふこともある。明方近く、外に物音がし出してから一寸寐ても、若い時の疲労は直ぐ恢復(くわいふく)することが出来る。

　時としてはその為事が手に附かない。神経が異様に興奮して、心が澄み切つてゐるのに、書物を開けて、他人の思想の跡を辿(たど)つて行くのがもどかしくなる。自分の思想が自由行動を取つて来る。自然科学のうちで最も自然科学らしい医学をしてゐて、exact（エクサクト）な学問といふことを性命(せいめい)にしてゐるのに、なんとなく心の飢を感じて来る。生といふものを考へる。自分のしてゐる事が、その生の内容を充たすに足るかどうだかと思ふ。

　生れてから今日まで、自分は何をしてゐるか。始終何物かに策(むち)うたれ駆られてゐるやうに学問といふことに齷齪(あくせく)してゐる。これは自分に或る働きが出来るやうに、自分を為上(しあ)げるのだと思つてゐる。其目的は幾分か達せられるかも知れない。併し自分のしてゐる事は、役者が舞台へ出て或る役を勤めてゐるに過ぎないやうに感ぜられる。その勤めてゐる役の背後(うしろ)に、別に何物かが存在してゐなくてはならないやうに感ぜられる。策(むち)うたれ駆られてばかりゐる為めに、その何物かが醒覚(せいかく)する暇(ひま)がないやうに感ぜられる。勉強する子供から、勉強する学校生徒、勉強す

る官吏、勉強する留学生といふのが、皆その役である。赤く黒く塗られてゐる顔をいつか洗つて、一寸舞台から降りて、静かに自分といふものを考へて見たい、背後(うしろ)の何物かの面目を覗(のぞ)いて見たいと思ひ思ひしながら、舞台監督の鞭(むち)を背中に受けて、役から役を勤め続けてゐる。此役が即ち生だとは考へられない。背後(うしろ)にある或る物が真の生ではあるまいかと思はれる。併しその或る物は目を醒(さ)まさう醒(さ)まさうと思ひながら、又してはうとうとして眠つてしまふ。此頃折々切実に感ずる故郷の恋しさなんぞも、浮草が波に揺られて遠い処へ行つて浮いてゐるのに、どうかするとその揺れるのが根に響くやうな感じであるが、これは舞台でしてゐる役の感じではない。併しそんな感じは、一寸頭を挙げるかと思ふと、直ぐに引つ込んでしまふ。

　それとは違つて、夜寐られない時、こんな風に舞台で勤めながら生涯を終るのかと思ふことがある。それからその生涯といふものも長いか短いか知れないと思ふ。丁度その頃留学生仲間が一人窒扶斯(チフス)になつて入院して死んだ。講義のない時間に、Charité(シヤリテエ)へ見舞に行くと、伝染病室の硝子(ガラス)越(ご)しに、寐てゐるところを見せて貰ふのであつた。熱が四十度を超過するので、毎日冷水浴をさせるといふことであつた。そこで自分は医学生だつたので、どうも日本人には冷水浴は危険だと思つて、外のものにも相談して見たが、病院に入れて置きながら、そこの治療方鍼(はうしん)に容喙(ようかい)するのは不都合であらうし、よしや言つたところで採用せられはすまいといふので、傍観してゐることになつた。そのうち或る日見舞に行くと昨夜(ゆうべ)死んだといふことであつた。その男の死顔を見たとき、自分はひどく感動して、自分もいつどんな病に感じて、こんな風に死ぬるかも知れないと、ふと思つた。それからは折々此儘伯林(ベルリン)

で死んだらどうだらうと思ふことがある。

　さういふ時は、先づ故郷で待つてゐる二親（ふたおや）がどんなに歎くだらうと思ふ。それから身近い種々の人の事を思ふ。中にも自分にひどく懐（なつ）いてゐた、頭の毛のちぢれた弟の、故郷を立つとき、まだやつと歩いてゐたのが、毎日毎日兄いさんはいつ帰るかと問ふといふことを、手紙で言つてよこされてゐる。その弟が、若（も）し兄いさんはもう帰らないと云はれたら、どんなにか嘆くだらうと思ふ。

　それから留学生になつてゐて、学業が成らずに死んでは済まないと思ふ。併（しか）し抽象的にかう云ふ事を考へてゐるうちは、冷かな義務の感じのみであるが、一人一人具体的に自分の値遇（ちぐう）の跡（あと）を尋ねて見ると、矢張身近い親戚のやうに、自分にNeigung（ナイグング）からの苦痛、情（じやう）の上の感じをさせるやうにもなる。

　かういふやうに広狭（くわうけふ）種々の social（ゾチアル）な繋累的（けいるゐてき）思想が、次第もなく簇（むら）がり起つて来るが、それがとうとうindividuell（インヂヰヅエル）な自我（じが）の上に帰着してしまふ。死といふものはあらゆる方角から引つ張つてゐる糸の湊合（そうがふ）してゐる、この自我といふものが無くなつてしまふのだと思ふ。

　自分は小さい時から小説が好きなので、外国語を学んでからも、暇があれば外国の小説を読んでゐる。どれを読んで見てもこの自我が無くなるといふことは最も大いなる最も深い苦痛だと云つてある。ところが自分には単に我が無くなるといふこと丈ならば、苦痛とは思はれない。只刃物で死んだら、其刹那（せつな）に肉体の痛みを覚えるだらうと思ひ、病や薬で死んだら、それぞれの病症薬性（やくせい）に相応して、窒息するとか痙攣（けいれん）するとかいふ苦みを覚えるだらうと思ふのである。自我が無くなる為めの苦痛は無い。

西洋人は死を恐れないのは野蛮人の性質だと云つてゐる。自分は西洋人の謂（い）ふ野蛮人といふものかも知れないと思ふ。さう思ふと同時に、小さい時二親（ふたおや）が、侍（さむらひ）の家に生れたのだから、切腹といふことが出来なくてはならないと度々諭（さと）したことを思ひ出す。その時も肉体の痛みがあるだらうと思つて、其痛みを忍ばなくてはなるまいと思つたことを思ひ出す。そしていよいよ所謂（いはゆる）野蛮人かも知れないと思ふ。併しその西洋人の見解が尤もだと承服することは出来ない。

　そんなら自我が無くなるといふことに就いて、平気でゐるかといふに、さうではない。その自我といふものが有る間に、それをどんな物だとはつきり考へても見ずに、知らずに、それを無くしてしまふのが口惜しい。残念である。漢学者の謂（い）ふ酔生夢死（すゐせいむし）といふやうな生涯を送つてしまふのが残念である。それを口惜しい、残念だと思ふと同時に、痛切に心の空虚を感ずる。なんともかとも言はれない寂しさを覚える。

　それが煩悶になる。それが苦痛になる。

　自分は伯林（ベルリン）の garçon（ガルソン） logis（ロジイ）の寐られない夜なかに、幾度も此苦痛を嘗（な）めた。さういふ時は自分の生れてから今までした事が、上辺（うはべ）の徒（いたづ）ら事（ごと）のやうに思はれる。舞台の上の役を勤めてゐるに過ぎなかつたといふことが、切実に感ぜられる。さういふ時にこれまで人に聞いたり本で読んだりした仏教や基督教（キリストけう）の思想の断片が、次第もなく心に浮んで来ては、直ぐに消えてしまふ。なんの慰藉（ゐしや）をも与へずに消えてしまふ。さういふ時にこれまで学んだ自然科学のあらゆる事実やあらゆる推理を繰り返して見て、どこかに慰藉になるやうな物はないかと捜（さが）す。併しこれも徒労であつた。

或るかういふ夜の事であつた。哲学の本を読んで見ようと思ひ立つて、夜の明けるのを待ち兼ねて、Hartmann（ハルトマン）の無意識哲学を買ひに行つた。これが哲学といふものを覗いて見た初で、なぜハルトマンにしたかといふと、その頃十九世紀は鉄道とハルトマンの哲学とを齎（もたら）したと云つた位、最新の大系統として賛否（さんぴ）の声が喧（かまびす）しかつたからである。

　自分に哲学の難有（ありがた）みを感ぜさせたのは錯迷（さくめい）の三期であつた。ハルトマンは幸福を人生の目的だとすることの不可能なのを証する為めに、錯迷の三期を立ててゐる。第一期では人間が現世で福（さいはひ）を得ようと思ふ。少壮、健康、友誼（いうぎ）、恋愛、名誉といふやうに数へて、一々その錯迷（さくめい）を破つてゐる。恋なんぞも主に苦である。福（さいはひ）は性欲の根（ね）を断つに在る。人間は此福（さいはひ）を犠牲にして、纔（わづ）かに世界の進化を翼成（よくせい）してゐる。第二期では福を死後に求める。それには個人としての不滅を前提にしなくてはならない。ところが個人の意識は死と共に滅する。神経の幹（みき）はここに絶たれてしまふ。第三期では福を世界過程の未来に求める。これは世界の発展進化を前提とする。ところが世界はどんなに進化しても、老病困厄は絶えない。神経が鋭敏になるから、それを一層切実に感ずる。苦は進化と共に長ずる。初中後（しよちゆうご）の三期を閲（けみ）し尽しても、幸福は永遠に得られないのである。

　ハルトマンの形而上学（けいじじやうがく）では、此世界は出来る丈（だけ）善く造られてゐる。併し有るが好いか無いが好いかと云へば、無いが好い。それを有らせる根元（こんげん）を無意識と名付ける。それだからと云つて、生を否定したつて、世界は依然としてゐるから駄目だ。現にある人類が首尾好く滅びても、又或る機会には次の人類が出来

て、同じ事を繰り返すだらう。それよりか人間は生を肯定して、己を世界の過程に委(ゆだ)ねて、甘んじて苦を受けて、世界の救抜(きうばつ)を待つが好いと云ふのである。

　自分は此結論を見て頭を掉(ふ)つたが、錯迷打破(さくめいだは)には強く引き附けられた。Disillusion(ヂスイリユウジヨン)にはひどく同情した。そしてハルトマン自身が錯迷の三期を書いたのは、Max(マツクス) Stirner(スチルネル) を読んで考へた上の事であると自白してゐるのを見て、スチルネルを読んだ。それから無意識哲学全体の淵源(えんげん)だといふので、遡(さかのぼ)つて Schopenhauer(シヨオペンハウエル) を読んだ。

　スチルネルを読んで見ると、ハルトマンが紳士の態度で言つてゐる事を、無頼漢(ぶらいかん)の態度で言つてゐるやうに感ずる。そしてあらゆる錯迷(さくめい)を破つた跡に自我を残してゐる。世界に恃(たの)むに足るものは自我の外には無い。それを先きから先きへと考へると、無政府主義に帰着しなくては已(や)まない。

　自分はぞつとした。

　ショオペンハウエルを読んで見れば、ハルトマン・ミヌス・進化論であつた。世界は有るよりは無い方が好いばかりではない。出来る丈(だけ)悪く造られてゐる。世界の出来たのは失錯(しつさく)である。無(む)の安さが誤まつて攪乱(かうらん)せられたに過ざない。世界は認識によつて無の安さに帰るより外はない。一人一人の人は一箇一箇の失錯で、有るよりは無いが好いのである。個人の不滅を欲するのは失錯を無窮にしようとするのである。個人は滅びて人間といふ種類が残る。この滅びないで残るものを、滅びる写象(しやしやう)の反対に、広義に、意志と名付ける。意志が有るから、無は絶待の無でなくて、相待の無である。意志が Kant(カント)の物その物である。個人が無に帰るに

は、自殺をすれば好いかといふに、自殺をしたつて種類が残る。物その物が残る。そこで死ぬるまで生きてゐなくてはならないといふのである。ハルトマンの無意識といふものは、この意志が一変して出来たのであつた。

　自分はいよいよ頭を掉（ふ）つた。

　　　＊　　　＊　　　＊

　兎角する内に留学三年の期間が過ぎた。自分はまだ均勢を得ない物体の動揺を心の内に感じてゐながら、何の師匠を求めるにも便（たよ）りの好い、文化の国を去らなくてはならないことになつた。生きた師匠ばかりではない。相談相手になる書物も、遠く足を運ばずに大学の図書館に行けば大抵間に合ふ。又買つて見るにも注文してから何箇月目に来るなどといふ面倒は無い。さういふ便利な国を去らなくてはならないことになつた。

　故郷は恋しい。美しい、懐かしい夢の国として故郷は恋しい。併し自分の研究しなくてはならないことになつてゐる学術を真に研究するには、その学術の新しい田地（でんぢ）を開墾して行くには、まだ種々（いろいろ）の要約の闕（か）けてゐる国に帰るのは残惜（のこりを）しい。敢（あへ）て「まだ」と云ふ。日本に長くゐて日本を底から知り抜いたと云はれてゐる独逸（ドイツ）人某は、此要約は今闕（か）けてゐるばかりでなくて、永遠に東洋の天地には生じて来ないと宣告した。東洋には自然科学を育てて行く雰囲気（ふんゐき）は無いのだと宣告した。果してさうなら、帝国大学も、伝染病研究所も、永遠に欧羅巴（ヨオロツパ）の学術の結論丈を取り続（つ）ぐ場所たるに過ぎない筈である。かう云ふ判断は、ロシアとの戦争の後に、欧羅巴の当り狂言になつてゐた Taifun（タイフン）なんぞに現れてゐる。併し自分は日本人を、

さう絶望しなくてはならない程、無能な種族だとも思はないから、敢て「まだ」と云ふ。自分は日本で結んだ学術の果実を欧羅巴へ輸出する時もいつかは来るだらうと、其時から思つてゐたのである。

自分はこの自然科学を育てる雰囲気のある、便利な国を跡に見て、夢の故郷へ旅立つた。それは勿論立たなくてはならなかつたのではあるが、立たなくてはならないといふ義務の為めに立つたのでは無い。自分の願望（ぐわんまう）の秤（はかり）も、一方の皿に便利な国を載せて、一方の皿に夢の故郷を載せたとき、便利の皿を弔（つ）つた緒（を）をそつと引く、白い、優しい手があつたにも拘（かかは）らず、慥（たし）かに夢の方へ傾いたのである。

シベリア鉄道はまだ全通してゐなかつたので、印度（インド）洋を経て帰るのであつた。一日行程の道を往復しても、往きは長く、復（かへ）りは短く思はれるものであるが、四五十日の旅行をしても、さういふ感じがある。未知の世界へ希望を懐（いだ）いて旅立つた昔に比べて寂しく又早く思はれた航海中、籐（とう）の寝椅子に身を横へながら、自分は行李（かうり）にどんなお土産（みやげ）を持つて帰るかといふことを考へた。

自然科学の分科の上では、自分は結論丈を持つて帰るのではない。将来発展すべき萌芽（はうが）をも持つてゐる積りである。併し帰つて行く故郷には、その萌芽を育てる雰囲気が無い。少くも「まだ」無い。その萌芽も徒（いたづ）らに枯れてしまひはすまいかと気遣はれる。そして自分は　fatalistisch（フアタリスチツシユ）な、鈍い、陰気な感じに襲はれた。

そしてこの陰気な闇を照破（せうは）する光明のある哲学は、我行李の中には無かつた。その中に有るのは、ショオペンハウエル、ハルトマン系の厭世哲学である。現象世界を有るよりは無い方が好いとしてゐる

哲学である。進化を認めないではない。併しそれは無に醒覚せんが為めの進化である。

　自分は錫蘭(セイロン)で、赤い格子縞(かうしじま)の布を、頭と腰とに巻き附けた男に、美しい、青い翼の鳥を買はせられた。籠を提(さ)げて舟に帰ると、フランス舟の乗組員が妙な手附きをして、「Il(イル) ne(ヌ) vivra(ヰウラ) pas(パア) !」と云つた。美しい、青い鳥は、果して舟の横浜に着くまでに死んでしまつた。それも果敢(はか)ない土産であつた。

　　　＊　　　＊　　　＊

　自分は失望を以て故郷の人に迎へられた。それは無理もない。自分のやうな洋行帰りはこれまで例の無い事であつたからである。これまでの洋行帰りは、希望に輝(かがや)く顔をして、行李の中から道具を出して、何か新しい手品を取り立てて御覧に入れることになつてゐた。自分は丁度その反対の事をしたのである。

　東京では都会改造の議論が盛んになつてゐて、アメリカのAとかBとかの何号町(なんがうまち)かにある、独逸人の謂ふ Wolkenkratzer (ヲルケンクラツツエル)のやうな家を建てたいと、ハイカラア連(れん)が云つてゐた。その時自分は「都会といふものは、狭い地面に多く人が住むだけ人死(ひとじに)が多い、殊に子供が多く死ぬる、今まで横に並んでゐた家を、竪(たて)に積み畳(かさ)ねるよりは、上水(じょうする)や下水(げする)でも改良するが好からう」と云つた。又建築に制裁を加へようとする委員が出来てゐて、東京の家の軒の高さを一定して、整然たる外観の美を成さうと云つてゐた。その時自分は「そんな兵隊の並んだやうな町は美しくは無い、強(し)ひて西洋風にしたいなら、寧(むし)ろ反対に軒の高さどころか、あらゆる建築の様式を一軒

づつ別にさせて、ヱネチアの町のやうに参差錯落（しんしさくらく）たる美観を造るやうにでも心掛けたら好からう」と云つた。

　食物改良の議論もあつた。米を食ふことを廃（や）めて、沢山牛肉を食はせたいと云ふのであつた。その時自分は「米も魚もひどく消化の好いものだから、日本人の食物は昔の儘が好からう、尤も牧畜を盛んにして、牛肉も食べるやうにするのは勝手だ」と云つた。

　仮名遣（かなづかひ）改良の議論もあつて、コイスチヨーワガナワといふやうな事を書かせようとしてゐると、「いやいや、Orthographie（オルトグラフイイ）はどこの国にもある、矢張コヒステフワガナハの方が宜（よろ）しからう」と云つた。

　そんな風に、人の改良しようとしてゐる、あらゆる方面に向つて、自分は本（もと）の杢阿弥説（もくあみせつ）を唱へた。そして保守党の仲間に逐（お）ひ込まれた。洋行帰りの保守主義者は、後には別な動機で流行し出したが、元祖は自分であつたかも知れない。

　そこで学んで来た自然科学はどうしたか。帰つた当座一年か二年はLaboratorium（ラボラトリウム）に這入つてゐて、ごつごつと馬鹿正直に働いて、本（もと）の杢阿弥説（もくあみせつ）に根拠を与へてゐた。正直に試験して見れば、何千年といふ間満足に発展して来た日本人が、そんなに反理性的生活をしてゐるよう筈はない。初から知れ切つた事である。

　さてそれから一歩進んで、新しい地盤の上に新しい Forschung（フオルシユング）を企てようといふ段になると、地位と境遇とが自分を為事場（しごとば）から撥（は）ね出した。自然科学よ、さらばである。

　勿論自然科学の方面では、自分なんぞより有力な友達が大勢あつて、跡に残つて奮闘してゐてくれるから、自分の撥ね出されたのは、国家の為めにも、人類の為めにもなんの損失にもならない。

只奮闘してゐる友達には気の毒である。依然として雰囲気（ふんゐき）の無い処で、高圧の下に働く潜水夫のやうに喘（あへ）ぎ苦んでゐる。雰囲気の無い証拠には、まだ Forschung（フオルシユング）といふ日本語も出来てゐない。そんな概念を明確に言ひ現す必要をば、社会が感じてゐないのである。自慢でもなんでもないが、「業績」とか「学問の推挽（すゐばん）」とか云ふやうな造語（ざうご）を、自分が自然科学界に置土産にして来たが、まだ Forschung（フオルシユング）といふ意味の簡短で明確な日本語は無い。研究なんといふぼんやりした語（ことば）は、実際役に立たない。載籍調（さいせきしら）べも研究ではないか。

　　　＊　　　＊　　　＊

　かう云ふ閲歴をして来ても、未来の幻影を逐（お）うて、現在の事実を蔑（ないがしろ）にする自分の心は、まだ元の儘（まま）である。人の生涯はもう下り坂になつて行くのに、逐うてゐるのはなんの影やら。
　「奈何（いか）にして人は己を知ることを得べきか。省察（せいさつ）を以てしては決して能はざらん。されど行為を以てしては或は能（よ）くせむ。汝（なんぢ）の義務を果さんと試みよ。やがて汝の価値を知らむ。汝の義務とは何ぞ。日（ひ）の要求なり。」これは Goethe（ギヨオテ）の詞（ことば）である。
　日の要求を義務として、それを果して行く。これは丁度現在の事実を蔑（ないがしろ）にする反対である。自分はどうしてさう云ふ境地に身を置くことが出来ないだらう。
　日の要求に応じて能事（のうじ）畢（をは）るとするには足ることを知らなくてはならない。足ることを知るといふことが、自分には出来ない。自分は永遠なる不平家である。どうしても自分のゐない筈の所に自分がゐるやうである。どうしても灰色の鳥を青い鳥に見ることが出来な

いのである。道に迷つてゐるのである。夢を見てゐるのである。夢を見てゐて、青い鳥を夢の中に尋ねてゐるのである。なぜだと問うたところで、それに答へることは出来ない。これは只単純なる事実である。自分の意識の上の事実である。

　自分は此儘で人生の下り坂を下つて行く。そしてその下り果てた所が死だといふことを知つて居る。

　併しその死はこはくはない。人の説に、老年になるに従つて増長するといふ「死の恐怖」が、自分には無い。

　若い時には、この死といふ目的地に達するまでに、自分の眼前に横はつてゐる謎（なぞ）を解きたいと、痛切に感じたことがある。その感じが次第に痛切でなくなつた。次第に薄らいだ。解けずに横はつてゐる謎が見えないのではない。見えてゐる謎を解くべきものだと思はないのでもない。それを解かうとしてあせらなくなつたのである。

　この頃自分は Philipp（フイリツプ） Mainlaender（マインレンデル）が事を聞いて、その男の書いた救抜（きうばつ）の哲学を読んで見た。

　此男は Hartmann（ハルトマン）の迷（まよひ）の三期を承認してゐる。ところであらゆる錯迷（さくめい）を打ち破つて置いて、生を肯定しろと云ふのは無理だと云ふのである。これは皆迷だが、死んだつて駄目だから、迷を追つ掛けて行けとは云はれない筈だと云ふのである。人は最初に遠く死を望み見て、恐怖して面（おもて）を背（そむ）ける。次いで死の廻りに大きい圏（けん）を画（ゑが）いて、震慄（しんりつ）しながら歩いてゐる。その圏が漸（やうや）く小くなつて、とうとう疲れた腕を死の項（うなじ）に投げ掛けて、死と目と目を見合はす。そして死の目の中に平和を見出すのだと、マインレンデルは云つてゐる。

　さう云つて置いて、マインレンデルは三十五歳で自殺したのである。

　自分には死の恐怖が無いと同時にマインレンデルの「死の憧憬（しよ

うけい）」も無い。

　死を怖れもせず、死にあこがれもせずに、自分は人生の下り坂を下つて行く。

　　　＊　　＊　　＊

　謎は解けないと知つて、解かうとしてあせらないやうにはなつたが、自分はそれを打ち棄てて顧みずにはゐられない。宴会嫌ひで世に謂（い）ふ道楽といふものがなく、碁も打たず、象棋（しやうぎ）も差さず、球（たま）も撞（つ）かない自分は、自然科学の為事場（しごとば）を出て、手に試験管を持たなくなつてから、稀（まれ）に画や彫刻を見たり、音楽を聴いたりする外には、境遇の与へる日（ひ）の要求を果した間々に、本を読むことを余儀なくせられた。

　ハルトマンは人間のあらゆる福（さいはひ）を錯迷（さくめい）として打破して行く間に、こんな意味の事を言つてゐた。大抵人の福（さいはひ）と思つてゐる物に、酒の二日酔をさせるやうに跡腹（あとばら）の病（や）めないものは無い。それの無いのは、只芸術と学問との二つ丈だと云ふのである。自分は丁度此二つの外にはする事がなくなつた。それは利害上に打算して、跡腹の病めない事をするのではない。跡腹の病める、あらゆる福（さいはひ）を生得（しやうとく）好かないのである。

　本は随分読んだ。そしてその読む本の種類は、為事場を出てから、必然の結果でがらりと変つた。

　西洋にゐた時から、Archive（アルヒイエ）とか Jahresberichte（ヤアレスベヒリテ）とか云ふやうな、専門の学術雑誌を初巻から揃（そろ）へて十五六種も取つてゐたところが、為事場に出ないことになつて見れば、実験の細（こま）かい記録なんぞを調べる必要がなくなつた。元来かう云ふ雑誌は学校や図書館で買ふもので、個人の買ふものではなかつ

たのを、政府がどれ丈雑誌に金を出してくれるやら分からないと思ふのと、自分がどこで為事をするやうになるやら分からないと思ふのとで、数千巻買つて持つてゐたが、自分は其中で専門学科の沿革(えんかく)と進歩とを見るに最も便利な年報二三種を残して置いて、跡は悉(ことごと)く官(くわん)の学校に寄附してしまつた。

　そしてその代りに哲学や文学の書物を買ふことにした。それを時間の得られる限り読んだのである。

　只その読み方が、初めハルトマンを読んだ時のやうに、饑(う)ゑて食を貪(むさぼ)るやうな読み方ではなくなつた。昔(むかし)世にもてはやされてゐた人、今(いま)世にもてはやされてゐる人は、どんな事を言つてゐるかと、譬(たと)へば道を行く人の顔を辻に立つて冷澹(れいたん)に見るやうに見たのである。

　冷澹には見てゐるが、自分は辻に立つてゐて、度々帽を脱いだ。昔の人にも今の人にも、敬意を表すべき人が大勢あつたのである。

　帽は脱いだが、辻を離れてどの人かの跡に附いて行かうとは思はなかつた。多くの師には逢つたが、一人の主(しゆ)には逢はなかつたのである。

　自分は度々此脱帽によつて誤解せられた。自然科学を修(をさ)めて帰つた当座、食物の議論が出たので、当時の権威者たる Voit (フオイト) の標準で駁撃(はくげき)した時も、或る先輩が「そんならフォイトを信仰してゐるか」と云ふと、自分はそれに答へて、「必ずしもさうでは無い、姑(しばら)くフォイトの塁(るゐ)に拠(よ)つて敵に当るのだ」と云つて、ひどく先輩に冷かされた。自分は一時の権威者としてフォイトに脱帽したに過ぎないのである。それと丁度同じ事で、一頃(ひところ)芸術の批評に口を出して、ハルトマンの美学を根拠にして論じてゐると、或る後進の英雄が云つた。「ハルトマンの美学はハルト

マンの無意識哲学から出てゐる。あの美学を根拠にして論ずるには、先づ無意識哲学を信仰してゐなくてはならない」と云つた。なる程ハルトマンは自家の美学を自家の世界観に結び附けてはゐるが、姑 (しばら) くその連鎖を断 (た) つてしまつたとして見ても、彼の美学は当時最も完備したものであつて、而も創見に富んでゐた。自分は美学の上で、矢張一時の権威者としてハルトマンに脱帽したに過ぎないのである。ずつと後になつてから、ハルトマンの世界観を離れて、彼の美学の存立してゐられる、立派な証拠が提供せられた。ハルトマン以後に出た美学者の本をどれでも開けて見るが好い。きつと美の Modification (モヂフイカチオン) と云ふものを説いてゐる。あれはハルトマンが剏 (はじ) めたのでハルトマンの前には無かつた。それを誰も彼も説いてゐて、ハルトマンのハの字も言はずにゐる。黙殺してゐるのである。

　それは兎に角、辻に立つ人は多くの師に逢つて、一人の主にも逢はなかつた。そしてどんなに巧みに組み立てた形而上学 (けいじじやうがく) でも、一篇の抒情詩に等しいものだと云ふことを知つた。

　　　＊　　　＊　　　＊

　形而上学と云ふ、和蘭 (オランダ) 寺院楽 (じゐんがく) の諧律 (かいりつ) のやうな組立てに倦 (う) んだ自分の耳に、或時ちぎれちぎれの Aphorismen (アフオリスメン) の旋律が聞えて来た。

　生の意志を挫 (くじ) いて無に入らせようとする、ショオペンハウエルの Quietive (クヰエチイフ) に服従し兼ねてゐた自分の意識は、或時懶眠 (らんみん) の中から鞭 (むち) うち起された。

　それは Nietzsche (ニイチエ) の超人 (てうじん) 哲学であつた。

　併しこれも自分を養つてくれる食餌ではなくて、自分を酔はせる酒であつた。

過去の消極的な、利他的な道徳を家畜の群(むれ)の道徳としたのは痛快である。同時に社会主義者の四海同胞観(しかいどうはうくわん)を、あらゆる特権を排斥する、愚な、とんまな群の道徳としたのも、無政府主義者の跋扈(ばつこ)を、欧羅巴(ヨオロツパ)の街に犬が吠えてゐると罵つたのも面白い。併し理性の約束を棄てて、権威に向ふ意志を文化の根本に置いて、門閥(もんばつ)の為め、自我の為めに、毒薬と匕首(ひしゆ)とを用ゐることを憚(はばか)らない Cesare(チエザレ) Borgia(ボルジア) を、君主の道徳の典型としたのなんぞを、真面目に受け取るわけには行かない。その上ハルトマンの細かい倫理説を見た目には、所謂(いはゆる)評価の革新さへ幾分の新しみを殺(そ)がれてしまつたのである。

そこで死はどうであるか。「永遠なる再来」は慰藉(ゐしや)にはならない。Zarathustra(ツアラツストラ)の末期(まつご)に筆を下(おろ)し兼ねた作者の情を、自分は憐んだ。

それから後にも Paulsen(パウルゼン) の流行などと云ふことも閲(けみ)して来たが、自分は一切の折衷主義(せつちゆうしゆぎ)に同情を有せないので、そんな思潮には触れずにしまつた。

  * * *

昔別荘の真似事に立てた、膝を容(い)れるばかりの小家(こいへ)には、仏者(ぶつしや)の百一物(ひやくいちもつ)のやうになんの道具も只一つしか無い。

それに主人の翁(おきな)は壁といふ壁を皆棚にして、棚といふ棚を皆書物にしてゐる。

そして世間と一切の交通を絶つてゐるらしい主人の許(もと)に、西洋から書物の小包が来る。彼が生きてゐる間は、小さいながら財産の全

部を保管してゐる　Notar（ノタアル）の手で、利足（りそく）の大部分が西洋の某書肆（しよし）へ送られるのである。

　主人は老いても黒人種（こくじんしゆ）のやうな視力を持つてゐて、世間の人が懐かしくなつた故人（こじん）を訪ふやうに、古い本を読む。世間の人が市（いち）に出て、新しい人を見るやうに新しい本を読む。

　倦（う）めば砂の山を歩いて松の木立を見る。砂の浜に下りて海の波瀾（はらん）を見る。

　僕（ぼく）八十八（やそはち）の薦（すす）める野菜の膳に向つて、飢を凌（しの）ぐ。

　書物の外で、主人の翁の翫（もてあそ）んでゐるのは、小さい　Loupe（ルウペ）である。砂の山から摘んで来た小さい草の花などを見る。その外 Zeiss（ツアイス）の顕微鏡がある。海の雫（しづく）の中にゐる小さい動物などを見る Merz（メルツ）の望遠鏡がある。晴れた夜の空の星を見る。これは翁が自然科学の記憶を呼び返す、折々のすさびである。

　主人の翁はこの小家に来てからも幻影を追ふやうな昔の心持を無くしてしまふことは出来ない。そして既往（きわう）を回顧してこんな事を思ふ。日（ひ）の要求に安んぜない権利を持つてゐるものは、恐らくは只天才ばかりであらう。自然科学で大発明をするとか、哲学や芸術で大きい思想、大きい作品を生み出すとか云ふ境地に立つたら、自分も現在に満足したのではあるまいか。自分にはそれが出来なかつた。それでかう云ふ心持が附き纏（まと）つてゐるのだらうと思ふのである。

　少壯時代に心の田地（でんぢ）に卸された種子は、容易に根を断つことの出来ないものである。冷眼（れいがん）に哲学や文学の上の動揺を見てゐる主人の翁は、同時に重い石を一つ一つ積み畳（かさ）ねて行くやうな科学者の労作にも、余所（よそ）ながら目を附けてゐるのである。

　Revue（ルヰユウ）des（デ）Deux（ドユウ）Mondes（モオンド）の

主筆をしてゐた旧教徒 Brunetiére（ブリユンチエエル）が、科学の破産を説いてから、幾多の歳月を閲（けみ）しても、科学はなかなか破産しない。凡（すべ）ての人為（じんゐ）のものの無常の中で、最も大きい未来を有してゐるものの一つは、矢張科学であらう。

　主人の翁（おきな）はそこで又こんな事を思ふ。人間の大厄難になつてゐる病（やまひ）は、科学の力で予防もし治療もすることが出来る様になつて来た。種痘で疱瘡（はうさう）を防ぐ。人工で培養（ばいやう）した細菌やそれを種（う）ゑた動物の血清（けつせい）で、窒扶斯（チフス）を防ぎ実扶的里（ジフテリ）を直すことが出来る。Pest（ペスト）のやうな猛烈な病も、病原菌が発見せられたばかりで、予防の見当は附いてゐる。癩病も病原菌だけは知られてゐる。結核も Tuberculin（ツベルクリン）が予期せられた功を奏せないでも、防ぐ手掛りが無いこともない。癌（がん）のやうな悪性腫瘍（しゆやう）も、もう動物に移し植ゑることが出来て見れば、早晩予防の手掛りを見出すかも知れない。近くは梅毒が Salvarsan（サルワルサン）で直るやうになつた。Elias（エリアス） Metschnikaff（メチユニコツフ）の楽天哲学が、未来に属（しよく）してゐる希望のやうに、人間の命をずつと延べることも、或は出来ないには限らないと思ふ。

　かくして最早幾何（いくばく）もなくなつてゐる生涯の残余（ざんよ）を、見果てぬ夢の心持で、死を怖れず、死にあこがれずに、主人の翁（おきな）は送つてゐる。

　その翁の過去の記憶が、稀に長い鎖のやうに、刹那の間に何十年かの跡を見渡させることがある。さう云ふ時は翁の炯々（けいけい）たる目が大きく睜（みは）られて、遠い遠い海と空とに注がれてゐる。これはそんな時ふと書き捨てた反古（ほご）である。

　　　　　　　　　　　（明治四十四年三月―四月）

2. 망상

눈앞에는 광활한 바다가 펼쳐져 있다.

그 바다로부터 쏘아올린 모래가, 작은 산과 같이 불거져 올라 자연의 제방의 형태를 만들고 있다. 아일랜드와 스코틀랜드에서 일어나서, 유럽 일반에 행해지게 된 도운(dūn, 모래 언덕)이라는 말은 이러한 곳을 배척하여 이르는 것이다.

그 모래산 위에, 가냘프게 자란 붉은 소나무가 무더기로 자라났다. 그다지 나이를 먹은 소나무는 아니다.

바다를 바라보고 있는 백발의 주인은, 이 소나무의 몇 그루인가를 잘라 소나무숲 속에 끼워 넣은 것처럼 지은 오두막 한 방에 앉아있다.

주인이 옛날 세상 속에 섞여 있던 무렵에, 별장 흉내를 내는 마음으로 세운 이 오두막은, 단지 방 두 개와 부엌으로 이루어져 있다. 지금 앉아 있는 곳은 동쪽의 온 바다가 내려다보이는, 6조의 거실이다.

앉아있어 보면, 모래산의 벼랑이 소나무의 뿌리에 종횡으로 기워진, 거의 수직 방향의, 곳곳의 가운데 웅덩이에 무너진 단면이 되어 있으므로, 다만 끝도 없이 파도만이 보이지만, 이 산과 바다와의 사이에는, 한줄기의 강물과 일대에 모래톱이 있다.

강은 우회해서 바다에 흐르고 있으므로 벼랑 아래에는 단물과 짠물이 합류하고 있는 것이다.

모래산 뒤 낮은 곳에는, 어업과 농업을 겸한 민가가 듬성듬성 있지만, 모래산 위에는 주인집이 단지 한 채 있을 뿐이다.

언제인가 폭풍에 의해 어선이 한 척이 송림의 소나무 가지 끝에 걸려 있다는 이야기가 있는 이 모래 산에는 토지 자체가 두려워서 살지 않는다.
  강은 가즈사(千葉県치바현)의 이시미강이다. 바다는 태평양이다.
  가을이 가까워 오자, 엷은 안개가 걸려 있는 소나무숲속의, 푸른 모래를 밟고, 주인은 거기를 일주하고 와서, 야소하치(八十八)라고 하는 노복이 만든 조반을 끝내고 지금 자신의 거실에 앉아 있던 참이다.
  주위는 고요하여 사람의 인기척 소리도 개 짖는 소리도 들리지 않는다. 단지 한 때 바람이 자고 바다가 잔잔해지는 아침 무렵 포구의 조용하고 둔탁한, 무거운 파도 소리가 천지의 맥박과 같이 들려올 뿐이었다.
  꼭 직경 한 척 정도로 보이는 등황색의 해가, 맞은편의 물과 하늘과 접한 곳으로부터 나왔다. 수평선을 기선으로 하여 보고 있으므로 해는 점점 올라가는 것과 같이 느끼게 했다.
  그것을 보고, 주인은 시간이라는 것을 생각하고, 생이라는 것을 생각한다. 죽음이라는 것을 생각한다.
  "죽음은 철학을 위하여 참(眞)의, 숨을 불어넣는 신이다. 이끄는 신(Musagetes)이다"라고 쇼펜하우어(Schopenhauer)는 말했다. 주인은 이 말을 생각해내고, 그것은 그렇게 말해도 좋을 것이라고 생각한다. 그러나 죽음이라는 것은 생이라는 것을 생각하지 않고서는 생각할 수 없다. 죽음을 생각한다는 것은 생이 없어진다고 생각하는 것이다.
  이제까지 여러 가지 다양한 사람이 쓴 것을 보면, 대개 나이를 먹게 됨에 따라서, 죽음을 생각한다고 하는 것이 점점 절실해진다고 말한다. 주인은 과거의 경력을 생각하여 보건대, 아무래도 그러한 사람들이란 조금 틀린 것처럼 생각한다.
  자신이 아직 20대로 완전히 처녀와 같은 관능으로써 외계의 모든 사건에 반응하여, 안으로는 과거 좌절한 적 없는 힘을 축적했던 때의 일이었다. 자신은 베를린에 있다. 열강의 균형을 깨고 독일이라고 하는 야만스런 울림이 있는 말에 묵직한 무거움을 갖게 한 윌헬름(Wilhelm) 제1세가 아직 자리에 즉위해 있었다. 지금의 윌헬름 제2세와 같이 악마적인(dämonisch 독) 위력 아래 가세하여 억제하여 멀어지는 것이 아니라 자연의 무거움 아래에 사회민정당은 신음하여 발버둥치고 있는 것이다. 극장에서는 에른스트 본 위르덴브르츠호(Ernst von Wildenbruch 독)가, 저 호헨츠오르레른(Hohenzollern 독) 가의 조상을 주인공으로 한 각본을 흥행시켜서 학생동료 청년의 마음을 지배했다.

낮은 강당이나 연구실(Laboratorium)에서, 생동감 있는 청년들 사이에 섞이어 일한다. 어떤 일에라도 서투르고 우둔한 구석이 있는 유럽인을 능가하여, 민첩하게 바지런히 일하여 의기양양한 것 같은 마음도 일어난다. 밤에는 연극을 본다. 무도장에 간다. 그러고 나서 다방으로 시각을 옮겨서, 귀가 길에는 거리의 등불만이 쓸쓸한 빛을 발하여, 마차를 타고 돌아다니는 청소부가 청소를 시작할 무렵에 어슬렁어슬렁 돌아간다. 온순히 곧바로 돌아가지 않은 적도 있다.

이제 자신이 사는 여관에 되돌아온다. 여관이라 해도, 몇 세대나 있는 큰 집 입구의 문을, 방해가 되는 큰 열쇠로 열고 3층인가 4층에, 조잡한 성냥을 그으며 올라가서, 가까스로 chambre garnie(프, 가구 달린 셋방)앞에 오는 것이다.

높은 책상 하나에 의자 두세 개. 침대에 장롱에 화장대. 그 밖에는 아무 것도 없다. 불을 켜서 기모노를 벗고 그 불을 끄자 곧 침대 위에 눕는다.

마음의 쓸쓸함을 느끼는 것은 이러한 때이다. 그런데도 신경이 평온한 때는 고향집의 모습이 아련히 눈앞에 떠오르는데 지나지 않는다. 그 환영을 보면서 잠이 든다. Nostalgia(향수)는 인생의 고통이 그다지 깊은 것은 아니다.

그것이 때에 따라서는 잠들 수 없다. 또한 일어나서 불을 켜고, 일을 해

본다. 하는 일에 흥이 오르면 잡념도 없이 밤을 새워버린 적도 있다. 새벽이 가까워 오고, 밖에는 소음이 나서 잠깐 잠을 자도, 젊을 때의 피로는 곧 회복할 수 있다.

때로는 그 하는 일이 손에 잡히지 않는다. 신경이 이상하게 흥분해서, 마음이 맑아지고 있는데, 서적을 펴고, 타인의 사상의 흔적을 거슬러 가는 것이 답답해진다. 자신의 사상이 자유행동을 취해 온다. 자연과학 중에서 가장 자연과학다운 의학을 하여, exact(독, 정확한)한 학문이라는 것을 생명으로 하는데, 왠지 마음의 갈증을 느껴 온다. 생이라는 것을 생각한다. 자신이 하고 있는 일이 그 생의 내용을 채우는데 족할까 어떨까하고 생각한다.

태어나서 오늘날까지, 자신은 무엇을 하고 있는가. 시종 무엇인가에 채찍을 가하여 쫓기고 있는 것처럼 학문이라는 것에 억척스럽다. 이것은 자신에 어떤 움직임이 생긴 것과 같이, 자신을 완성하는 것이라고 생각한다. 그 목적은 얼마간 달성될 수 있을지도 모른다. 그러나 자신이 하고 있는 것은, 배우가 무대에 나가 어떤 역할을 연기하고 있는 것에 지나지 않는 것처럼 느껴진다. 그 맡겨진 역할의 배후에, 별도로 무엇인가가 존재하는 것처럼 느껴진다. 채찍에 쫓길 뿐이기 때문에, 그 무엇인가가 각성하는 여유가 없는 것처럼 느껴진다. 공부하는 어린이부터, 공부하는 학교 학생들, 공부하는 관리, 공부하는 유학생이라는 것이 모두 그 역할이다. 빨갛고 검게 칠해져 있는 얼굴을 언젠가 씻고, 잠시 무대에서 내려와, 조용히 자신이라는 것을 생각해보고 싶다, 배후의 무언가의 면목을 엿보고 싶다고 제 나름대로 생각하면서, 무대감독의 채찍을 등에 받아서, 역으로부터 역을 계속하여 맡고 있다. 이 역이 곧 생이라고는 생각할 수 없다. 그러나 그 어떤 것은 눈을 뜨자 뜨자고 생각하면서, 또다시 꾸벅꾸벅하고 졸아버린다. 이 무렵 그때그때 절실히 느끼는 고향의 그리운 그 무엇인가가, 부초가 파도에 흔들려 먼 곳에 가 떠다니고 있는데, 어떨까 하면 그 흔들리는 것이 뿌리에 울리는 것과 같은 느낌이지만, 이것은 무대에서 하는 역할의 느낌이 아니다. 그러나 그런 느낌은, 순간 고개를 들을까 생각하면 곧 움츠러 버린다.

그것과 달리, 밤에 잠 못들 때, 이런 식으로 무대에서 연기하면서 생애를 마치는가 하고 생각한 적이 있다. 그리고 나서 그 생애라는 것도 긴지 짧은지 알 수 없다고 생각한다. 마침 그 무렵 유학생 동료가 한 명 티프스에 걸려 입원하여 죽었다. 강의 없는 시간에, Charité(자선병원)에 병문안 가면, 전염병실의 유리 너머 자고 있는 것을 보여주는 것이었다. 열이 40도를 초과하므로, 매일 냉수욕을 시킨다고 하는 것이었다. 거기서 자신은 유학생이었으므로, 아무래도 일본인에게는 냉수욕은 위험하다고 생각하여 다른 것에도 상담하여 봤지만, 병원에 넣어두면서, 거기의 치료 방침에 참견을 하는 것은 형편에 맞지 않을 터이고, 설령 말한다 해도 채용하게는 하지 않을 것이므로 방관해 있게 되었다. 그러한 가운데 어느 날 병문안 가면 저녁 죽었다고 하는 것이었다. 그 남자의 죽은 얼굴을 보았을 때, 자신은 몹시 감동하여 자신도 언제 어떤 병을 느껴서, 이런 식으로 죽을 수 있을지도 모른다고, 문득 생각했다. 그리고 나서는 때때로 이대로 베를린에서 죽으면 어떠할까 라고 생각한 적이 있다.

그러한 때는, 먼저 고향에서 기다리고 있는 두 부모님이 얼마나 통탄해 할 것인가 생각한다. 그리고 나서 가까운 여러 사람의 일을 생각한다. 그 가운데에도 자신이 매우 친숙해있던, 머리털이 곱슬곱슬한 동생의, 고향을 떠날 때, 아직 겨우 걸었지만 매일매일 형님은 언제 돌아갈까 하고 묻는 것을, 편지로 말하여 건넨다. 그 동생이, 만약 형님은 이제 돌아가지 않는다고 한다면, 얼마나 슬퍼할까 생각한다.

그리고 나서 유학생이 되어서 학업을 이루지 못한 채 죽어서는 미안하다고 생각한다. 그러나 추상적으로 이러한 일을 생각하는 동안은, 냉정한 의무의 느낌만이지만, 한 사람 한 사람 구체적으로 자신의 조우의 흔적을 찾아본다면, 역시 가까운 친척처럼, 자신에 애정(Neigung 獨)으로부터의 고통, 정에 관계있는 느낌을 갖게 하도록 한다.

이러한 식으로 넓고 좁은 여러 가지의 사회적(social 독)인 심신을 얽매는 번민이 순서도 없이 무더기로 일어나 왔지만, 그것이 드디어 개인적(individual 프)인 자아에 관해 귀착해버린다. 죽음이라는 것은 모든 방위로부터 끌어당기는 실의 총합이다, 이 자아라는 것이 없어져버린 것이라고 생각한다.

자신은 어렸을 때부터 소설을 좋아했으므로, 외국어를 배우고 나서도, 틈이 있으면 외국의 소설을 읽었다. 어느 것을 읽어보아도 이 자아가 없어진다고 하는 것은 가장 크고 가장 깊은 고통이라고 말한다. 그런데 자신에게는 단지 내가 없어진다고 하는 것만이라면, 고통이라고는 생각될 수 없다. 단지 칼로 죽는다면, 그 찰나에는 육체의 고통을 느낄 것이라고 생각하여, 병이나 약으로 죽는다면 각각의 병증약성에 상응하여, 질식한다든지 경련한다든지 하는 고통을 느낄 것이라고 생각하는 것이다. 자아가 없어지기 때문에 고통은 없다.

서양인은 죽음을 두려워하지 않는 것은 야만인의 성질이라고 말한다. 자신은 서양인이 말하는 야만인이라고 하는 것일지도 모른다고 생각한다. 그렇게 생각함과 동시에, 어렸을 때 두 분의 양친이 사무라이 집에 태어났으므로, 할복이라는 것을 할 수 없어서는 안 된다고 번번이 타일렀던 것을 기억한다. 그 때도 육체의 고통이 있을 것이라고 생각하여, 그 아픔을 참지 않고서는 안 될 것이라고 생각한 것을 기억한다. 그리고 마침내 소위 야만인일지도 모른다고 생각한다. 그러나 그 서양인의 견해가 가장 최고라고 승복할 수는 없다.

그렇다면 자아가 없어진다고 하는 것에 대해서, 담담할까 하고 말하건대, 그렇지는 않다. 그 자아라고 하는 것이 있는 동안에, 그것을 어떤 물건이라고는 확실히 생각해도 보지 않고, 알지 못한 채, 그것을 없애 버리는 것이 아쉽다. 유감이다. 한학자가 말하는 취생몽사라고 하는 것 같은 생애를 보내 버리는 것이 유감이다. 그것이 억울하다, 유감이라고 여기며 동시에, 통절히 마음의 공허를 느낀다. 무엇이라고도 말할 수 없는 쓸쓸함을 느낀다.

그것이 번민이 된다. 그것이 고통이 된다.

자신은 베를린의 독신자 하숙(garçon logis 프)에서 잠들 수 없는 밤에, 몇 번이나 이 고통을 맛보았다. 이러한 때는 자신이 태어나고 나서 지금까지 했던 일이, 표면의 장난 일처럼 생각된다. 무대상의 역할에 종사하는 것에 지나지 않았다고 하는 것을 절실하게 느끼게 한다. 그러한 때에 이제까지 사람에게 듣기도 하고 책으로 읽기도 한 불교나 기독교의 사상의 단편이 순서도 없이 마음에 떠올라 와서는, 곧 사라져 버린다. 어떤 위안도 주지 않고 사라져 버린다. 그러한 때는 지금까지 배운 자연과학의 모든 사실이나 모든 추리를 반복하여 보고, 어딘가에 위안이 되는 것 같은 건 없을까 하고 찾는다. 그러나 이것도 헛수고였다.

이러한 어느 밤의 일이었다. 철학책을 읽어보려고 마음먹고, 밤이 새는 것을 애타게 기다려서 하르트만(Hartmann 독)의 무의식 철학을 사러 갔다. 이것이 철학이라는 것을 엿본 최초로, 왜 하르트만에 했는가 하면, 그 무렵 19세기는 철도와 하르트만의 철학을 가져왔다고 할 정도, 최신의 대계통으로서 찬반의 목소리가 떠들썩했기 때문이다.

자신에 철학의 고마움을 느끼게 한 것은 혼미의 3기였다. 하르트만은 행복을 인생의 목적이라고 하는 것의 불가능성을 증명하기 위하여, 혼미의 3기를 세운다. 제1기에서는 인간이 현세로, 복을 얻으려고 생각한다. 소장,

건강, 우의, 연애, 명예라고 하는 것처럼 세어서, 하나하나 그 혼미를 깬다. 연 따위도 주로 고(苦)이다. 복은 성욕의 뿌리를 끊음에 있다. 인간은 이 복을 희생으로 하여, 가까스로 세계의 진화에 박차를 가하여 성취시킨다. 제2기에서는 복을 사후에 구한다. 그것에는 개인으로서의 불멸을 전제로 하지 않고서는 안 된다. 그런데 개인의 의식은 죽음과 함께 멸한다. 신경의 줄기는 여기에 끊어져 버린다. 제3기에서는 복을 세계 과정의 미래에 구한다. 이것은 세계의 발전 진화를 전제로 한다. 그런데 세계는 아무리 진화해도 늙음과 병, 고생은 끊이지 않는다. 신경이 예민하게 되므로 그것을 한층 절실하게 느낀다. 괴로움은 진화와 함께 성장한다. 초, 중, 후반의 3기를 다 경과해도 행복은 영원히 얻을 수 없는 것이다.

하르트만의 형이상학에서는 이 세계는 가능한 잘 만들어져 있다. 그러나 있는 것이 좋은가 없는 것이 좋은가 라고 한다면, 없는 것이 좋다. 그것을 있게 하는 근원을 무의식으로 명명한다. 그렇다고 해서 생을 부정한다고 해도, 세계는 의연히 존재하므로 소용없다. 실제로 어떤 인류가 순조롭게 절멸하더라도, 또한 어떤 기회에는 다음의 인류가 생겨서, 같은 일을 반복할 것이다. 그것보다도 인간은 생을 긍정하여, 자기를 세계의 과정에 맡겨서, 달게 고를 받고, 세계의 구원을 기다리지만 좋다고 하는 것이다.

자신은 이 결론을 보고 머리를 흔들었지만, 혼미 타파에는 강하게 매혹되었다. 환멸(Disillusion)에는 매우 동정했다. 그리고 하르트만 자신이 혼미의 3기를 쓴 것은, 막스 스티르네르(Max Stirner)를 읽고 생각한 위에서의 일이라고 자백하는 것을 보고, 스티르네르를 읽었다. 그러고 나서 무의식 철학 전체의 연원으로 거슬러 올라가 쇼펜하우어(Schopenhauer)를 읽었다.

스티르네르를 읽어 보면, 하르트만이 신사의 태도로 말하는 것을 무뢰한의 태도로 말하는 것처럼 느껴진다. 그리고 모든 혼미를 깬 흔적에 자아를 남긴다. 세계에 의지할 것은 자아 외에는 없다. 그것을 앞에서부터 앞으로 생각하면, 무정부주의에 귀착하지 않을 수 없다.

자신은 오싹해졌다.

쇼펜하우어를 읽어본다면, 하르트만·미누스·진화론이었다. 세계는 존재하기보다는 없는 편이 좋은 것만은 아니다. 될 수 있는 한 나쁘게 만들어진다. 세계가 만들어진 것은 실책이다. 무의 편안함이 잘못되어 교란시켰음에 지나지 않는다. 세계는 인식에 의해서 무의 편안함으로 돌아가는 수밖에 없다. 한 사람 한 사람의 사람은 한 개 한 개의 실책으로, 존재하기보다는 없는 것이 좋은 것이다. 개인의 불멸을 바라는 것은 실책을 무궁하게 하려는 것이다. 개인은 멸망하여 인간이라고 하는 종족이 남는다. 이 소멸하지 않고 남은 것을, 스러져가는 사상(寫象) 즉 표상의 반대에, 넓은 의미에서 의지로 명명한다. 의지가 있으니까 무는 절대의 무가 아니라, 상대의 무이다. 의지는 칸트(Kant)의, 인식 주관과는 독립적으로 그 자체로서 존재한다고 생각할 수 있는 것이다. 개인이 무로 돌아가려면 자살을 하면 좋을까 하는 식으로, 자살을 했다 해도 종족이 남는다. 가능적 경험을 넘어 현상에 대한 본체로서의 사물 그 자체가 남는다. 거기에서 죽을 수 있을 때까지 살지 않으면 안 되는 것이다. 하르트만의 무의식이라는 것은, 이 의지가 일변하여 생긴 것이었다.

자신은 드디어 머리를 흔들었다.

* * *

이럭저럭하는 동안 유학 3년의 시간이 지났다. 자신은 아직 균형의 세력을 얻지 않은 물체의 동요를 마음속에 느끼면서, 어떤 스승(師匠)을 구하기에도 소식이 좋은, 문화 국가를 떠나지 않아서는 안 되는 것이 되었다. 살아 있는 스승만이 아니다. 상담 상대가 되는 서적도, 멀리 발길을 옮기지 않고 대학의 도서관에 가면 대개 해결될 수 있다. 또한 사보러 가기에도 주문하고 나서 몇 개월째에 오는 등이라는 번거로움은 없다. 그러한 편리한 나라를 떠나지 않아서는 안 되는 것이 되었다.

  고향은 그립다. 아름답고, 그리운 꿈의 나라로서 고향은 그립다. 그러나 자신의 연구를 해야 하게 되어 있는 학술을 진실로 연구하려면, 그 학술의 아름다운 전답을 개간하여 가려면, 아직 여러 가지 필요한 조건이 걸려 있는 고향에 돌아가는 길은 유감이고 아깝다. 애써 '아직'이라고 한다. 일본에 오랫동안 체재하여 일본을 바닥에서부터 꿰뚫고 있다고 하는 독일인 아무개는, 이 조건은 지금 걸고 있는 것만이 아니라 영원히 동양의 천지에는 발생하지 않는다고 선언했다. 동양에는 자연과학을 키워가는 분위기는 없는 것이라고 선언했다. 도대체 그렇다면 제국대학도, 전염병연구소도, 영원히 유럽 학술의 결론만을 중계하는 장소에 지나지 않을 것이다. 이러한 판단은 러시아와의 전쟁 후에, 유럽의 인기 교겐이 된 타이푼(Taifun) 따위에도 나타나 있다. 그러나 자신은 일본인을, 그렇게 절망하지 않고서는 안 될 정도, 무능한 종족이라고도 생각하지 않으므로 애써 '아직'이라고 한다. 자신은 일본에서 결성된 학술의 과실을 유럽에 수출하는 때도 언젠가는 올 것이라고 그 때부터 생각한 것이다.

  자신은 이 자연과학을 키우는 분위기인, 편리한 나라를 흔적으로 보고, 꿈의 고향으로 여행을 떠났다. 그것은 물론 세우지 않고서는 안 되었던 것이지만, 세우지 않고서는 안 된다고 하는 의무 때문에 선 것은 아니다. 자신의 원망(願望)의 저울도, 한쪽의 접시에 편리한 나라를 싣고, 한 쪽의 접시에 꿈의 고향을 싣게 했을 때, 편리한 접시를 조상하는 실을 쭉 끌어, 하얗고, 부드러운 손이 있었음에도 불구하고, 확실히 꿈의 쪽으로 기운 것이다.

  시베리아 철도는 아직 전 구역을 개통하지는 않았으므로 인도양을 거쳐 돌아가는 것이었다. 하루거리의 길을 왕복해도, 가는 것은 길고 돌아오는 것은 짧게 생각되는 것이지만, 4,50일의 여행을 해도, 그러한 느낌이 있다.

미지의 세계에 대한 희망을 안고 여행을 나선 옛날에 비하여 쓸쓸하게 또한 빠르게 생각된 항해 중, 등나무 침대 의자에 몸을 눕히면서, 자신은 여행길에 어떤 선물을 가지고 돌아갈까 하는 것을 생각했다.

자연과학의 분과 상에서는 자신은 결론만을 가지고 돌아가는 것은 아니다. 장래 발전해야 할 맹아도 가지고 있을 작정이다. 그러나 돌아가는 고향에는, 그 맹아를 키울 분위기가 없다. 적어도 '아직' 없다. 그 맹아도 헛되게도 말라 버리지는 않을까 하고 배려한다. 그리고 자신은 숙명론적(fatalistisch 독)인, 둔하고, 음침한 느낌에 휩싸였다.

그리고 이 음울한 어둠을 비추고 부수어지는 광명 있는 철학은, 나의 여행 속에는 없었다. 그 속에 있는 것은, 쇼펜하우웨르, 하르트만 계의 염세철학이다. 현상세계를 존재하기보다는 없는 편이 좋다고 하는 철학이다. 진화를 인정하지 않는 것은 아니다. 그러나 그것은 둘도 없는, 각성하기 위한 진화이다.

자신은 세이론(Ceylon)이라는 인도 남단의 섬에서, 빨간 격자 무늬의 천을, 머리와 허리에 두른 남자에, 아름답고, 푸른 날개의 새를 사게 했다. 바구니를 들고서 배로 돌아오면, 프랑스 배의 승무원이 묘한 손놀림으로, 살아 있지는 않을 것이다(Il ne vivra pas!)라고 말했다. 아름답고, 푸른 새는, 도대체 배의 요코하마에 도착하였는데 죽어버렸다. 그것도 덧없는 토산물이었다.

* * *

자신의 실망으로 고향 사람의 환영을 받았다. 그것은 무리도 아니다. 자신과 같은 양행 귀가는 이제까지 유례없는 일이었기 때문이다. 이제까지의 양행 귀가 길은 무언가 희망에 빛나는 얼굴을 하고 여행 짐 속에서 도구를 꺼내서, 무언가 새로운 수제품을 내세워 보여드리게 되었다. 자신은 마침 그 반대의 것을 한 것이다.

도쿄에서는 도회개조의 논의가 활발하여 아메리카의 A라든지 B라든지의 몇호 초(町)에 있는, 독일인이 말하는 고층건물(Wolkenkratzer 독)과 같은 집을 짓고 싶다고, 하이칼라(high collar영, 서양풍을 추구하는 새로운 유행을 즐겨 좇는 사람을 뜻하는 일본식 영어)패가 말한다. 그 때 자신은 "도회라는 것은, 좁은 지면에 많은 사람이 사는 만큼 사상자가 많고, 특히 어린이가 많이 죽을 수 있다, 지금까지 옆으로 나란히 있는 집을, 세로로 겹쳐 쌓기보다는, 상수나 하수라도 개량하는 것이 좋을 것이다"라고 말했다. 또한 건축에 제재를 가하려고 하는 위원이 생겨나서, 도쿄의 집의 추녀 높이를 일정하게 하여 정연한 외관의 미를 이루려고 한다. 그 때 자신은 "그런 병대가 나란히 줄을 맞춘 것 같은 마을은 아름답지는 않다, 나아가서 서양풍으로 하고 싶다면, 오히려 반대로 추녀의 높이는커녕, 모든 건축의 양식을 한 채씩 별도로 하여, 베네치아(Venezia)의 마을처럼 들쭉날쭉 고르지 않고 섞여든 미관을 만들기 위해서라도 유의한다면 좋을 것이다"라고 말했다.

식물개량의 논의도 있었다. 쌀을 먹는 것을 그만두고, 많은 소고기를 먹게 하겠다고 하는 것이었다. 그 때 자신은 "쌀도 생선도 매우 소화가 좋은 편이므로 일본인의 음식물은 옛날대로가 좋을 것이다, 가장 목축을 활발히 하여 소고기도 먹게 하는 것은 마음대로이다"고 말했다.

가나(仮名)사용 개량의 논의도 있어서 고이스쵸-와가나와라고 하는 가나 사용의견서 같은 것을 쓰게 하려고 하면 "싫어 싫어, 철자법(Orthographie 독)은 어느 나라에도 있는, 역시 고히스테후와가나하의 쪽이 좋으실 것이다."라고 말했다.

그런 식으로 사람을 개량하려고 한, 모든 방면을 향하여, 자신은 다시 이전의 상태로 돌아갈 것을 주창했다. 그리고 보수당의 동료에 쫓겼다. 양행 귀가 길의 보수주의자는, 나중에는 별도의 동기에서 유행하기 시작했지만 원조는 자신이었을지도 모른다.

　거기에서 배워 온 자연과학은 어떠했는가. 돌아온 그 자리에서 1년인가 2년은 연구실(라보라트리움)에 들어가 거칠게 꾸준히 바보처럼 정직하게 일하여, 다시 원래의 상태로 되돌아가는 도로아미타불설에 근거를 부여했다. 정직하게 시험 친다면, 몇 천 년이라고 하는 동안 만족스럽게 발전하여 온 일본인이 그런 반이성적 생활을 하고 있을 리는 없다. 처음부터 완전히 알려진 일이다.

　그런데 그리고 나서 일보 나아가, 새로운 지반 위에 새로운 연구(Forschung)를 기획하려고 하는 단계가 되면, 지위와 환경이 자신을 일터로부터 제거했다. 자연과학이여, 안녕이다.

　물론 자연과학의 방면에서는, 자신 그 무엇인가보다 유력한 친구가 대세워서, 흔적에 남아서 분투해 주니까, 자신이 제거된 것은 국가를 위해서도 인류를 위해서도 무엇인가의 손실에도 되지 않는다.

　다만 분투하는 친구들은 가엾어 했다. 의연히 분위기 없는 곳에서, 고압하에 일하는 잠수부와 같이 신음하고 괴로워한다. 분위기 없는 증거에는 아직 연구(Forschung)라고 하는 일본어도 만들어져 있지 않다. 그런 개념을 명확히 나타내는 필요를 사회가 느끼고 있지 않은 것이다. 자만도 아무것도 아니지만, '업적' 이라든가 '학문의 권장'이라든가 하는 것 같은 조어를, 자신이 자연과학계에 선물을 두고 왔지만, 아직 탐구(Forschung)라는 의미의 간단하고 명확한 일본어는 없다. 연구라느니 하는 모호한 말은, 실제 도움이 되지 않는다. 서적을 읽고 조사하는 것도 연구가 아닐까.

　　　＊　　＊　　＊

　이러한 경력을 해 와도, 미래의 환영을 쫓고, 현재의 사실을 업신여기는 자신의 마음은, 아직 원래 대로이다. 사람의 생애는 이제 내리막길이 되어

가는데, 쫓는 것은 어떤 그림자인지.

"어떻게 해서 사람은 자신을 알 수 있어야 할까. 성찰로써는 결코 가능하지 않으리라. 하지만 행위로써 해서는 혹은 잘 하게 할 것이다. 그대의 의무를 다하려는 시도요. 이윽고 그대의 가치를 알게 할 것이다. 그대의 의무는 무엇인가. 날의 요구이다." 이것은 괴테(Goethe)의 말이다.

날의 요구를 의무로 하여, 그것을 수행하여 간다. 이것은 마침 현재의 사실을 업신여기는 것의 반대이다. 자신은 어떻게 그렇게 말하는 경지에 몸을 둘 수 없을 것이다.

날의 요구에 응하여 해야 할 일을 끝마치려면 만족하는 것을 몰라서는 안 된다. 만족하는 것을 안다고 하는 것을 자신에게는 할 수 없다. 자신은 영원한 불평가이다. 아무래도 자신이 없을 터인 곳에 자신이 있는 것 같다. 아무래도 회색의 새를 푸른 새로 볼 수가 없는 것이다. 길에 방황하고 있는 것이다. 꿈을 보고 있는 것이다. 꿈을 보고, 푸른 새를 꿈속에 찾고 있는 것이다. 왜냐고 물어보았자 거기에 답할 수 없다. 이것은 단지 단순한 사실이다. 자신의 의식 상의 사실이다.

자신은 이대로 인생의 내리막길을 내려간다. 그리고 그 다 내려간 곳이 죽음이라는 것을 알고 있다.

그러나 그 죽음은 무섭지 않다. 학설에 따르면, 노년이 됨에 따라서 증장한다고 하는 '죽음의 공포'가 자신에게는 없다.

젊을 때에는, 이 죽음이라고 하는 목적지에 도달하기까지, 자신의 눈앞에 걸쳐져 있는 의문을 풀고 싶다고, 통절히 느낀 적이 있다. 그 느낌이 차츰 통절하지 않게 되었다. 차츰 엷어졌다. 녹지 않고 가로막고 있는 의문이 보이지 않는 것은 아니다. 보이는 수수께끼를 풀어야 할 것이라고는 생각하지 않는 것도 아니다. 그것을 풀자고 하여 초조해하지 않게 된 것이다.

그 무렵 자신은 Philipp Mainlaender(독, 철학자)의 일을 듣고, 그 남자가 쓴 구출의 철학을 읽어봤다.
　이 남자는 Hartmann의 방황의 3기를 승인했다. 그런데 모든 혼미함을 깨부수고, 생을 긍정하라고 하는 것은 무리라고 하는 것이다. 이것은 모두 헤매지만, 죽음이라는 것도 안 되므로, 미혹을 뒤쫓아서 가라고는 말하지 않을 것이라고 하는 것이다. 사람은 최초로 먼 죽음을 바라보고, 공포스러워 얼굴을 돌린다. 이어 죽음의 주위에 크게 권역을 긋고 전율하면서 걷는다. 그 권역이 드디어 작아져서, 당당히 피로해진 팔을 죽음의 항목에 던져서, 죽음과 눈과 눈을 맞춘다. 그리고 죽음의 눈 속에 평화를 발견하는 것이라고, 마인렌데르는 말한다.
　그렇게 말하여 두고, 마인렌데르는 35세로 자살했던 것이다.
　자신에게는 죽음의 공포가 없는 동시에 마인렌데르의 '죽음의 동경'도 없다.
　죽음을 두려워도 하지 않고, 죽음에 동경도 하지 않고, 자신은 인생의 내리막길을 내려간다.

　　　*　　*　　*

　의문은 풀 수 없는 것으로 알고, 풀려고 하여 초조해하지 않게는 되었지만, 자신은 그것을 방치하여 뒤돌아보지 않고서는 있을 수 없다. 연회를 싫어하여 세상에서 이르는 도락이라는 것이 아니라, 바둑도 두지 않고, 장기도 두지 않고, 공도 치지 않은 자신은 자연과학의 일터를 나와, 손에 시험관을 가지지 않게 되었으므로, 드물게 그림이나 조각을 보기도 하고 음악을 듣기도 하는 것 외에 환경이 부여하는 날의 요구를 수행하는 동안 책 읽는 것을 어쩔 수 없이 하게 했다.

하르트만은 인간의 모든 복을 혼미하여 타파하여 가는 사이에, 이런 의미의 것을 말했다. 대개 사람의 복으로 생각하고 있는 것에, 숙취를 하는 것처럼 일이 끝난 뒤에 그 일로 인한 괴로움이 없는 것은 아니다. 그것이 없는 것은, 단지 예술과 학문의 두 가지만이라고 하는 것이다. 자신은 마침 이 두 가지 외에는 하는 일이 없어졌다. 그것은 이해 타산적으로 뒤탈이 없는 일을 하는 것은 아니다. 모든 복을 타고나기를, 일이 끝난 뒤에 그 일로 인해 고통받는 것을 좋아하지 않는 것이다.

책은 꽤 읽었다. 그리고 그 읽는 책 종류는, 일터를 나오고 난 필연적 결과로 확연히 변했다.

서양에 있던 때부터, 학술잡지(Archive 독)라든가 연보(Jahresberichte 독)라든가 하는, 전문 학술잡지를 첫 권부터 갖추어 15,6종이나 구독했지만, 일터에 나가지 않게 되고 보니 실험의 상세한 기록 따위를 조사할 필요가 없어졌다. 원래 이러한 잡지는 학교나 도서관에서 사는 것이므로, 개인이 사는 것이 아니었던 것을, 정부가 어느 정도 잡지에 돈을 내주는지 모른다고 생각하는 것과 자신이 어디에서 무엇을 하게 되는지 모른다고 생각한다고 해도 수천 권 사 가지고 있지만, 자신은 그 가운데에서 전문학과의 연혁과 진보를 보기에 가장 편리한 연보 23종을 남겨두고, 흔적은 남김없이 관의 학교에 기부해 버렸다.

그리고 그 대신에 철학이나 문학서적을 사게 되었다. 그것을 시간이 허락하는 한 읽은 것이다.

다만 그 읽는 방식이, 처음 하르트만을 읽은 때와 같이, 굶주려 밥을 게걸스럽게 먹는 것 같은 읽는 방식이 아니게 되었다. 옛날 세상에 인기가 있는 사람은, 어떤 일을 말하고 있는가 하고, 예를 들면 길을 가는 사람의 얼굴을 길가에 서서 냉담히 보는 것처럼 본 것이다.

냉담하게는 보고 있지만, 자신은 거리에 서 있어 종종 모자를 벗었다.

옛 사람에도 지금의 사람에도, 경의를 표해야 할 사람이 많이 있었던 것이다. 모자는 벗었지만, 거리를 떠나 어떤 사람인가의 뒤를 따라 가려고는 생각지 않았다. 많은 스승과 만났지만 한 사람의 주는 만나지 않았던 것이다. 자신은 자주 이 모자를 벗는 경의에 의하여 오해를 받았다. 자연과학을 수학하고 돌아간 당시 즉시, 음식물의 논의가 나왔으므로, 당시의 권위자인 포이트(Karl von Voit, 독일의 영양학설 수립)의 표준으로 반격했을 때도, 어떤 선배가 "그렇다면 포이트를 신앙하고 있는가"라고 하자, 자신은 그것에 답하여, "반드시 그렇지는 않다, 잠시 포이트의 진지에 의거하여 적에 해당하는 것이다"라고 하여 선배에게 심한 야유를 받았다. 자신은 한 때의 권위자로서 포이트에 모자를 벗었음에 지나지 않은 것이다. 그것과 마침같은 것으로, 한 때 예술 비평에 목소리를 내어, 하르트만의 미학을 근거로 하여 논의하고 있다고, 후에 등장한 어떤 영웅이 말했다.

"하르트만의 미학은 하르트만의 무의식 철학에서부터 나왔다. 저 미학을 근거로 하여 논하려면, 먼저 무의식 철학을 신앙하지 않고서는 안 된다"고 말했다. 과연 하르트만은 자신의 미학을 자신의 세계관에 결부했지만, 얼마간 그 연쇄를 끊어버렸다는 것으로 해 봐도, 그의 미학은 당시 가장 완비한 것이고, 게다가 창의력 풍부한 것이었다. 자신은 미학상에서 역시 한 때의 권위자로서 하르트만에 모자를 벗은 것에 지나지 않은 것이다. 훨씬 뒤에 와서, 하르트만의 세계관을 떠나, 그의 미학이 존립해있는, 훌륭한 증거가 제공되었다. 하르트만 이후에 나온 미학자의 책을 어느 것이라도 열어보는 것이 좋다. 틀림없이 미의 변형(Modification 독)이라는 것을 주장한다. 저것은 하르트만이 시작했으므로 하르트만 앞에는 없었다. 그것을 누구나 그도 설명하여, 하르트만의 하 자도 말하지 않는다. 묵살하는 것이다.

그것은 특히 거리에 선 사람은 많은 스승과 만나서, 한 사람의 주도 만나지 않았다. 그리고 아무리 교묘하게 구성한 형이상학일지라도 한 편의 서정시와 같은 것이라고 하는 것을 알았다.

　　　＊　　＊　　＊

　형이상학이라고 하는, 네덜란드(和蘭) 사원락의 멜로디(階律)와 같은 구성에 권태로운 자신의 귀에, 어느 날 띄엄띄엄 잠언(Aphorismen 독)의 선율이 들려왔다.

　생의 의지를 좌절하여 무로 들어가게 하려고 하는, 쇼펜하우어의 진정제(Quietive 독)에 복종할지 모르는 자신의 의식은, 어느 때 나태한 졸음 속에서 채찍 하듯 깨어났다.

　그것은 니체(Friedrich Wilhelm Nietzsche 독)의 초인 철학이었다. 그러나 이것도 자신을 길러 준 식량이 아니라, 자신을 취하게 하는 술이었다.

　과거의 소극적인, 이타적인 도덕을 가축 무리의 도덕으로 한 것은 통쾌하다. 동시에 사회주의자인 사해동포관을, 모든 특권을 배척한, 어리석은, 아둔한 무리의 도덕으로 한 것도 무정부주의자의 발호를, 구라파의 거리에 개가 짖는다고 비난한 것도 재미있다. 그러나 이성의 구속을 버리고, 권위를 향하는 의지를 문화의 근본에 두어서 문벌을 위하여, 자아를 위하여, 독약과 비수를 쓰는 것을 꺼려하지 않는 체자레 보르시아(Cesare Borgia 이탈리아)를, 군주의 도덕의 전형으로 한 무엇인가를, 성실하게 받아들인 것은 아니다. 게다가 하르트만의 세밀한 윤리설을 본 눈에는, 이른 바 평가의 혁신에 얼마간의 새로움을 약화시켜 버린 것이다.

　거기에서 죽음은 어떤 것인가. '영원한 재래'는 위로는 되지 않는다. 짜라투르스(Zarathustra 독)의 말기에 집필하기 어려운 작자의 정을, 자신은 연민했다.

　그리고 나서 뒤에도 파우르젠(Friedrich Paulsen 독)의 유행 등이라고 하는 것도 조사해왔지만, 자신은 일체 절충주의에 동정을 갖지 않으므로, 그런 사조에는 언급하지 않아 버렸다.

*　*　*

　옛날 별장 흉내로 지은, 무릎을 들일 뿐인 오두막에는 승려의 백일물(일상에 쓰이는 모든 도구류의 총칭. 각각 하나씩밖에 없는, 탐욕이 없는 마음 의미)과 같이 어떤 도구도 단지 하나밖에 없다.
　게다가 주인인 옹은 벽이란 벽을 모두 선반으로 하여, 선반이라고 하는 선반을 모두 서적으로 하고 있다.
　그리고 세상과 일체 교섭을 끊은 것 같은 주인 하에 서양으로부터 서적의 소포가 온다. 그가 살아있는 동안은, 작지만 재산의 전부를 보관하고 있는 공중인(Notar 독)의 손으로 이자의 대부분이 서양의 모서포에 보내지는 것이다.
　주인은 늙어도 흑인종과 같은 시력을 지녀 세상 사람이 그리워지게 된 고인을 방문하는 것처럼, 낡은 책을 읽는다. 세상 사람이 시에 나가서, 새로운 사람을 보는 것처럼 새로운 책을 읽는다.
　권태로우면 모래 산을 걷고 소나무가 서 있는 모양을 본다. 모래강변에 내려가서 물결이 일렁이는 바다를 본다.
　나 야소하치가 권하는 야채 상을 향하여, 허기를 견뎌낸다.
　서적 외에, 주인인 옹이 가지고 노는 것은 작은 돋보기(Loupe 독)이다. 모래 산에서부터 따 온 작은 풀꽃 등을 본다. 그 밖에 차이스(Zeiss 독, 현미경제조회사)의 현미경이 있다. 바다의 물방울 속에 있는 작은 동물 등을 본다. 메르츠(Merz 독, 광학기계회사)의 망원경이 있다. 맑은 밤하늘의 별을 본다. 이것은 옹이 자연과학의 기억을 되살리게 하는, 그때그때의 소일거리이다.
　주인인 옹은 이 오두막에 오고 나서도 환영을 좇는 것 같은 옛날의 마음가짐을 없애버릴 수 없다. 그리고 지나온 날을 회고하여 이런 일을 생각한다. 날의 요구에 만족할 수 없는 권리를 가지고 있는 것은 아마도 단지 천재만일 것이다. 자연과학으로 대발명한다든가, 철학이나 예술에서 위대한 사상, 대작품을 생산한다든가 하는 경지에 선다면, 자신도 현재에 만족할 수 없겠는가. 자신에게는 그것이 할 수 없었다. 그래서 이러한 심정이 떠나지 않을 것이라고 생각하는 것이다.

소장 시대에 마음의 전답에 옮겨진 씨앗은, 쉽게 뿌리를 끊을 수 없는 것이다. 차가운 눈초리로 철학이나 문학상의 동요를 보는 주인인 옹은, 동시에 무거운 돌을 하나 하나 쌓아 올려가는 것 같은 과학작의 노작에도, 넌지시 주목하고 있는 것이다.

르뷰크 드 도유크 모온드(Revue des Deux Mondes프, 반월간 잡지 『양세계평론』)의 주필인 구교도 브류치에에르(Brunetiére 프, 문예비평가)가 과학의 파산을 설명하고 나서, 숱한 세월이 경과해도, 과학은 좀처럼 파산하지 않는다. 모든 인위 그 자체의 무상 속에서, 가장 커다란 미래를 갖고 있는 것의 하나는, 역시 과학일 것이다.

주인인 옹은 거기에서 또한 이러한 일을 생각한다. 인간의 대액난이 되는 병은, 과학의 힘으로 예방도 치료도 할 수 있게 되었다. 종두로 천연두를 막는다. 인공으로 배양한 세균이나 그것을 심은 동물의 혈청으로 티푸스기를 막고 디푸테리를 고칠 수가 있다. 페스트(Pest)와 같은 맹렬한 병도 병원균이 발견되게 할 뿐, 예방의 예상이 간다. 나병도 병원균만은 알려져 있다. 결핵도, 츠베르크린(Tuberculin 독, 결핵의 진단)이 기대된 공을 돌리지 않더라도, 막을 단서가 없는 것도 아니다. 암과 같은 악성종양도, 이제 동물에 옮겨 심을 수 있어 보니, 이른 밤 예방의 단서를 발견할지도 모른다. 가깝게는 매독이 사르와르상(Salvarsan 독)의 특효약으로 고칠 수 있게 되었다. 에리아스 매추니곳프(Elias Metschnikoff)의 낙천 철학이, 미래에 속해있는 희망처럼, 인간의 목숨을 훨씬 늘린 것도, 혹은 할 수 없는 것에 한하지 않는다고 생각한다.

  이렇게 해서 벌써 얼마 안 가게 되어 있는 생애의 잔여를, 못다 이룬 꿈의 마음가짐으로, 죽음을 두려워하지 않고, 죽음에 동경하지 않고 주인의 옹은 보내고 있다.

  그 옹의 과거의 기억이, 드물게 긴 사슬처럼, 찰나 동안에 몇 십 년인가의 흔적을 조망하게 한 적이 있다. 그러한 때는 옹의 형형한 눈이 크게 뜨여져 먼 먼 바다와 하늘에 쏠려 있다. 이것은 그런 때 문득 쓰다 버린 휴지이다.

♣ 原題: 最後の一句

　元文（げんぶん）三年十一月二十三日の事である。大阪（おおさか）で、船乗り業桂屋太郎兵衛（かつらやたろべえ）というものを、木津川口（きづがわぐち）で三日間さらした上、斬罪（ざんざい）に処すると、高札（こうさつ）に書いて立てられた。市中至る所太郎兵衛のうわさばかりしている中に、それを最も痛切に感ぜなくてはならぬ太郎兵衛の家族は、南組（みなみぐみ）堀江橋際（ほりえばしぎわ）の家で、もう丸二年ほど、ほとんど全く世間との交通を絶って暮らしているのである。
　この予期すべき出来事を、桂屋へ知らせに来たのは、ほど遠からぬ平野町（ひらのまち）に住んでいる太郎兵衛が女房の母であった。この白髪頭（しらがあたま）の媼（おうな）の事を桂屋では平野町のおばあ様と言っている。おばあ様とは、桂屋にいる五人の子供がいつもいい物をおみやげに持って来てくれる祖母に名づけた名で、それを主人も呼び、女房も呼ぶようになったのである。
　おばあ様を慕って、おばあ様にあまえ、おばあ様にねだる孫が、桂屋に五人いる。その四人は、おばあ様が十七になった娘を桂屋へよめによこしてから、ことし十六年目になるまでの間に生まれたのである。長女いちが十六歳、二女まつが十四歳になる。その次に太郎兵衛が娘をよめに出す覚悟で、平野町の女房の里方（さとかた）から、赤子（あかご）のうちにもらい受けた、長太郎（ちょうたろう）という十二歳の男子がある。その次にまた生まれた太郎兵衛の娘は、とくと言って八歳になる。最後に太郎兵衛の始めて設けた男子の初五郎（はつごろう）がい

て、これが六歳になる。

　平野町の里方は有福（ゆうふく）なので、おばあ様のおみやげはいつも孫たちに満足を与えていた。それが一昨年太郎兵衛の入牢（にゅうろう）してからは、とかく孫たちに失望を起こさせるようになった。おばあ様が暮らし向きの用に立つ物をおもに持って来るので、おもちゃやお菓子は少なくなったからである。

　しかしこれから生（お）い立ってゆく子供の元気は盛んなもので、ただおばあ様のおみやげが乏しくなったばかりでなく、おっか様のふきげんになったのにも、ほどなく慣れて、格別しおれた様子もなく、相変わらず小さい争闘と小さい和睦（わぼく）との刻々に交代する、にぎやかな生活を続けている。そして「遠い遠い所へ行って帰らぬ」と言い聞かされた父の代わりに、このおばあ様の来るのを歓迎している。

　これに反して、厄難（やくなん）に会ってからこのかた、いつも同じような悔恨と悲痛とのほかに、何物をも心に受け入れることのできなくなった太郎兵衛の女房は、手厚くみついでくれ、親切に慰めてくれる母に対しても、ろくろく感謝の意をも表することがない。母がいつ来ても、同じような繰（く）り言（ごと）を聞かせて帰すのである。

　厄難に会った初めには、女房はただ茫然（ぼうぜん）と目をみはっていて、食事も子供のために、器械的に世話をするだけで、自分はほとんど何も食わずに、しきりに咽（のど）がかわくと言っては、湯を少しずつ飲んでいた。夜は疲れてぐっすり寝たかと思うと、たびたび目をさましてため息をつく。それから起きて、夜なかに裁縫などをすることがある。そんな時は、そばに母の寝ていぬのに気がついて、最初に四歳になる初五郎が目をさます。次いで六歳になるとくが目をさます。女房は子供に呼ばれて床（とこ）にはいって、子供が安心して寝つくと、また大きく目をあいてため息をついているのであった。それから二三日たっ

て、ようよう泊まりがけに来ている母に繰(く)り言(ごと)を言って泣くことができるようになった。それから丸二年ほどの間、女房は器械的に立ち働いては、同じように繰り言を言い、同じように泣いているのである。

　高札(こうさつ)の立った日には、午過(ひるす)ぎに母が来て、女房に太郎兵衛の運命のきまったことを話した。しかし女房は、母の恐れたほど驚きもせず、聞いてしまって、またいつもと同じ繰り言(ごと)を言って泣いた。母はあまり手ごたえのないのを物足らなく思うくらいであった。この時長女のいちは、襖(ふすま)の陰に立って、おばあ様の話を聞いていた。

――――――――――――――――

　桂屋にかぶさって来た厄難というのはこうである。主人太郎兵衛は船乗りとは言っても、自分が船に乗るのではない。北国通(ほっこくがよ)いの船を持っていて、それに新七(しんしち)という男を乗せて、運送の業を営んでいる。大阪ではこの太郎兵衛のような男を居船頭(いせんどう)と言っていた。居船頭の太郎兵衛が沖船頭(おきせんどう)の新七を使っているのである。

　元文元年の秋、新七の船は、出羽国(でわのくに)秋田(あきた)から米を積んで出帆した。その船が不幸にも航海中に風波の難に会って、半難船の姿になって、横み荷の半分以上を流失した。新七は残った米を売って金にして、大阪へ持って帰った。

　さて新七が太郎兵衛に言うには、難船をしたことは港々で知っている。残った積み荷を売ったこの金は、もう米主(こめぬし)に返すには及ぶまい。これはあとの船をしたてる費用に当てようじゃないかと言った。

太郎兵衛はそれまで正直に営業していたのだが、営業上に大きい損失を見た直後に、現金を目の前に並べられたので、ふと良心の鏡が曇って、その金を受け取ってしまった。

　すると、秋田の米主のほうでは、難船の知らせを得たのちに、残り荷のあったことやら、それを買った人のあったことやらを、人づてに聞いて、わざわざ人を調べに出した。そして新七の手から太郎兵衛に渡った金高（かねだか）までを探り出してしまった。

　米主は大阪へ出て訴えた。新七は逃走した。そこで太郎兵衛が入牢（にゅうろう）してとうとう死罪に行なわれることになったのである。

――――――――――――

　平野町のおばあ様が来て、恐ろしい話をするのを姉娘のいちが立ち聞きをした晩の事である。桂屋の女房はいつも繰（く）り言（ごと）を言って泣いたあとで出る疲れが出て、ぐっすり寝入った。女房の両わきには、初五郎と、とくとが寝ている。初五郎の隣には長太郎が寝ている。とくの隣にまつ、それに並んでいちが寝ている。

　しばらくたって、いちが何やらふとんの中でひとり言を言った。「ああ、そうしよう。きっとできるわ」と、言ったようである。

　まつがそれを聞きつけた。そして「ねえさん、まだ寝ないの」と言った。

　「大きい声をおしでない。わたしいい事を考えたから。」いちはまずこう言って妹を制しておいて、それから小声でこういう事をささやいた。おとっさんはあさって殺されるのである。自分はそれを殺させぬようにすることができると思う。どうするかというと、願書（ねがいしょ）というものを書いてお奉行様（ぶぎょうさま）に出すのである。しかしただ殺さないでおいてくださいと言ったって、それではきかれない。おとっさんを助けて、その代わりにわたくしども子供を殺してくださいと

言って頼むのである。それをお奉行様がきいてくだすって、おとっさんが助かれば、それでいい。子供はほんとうに皆殺されるやら、わたしが殺されて、小さいものは助かるやら、それはわからない。ただお願いをする時、長太郎だけはいっしょに殺してくださらないように書いておく。あれはおとっさんのほんとうの子でないから、死ななくてもいい。それにおとっさんがこの家の跡を取らせようと言っていらっしゃったのだから、殺されないほうがいいのである。いちは妹にそれだけの事を話した。

「でもこわいわねえ」と、まつが言った。

「そんなら、おとっさんが助けてもらいたくないの。」

「それは助けてもらいたいわ。」

「それ御覧。まつさんはただわたしについて来て同じようにさえしていればいいのだよ。わたしが今夜願書（ねがいしょ）を書いておいて、あしたの朝早く持っていきましょうね。」

いちは起きて、手習いの清書をする半紙に、平がなで願書（がんしょ）を書いた。父の命を助けて、その代わりに自分と妹のまつ、とく、弟の初五郎をおしおきにしていただきたい、実子でない長太郎だけはお許しくださるようにというだけの事ではあるが、どう書きつづっていいかわからぬので、幾度も書きそこなって、清書のためにもらってあった白紙（しらかみ）が残り少なになった。しかしとうとう一番鶏（いちばんどり）の鳴くころに願書ができた。

願書を書いているうちに、まつが寝入ったので、いちは小声で呼び起こして、床（とこ）のわきに畳んであったふだん着に着かえさせた。そして自分もしたくをした。

女房と初五郎とは知らずに寝ていたが、長太郎が目をさまして、「ねえさん、もう夜が明けたの」と言った。

いちは長太郎の床(とこ)のそばへ行ってささやいた。「まだ早いから、お前は寝ておいで。ねえさんたちは、おとっさんのだいじな御用で、そっと行って来る所があるのだからね。」

「そんならおいらもゆく」と言って、長太郎はむっくり起き上がった。

いちは言った。「じゃあ、お起き、着物を着せてあげよう。長さんは小さくても男だから、いっしょに行ってくれれば、そのほうがいいのよ」と言った。

女房は夢のようにあたりの騒がしいのを聞いて、少し不安になって寝がえりをしたが、目はさめなかった。

三人の子供がそっと家を抜け出したのは、二番鶏(にばんどり)の鳴くころであった。戸の外は霜の暁であった。提灯(ちょうちん)を持って、拍子木(ひょうしぎ)をたたいて来る夜回りのじいさんに、お奉行様の所へはどう行ったらゆかれようと、いちがたずねた。じいさんは親切な、物わかりのいい人で、子供の話をまじめに聞いて、月番(つきばん)の西奉行所(にしぶぎょうしょ)のある所を、丁寧に教えてくれた。当時の町奉行は、東が稲垣淡路守種信(いながきあわじのかみたねのぶ)で、西が佐佐又四郎成意(ささまたしろうなりむね)である。そして十一月には西の佐佐が月番に当たっていたのである。

じいさんが教えているうちに、それを聞いていた長太郎が、「そんなら、おいらの知った町だ」と言った。そこで姉妹(きょうだい)は長太郎を先に立てて歩き出した。

ようよう西奉行所にたどりついて見れば、門がまだ締まっていた。門番所の窓の下に行って、いちが「もしもし」とたびたび繰り返して呼んだ。

しばらくして窓の戸があいて、そこへ四十格好(がっこう)の男の顔がのぞいた。「やかましい。なんだ。」

「お奉行様にお願いがあってまいりました」と、いちが丁寧に腰をかがめて言った。

「ええ」と言ったが、男は容易にことばの意味を解しかねる様子であった。

いちはまた同じ事を言った。

男はようようわかったらしく、「お奉行様には子供が物を申し上げることはできない、親が出て来るがいい」と言った。

「いいえ、父はあしたおしおきになりますので、それについてお願いがございます。」

「なんだ。あしたおしおきになる。それじゃあ、お前は桂屋太郎兵衛の子か。」

「はい」といちが答えた。

「ふん」と言って、男は少し考えた。そして言った。「けしからん。子供までが上（かみ）を恐れんと見える。お奉行様はお前たちにお会いはない。帰れ帰れ。」こう言って、窓を締めてしまった。

まつが姉に言った。「ねえさん、あんなにしかるから帰りましょう。」

いちは言った。「黙っておいで。しかられたって帰るのじゃありません。ねえさんのするとおりにしておいで。」こう言って、いちは門の前にしゃがんだ。まつと長太郎とはついてしゃがんだ。

三人の子供は門のあくのをだいぶ久しく待った。ようよう貫木（かんのき）をはずす音がして、門があいた。あけたのは、先に窓から顔を出した男である。

いちが先に立って門内に進み入（い）ると、まつと長太郎とが後ろに続いた。

いちの態度があまり平気なので、門番の男は急にささえとどめようともせずにいた。そしてしばらく三人の子供の玄関のほうへ進むのを、目

をみはって見送っていたが、ようよう我れに帰って、「これこれ」と声をかけた。

「はい」と言って、いちはおとなしく立ち留まって振り返った。

「どこへゆくのだ。さっき帰れと言ったじゃないか。」

「そうおっしゃいましたが、わたくしどもはお願いを聞いていただくまでは、どうしても帰らないつもりでございます。」

「ふん。しぶといやつだな。とにかくそんな所へ行ってはいかん。こっちへ来い。」

子供たちは引き返して、門番の詰所(つめしょ)へ来た。それと同時に玄関わきから、「なんだ、なんだ」と言って、二三人の詰衆(つめしゅう)が出て来て、子供たちを取り巻いた。いちはほとんどこうなるのを待ち構えていたように、そこにうずくまって、懐中から書付(かきつけ)を出して、まっ先にいる与力(よりき)の前にさしつけた。まつと長太郎ともいっしょにうずくまって礼をした。

書付を前へ出された与力は、それを受け取ったものか、どうしたものかと迷うらしく、黙っていちの顔を見おろしていた。

「お願いでございます」と、いちが言った。

「こいつらは木津川口でさらし物になっている桂屋太郎兵衛の子供でございます。親の命乞(いのちご)いをするのだと言っています」と、門番がかたわらから説明した。

与力は同役(どうやく)の人たちを顧みて、「ではとにかく書付を預かっておいて、伺ってみることにしましょうかな」と言った。それにはたれも異議がなかった。

与力は願書(がんしょ)をいちの手から受け取って、玄関にはいった。

――――――――――――

西町奉行の佐佐は、両奉行の中の新参(しんざん)で、大阪に来てから、まだ一年たっていない。役向きの事はすべて同役の稲垣(いながき)に相談して、城代(じょうだい)に伺って処置するのであった。それであるから、桂屋太郎兵衛の公事(くじ)について、前役(まえやく)の申し継ぎを受けてから、それを重要事件として気にかけていて、ようよう処刑の手続きが済んだのを重荷をおろしたように思っていた。

　そこへけさになって、宿直の与力(よりき)が出て、命乞(いのちごい)の願に出たものがあると言ったので、佐佐はまずせっかく運ばせた事に邪魔がはいったように感じた。

　「参ったのはどんなものか。」佐佐の声はふきげんであった。

　「太郎兵衛の娘両人と伜(せがれ)とがまいりまして、年上の娘が願書(がんしょ)をさし上げたいと申しますので、これに預かっております。御覧になりましょうか。」

　「それは目安箱(めやすばこ)をもお設けになっておる御趣意から、次第によっては受け取ってもよろしいが、一応はそれぞれ手続きのあることを申し聞かせんではなるまい。とにかく預かっておるなら、内見しよう。」

　与力は願書を佐佐の前に出した。それをひらいて見て佐佐は不審らしい顔をした。「いちというのがその年上の娘であろうが、何歳になる。」

　「取り調べはいたしませんが、十四五歳ぐらいに見受けまする。」

　「そうか。」佐佐はしばらく書付(かきつけ)を見ていた。ふつつかなかな文字で書いてはあるが、条理がよく整っていて、おとなでもこれだけの短文に、これだけの事がらを書くのは、容易であるまいと思われるほどである。おとなが書かせたのではあるまいかという念が、ふときざした。続いて、上(かみ)を偽る横着物(おうちゃくもの)の所為ではないかと思議した。それから一応の処置を考えた。太郎兵衛は明日

（みょうにち）の夕方までさらすことになっている。刑を執行するまでには、まだ時がある。それまでに願書（がんしょ）を受理しようとも、すまいとも、同役に相談し、上役（うわやく）に伺うこともできる。またよしやその間に情偽（じょうぎ）があるとしても、相当の手続きをさせるうちには、それを探ることもできよう。とにかく子供を帰そうと、佐佐は考えた。

そこで与力（よりき）にはこう言った。この願書は内見したが、これは奉行に出されぬから、持って帰って町年寄（まちどしより）に出せと言えと言った。

与力は、門番が帰そうとしたが、どうしても帰らなかったということを、佐佐に言った。佐佐は、そんなら菓子でもやって、すかして帰せ、それでもきかぬなら引き立てて帰せと命じた。

与力の座を立ったあとへ、城代（じょうだい）太田備中守資晴（おおたびっちゅうのかみすけはる）がたずねて来た。正式の見回りではなく、私の用事があって来たのである。太田の用事が済むと、佐佐はただ今かようかようの事があったと告げて自分の考えを述べ、さしずを請うた。

太田は別に思案もないので、佐佐に同意して、午過（ひるす）ぎに東町奉行稲垣をも出席させて、町年寄五人に桂屋太郎兵衛が子供を召し連れて出（で）させることにした。情偽があろうかという、佐佐の懸念ももっともだというので、白州（しらす）へは責め道具を並べさせることにした。これは子供をおどして実を吐かせようという手段である。

ちょうどこの相談が済んだところへ、前の与力（よりき）が出て、入り口に控えて気色（けしき）を伺った。

「どうじゃ、子供は帰ったか」と、佐佐が声をかけた。

「御意（ぎょい）でござりまする。お菓子をつかわしまして帰そうと

いたしましたが、いちと申す娘がどうしてもききませぬ。とうとう願書（がんしょ）をふところへ押し込みまして、引き立てて帰しました。妹娘はしくしく泣きましたが、いちは泣かずに帰りました。」

「よほど情（じょう）のこわい娘と見えますな」と、太田が佐佐を顧みて言った。

—————————————

　十一月二十四日の未（ひつじ）の下刻（げこく）である。西町奉行所の白州（しらす）ははればれしい光景を呈している。書院（しょいん）には両奉行が列座する。奥まった所には別席を設けて、表向きの出座（しゅつざ）ではないが、城代が取り調べの模様をよそながら見に来ている。縁側には取り調べを命ぜられた与力が、書役（かきやく）を従えて着座する。

　同心（どうしん）らが三道具（みつどうぐ）を突き立てて、いかめしく警固している庭に、拷問に用いる、あらゆる道具が並べられた。そこへ桂屋太郎兵衛の女房と五人の子供とを連れて、町年寄（まちどしより）五人が来た。

　尋問は女房から始められた。しかし名を問われ、年を問われた時に、かつがつ返事をしたばかりで、そのほかの事を問われても、「いっこうに存じませぬ」、「恐れ入りました」と言うよりほか、何一つ申し立てない。

　次に長女いちが調べられた。当年十六歳にしては、少し幼く見える、痩肉（やせじし）の小娘である。しかしこれはちとの臆（おく）する気色（けしき）もなしに、一部始終の陳述をした。祖母の話を物陰から聞いた事、夜になって床（とこ）に入（い）ってから、出願を思い立った事、妹まつに打ち明けて勧誘した事、自分で願書（がんしょ）を書いた事、長太郎が目をさましたので同行を許し、奉行所の町名を聞いてか

ら、案内をさせた事、奉行所に来て門番と応対し、次いで詰衆 (つめしゅう) の与力 (よりき) に願書の取次を頼んだ事、与力らに強要せられて帰った事、およそ前日来経歴した事を問われるままに、はっきり答えた。

「それではまつのほかにはだれにも相談はいたさぬのじゃな」と、取調役 (とりしらべやく) が問うた。

「だれにも申しません。長太郎にもくわしい事は申しません。おとっさんを助けていただくように、お願いしに行くと申しただけでございます。お役所から帰りまして、年寄衆 (としよりしゅう) のお目にかかりました時、わたくしども四人の命をさしあげて、父をお助けくださるように願うのだと申しましたら、長太郎が、それでは自分も命がさしあげたいと申して、とうとうわたくしに自分だけのお願書 (ねがいしょ) を書かせて、持ってまいりました。」

いちがこう申し立てると、長太郎がふところから書付 (かきつけ) を出した。

取調役 (とりしらべやく) のさしずで、同心 (どうしん) が一人 (ひとり) 長太郎の手から書付 (かきつけ) を受け取って、縁側に出した。

取調役はそれをひらいて、いちの願書 (がんしょ) と引き比べた。いちの願書は町年寄 (まちどしより) の手から、取り調べの始まる前に、出させてあったのである。

長太郎の願書には、自分も姉や弟妹 (きょうだい) といっしょに、父の身代わりになって死にたいと、前の願書と同じ手跡で書いてあった。

取調役は「まつ」と呼びかけた。しかしまつは呼ばれたのに気がつかなかった。いちが「お呼びになったのだよ」と言った時、まつは始めておそるおそるうなだれていた頭 (こうべ) をあげて、縁側の上の役人を見た。

「お前は姉といっしょに死にたいのだな」と、取調役が問うた。

まつは「はい」と言ってうなずいた。

次に取調役は「長太郎」と呼びかけた。

長太郎はすぐに「はい」と言った。

「お前は書付に書いてあるとおりに、兄弟いっしょに死にたいのじゃな。」

「みんな死にますのに、わたしが一人生きていたくはありません」と、長太郎ははっきり答えた。

「とく」と取調役（とりしらべやく）が呼んだ。とくは姉や兄が順序に呼ばれたので、こん度は自分が呼ばれたのだと気がついた。そしてただ目をみはって役人の顔を仰ぎ見た。

「お前も死んでもいいのか。」

とくは黙って顔を見ているうちに、くちびるに血色がなくなって、目に涙がいっぱいたまって来た。

「初五郎」と取調役が呼んだ。

ようよう六歳になる末子（ばっし）の初五郎は、これも黙って役人の顔を見たが、「お前はどうじゃ、死ぬるのか」と問われて、活発にかぶりを振った。書院の人々は覚えず、それを見てほほえんだ。

この時佐佐が書院の敷居ぎわまで進み出て、「いち」と呼んだ。

「はい。」

「お前の申し立てにはうそはあるまいな。もし少しでも申した事に間違いがあって、人に教えられたり、相談をしたりしたのなら、今すぐに申せ。隠して申さぬと、そこに並べてある道具で、誠の事を申すまで責めさせるぞ。」佐佐は責め道具のある方角を指した。

いちはさされた方角を一目見て、少しもたゆたわずに、「いえ、申した事に間違いはございません」と言い放った。その目は冷ややかで、そのことばは徐（しず）かであった。

「そんなら今一つお前に聞くが、身代わりをお聞き届けになると、お前たちはすぐに殺されるぞよ。父の顔を見ることはできぬが、それでもいいか。」

「よろしゅうございます」と、同じような、冷ややかな調子で答えたが、少し間 (ま) を置いて、何か心に浮かんだらしく、「お上 (かみ) の事には間違いはございますまいから」と言い足した。

佐佐の顔には、不意打ちに会ったような、驚愕 (きょうがく) の色が見えたが、それはすぐに消えて、険しくなった目が、いちの面 (おもて) に注がれた。憎悪 (ぞうお) を帯びた驚異の目とでも言おうか。しかし佐佐は何も言わなかった。

次いで佐佐は何やら取調役 (とりしらべやく) にささやいたが、まもなく取調役が町年寄 (まちどしより) に、「御用が済んだから、引き取れ」と言い渡した。

白州 (しらす) を下がる子供らを見送って佐佐は太田と稲垣とに向いて、「生先 (おいさき) の恐ろしいものでござりますな」と言った。心の中には、哀れな孝行娘の影も残らず、人に教唆 (きょうさ) せられた、おろかな子供の影も残らず、ただ氷のように冷ややかに、刃 (やいば) のように鋭い、いちの最後のことばの最後の一句が反響しているのである。元文ごろの徳川家の役人は、もとより「マルチリウム」という洋語も知らず、また当時の辞書には献身という訳語もなかったので、人間の精神に、老若男女 (ろうにゃくなんにょ) の別なく、罪人太郎兵衛の娘に現われたような作用があることを、知らなかったのは無理もない。しかし献身のうちに潜む反抗の鋒 (ほこさき) は、いちとことばを交えた佐佐のみではなく、書院にいた役人一同の胸をも刺した。

————————————

城代(じょうだい)も両奉行もいちを「変な小娘だ」と感じて、その感じには物でも憑(つ)いているのではないかという迷信さえ加わったので、孝女に対する同情は薄かったが、当時の行政司法の、元始的な機関が自然に活動して、いちの願意は期せずして貫徹した。桂屋太郎兵衛の刑の執行は、「江戸へ伺中(うかがいちゅう)日延(ひのべ)」ということになった。これは取り調べのあった翌日、十一月二十五日に町年寄(まちどしより)に達せられた。次いで元文四年三月二日に、「京都において大嘗会(だいじょうえ)御執行相成り候(そろ)てより日限(にちげん)も相立たざる儀につき、太郎兵衛事、死罪御赦免仰せいだされ、大阪北、南組、天満(てんま)の三口御構(くちおかまい)の上追放」ということになった。桂屋の家族は、再び西奉行所に呼び出されて、父に別れを告げることができた。大嘗会というのは、貞享(じょうきょう)四年に東山天皇(ひがしやまてんのう)の盛儀があってから、桂屋太郎兵衛の事を書いた高札(こうさつ)の立った元文三年十一月二十三日の直前、同じ月の十九日に五十一年目に、桜町天皇(さくらまちてんのう)が挙行したもうまで、中絶していたのである。

3. 최후의 한 마디

1738년 11월 23일의 일이다. 오사카(大阪)에서는 뱃사람 카츠라야타로베(桂屋太郎兵衛)라는 자를 키즈강(木津川)어귀에서 3일간 효수 한 후에 참죄에 처할 것이라는 내용의 게시판이 세워졌다. 시중 도처에서 타로베의 소문이 가득한 중에 이를 가장 통절해할 타로베의 가족은 미나미구미보리에교(南組堀江橋) 근처의 집에서 벌써 만 2년 정도 세상과의 교섭을 완전히 두절한 채 살고 있었다.

이 예기했던 사건을 카츠라야가에 알리러 온 사람은 얼마 멀지 않은 히라노마치(平野町)에 살고 있는 타로베의 처의 친정어머니였다. 이 백발의 늙은이를 카츠라야가에서는 히라노마치 할머니라고 부르고 있다. 이 호칭은 카츠라야가에 있는 다섯 아이가 자신들에게 늘 좋은 선물을 가져다주는 할머니에게 붙인 이름인데, 그것을 남편도 따라 부르고 처도 따라 부르게 된 것이다.

할머니를 그리워하기 때문에 할머니에게 응석을 부리고 조르기도 하는 손자가 카츠라야 집안에는 다섯 명 있다. 할머니가 열일곱이 된 딸을 카츠라야가에 시집을 보낸 지 올해로 열여섯 해가 되는데, 다섯 손자 중 넷은 이 동안에 태어난 것이다. 장녀 이치가 열여섯 살, 둘째 마츠가 열 네 살이다. 그 다음으로 타로베가 딸을 시집 보낼 요량으로 히라노마치의 처의 고향에서 젖먹이를 양자로 들인 쵸타로(長太郎)라는 열 두 살 난 사내아이가 있다. 그 다음에 또 태어난 타로베의 딸은 토쿠라고 해서 여덟 살이다. 마지막으로 타로베가 처음으로 얻은 사내아이 하츠고로(初五郎)가 있는데, 이 애는 여섯 살이다.

히라노마치의 친정은 유복한 편이므로 할머니는 늘 손자들에게 자주 선물을 주어 만족을 주었다. 그런데 재작년 타로베가 입옥을 하고 나서부터 할머니는 손자들에게 실망을 안겨주기가 일쑤였다. 왜냐하면 할머니가 주로 살림에 보탬이 될 만한 것을 가지고 오기 때문에 장난감이나 과자는 적어진 것이다. 그러나 할머니의 선물이 단순히 부족해졌을 뿐에도 불구하고 손자들의 생기는 왕성했다. 또한 할머니가 언짢아진 것에도 곧 익숙해져서 특별히 기가 죽는 일도 없고, 사소한 싸움을 하기도 했다가 또 화해를 하기도 하여 변함없이 북적거리는 생활을 계속하고 있었다. 그리고 아이들은 '멀고 먼 곳에 가서 돌아오지 않는다'라고 들은 아버지 대신 이 할머니가 오는 것을 환영하고 있다.

이에 반해 타로베의 처는 재난이 있고 난 후부터는 늘 같은 회한과 비통함 외에 아무 것도 마음속에 받아들일 수 없게 되었다. 심지어는 자신을 극진히 돌봐주고 친절히 위로해 주는 친정어머니에 대해서 제대로 감사의 마음을 표하는 일도 없다. 친정어머니가 오면 늘 푸념만 늘어놓다 돌려보내는 것이다. 재난을 당한 지 얼마 안 되서 타로베의 처는 그냥 멍하니 눈을 뜨고 있다가 식사도 아이들을 위해 기계적으로 돌보기만 할 뿐 자신은 거의 아무 것도 먹지 않고 자꾸 목이 마르다고 하면서 숭늉만 조금씩 마셨다. 밤에는 지쳐서 푹 잠이 들었는가 싶으면 이따금씩 눈을 뜨고 한숨을 쉰다. 그리고 일어나서 한밤중에 바느질을 하는 때가 있다. 그럴 때는 옆에 엄마가 일어나 있는 것을 알아채 네 살짜리 하츠고로가 눈을 뜬다. 이어서 여섯 살이 되는 토쿠가 눈을 뜬다. 처는 아이들이 부르면 잠자리에 들었다가 아이들이 안심하고 잠이 들면 또 눈을 크게 뜨고 한숨을 쉬었다. 그리고 2, 3일 지나서야 겨우 묵을 요량으로 와있는 친정어머니에게 푸념을 하며 울 수 있게 되었다. 이렇게 꼬박 2년 동안 처는 기계적으로 부지런히 일을 하고는 똑같이 푸념을 하며 똑같이 울었다.

게시판이 세워진 날, 정오가 지나 친정 어머니가 처에게 와서 타로베의 운명이 결정 났음을 알렸다. 그러나 처는 친정 어머니가 걱정했던 것만큼 별반 놀라지도 않고 다 듣고는 또 여느 때와 마찬가지로 푸념을 하고는 울었다. 친정어머니조차 별반 반응이 없는 것에 왠지 아쉬워했을 정도였다. 이 때 장녀 이치는 맹장지 뒤에 서서 할머니의 이야기를 듣고 있었다.

카츠라야를 덮친 재난이라는 것은 대략 이러하다. 남편 타로베는 뱃사람이라고는 하지만 자신이 직접 배를 타는 것은 아니었다. 북쪽 지방으로 다니는 배를 가지고 있어 거기에 신시치(新七)라는 사람을 태워 운송업을 하고 있었다. 오사카(大阪)에서는 이 타로베와 같은 사람을 선주라 불렀다. 선주인 타로베가 선장 격인 신시치를 고용했던 것이다.

1736년 가을 신시치의 배는 데와노구니(出羽國) 아키타(秋田)에서 쌀을 싣고 출범했다. 그런데 그 배가 불행하게도 항해 중에 풍파를 만나 반 난선 상태가 되어 선적했던 물건의 반 이상을 유실했다. 신시치는 남은 쌀을 팔아 돈으로 만들어 오사카로 돌아왔다.

신시치가 타로베에게 이르기를 '배가 난선한 사실은 모든 항구에서 다 알고 있다. 남은 물건을 판 이 돈은 이제 쌀 주인에게 돌려줄 수는 없다. 이것은 후에 배를 마련하는 비용에 충당해야 되지 않겠느냐.'고 했다.

타로베는 그 때까지 정직하게 영업을 해 왔지만 영업상 큰 손실을 본 직후 현금이 눈앞에 놓여 있었는지라, 문득 양심의 거울이 흐려져 그 돈을 받고 말았다.

그러자 아키타의 쌀 주인 쪽에서는 난선 통보를 받은 후에 남은 물건이 있었던 사실과, 그것을 산 사람이 있었던 사실을 인편에 듣고 일부러 사람을 시켜 알아보게 했다. 그리고 신시치의 손에서 타로베에게 건너간 돈의 액수까지 알아내고 말았다.

쌀 주인은 오사카에 가서 소송을 했다. 신시치는 도주했다. 그래서 타로베가 입옥되었고, 결국 사형을 당하게 된 것이다.

히라노마치의 할머니가 와서 이 끔찍한 이야기를 타로베의 처에게 하는 것을 큰 딸 이치가 서서 들은 날 밤의 일이다. 카츠라야가의 처는 평소 푸념을 하다 울고 나면 몰려드는 피곤함으로 깊은 잠에 빠져 있었다. 처의 양팔에는 하츠고로와 토쿠가 자고 있다. 하츠고로의 옆에는 쵸타로가 자고 있다. 토쿠의 옆에 마츠, 그리고 그 옆에 이치가 자고 있다.

얼마 후 이치가 이불 속에서 뭔가 혼잣말을 했다. "아참, 그렇게 해야지. 꼭 할 수 있을 거야."라고 한 것 같다.

마츠가 그것을 알아들었다. 그리고 "언니, 아직 안자?" 하고 물었다.

"큰 소리 내지마. 내게 좋은 생각이 났으니까."

이치는 우선 이렇게 말을 해서 동생을 제지해 놓고, 그러고 나서 작은 소리로 이렇게 속삭였다. 아버지는 내일 모레 사형을 당할 것이다. 나는 그것을 사형 당하지 않게 할 수 있다고 생각한다. 어떻게 하냐하면 '발원서'라는 것을 써서 부교님(奉行樣)께 올리는 것이다. 그렇지만 그냥 죽이지 말아달라고 하면 그것은 들어주지 않을 것이다. 아버지를 구하고 그 대신 우리 아이들을 죽여 달라고 부탁하는 것이다. 그것을 부교님이 들어주셔서 아버지를 구할 수 있다면 그것으로 족하다. 우리들은 정말로 모두 죽일는지, 나를 죽이고 어린것은 살려줄는지 그것은 알 수 없다. 다만 부탁을 할 때, 쵸타로만은 함께 죽이지 말아달라고 써 둘 것이다. 그 아이는 아버지의 친아들이 아니니까, 죽이지 않아도 된다. 게다가 아버지가 그를 이 집의 대를 잇게 할 아이라고 하셨으니까, 죽이지 않는 것이 좋을 것이다. 이치는 동생에게 그런 정도의 이야기를 했다.

"그래도 무서워."라고 마츠가 말했다.

"그러면 아버지를 구하고 싶지 않단 말이니?"

"구하고는 싶어."

"거봐. 마츠 너는 그냥 나를 따라와서 그대로 하기만 하면 되는 거야. 내가 오늘 밤 발원서를 써 둘테니, 내일 아침 일찍 가지고 가자."

이치는 일어나서 습자를 하는 반지(半紙)에 히라가나로 발원서를 썼다. 아버지의 목숨을 구하고 그 대신 자기하고 여동생 마츠, 토쿠, 남동생 하츠고로를 사형시키길 바란다, 친자식이 아닌 쇼타로만은 용서해 주시길 바란다라는 정도의 내용이었는데, 어떻게 써나가야 될지 몰라 몇 번이나 잘못 써서 습자용으로 받아두었던 백지가 얼마 안 남게 되었다. 그러나 마침내 첫 닭이 울 무렵에 발원서가 완성되었다.

발원서를 쓰고 있는 동안에 마츠가 잠이 들었기 때문에, 이치는 작은 소리로 마츠를 불러 깨워 잠자리 곁에 개어 두었던 평상복으로 갈아입게 했다. 그리고 자기도 채비를 했다.

처와 하츠고로는 아무 것도 모르고 자고 있었으나 쇼타로가 잠이 깨서 "누나 벌써 날이 밝았어?" 라고 물었다.

이치는 쇼타로의 이불 옆에 다가가 속삭였다.

"아직 이르니까, 넌 자고 있어. 누나들은 아버지에 대한 중대한 볼일이 있어 살짝 다녀올 데가 있으니까."

"그러면 나도 갈래." 라고 말하고 쇼타로는 벌떡 일어났다.

이치는 말했다.

"그럼, 일어나, 옷을 입혀줄게. 쇼타로는 어려도 사내니까, 같이 가 주면 좋겠어."

처는 잠결에 주위가 소란스러운 것을 듣고는 조금 불안해져서 몸을 뒤척였지만 잠을 깨지는 않았다.

세 아이가 살짝 집을 빠져나간 것은 두 번째 닭이 울 무렵이었다. 집 밖은 서리 내린 새벽이었다. 등불을 들고 딱딱이를 치며 다가오는 야경꾼 아저씨에게 부교님이 계시는 곳에는 어떻게 가면 되냐고 이치가 물었다. 아저씨는 친절하고 눈치가 빠른 사람으로 아이의 이야기를 차분히 듣고 이번 달 담당인 서쪽 관아가 있는 곳을 정중하게 가르쳐 주었다. 당시의 관아는 동쪽이 이나가키아와지노카미타네노부(稲垣淡路守種信)이고 서쪽이 사사마타시로나리무네(佐佐又郎成意)이다. 그리고 11월에는 서쪽의 사사가 당번이었다.

아저씨가 가르쳐주고 있는 동안에 그 말을 듣고 있던 쵸타로가 "거기라면 내가 알고 있는 마을이야."라고 말했다. 그래서 남매들은 쵸타로를 앞세우고 걷기 시작했다.

드디어 서쪽 관아에 당도해 보니 문은 아직 닫혀 있었다. 문지기가 있는 초소의 창문 아래에 가서 이치가 "여보세요, 여보세요." 하며 몇 번 되풀이 불렀다.

잠시 후 창문이 열리고 그곳에 마흔쯤 되는 남자가 얼굴을 내밀었다. "시끄럽게. 무슨 일이야?" "부교님께 부탁이 있어 왔습니다."라고 이치가 정중하게 허리를 굽히며 말했다. "그래." 라고 했지만, 남자는 쉽게 말뜻을 이해할 수 없다는 눈치였다.

이치는 다시 같은 말을 반복했다.

남자는 겨우 알았다는 듯이 "부교님께는 어린애가 말씀드릴 수 없단다. 부모님이 와야해."라고 말했다.

"아닙니다. 아버님은 내일 사형을 당할 예정이기 때문에, 그에 대해 부탁이 있습니다."

"뭐라고? 사형을 당한다고? 그럼 너는 카츠라야타로베의 아이냐?"

"네."라고 이치가 대답했다.

"흐음." 하며 남자는 잠시 생각했다. 그리고 말했다.

"발칙하구나. 어린애까지도 윗사람을 두려워하지 않는구나. 부교님께서는 너희들을 만날 수 없느니라. 돌아가거라. 돌아가." 이렇게 말하고 창문을 닫아버렸다.

마츠가 언니에게 말했다.

"언니 저렇게 나무라니 돌아가자."

이치는 말했다.

"잠자코 있어, 나무란다고 돌아갈 수는 없어, 언니가 하는 대로 하면 돼." 이렇게 말하고 이치는 문 앞에 쭈그려 앉았다.

세 아이는 문이 열리기를 사뭇 오랫동안 기다렸다. 드디어 빗장을 떼는 소리가 나면서 문이 열렸다. 문을 연 것은 아까 창문에서 얼굴을 내민 남자다.

이치가 앞장서서 문안으로 들어서자 마츠와 쇼타로가 뒤에서 따라왔. 이치의 태도가 너무 당당했기 때문에 문지기는 빨리 막아 세우려고도 하지 않았다. 그리고 한동안 세 아이가 현관 쪽으로 다가가는 것을 눈을 크게 뜨고 쳐다보고 있다가 겨우 제정신을 차리고,

"얘들아, 얘들아." 하고 소리를 질렀다.

"네." 하고 이치는 온순히 멈춰 서며 뒤돌아보았다.

"어딜 가는 게냐? 아까 돌아가라고 하지 않았느냐?"

"그렇게 말씀하셨지만 저희들의 청을 들어주시기 전에는 절대로 돌아가지 않을 생각입니다."

"흥 끈질긴 것들이군 그래. 어쨌든 그런 곳에 가면 안 되느니라. 이리 오너라."

아이들은 돌아서서 문지기들의 초소로 왔다. 그와 동시에 현관 옆에서 "무슨 일인가, 무슨 일?"라고 하며 두세 명의 포리들이 나와서 아이들을 에 워쌌다. 이치는 대충 이렇게 되리라는 것을 짐작이라도 하고 있었다는 듯이 그곳에 웅크리고 앉아 품속에서 발원서를 꺼내 바로 앞에 있는 포리에

게 내밀었다. 마츠와 쵸타로도 같이 웅크리며 인사를 했다.

쪽지를 앞에 받은 포리는 그것을 받아들였는지 어쨌는지 망설이듯이 말없이 이치의 얼굴을 내려다보고 있었다.

"부탁드립니다." 라고 이치가 말했다.

"이 아이들은 키즈강 어귀에서 효수를 당하기로 되어 있는 카츠라야타로베의 아이들입니다. 아버지의 목숨을 살려달라고 애원하고 있습니다."라고 문지기가 곁에서 설명했다.

포리는 동료들을 돌아보며 "그러면 어쨌든 발원서를 맡아두었다가 여쭈어 보기로 하세." 라고 말했다. 이 말에는 아무도 이의가 없었다.

포리는 발원서를 이치의 손에서 받아들고 현관으로 들어갔다.

서쪽 관아의 사사는 양 관아 중에서 신참으로서 오사카에 온지 아직 일년도 채 안 되었다. 직무에 관한 것은 모두 동료 이나가키와 의논하고, 성대(城代)에게 물어 처리하는 것이었다. 그렇기 때문에 카츠라야타로베의 참소에 대해 전임자의 인수를 받고 나서 그것을 중요한 사건으로 여기고 마음을 쓰고 있다가, 겨우 처형 수속이 끝나 무거운 짐을 벗은 느낌이었다.

그런데 오늘 아침에 숙직 포리가 와서 목숨을 구해달라고 탄원을 하러 온 자가 있다고 하므로 사사는 우선은 겨우 해결한 일에 골치 아픈 일이 생긴 느낌이 들었다.

"찾아온 것은 누구인고?" 사사의 목소리는 언짢았다.

"타로베의 두 딸과 아들이 찾아와서, 큰 딸애가 발원서를 올리고 싶다고 하옵는지라 여기 맡아두었사옵니다. 보시겠사옵니까?"

"그것은 투서함도 마련해두고 있는 취지이니 형편에 따라 받아두어도 괜찮겠지만, 일단은 각각의 절차가 있음을 알려주어야 하네. 어쨌든 받아두었다면 내밀히 살펴보세."

포리가 발원서를 사사의 앞에 내밀었다. 그것을 펴본 사사는 미심쩍은 표정을 지었다.

"이치라고 하는 아이가 큰딸로 짐작되는데, 몇 살인고?"

"알아보지는 못했지만 열 너덧 살 정도로 보이옵니다."

"그래?"

사사는 잠시 쪽지를 보고 있었다. 서툰 국문으로 쓰이기는 했어도, 조리에 딱 맞아서 어른이라도 이렇게 짧은 문장에 이 정도의 내용을 담기란 용이하지는 않을 거라는 생각이 들었다. 문득, 어른이 시켜서 쓴 것은 아닐까라는 의구심이 들었다. 이어서 관아를 속이고자 하는 교활한 자의 소행이 아닐까라는 생각도 들었다. 그리고 일단의 조치를 궁리했다. 타로베는 내일 저녁까지 효수하기로 되어 있다. 형을 집행하기까지는 아직 시간이 있다. 그 때까지 발원서를 수리하든 안 하든 동료와 상의하여 위에 아뢸 수 있을 것이다. 또 설령 그 동안에 허위가 있다 하더라도 상당한 수속을 밟게 하는 동안에는 그것을 발견해 낼 수도 있을 것이다. 어쨌든 아이들을 돌려보내야겠다고 사사는 생각했다.

그래서 포리에게는 '이 발원서는 내밀히 검토해 보았지만, 이것은 관아에 올릴 수 없으니 가지고 돌아가서 마을의 관리(町年寄)에게 보이라.'고 아이들에게 말하도록 지시했다.

포리는 문지기가 돌려보내려고 했지만 끝내 돌아가지 않았다는 이야기를 사사에게 했다. 사사는 그렇다면 과자라도 주어서 달래어 보내라, 그것도 듣지 않으면 억지로 돌려보내라고 명했다.

포리가 자리를 뜬 후에 성대(城代) 오타빗츄(太田備中)의 수령 스케하루(資晴)가 찾아 왔다. 정식 순찰이 아니라 사적인 용무가 있어 찾아온 것이다. 오타의 용무가 끝나자, 사사는 지금 이러이러한 일이 있었다고 고하고 자신의 생각을 말한 후 지시를 내릴 것을 청했다.

오타는 별 사안도 없으므로 사사에게 동의하여 정오 지나서 동쪽 관아의 이나가키도 출석시키고 마을의 관리(町年寄) 다섯 명에게 카츠라야타로베의 아이를 불러다가 출석시키도록 했다. 허위가 있을 지도 모른다고 하는 사사의 염려도 당연한 것이라고 해서 규문소에는 고문도구를 대기토록 했다. 이는 아이들을 위협하여 이실직고케 하겠다는 수단이다.

마침 이 상의가 끝났을 무렵에 방금 전의 포리가 나와 입구에 대기해서 기색을 살폈다.

"어떤가? 아이들은 돌아갔는고?"라고 사사가 말을 했다.

"여부가 있겠사옵니까. 과자를 주어 돌려보내려 했사옵니다만, 이치라는 딸아이가 아무래도 말을 듣지 않았사옵니다. 결국 발원서를 품속에 밀어 넣고 강제로 돌려보냈사옵니다."

"상당히 고집이 센 아이인 것 같습니다."라고 오타가 사사를 돌아보며 말했다.

11월 24일 두 시가 넘은 시각이다. 서쪽 관아의 규문소는 화창한 광경을 하고 있다. 서원(書院)의 좌석에는 두 부교(奉行)가 열석한다. 안쪽에는 별도의 좌석을 마련하여, 공식적 참가는 아니지만 성대(城代)가 취조 광경을 살짝 살펴보기 위해 와 있다. 뒷마루에는 취조의 명을 받은 포리가 서기를 거느리고 착석한다.

뜰에는 포졸들이 죄인을 잡을 때 사용하는 무기를 들고 삼엄한 경비를 하고 있고, 또한 이곳에는 고문에 사용하는 모든 도구가 진열되어 있다. 그곳에 카츠라야 타로베의 처는 다섯 아이를 데리고 왔고, 또한 마을의 관리 다섯 명이 왔다.

심문은 카츠라야 타로베의 처부터 시작되었다. 그러나 이름을 묻고 나이를 물었을 때 겨우 대답을 했을 뿐, 그 밖의 일에 대해서는 질문을 받아도 "전혀 모르겠사옵니다.", "황송하옵니다."라는 말밖에 아무 말도 하지 않았다.

다음에 장녀 이치가 취조를 받았다. 방년 16세 치고는 좀 어려 보이는 앙상한 계집아이이다. 그러나 그녀는 조금도 두려워하는 기색도 없이 시종일관 진술했다. 할머니의 이야기를 몰래 들은 사실, 밤이 되어 잠자리에 들고나서 발원서를 올릴 생각이 났다는 사실, 쵸타로가 잠을 깼기 때문에 동행할 것을 허락했고 관아가 있는 마을 이름을 물어 보고 안내를 하게 한 사실, 관아까지 와서 문지기와 대면했고 이어 대기소의 포리에게 발원서의 전해달라고 부탁한 사실, 포리들에 의해 강제로 집으로 돌아간 사실 등등 대충 전날부터 있었던 일을 묻는 대로 똑똑히 대답했다.

"그러면 마츠 외에는 아무하고도 의논은 하지 않은 셈이군."라고 취조 담당이 말했다.

"아무한테도 말하지 않았사옵니다. 쵸타로에게도 자세한 이야기는 하지 않았습니다. 아버지를 구해달라고 부탁하러 간다는 사실만 말했습니다. 관아에서 돌아와서 마을의 관리를 뵈었을 때, 저희들 네 명의 목숨을 바쳐서 아버지를 구해달라고 부탁드리는 것이라고 말씀드렸더니 쵸타로가 그러면 자기도 목숨을 바치겠다고 하며 결국 저에게 자신만의 발원서를 따로 써 달라고 해서 가지고 왔습니다."

이치가 이렇게 진언하자 쵸타로가 품속에서 쪽지를 꺼냈다. 취조 담당의 신호로 포졸 하나가 쵸타로의 손에서 쪽지를 받아 툇마루에 건넸다. 취조담당은 그것을 펴보며 이치의 발원서와 비교했다. 이치의 발원서는 마을 관리의 손에서 취조가 시작되기 전에 건네진 것이다.

쵸타로의 발원서에는 자기도 누나나 동생들과 함께 아버지 대신 죽고 싶다고 앞서의 발원서와 같은 필치로 쓰여 있었다.

취조 담당은 '마츠'를 불렀다. 그러나 마츠는 불린 것을 모르고 있었다.

이치가 "부르셨어."라고 말을 하자 비로소 쭈뼛쭈뼛 숙인 고개를 들고 툇마루 위에 있는 관리를 보았다.

"너는 언니와 함께 죽고 싶으냐?"라고 취조 담당이 물었다.

마츠는 "예." 하고 끄덕였다.

다음에 취조 담당은 쵸타로를 불렀다.

쵸타로는 곧 "예." 하고 대답했다.

"너도 쪽지에 써 있는 대로 형제들과 함께 죽고 싶은 게냐?"

"모두들 죽는데 저 혼자 살고 싶지 않사옵니다."라고 쵸타로는 또렷이 대답했다.

"토쿠." 하고 취조 담당이 불렀다. 토쿠는 누나나 오빠가 차례로 불렸기 때문에 이번에는 자기가 불린 것이라는 것을 알았다. 토쿠는 그저 눈을 크게 뜨고 관리의 얼굴을 올려다보았다.

"너도 죽고 싶은 게냐?"

토쿠는 잠자코 관리의 얼굴을 보았고 그 사이 입술에 핏기가 없어지고 눈 가득 눈물이 고여 왔다.

"하츠고로." 하고 취조 담당이 불렀다.

겨우 여섯 살이 되는 막내 하츠고로는, 이도 역시 말없이 관리의 얼굴을 보고 있었는데, "너는 어떠냐? 죽겠느냐?"라고 묻자 몹시 도리질을 했다. 서원 사람들은 자기도 모르게 그것을 보고 미소를 지었다.

이 때 사사가 서원의 문지방 끝까지 나와 "이치." 하고 불렀다.

"예."

"네 진술에 거짓은 없겠지? 만약 조금이라도 네 말에 틀림이 있어서 다른 사람이 가르쳐 주었거나 다른 사람과 의논을 했다면 지금 당장 말하거라. 거기 놓여 있는 도구로 참말을 할 때까지 고문을 하겠느니라."

사사는 고문 도구가 있는 쪽을 가르쳤다.

이치는 가르쳐진 쪽을 한 번 보고 조금도 주저하지 않고, "아니요, 말씀드린 것에 틀림은 없사옵니다."라고 단호히 말했다. 그 눈은 차가웠고, 그 말은 차분했다.

"그럼 지금 한 가지 네게 묻나니, 대신 죽겠다는 것을 허락한다면 너희들은 지금 당장 처형될 것이니라. 아버지의 얼굴은 볼 수 없는데 그래도 괜찮겠느냐?"

"괜찮사옵니다."라고 똑같은 냉정한 어조로 대답했는데, 잠시 사이를 두어 뭔가 마음속에 떠오른 듯 "위에서 하시는 일에 잘못은 없을 테니까요."라고 말을 보탰다.

사사의 얼굴에는 불의의 습격을 당한 듯한 경악의 빛이 보였으나, 그것은 곧 사라지고 험악해진 눈이 이치의 얼굴을 주목했다. 증오를 띤 경이의 눈이라고나 할까. 그러나 사사는 아무 말도 하지 않았다.

이어 사사는 취조담당에게 뭔가 속삭였고 얼마 후 취조담당이 마을 관리에게 "용무가 끝났으니 물러가라."는 말을 전했다.

규문소를 물러가는 아이들을 지켜보며 사사는 오타와 이나가키를 향해 "장래가 염려되는 자이옵니다."라고 했다. 사사의 마음속에는 가련한 효성스런 딸의 모습도 사라지고 남에게 교사를 받은 어리석은 아이의 모습도 사라지고 그저 얼음같이 차갑게, 칼날처럼 예리한, 이치의 최후의 진술의 최후의 한마디가 반향을 울리고 있었다.

겡붕(元文: 1736~1741)무렵 도쿠가와가(德川家)의 관리는 원래 '마르티리움'이란 서양어도 몰랐고 또 당시의 사전에는 '헌신'이라는 번역어도 없었기 때문에 인간의 정신에 남녀노소를 불문하고 죄인 타로베의 딸에게 나타난 것 같은 작용이 있음을 몰랐던 것은 무리도 아니다. 그러나 '헌신' 속에 숨어 있는 반항의 창끝은 이치와 말을 주고받은 사사뿐만이 아니라 서원에 있었던 관리 모두의 가슴을 찔렀다.

성대도 두 부교도 이치를 '이상한 소녀'라고 느꼈고, 그 느낌에는 뭔가에 홀린 것은 아닌가 하는 미신마저 보태졌다. 이 효녀에 대한 동정심은 얼마 없었지만 당시의 행정사법의 원시적(元始的) 기관이 스스로 활동을 해서 이치의 발원은 뜻하지 않게 관철되었다. 카츠라야타로베의 형의 집행은 '에도(江戸)에 가는 동안 연기'가 되었다. 이것은 취조가 있었던 다음 날 11월 25일에 마을 관리에게 전달되었다. 이어 1739년 3월 2일에 "교토(京都)에서 대상회(大嘗會)를 집행하시고 나서 날짜도 정해져 있지 않은 사정에 따라, 타로베에 대해 사죄를 사면하시어 오사카호쿠(大阪北), 미나미구미(南組), 템마(天滿)의 삼구역 내로부터 추방"이라는 형을 받게 되었다. 카츠라야가의 가족은 다시 서쪽 관아로 불려 가서 아버지에게 이별을 고할 수 있게 되었다. 대상회라는 것은 1687년에 토장천황(東山天皇)의 의식이 있고 나서 카츠라야타로베에 관한 게시판이 섰던 1738년 11월 23일 직전인 같은 달 19일에 51년 만에 사쿠라마치천황(櫻町天皇)이 거행하시기까지 중단되어 있던 것이다.

나쓰메소세키
(夏目漱石; 1867~1916)

1. 하룻밤(一夜)
2. 십일몽(夢十夜)

동경출생으로 본명은 긴노스케(金之助)이다. 동경대학 영문과를 졸업하고 동경고등사범학교에서 교편을 잡다가 1895년에 마쓰야마(松山)중학교를 거쳐, 구마모토(熊本)의 제 5고등학교에 부임했으며, 1900년에 영국에 유학하였고 귀국 후 동경대학 강사에 취임하여 영문학개론을 강의했다. 1907년 교수직을 사임하고 아사히(朝日)신문사에 들어가 본격적인 창작활동을 시작하였으며, 문명(文名)을 날리게 된 것은 잡지「호토토기스(ホトトギス)」에 『와가하이와네코데아루(吾輩は猫である)』를 발표한 후부터였다. 소세키(漱石)의 창작활동과 그 특징을 좀 더 자세히 정리해보면 다음과 같다.

① 처음에는 여유와 저회취미(低徊趣味 : 방관자입장에서 유유자적하며 자연, 예술, 인생을 음미하는 태도)를 구체화하여 낭만적 감정이 깃든 작품을 주로 발표하면서 자연주의와 대립하는 태도를 취했다. …『와가하이와네코데아루(吾輩は猫である)』(1905~1906), 『론돈토(論敦塔)』『봇챤(坊っちゃん)』『구사마쿠라(草枕)』(1906), 『노와키(野分)』『구비진소(虞美人草)』(1907) 등

② 근대인의 삶에 대한 불안과 인생의 고뇌를 깊이 추구하려 했다. …『고후(抗夫)』『산시로(三四郎)』(1908), 『소레카라(それから)』(1909), 『몬(門)』(1910) 등

③ 1910년 슈젠지(修善寺)에서 위궤양의 악화로 깊은 시련을 겪은 그는 인간내면세계에 자리 잡고 있는 추악한 에고이즘을 집요하게 추구한 작품을 많이 썼다. …『히간스기마데(彼岸過迄)』(1912), 『고진(行人)』(1912), 『고코로(こころ)』(1914) 등

④ 엄격한 윤리관에 입각하여 인생을 어떻게 살 것인가를 진지하게 생각하면서 칙천거사(則天去私 : 하늘의 뜻을 따르고 사심을 버림)의 경지에 끝없이 도달하고자 했다. …『미치쿠사(道草)』(1915), 『메안(明暗)』(1916) 등이 여기에 든다고 할 수 있으며, 소세키(漱石)의 인격과 식견은 이들 작품과 목요회(木曜会) 등을 통해 당시 젊은 청년들에게 깊은 감화를 주었다.

♣ 原題: 一夜

「美くしき多くの人の、美くしき多くの夢を……」と髯（ひげ）ある人が二たび三たび微吟（びぎん）して、あとは思案の体（てい）である。灯（ひ）に写る床柱（とこばしら）にもたれたる直（なお）き背（せ）の、この時少しく前にかがんで、両手に抱（いだ）く膝頭（ひざがしら）に険（けわ）しき山が出来る。佳句（かく）を得て佳句を続（つ）ぎ能（あた）わざるを恨（うら）みてか、黒くゆるやかに引ける眉（まゆ）の下より安からぬ眼の色が光る。

「描（えが）けども成らず、描けども成らず」と椽（えん）に端居（はしい）して天下晴れて胡坐（あぐら）かけるが繰り返す。兼ねて覚えたる禅語（ぜんご）にて即興なれば間に合わすつもりか。剛（こわ）き髪を五分（ぶ）に刈りて髯貯（たくわ）えぬ丸顔を傾けて「描けども、描けども、夢なれば、描けども、成りがたし」と高らかに誦（じゅ）し了（おわ）って、からからと笑いながら、室（へや）の中なる女を顧（かえり）みる。

竹籠（たけかご）に熱き光りを避けて、微（かす）かにともすランプを隔てて、右手に違い棚、前は緑り深き庭に向えるが女である。

「画家ならば絵にもしましょ。女ならば絹を枠（わく）に張って、縫いにとりましょ」と云いながら、白地の浴衣（ゆかた）に片足をそと崩（くず）せば、小豆皮（あずきがわ）の座布団（ざぶとん）を白き甲が滑（すべ）り落ちて、なまめかしからぬほどは艶（えん）なる居ずまいとなる。

「美しき多くの人の、美しき多くの夢を……」と膝（ひざ）抱（いだ）

く男が再び吟じ出すあとにつけて「縫いにやとらん。縫いとらば誰に贈らん。贈らん誰に」と女は態（わざ）とらしからぬ様（さま）ながらちょと笑う。やがて朱塗の団扇（うちわ）の柄（え）にて、乱れかかる頬（ほお）の黒髪をうるさしとばかり払えば、柄（え）の先につけたる紫のふさが波を打って、緑り濃き香油の薫（かお）りの中に躍（おど）り入る。

「我に贈れ」と髯なき人が、すぐ言い添えてまたからからと笑う。女の頬には乳色の底から捕えがたき笑の渦（うず）が浮き上って、瞼（まぶた）にはさっと薄き紅（くれない）を溶（と）く。

「縫えばどんな色で」と髯あるは真面目（まじめ）にきく。

「絹買えば白き絹、糸買えば銀の糸、金の糸、消えなんとする虹（にじ）の糸、夜と昼との界（さかい）なる夕暮の糸、恋の色、恨（うら）みの色は無論ありましょ」と女は眼をあげて床柱（とこばしら）の方を見る。愁（うれい）を溶（と）いて錬（ね）り上げし珠（たま）の、烈（はげ）しき火には堪（た）えぬほどに涼しい。愁の色は昔（むか）しから黒である。

隣へ通う路次（ろじ）を境に植え付けたる四五本の檜（ひのき）に雲を呼んで、今やんだ五月雨（さみだれ）がまたふり出す。丸顔の人はいつか布団（ふとん）を捨てて椽（えん）より両足をぶら下げている。「あの木立（こだち）は枝を卸（おろ）した事がないと見える。梅雨（つゆ）もだいぶ続いた。よう飽きもせずに降るの」と独（ひと）り言（ごと）のように言いながら、ふと思い出した体（てい）にて、吾（わ）が膝頭（ひざがしら）を丁々（ちょうちょう）と平手をたてに切って敲（たた）く。「脚気（かっけ）かな、脚気かな」

残る二人は夢の詩か、詩の夢か、ちょと解しがたき話しの緒（いとぐち）をたぐる。

「女の夢は男の夢よりも美くしかろ」と男が云えば「せめて夢にでも美くしき国へ行かねば」とこの世は汚（けが）れたりと云える顔つきである。「世の中が古くなって、よごれたか」と聞けば「よごれました」と紈扇（がんせん）に軽（かろ）く玉肌（ぎょっき）を吹く。「古き壺（つぼ）には古き酒があるはず、味（あじわ）いたまえ」と男も鷲鳥（がちょう）の翼（はね）を畳（たた）んで紫檀（したん）の柄（え）をつけたる羽団扇（はうちわ）で膝のあたりを払う。「古き世に酔えるものなら嬉（うれ）しかろ」と女はどこまでもすねた体である。

　この時「脚気かな、脚気かな」としきりにわが足を玩（もてあそ）べる人、急に膝頭をうつ手を挙（あ）げて、叱（しっ）と二人を制する。三人の声が一度に途切れる間をククーと鋭どき鳥が、檜の上枝（うわえだ）を掠（かす）めて裏の禅寺の方へ抜ける。ククー。

　「あの声がほととぎすか」と羽団扇を棄（す）ててこれも椽側（えんがわ）へ這（は）い出す。見上げる軒端（のきば）を斜めに黒い雨が顔にあたる。脚気を気にする男は、指を立てて坤（ひつじさる）の方（かた）をさして「あちらだ」と云う。鉄牛寺（てつぎゅうじ）の本堂の上あたりでククー、ククー。

　「一声（ひとこえ）でほととぎすだと覚（さと）る。二声で好い声だと思うた」と再び床柱に倚（よ）りながら嬉しそうに云う。この髯男は杜鵑（ほととぎす）を生れて初めて聞いたと見える。「ひと目見てすぐ惚（ほ）れるのも、そんな事でしょか」と女が問をかける。別に恥（は）ずかしと云う気色（けしき）も見えぬ。五分刈（ごぶがり）は向き直って「あの声は胸がすくよだが、惚れたら胸は痞（つか）えるだろ。惚れぬ事。惚れぬ事……。どうも脚気らしい」と拇指（おやゆび）で向脛（むこうずね）へ力穴（ちからあな）をあけて見る。「九仞（きゅうじん）の上に一簣（いっき）を加える。加えぬと足らぬ、加えると危（あや）う

い。思う人には逢(あ)わぬがましだろ」と羽団扇(はうちわ)がまた動く。「しかし鉄片が磁石に逢(お)うたら?」「はじめて逢うても会釈(えしゃく)はなかろ」と拇指の穴を逆(さか)に撫(な)でて澄ましている。

「見た事も聞いた事もないに、これだなと認識するのが不思議だ」と仔細(しさい)らしく髯を撚(ひね)る。「わしは歌麻呂(うたまろ)のかいた美人を認識したが、なんと画(え)を活(い)かす工夫はなかろか」とまた女の方を向く。「私(わたし)には——認識した御本人でなくては」と団扇のふさを繊(ほそ)い指に巻きつける。「夢にすれば、すぐに活(い)きる」と例の髯が無造作(むぞうさ)に答える。「どうして?」「わしのはこうじゃ」と語り出そうとする時、蚊遣火(かやりび)が消えて、暗きに潜(ひそ)めるがつと出でて頸筋(くびすじ)にあたりをちくと刺す。

「灰が湿(しめ)っているのか知らん」と女が蚊遣筒を引き寄せて蓋(ふた)をとると、赤い絹糸で括(くく)りつけた蚊遣灰が燻(いぶ)りながらふらふらと揺れる。東隣で琴(こと)と尺八を合せる音が紫陽花(あじさい)の茂みを洩(も)れて手にとるように聞え出す。すかして見ると明け放ちたる座敷の灯(ひ)さえちらちら見える。「どうかな」と一人が云うと「人並じゃ」と一人が答える。女ばかりは黙っている。

「わしのはこうじゃ」と話しがまた元へ返る。火をつけ直した蚊遣の煙が、筒に穿(うが)てる三つの穴を洩れて三つの煙となる。「今度はつきました」と女が云う。三つの煙りが蓋(ふた)の上に塊(かた)まって茶色の球(たま)が出来ると思うと、雨を帯びた風が颯(さっ)と来て吹き散らす。塊まらぬ間(うち)に吹かるるときには三つの煙りが三つの輪を描(えが)いて、黒塗に蒔絵(まきえ)を散らした筒の周囲(まわり)を遶(めぐ)る。あるものは緩(ゆる)く、あるものは疾(と)く

遶る。またある時は輪さえ描く隙（ひま）なきに乱れてしまう。「荼毘（だび）だ、荼毘だ」と丸顔の男は急に焼場の光景を思い出す。「蚊（か）の世界も楽じゃなかろ」と女は人間を蚊に比較する。元へ戻りかけた話しも蚊遣火と共に吹き散らされてしもうた。話しかけた男は別に語りつづけようともせぬ。世の中はすべてこれだと疾（と）うから知っている。

「御夢の物語りは」とややありて女が聞く。男は傍（かたわ）らにある羊皮（ようひ）の表紙に朱で書名を入れた詩集をとりあげて膝の上に置く。読みさした所に象牙（ぞうげ）を薄く削（けず）った紙（かみ）小刀（ナイフ）が挟（はさ）んである。巻（かん）に余って長く外へ食（は）み出した所だけは細かい汗をかいている。指の尖（さき）で触（さわ）ると、ぬらりとあやしい字が出来る。「こう湿気（しけ）てはたまらん」と眉（まゆ）をひそめる。女も「じめじめする事」と片手に袂（たもと）の先を握って見て、「香（こう）でも焚（た）きましょか」と立つ。夢の話しはまた延びる。

宣徳（せんとく）の香炉（こうろ）に紫檀（したん）の蓋があって、紫檀の蓋の真中には猿を彫（きざ）んだ青玉（せいぎょく）のつまみ手がついている。女の手がこの蓋にかかったとき「あら蜘蛛（くも）が」と云うて長い袖（そで）が横に靡（なび）く、二人の男は共に床（とこ）の方を見る。香炉に隣る白磁（はくじ）の瓶（へい）には蓮（はす）の花がさしてある。昨日（きのう）の雨を簑（みの）着て剪（き）りし人の情（なさ）けを床（とこ）に眺（なが）むる蕾（つぼみ）は一輪、巻葉は二つ。その葉を去る三寸ばかりの上に、天井から白金（しろがね）の糸を長く引いて一匹の蜘蛛（くも）が――すこぶる雅（が）だ。

「蓮の葉に蜘蛛下（くだ）りけり香を焚（た）く」と吟じながら女一度に数弁（すうべん）を攫（つか）んで香炉の裏（うち）になげ込む。

「蠨蛸（しょうしょう）懸（かかって）不揺（うごかず）、篆煙（てんえん）遶竹梁（ちくりょうをめぐる）」と誦（じゅ）して髯（ひげ）ある男も、見ているままで払わんともせぬ。蜘蛛も動かぬ。ただ風吹く毎に少しくゆれるのみである。

「夢の話しを蜘蛛もききに来たのだろ」と丸い男が笑うと、「そうじゃ夢に画（え）を活（い）かす話しじゃ。ききたくば蜘蛛も聞け」と膝の上なる詩集を読む気もなしに開く。眼は文字（もじ）の上に落つれども瞳裏（とうり）に映ずるは詩の国の事か。夢の国の事か。

「百二十間の廻廊があって、百二十個の灯籠（とうろう）をつける。百二十間の廻廊に春の潮（うしお）が寄せて、百二十個の灯籠が春風（しゅんぷう）にまたたく、朧（おぼろ）の中、海の中には大きな華表（とりい）が浮かばれぬ巨人の化物（ばけもの）のごとくに立つ。……」

折から烈（はげ）しき戸鈴（ベル）の響がして何者か門口（かどぐち）をあける。話し手ははたと話をやめる。残るはちょと居ずまいを直す。誰も這入（はい）って来た気色（けしき）はない。「隣だ」と髯（ひげ）なしが云う。やがて渋蛇（しぶじゃ）の目を開く音がして「また明晩」と若い女の声がする。「必ず」と答えたのは男らしい。三人は無言のまま顔を見合せて微（かす）かに笑う。「あれは画じゃない、活きている」「あれを平面につづめればやはり画だ」「しかしあの声は？」「女は藤紫」「男は？」「そうさ」と判じかねて髯が女の方を向く。女は「緋（ひ）」と賤（いや）しむごとく答える。

「百二十間の廻廊に二百三十五枚の額が懸（かか）って、その二百三十二枚目の額に画（か）いてある美人の……」

「声は黄色ですか茶色ですか」と女がきく。

「そんな単調な声じゃない。色には直（なお）せぬ声じゃ。強（し）いて云えば、ま、あなたのような声かな」

「ありがとう」と云う女の眼の中（うち）には憂をこめて笑の光が漲（みな）ぎる。

この時いずくよりか二疋（ひき）の蟻（あり）が這（は）い出して一疋は女の膝（ひざ）の上に攀（よ）じ上（のぼ）る。おそらくは戸迷（とまど）いをしたものであろう。上がり詰めた上には獲物（えもの）もなくて下（くだ）り路（みち）をすら失うた。女は驚ろいた様（さま）もなく、うろうろする黒きものを、そと白き指で軽く払い落す。落されたる拍子（ひょうし）に、はたと他の一疋と高麗縁（こうらいべり）の上で出逢（であ）う。しばらくは首と首を合せて何かささやき合えるようであったが、このたびは女の方へは向わず、古伊万里（こいまり）の菓子皿を端（はじ）まで同行して、ここで右と左へ分れる。三人の眼は期せずして二疋の蟻の上に落つる。髯なき男がやがて云う。

「八畳の座敷があって、三人の客が坐わる。一人の女の膝へ一疋の蟻が上る。一疋の蟻が上った美人の手は……」

「白い、蟻は黒い」と髯がつける。三人が斉（ひと）しく笑う。一疋の蟻は灰吹（はいふき）を上りつめて絶頂で何か思案している。残るは運よく菓子器の中で葛餅（くずもち）に邂逅（かいこう）して嬉しさの余りか、まごまごしている気合（けわい）だ。

「その画（え）にかいた美人が？」と女がまた話を戻す。

「波さえ音もなき朧月夜（おぼろづきよ）に、ふと影がさしたと思えばいつの間（ま）にか動き出す。長く連（つら）なる廻廊を飛ぶにもあらず、踏むにもあらず、ただ影のままにて動く」

「顔は」と髯なしが尋ねる時、再び東隣りの合奏が聞え出す。一曲は疾（と）くにやんで新たなる一曲を始めたと見える。あまり旨（うま）くはない。

「蜜を含んで針を吹く」と一人が評すると

「ビステキの化石を食わせるぞ」と一人が云う。

「造り花なら蘭麝（らんじゃ）でも焚（た）き込めばなるまい」これは女の申し分だ。三人が三様（さんよう）の解釈をしたが、三様共すこぶる解しにくい。

「珊瑚（さんご）の枝は海の底、薬を飲んで毒を吐く軽薄の児（じ）」と言いかけて吾に帰りたる髯が「それそれ。合奏より夢の続きが肝心（かんじん）じゃ。――画から抜けだした女の顔は……」とばかりで口ごもる。

「描（えが）けども成らず、描けども成らず」と丸き男は調子をとって軽く銀椀（ぎんわん）を叩（たた）く。葛餅を獲（え）たる蟻はこの響きに度を失して菓子椀の中を右左（みぎひだ）りへ馳（か）け廻る。

「蟻の夢が醒（さ）めました」と女は夢を語る人に向って云う。

「蟻の夢は葛餅か」と相手は高からぬほどに笑う。

「抜け出ぬか、抜け出ぬか」としきりに菓子器を叩くは丸い男である。

「画から女が抜け出るより、あなたが画になる方が、やさしゅう御座んしょ」と女はまた髯にきく。

「それは気がつかなんだ、今度からは、こちが画になりましょ」と男は平気で答える。

「蟻も葛餅にさえなれば、こんなに狼狽（うろた）えんでも済む事を」と丸い男は椀をうつ事をやめて、いつの間にやら葉巻を鷹揚（おうよう）にふかしている。

五月雨（さみだれ）に四尺伸びたる女竹（めだけ）の、手水鉢（ちょうずばち）の上に蔽（おお）い重なりて、余れる一二本は高く軒に逼（せま）れば、風誘うたびに戸袋をすって椽（えん）の上にもはらはらと所択（えら）ばず緑りを滴（したた）らす。「あすこに画がある」と葉巻の煙をぷっとそなたへ吹きやる。

床柱(とこばしら)に懸(か)けたる払子(ほっす)の先には焚(た)き残る香(こう)の煙りが染(し)み込んで、軸は若冲(じゃくちゅう)の蘆雁(ろがん)と見える。雁(かり)の数は七十三羽、蘆(あし)は固(もと)より数えがたい。籠(かご)ランプの灯(ひ)を浅く受けて、深さ三尺の床(とこ)なれば、古き画のそれと見分けのつかぬところに、あからさまならぬ趣(おもむき)がある。「ここにも画が出来る」と柱に靠(よ)れる人が振り向きながら眺(なが)める。
　女は洗えるままの黒髪を肩に流して、丸張りの絹団扇(きぬうちわ)を軽(かろ)く揺(ゆる)がせば、折々は鬢(びん)のあたりに、そよと乱るる雲の影、収まれば淡き眉(まゆ)の常よりもなお晴れやかに見える。桜の花を砕いて織り込める頬の色に、春の夜の星を宿せる眼を涼しく見張りて「私(わたし)も画(え)になりましょか」と云う。はきと分らねど白地に葛(くず)の葉を一面に崩して染め抜きたる浴衣(ゆかた)の襟(えり)をここぞと正せば、暖かき大理石にて刻(きざ)めるごとき頸筋(くびすじ)が際立(きわだ)ちて男の心を惹(ひ)く。
　「そのまま、そのまま、そのままが名画じゃ」と一人が云うと
　「動くと画が崩れます」と一人が注意する。
　「画になるのもやはり骨が折れます」と女は二人の眼を嬉しがらしょうともせず、膝に乗せた右手をいきなり後(うし)ろへ廻(ま)わして体をどうと斜めに反(そ)らす。丈(たけ)長き黒髪がきらりと灯(ひ)を受けて、さらさらと青畳に障(さわ)る音さえ聞える。
　「南無三、好事(こうず)魔多し」と髯ある人が軽(かろ)く膝頭を打つ。「刹那(せつな)に千金を惜しまず」と髯なき人が葉巻の飲(の)み殻(がら)を庭先へ抛(たた)きつける。隣りの合奏はいつしかやんで、樋(ひ)を伝う雨点(うてん)の音のみが高く響く。蚊遣火(かやりび)はいつの間(ま)にやら消えた。

「夜もだいぶ更(ふ)けた」
「ほととぎすも鳴かぬ」
「寝ましょか」
　夢の話しはつい中途で流れた。三人は思い思いに臥床(ふしど)に入る。
　三十分の後(のち)彼らは美くしき多くの人の……と云う句も忘れた。ククーと云う声も忘れた。蜜を含んで針を吹く隣りの合奏も忘れた、蟻の灰吹(はいふき)を攀(よ)じ上(のぼ)った事も、蓮(はす)の葉に下りた蜘蛛(くも)の事も忘れた。彼らはようやく太平に入る。
　すべてを忘れ尽したる後女はわがうつくしき眼と、うつくしき髪の主(ぬし)である事を忘れた。一人の男は髯のある事を忘れた。他の一人は髯のない事を忘れた。彼らはますます太平である。
　昔(むか)し阿修羅(あしゅら)が帝釈天(たいしゃくてん)と戦って敗れたときは、八万四千の眷属(けんぞく)を領して藕糸孔中(ぐうしこうちゅう)に入(い)って蔵(かく)れたとある。維摩(ゆいま)が方丈の室に法を聴ける大衆は千か万かその数を忘れた。胡桃(くるみ)の裏(うち)に潜(ひそ)んで、われを尽大千世界(じんだいせんせかい)の王とも思わんとはハムレットの述懐と記憶する。粟粒芥顆(ぞくりゅうかいか)のうちに蒼天(そうてん)もある、大地もある。一世(いっせい)師に問うて云う、分子(ぶんし)は箸(はし)でつまめるものですかと。分子はしばらく措(お)く。天下は箸の端(さき)にかかるのみならず、一たび掛け得れば、いつでも胃の中に収まるべきものである。
　また思う百年は一年のごとく、一年は一刻のごとし。一刻を知ればまさに人生を知る。日は東より出でて必ず西に入る。月は盈(み)つればかくる。いたずらに指を屈して白頭に到(いた)るものは、いたずらに

茫々（ぼうぼう）たる時に身神を限らるるを恨（うら）むに過ぎぬ。日月は欺（あざむ）くとも己れを欺くは智者とは云われまい。一刻に一刻を加うれば二刻と殖（ふ）えるのみじゃ。蜀川（しょくせん）十様の錦、花を添えて、いくばくの色をか変ぜん。

八畳の座敷に髯のある人と、髯のない人と、涼しき眼の女が会して、かくのごとく一夜（いちや）を過した。彼らの一夜を描（えが）いたのは彼らの生涯（しょうがい）を描いたのである。

なぜ三人が落ち合った？ それは知らぬ。三人はいかなる身分と素性（すじょう）と性格を有する？ それも分らぬ。三人の言語動作を通じて一貫した事件が発展せぬ？ 人生を書いたので小説をかいたのでないから仕方がない。なぜ三人とも一時に寝た？ 三人とも一時に眠くなったからである。

（三十八年七月二十六日）

1. 하룻밤

"아름다운 사람의, 아름다운 많은 꿈을······."

텁수룩하게 수염 난 사내가 두세 번 읊조리고는 생각에 잠긴 모습이다. 불빛에 비치는 도코노마의 장식 기둥에 기대어 있는 곧은 등을, 이때 약간 앞으로 굽혀 두 손으로 끌어안는 무릎 위에 크게 봉우리가 솟는다. 아름다운 구절을 생각해 냈으나 아름다운 구절을 이어나갈 수 없음이 답답해서인가 검고 느슨히 흘러내린 눈썹 밑에서 불안한 눈빛이 번득인다.

"그리려 해도 안 된다, 그리려 해도 안 된다······."

툇마루에 앉아 천하에 거리낄 것 없이 책상다리를 하고 앉은 사람이 되풀이한다. 진작부터 외고 있는 선어로, 즉흥이 이루어지면 써볼 생각일까? 빳빳한 머리를 짤막하게 깎고 수염도 없는 둥근 얼굴을 기울였다.

"그리려 해도 그리려 해도, 꿈이기에, 그려도 이뤄지기 어렵다!"

커다랗게 읊고 나서는 하하하 하고 웃으며 방 안에 있는 여인을 돌아본다. 대바구니 속에 강한 불빛을 피해 흐릿하게 켜놓은 램프 건너 쪽에, 오른쪽에는 선반, 앞에는 초록빛 짙은 뜰을 향하고 있는 사람이 여인이다.

"화가라면 그림으로라도 그리겠죠! 여자라면 비단을 틀에 펼쳐 놓고 수라도 놓겠죠!"

하얀 잠옷에서 한쪽 발을 약간 편하게 고쳐 앉으니 팥빛 방석 밖으로 흰 발등이 미끄러져 나온 모습이, 요염하다고 할 정도는 아니지만 아름다운 자세가 된다.

"아름다운 많은 사람의, 아름다운 많은 꿈을······."

무릎을 안고 있는 사나이가 다시 읊어나가는 뒤를 이어, 여인은 일부러 그러는 것 같지도 않게 약간 웃는다.

"수는 놓을 수가 있어요! 수를 놓으면 누구에게 보내죠? 보낸다니 누구에게?"

이윽고 주홍빛을 칠한 부채 자루로 흐트러져 내려와 있는 뺨의 검은 머리를 귀찮은 듯이 긁어 올려 젖히자, 자루 끝에 달린 자줏빛 술이 물결치면서 초록빛 짙은 향유의 향기 속에 달려 들어간다.

"내게 보내구려!"

수염 없는 사람이 곧 말을 받고는 다시 하하 하고 웃는다. 여인의 볼에는 젖빛 바탕에서 잡기 어려운 웃음의 소용돌이가 솟아올랐고, 눈두덩에는 연분홍빛이 획 녹아든다.

"수를 놓으면 무슨 빛으로?"

텁수룩하게 수염 난 사내는 정색을 하고 묻는다.

"비단을 사면 흰 비단, 실을 사면 은빛 실, 금빛 실, 꺼져 없어지려는 무지갯빛 실, 낮과 밤의 경계인 저녁 어스름의 실, 사랑의 빛깔, 원망의 빛깔은 물론 있겠죠!"

여인은 눈을 들의 도코노마의 장식 기둥을 바라본다. 우수를 녹여 반죽한 구슬이, 따가운 불빛에는 견딜 수 없다는 듯이 시원스럽다. 우수의 빛깔은 옛날부터 검은빛이다.

이웃으로 통하는 골목길을 경계로 해서 심은 네댓 그루의 편백나무에 구름이 모여, 조금 전에 그쳤던 장맛비가 다시 내리기 시작한다. 둥근 얼굴의 사내는 어느 사이에 방석을 밀어 던지고 툇마루에서 두 발을 늘어뜨리고 있다.

"저 나무들은 가지를 자른 일이 없는 것 같군. 장마도 꽤 계속됐어. 용케 싫증도 내지 않고 내리거든!"

혼잣말처럼 중얼거리며, 문득 생각난 듯이 자신의 무릎을 툭툭 손바닥을 세워 두드린다.

"각기병에 걸렸나? 각기병인가?"

다른 두 사람은 꿈의 시인지, 시의 꿈인지, 약간 알 수 없는 이야기의 실마리를 거둬들인다.

"여자의 꿈은 남자의 꿈보다도 아름답겠죠?

남자가 물었다.

"적어도 꿈에서나마 아름다운 나라에 가지 않으면……."

이 세상은 더러워졌다는 표정이다.

"세상이 낡아서 더러워졌을까요?"

"더러워져 있어요."

여인은 흰 비단을 바른 부채로 가볍게 살갗을 부친다.

"낡은 술병에는 오래 된 술이 들어 있을 테니 음미하도록 해요!"

남자도 거위 깃털을 펼치고 자단 자루를 단 부채로 무릎 언저리를 툭툭 부친다.

"낡은 세상에서 취해 볼 수 있다면 재미있을 거예요."

여인은 어디까지나 시무룩한 것 같은 태도다.

이때 "각기병인가?" 하고 연방 자신의 다리를 주무르던 사람이 별안간 손을 들어 쉿! 하고 두 사람의 이야기를 말린다. 세 사람의 목소리가 한꺼 번에 끊긴 사이를 "뻐꾸욱!" 하는 날카로운 새소리가 편백나무 가지 끝을 스치며 뒤쪽의 절간으로 사라져간다. 뻐꾸욱…….

"저 소리가 두견새인가?"

깃털 부채를 던지고 그도 마루로 기어나간다. 쳐다보는 추녀 끝에서 비스듬히 검은 빗방울이 얼굴에 떨어져 온다. 각기병을 걱정하는 사내는 손가락을 세워 뒤쪽을 가리켰다.

"저기일세!"

테쓰규우지(鉄牛寺) 본당 근처에서 뻐꾸욱, 뻐꾸욱!
"첫 마디에 두견새라고 알았지. 두 마디에 좋은 소리라고 생각했어!"
다시 장식 기둥에 기대며 즐거운 듯이 말한다. 텁수룩하게 수염 난 사내는 두견새 소리를 난생 처음으로 들은 모양이다.
"한 번 보고 그 자리에서 반하는 것도 그런 것일까요?"
여인이 묻는다. 별로 부끄러워한다거나 하는 기색도 보이지 않는다. 까까머리는 돌아앉으며 말했다.
"저 소리는 가슴이 후련하게 내려가는 것 같지만 반하면 가슴이 막히지 않겠어요? 반하지 말아야 해요. 반하지 말 것…… 아무래도 각기병 같은 걸!"
엄지손가락으로 앞정강이를 꾹꾹 눌러본다.
"열 길 꼭대기에 한 소쿠리 더 올려놓는다… 더 올려놓지 않으면 모자라고 더 올려놓으면 위험하고… 그리운 사람은 만나지 않는 것이 좋아요!"
깃털부채가 또 움직인다.
"그렇지만 쇳조각이 자석을 만나면?"
"처음 만나는데도 용서 없겠지!"
엄지손가락으로 누른 구멍 자국을 연방 문지르며 정색을 하고 있다.
"본 일도 들은 일도 없는데 이거구나 하고 알아차리는 것이 이상하거든!"
아는 체를 하며 수염을 쓰다듬는다.
"나는 우타마로(歌麻呂)가 그린 미인을 본 적이 있는데, 어떻게 그림을 살리는 방법은 없을까?"
다시 여인을 돌아본다.
"나로서는…… 본 장본인이 아니고서야……."
부채의 술에 가는 손가락을 감아 본다.

"꿈으로 바꾸면 즉시 살아나지……."

예의 수염이 어렵지도 않게 대답한다.

"어떻게?"

"내 이야기는 이렇지."

이야기를 시작하려고 하자, 모깃불이 꺼지며 그동안 어둠 속에 숨어들어 있던 모기가 쑥 튀어나와 목덜미 언저리를 톡 쏜다.

"재가 눅눅한가 보군요!"

여인이 모깃불 통을 끌어당겨 뚜껑을 여니, 붉은 비단실로 잡아맨 모깃불의 잿덩어리가 연기를 풍기며 흔들흔들 흔들린다. 동쪽 이웃에서 거문고와 샤쿠하치(尺八)의 합주곡이 자양화 숲을 뚫고 손에 잡힐 듯이 들려온다. 내다보니 열어젖힌 요정의 방에서 등불까지 반짝반짝 엿보인다.

"어떤가?"

한 사람이 물었다.

"그저 그렇군!"

한 사람이 대답한다. 여인만은 잠자코 있다.

"내 이야기는 이렇지."

이야기는 먼저로 되돌아간다. 불을 다시 붙인 모깃불 연기가 통에 뚫어 놓은 세 개의 구멍에서 새어나와 세 줄기와 연기가 된다.

"이번에는 불이 붙었군요!"

여인이 말한다. 세 줄기의 연기가 뚜껑 위에서 뭉쳐 다갈색 덩어리가 되었다고 생각하자 빗발을 품은 바람이 휙 불어와 이를 흐트러뜨려 놓는다. 덩어리가 지기 전에 흩어질 때는 세 줄기 연기가 세 개의 동그라미를 그리며, 검은 칠 위에 그림을 박아 넣은 통의 둘레를 빙빙 맴돈다. 어느 것은 느릿하게, 어느 것은 재빨리 맴돈다. 또 어떤 때는 동그라미조차 그릴 겨를이 없이 그냥 흩어져버리고 만다.

"화장이군!"

둥근 얼굴의 사나이는 별안간 화장터의 광경을 생각해 낸다.

"모기의 세상도 편안치는 않을 거여요!"

여인은 인간을 모기에 비교한다. 먼저로 돌아가려던 이야기도 모깃불과 함께 흩어져 버리고 말았다. 이야기를 꺼낸 사나이는 별로 이야기를 계속하려고도 하지 않는다. 세상사는 모두 이렇다고 벌써부터 알고 있다.

"꿈 이야기는요?"

약간 사이를 두었다가 여인이 묻는다. 사나이는 옆에 있는, 양가죽 표지에 붉은 글자로 책 이름을 쓴 시집을 집어 들어 무릎 위에 놓는다. 읽고 있던 자리에 상아를 가늘게 깎은 종이칼이 꽂혀 있다. 책 길이를 넘어 비죽이 밖으로 솟아나와 있는 부분만은 엷게 땀이 배어있다. 손가락 끝을 대어 보니 미끈하고 이상스러운 글자가 생겨난다.

"이렇게 습기가 많으니 어디 견디겠나!"

사내는 이맛살을 찌푸린다.

"정말 눅눅하군요!"

여인도 한 손으로 소매 끝을 쥐어보고는 일어난다.

"향불이라도 피울까요?"

꿈 이야기는 또 늦춰진다.

선덕 향로에 자단 뚜껑이 있고, 자단 뚜껑 한가운데에는 원숭이를 조각한 청옥 손잡이가 달려 있다. 여인의 손이 이 뚜껑에 닿으려 했을 때였다.

"아, 거미가!"

긴 소매가 옆으로 비켜나간다. 두 남자는 함께 도코노마 쪽을 바라본다. 향로 옆에 있는 백자에는 연꽃이 꽂혀 있다. 어제 빗속에서 비옷을 걸치고 자른 사람의 정경을 도코노마에서 바라볼 수 있는 꽃봉오리는 한 송이, 덜 펼쳐진 잎은 두 장. 그 잎에서 세 치쯤 위에, 천장에서 백금의 실을 길게 끌고 한 마리의 거미가— 몹시 아름답다.

"연잎 위에 큰 거미가 내려오는데, 그 밑에서 조용히 향불 피우네!"

이렇게 읊으면서 여인은 한 줌에 여러 조각의 향을 쥐어 향로 속에 듬뿍 던져 넣는다.

"긴 갈거미 매달려 요동이 없고, 굽은 연기 천천히 죽량을 도네."

이렇게 읊고 나서 텁수룩하게 수염 난 사내도 보고 있기만 했지 집어내 버리려고도 하지 않는다. 거미도 움직이지 않는다. 다만 바람이 부는 대로 조금씩 흔들릴 뿐이다.

"꿈 이야기를 거미도 들으려고 온 모양이지?"

둥근 얼굴의 사내가 웃었다.

"그렇지, 꿈속에서 그림을 살려 놓는 이야기니까! 듣고 싶으면 거미도 들으라지!"

무릎 위의 시집을, 읽을 생각도 없으면서 펼친다. 눈길은 글자 위에 떨어져 있지만 눈동자 속에 비치는 모양은 시의 나라일까, 꿈의 나라일까?

"120간의 회랑이 있고, 120개의 등불을 켠다. 120간의 회랑에 봄의 물결이 밀려오고, 120개의 등불에 봄바람이 스친다. 흐릿한 어둠 속, 바다 속에는 커다란 신사의 문이 헤어 나오지 못하는 거인처럼 서 있고……."

때마침 요란한 초인종 소리가 들리고 누군가가 문을 연다. 이야기를 하던 사람은 말을 뚝 멈춘다. 다른 사람들은 약간 앉음새를 고친다. 누구도 들어온 기색은 없다.

"이웃집이야!"

수염 없는 남자가 말한다. 이윽고 문이 열리는 소리와 젊은 여인의 목소리가 들린다.

"또 내일 밤!"

남자인 것 같은 사람이 대답한다.

"꼭!"

세 사람은 말없이 얼굴을 마주보고는 피식 웃는다.

"저건 그림이 아니야. 살아 있어."

"저걸 평면으로 손질해 놓으면 역시 그림이지."

"그렇지만 저 목소리는?"

"여인은 보랏빛!"

"남자는?"

"글쎄……."

판단이 내려지지 않아 텁수룩하게 수염 난 사내가 여인을 돌아본다.

"심홍색!"

여인은 멸시하는 것 같은 투로 대답한다.

"120개의 회랑에 235개의 액자가 걸려 있고, 그 232개째의 액자에 그려진 미인의……."

"목소리는 노란빛일까요, 다갈색일까요?"

여인이 묻는다.

"그런 단조로운 목소리가 아니오. 빛깔로는 나타낼 수 없는 목소리지. 억지로 얘기하자면, 글쎄 당신 같은 목소리일까요?"

"고맙습니다."

여인의 눈 속에는, 우수가 깃든 웃음의 빛이 그득히 솟아있다.

이때 어디서인지 개미 두 마리가 기어 나와 한 마리는 여인의 무릎 위로 기어 올라간다. 필연코 길을 잘못 찾은 것이리라. 여인은 놀란 기색도 띠지 않고, 두리번거리는 검은 벌레를 살짝 휜 손가락으로 가볍게 떨어버린다. 떨어지는 서슬에 문득 다른 한 마리와 다다미 가장자리의 천 위에서 만난다. 잠시 동안은 머리와 머리를 마주대고 무엇인가 속삭이는 것 같았으나, 이번에는 여인에게는 가지 않고 코이마리 과자접시 끝에까지 동행해

가서는 거기에서 좌우로 갈라진다. 세 사람의 눈길은 모두 무심결에 두 마리의 개미 위에 떨어진다. 수염 없는 남자가 이윽고 말한다.

"다다미 8장 넓이의 방이 있고, 세 사람의 손님이 앉아 있다. 한 사람은 여인의 무릎 위에 한 마리의 개미가 올라간다. 한 마리의 개미가 올라간 미인의 손은……."

"희지! 개미는 검고!"

수염이 대꾸를 한다. 세 사람이 한꺼번에 웃는다. 개미 한 마리는 재떨이를 다 올라가 꼭대기에서 무엇인가 생각하고 있다. 다른 놈은 운 좋게 과자 그릇 속에서 떡 부스러기를 만나 너무도 기뻐서일까 머뭇거리고 있는 기색이다.

"그 그림에 그런 미인은?"

여인이 다시 이야기를 돌린다.

"물결조차 소리를 멈춘 으스름달밤에 문득 그림자가 드리워지는가 싶으니 어느 결에 벌써 움직이기 시작한다. 길게 잇닿은 회로를, 나는 것도 아니고 다만 그림자 그대로인 채 움직인다……."

"얼굴은?"

수염 없는 사람이 물을 때 다시 동쪽 이웃의 합주곡이 들려온다. 한 곡은 벌써 끝나고 새로운 한 곳을 시작한 듯하다. 그다지 훌륭하지는 못하다.

"꿀을 머금고 바늘을 불어 내는군!"

한 사람이 평했다.

"비프스테이크의 화석을 먹여 주고 있는걸!"

또 한 사람이 말한다.

"조화라면 난사향이라도 태워 넣어야 되겠죠?"

이것은 여인이 하는 말이다. 세 사람이 세 가지로 해석을 했으나 세 가지 다 몹시 이해하기가 어렵다.

"산호의 가지는 바다 속에 있지. 약을 먹고 독을 쏘아대는 경박한 놈이야!"

수염은 다시 정신을 가다듬었다.

"자, 합주곡보다 꿈의 계속이 중요하잖아? 그림에서 빠져나온 여인의 얼굴은."

이렇게만 말할 뿐 어물어물한다.

"그리려 해도 안 된다, 그리려 해도 안 된다……."

둥근 얼굴이 가락을 맞춰 가볍게 은그릇을 두드린다. 떡 부스러기를 얻은 개미는 이 소리에 자지러지게 놀라 과자 그릇 속에서 좌우로 달리며 맴돈다.

"개미가 꿈에서 깨어났어요."

여인은 꿈 이야기를 하는 사람을 향해 말한다.

"개미의 꿈은 떡 부스러기라?"

상대는 크지 않게 웃는다.

"빠져나오지 못해? 못 빠져나오겠어?"

연방 과자그릇을 두드리는 사람은 둥근 남자다.

"그림에서 여인이 빠져나오기보다는 임자가 그림이 돼버리는 것이 쉬울 거예요."

여인은 또 수염에게 말한다.

"그건 생각해 보지 못했군요! 앞으로는 내가 그림이 되겠소."

남자는 자연스럽게 대답한다.

"개미도 떡 부스러기만 될 수 있다면 이렇게 허둥거리지 않아도 될 텐데……."

둥근 남자는 그릇 두드리는 것을 그만두고는 어느 틈엔지 담배 연기를 요란스럽게 내뿜고 있다.

장마에 넉 자는 자란 해장죽이 세면대 위를 덮어씌우고 있고, 나머지 한두 그루는 높직이 추녀 끝에까지 다다라 올라가 있어 바람이 불 때마다, 덧문 사이를 통해 마루 위에도 거침없이 자리를 가리지 않고 초록빛을 드리운다.

"저기 그림이 있다!"

담배 연기를 푸우 하고 그쪽으로 불어 보낸다.

장식 기둥에 걸어 놓은 불자 끝에는 타다 남은 향불의 연기가 스며들어 있었고, 족자는 자쿠추우(若沖)의 '노안'인 듯하다. 기러기의 수는 일흔세 마리, 갈대는 물론 셀 길이 없다. 남포등 불빛을 엷게 받고 있고, 깊이 석 자의 도코노마인 관계로 옛날의 그림을 얼른 그것이라고 가려 볼 수 없는 데에 아늑한 정취가 있다.

"여기서도 그림은 될 수 있군!"

기둥에 기대어 있는 사람이 고개를 돌려 바라본다.

여인은 막 감은 그대로의 흑발을 어깨에까지 늘어뜨리고 있었는데, 둥그런 비단 부채를 가볍게 흔들면, 자주 귀밑 가까이에 살짝 드리워지고 그것을 치켜 젖히면 엷은 눈썹은 여느 때보다도 오히려 더 맑게 보였다. 벚꽃을 으깨어 짜 넣은 것 같은 뺨의 빛깔에, 봄밤의 별을 잠재우고 있는 것 같은 눈을 시원스럽게 뜨며 말했다.

"나도 그림이 될까요?"

분명히는 알 수 없지만, 흰 천에 칡잎을 그득히 뭉개어 물들인 잠옷의 깃을 똑바로 세우니, 따뜻한 대리석으로 조각을 한 것 같은 목덜미가 돋보여 남자들의 마음을 끈다.

"그대로, 그대로! 그대로 있는 것이 정녕 명화요!"

한 사람이 말했다.

"움직이면 그림이 흐트러집니다!"

다른 한 사람이 주의를 준다.

"그림이 되기도 역시 힘이 드는군요!"

여인은 두 사람의 눈을 즐겁게 해 주려고도 않고 무릎에 올려놓고 있던 오른손을 별안간 뒤로 돌려 몸을 척 비스듬히 기울인다. 기다란 흑발이 번쩍번쩍 불빛을 받고 있었고, 사각사각 푸른 다다미를 스치는 소리까지 들린다.

"나무아미타불! 호사다마라!"

수염 있는 사람이 가볍게 무릎을 친다.

"찰나에 천금을 아끼지 않는 것이라!"

수염 없는 사람이 다 피운 담배꽁초를 뜰에 던져버린다. 이웃집의 합주곡은 어느 틈엔가 그치고, 홈통을 통해 떨어지는 빗물 소리만이 커다랗게 울려온다.

모깃불은 어느 사이엔지 꺼져 있었다.

"밤도 꽤 깊었군!"

"두견새도 울지 않지?"

"잘까요?"

꿈 이야기는 드디어 중단되었다. 세 사람은 각각 제자리에 자리 잡고 눕는다.

30분 뒤, 그들은 아름다운 많은 사람들의…… 하는 구절도 잊고 있었다. 뻐꾸욱! 하는 소리도 잊고 있었다. 꿀을 머금고 바늘을 뿜어내는 이웃의 합주곡도 잊고 있었다. 개미가 재떨이 위를 기어 올라가던 일도, 연잎에 내려온 거미의 모습도 잊고 있었다. 그들은 점차 편안한 경지로 들어가고 있었다.

모든 것을 다 잊고 난 뒤, 여인은 자신이 아름다운 눈과 아름다운 머리의 소유자인 것을 잊고 있었다. 한 남자는 수염이 있다는 사실을 잊고 있었다. 다른 한 사람은 수염이 없다는 사실을 잊고 있었다. 그들은 점차 더 편안한 마음이다.

옛날, 아수라왕이 제석천과 싸워 패했을 때는 8만 4천의 권속을 이끌고 우사의 구멍 속에 들어가 숨었다고 되어 있다. 유마경을 읽는 법당에 설법을 들으러 오는 대중이 1천인지 1만인지 그 수효를 잊었다. 호두 속에 들어앉아 자신이 일천세계의 왕자라고 생각할 수 있다는 이야기는 햄릿이 술회한 말이라 기억한다. 좁쌀이나 양귀비의 씨 속에 푸른 하늘도 있고 대지도 있다. 한 제자가 스승을 향해 묻는다 ─ 분자는 젓가락으로 집어 올릴 수 있느냐고. 분자는 둘째로 치자. 천하도 젓가락에 걸릴 뿐 아니라, 한번 집어 올리게 되면 언제까지고 뱃속에 넣어 둬야 하는 것이다.

다시 생각한다 ─ 100년은 1년과 같고, 1년은 1각과 같다. 1각을 알면 정녕 인생을 안다. 해는 동쪽에서 솟아올라 반드시 서쪽으로 들어간다. 달은 둥글고 이지러진다. 공연히 손가락을 꼽으며 백발에 이르는 것은, 공연히 망망한 시간에 심신의 한이 있음을 원망하는 것에 지나지 않는다. 해와 달은 속일지라도 자신을 속이는 것은 지혜로운 사람이라고는 말할 수 없을 것이다. 1각에 1각을 더하면 2각으로 늘어날 뿐이다. 미려한 비단에 꽃을 더한다 한들 얼마나 빛을 바꿀 수가 있으랴!

다다미 8장의 방에 수염 있는 남자와 수염 없는 남자와 서글서글한 눈을 가진 여인이 모여 이렇게 하룻밤을 지냈다. 그들의 하룻밤을 그린 것은 그들의 생애를 그린 것이다.

왜 세 사람이 모이게 되었을까? 그것은 알 수 없다. 세 사람은 어떤 신분과 성분과 성품을 지니고 있는 것일까? 그것도 알 수 없다. 세 사람의 언어와 동작을 통해서 일관된 사건은 발전되지 않고 있다. 인생을 쓴 것이지 소설을 쓴 것이 아니니까 할 수 없다. 왜 세 사람은 같은 시각에 잠이 들었을까? 세 사람이 모두 같은 시각에 졸음이 왔기 때문이다.

♣ 原題: 夢十夜

〈第一夜〉

　こんな夢を見た。腕組をして枕元に坐（すわ）っていると、仰向（あおむき）に寝た女が、静かな声でもう死にますと云う。女は長い髪を枕に敷いて、輪郭（りんかく）の柔（やわ）らかな瓜実（うりざね）顔（がお）をその中に横たえている。真白な頬の底に温かい血の色がほどよく差して、唇（くちびる）の色は無論赤い。とうてい死にそうには見えない。しかし女は静かな声で、もう死にますと判然（はっきり）云った。自分も確（たしか）にこれは死ぬなと思った。そこで、そうかね、もう死ぬのかね、と上から覗（のぞ）き込むようにして聞いて見た。死にますとも、と云いながら、女はぱっちりと眼を開（あ）けた。大きな潤（うるおい）のある眼で、長い睫（まつげ）に包まれた中は、ただ一面に真黒であった。その真黒な眸（ひとみ）の奥に、自分の姿が鮮（あざやか）に浮かんでいる。

　自分は透（す）き徹（とお）るほど深く見えるこの黒眼の色沢（つや）を眺めて、これでも死ぬのかと思った。それで、ねんごろに枕の傍（そば）へ口を付けて、死ぬんじゃなかろうね、大丈夫だろうね、とまた聞き返した。すると女は黒い眼を眠そうに睜（みはっ）たまま、やっぱり静かな声で、でも、死ぬんですもの、仕方がないわと云った。

　じゃ、私（わたし）の顔が見えるかいと一心（いっしん）に聞くと、見えるかいって、そら、そこに、写ってるじゃありませんかと、にこりと笑って見せた。自分は黙って、顔を枕から離した。腕組をしながら、どうしても死ぬのかなと思った。

しばらくして、女がまたこう云った。

「死んだら、埋(う)めて下さい。大きな真珠貝で穴を掘って。そうして天から落ちて来る星の破片(かけ)を墓標(はかじるし)に置いて下さい。そうして墓の傍に待っていて下さい。また逢(あ)いに来ますから」

　自分は、いつ逢いに来るかねと聞いた。

「日が出るでしょう。それから日が沈むでしょう。それからまた出るでしょう、そうしてまた沈むでしょう。——赤い日が東から西へ、東から西へと落ちて行くうちに、——あなた、待っていられますか」

　自分は黙って首肯(うなず)いた。女は静かな調子を一段張り上げて、

「百年待っていて下さい」と思い切った声で云った。

「百年、私の墓の傍(そば)に坐って待っていて下さい。きっと逢いに来ますから」

　自分はただ待っていると答えた。すると、黒い眸(ひとみ)のなかに鮮(あざやか)に見えた自分の姿が、ぼうっと崩(くず)れて来た。静かな水が動いて写る影を乱したように、流れ出したと思ったら、女の眼がぱちりと閉じた。長い睫(まつげ)の間から涙が頬へ垂れた。——もう死んでいた。

　自分はそれから庭へ下りて、真珠貝で穴を掘った。真珠貝は大きな滑(なめら)かな縁(ふち)の鋭(する)どい貝であった。土をすくうたびに、貝の裏に月の光が差してきらきらした。湿(しめ)った土の匂(におい)もした。穴はしばらくして掘れた。女をその中に入れた。そうして柔らかい土を、上からそっと掛けた。掛けるたびに真珠貝の裏に月の光が差した。

　それから星の破片(かけ)の落ちたのを拾って来て、かろく土の上へ

乗せた。星の破片は丸かった。長い間大空を落ちている間(ま)に、角(かど)が取れて滑(なめ)らかになったんだろうと思った。抱(だ)き上(あ)げて土の上へ置くうちに、自分の胸と手が少し暖くなった。

　自分は苔(こけ)の上に坐った。これから百年の間こうして待っているんだなと考えながら、腕組をして、丸い墓石(はかいし)を眺めていた。そのうちに、女の云った通り日が東から出た。大きな赤い日であった。それがまた女の云った通り、やがて西へ落ちた。赤いまんまでのっと落ちて行った。一つと自分は勘定(かんじょう)した。

　しばらくするとまた唐紅(からくれない)の天道(てんとう)がのそりと上(のぼ)って来た。そうして黙って沈んでしまった。二つとまた勘定した。

　自分はこう云う風に一つ二つと勘定して行くうちに、赤い日をいくつ見たか分らない。勘定しても、勘定しても、しつくせないほど赤い日が頭の上を通り越して行った。それでも百年がまだ来ない。しまいには、苔(こけ)の生(は)えた丸い石を眺めて、自分は女に欺(だま)されたのではなかろうかと思い出した。

　すると石の下から斜(はす)に自分の方へ向いて青い茎(くき)が伸びて来た。見る間に長くなってちょうど自分の胸のあたりまで来て留まった。と思うと、すらりと揺(ゆら)ぐ茎(くき)の頂(いただき)に、心持首を傾(かたぶ)けていた細長い一輪の蕾(つぼみ)が、ふっくらと弁(はなびら)を開いた。真白な百合(ゆり)が鼻の先で骨に徹(こた)えるほど匂った。そこへ遥(はるか)の上から、ぽたりと露(つゆ)が落ちたので、花は自分の重みでふらふらと動いた。自分は首を前へ出して冷たい露の滴(したた)る、白い花弁(はなびら)に接吻(せっぷん)した。自分が百合から顔を離す拍子(ひょうし)に思わず、遠い空を見たら、暁(あかつき)の星がたった一つ瞬(またた)い

ていた。

「百年はもう来ていたんだな」とこの時始めて気がついた。

〈第二夜〉

こんな夢を見た。

和尚（おしょう）の室を退（さ）がって、廊下（ろうか）伝（づた）いに自分の部屋へ帰ると行灯（あんどう）がぼんやり点（とも）っている。片膝（かたひざ）を座蒲団（ざぶとん）の上に突いて、灯心を掻（か）き立てたとき、花のような丁子（ちょうじ）がぱたりと朱塗の台に落ちた。同時に部屋がぱっと明かるくなった。

襖（ふすま）の画（え）は蕪村（ぶそん）の筆である。黒い柳を濃く薄く、遠近（おちこち）とかいて、寒（さ）むそうな漁夫が笠（かさ）を傾（かたぶ）けて土手の上を通る。床（とこ）には海中文殊（かいちゅうもんじゅ）の軸（じく）が懸（かか）っている。焚（た）き残した線香が暗い方でいまだに臭（にお）っている。広い寺だから森閑（しんかん）として、人気（ひとけ）がない。黒い天井（てんじょう）に差す丸行灯（まるあんどう）の丸い影が、仰向（あおむ）く途端（とたん）に生きてるように見えた。

立膝（たてひざ）をしたまま、左の手で座蒲団（ざぶとん）を捲（めく）って、右を差し込んで見ると、思った所に、ちゃんとあった。あれば安心だから、蒲団をもとのごとく直（なお）して、その上にどっかり坐（すわ）った。

お前は侍（さむらい）である。侍なら悟れぬはずはなかろうと和尚（おしょう）が云った。そういつまでも悟れぬところをもって見ると、御前は侍ではあるまいと言った。人間の屑（くず）じゃと言った。ははあ怒ったなと云って笑った。口惜（くや）しければ悟った証拠を持って

来いと云ってぷいと向(むこう)をむいた。怪(け)しからん。

隣の広間の床に据(す)えてある置時計が次の刻(とき)を打つまでには、きっと悟って見せる。悟った上で、今夜また入室(にゅうしつ)する。そうして和尚の首と悟りと引替(ひきかえ)にしてやる。悟らなければ、和尚の命が取れない。どうしても悟らなければならない。自分は侍である。

もし悟れなければ自刃(じじん)する。侍が辱(はずか)しめられて、生きている訳には行かない。綺麗(きれい)に死んでしまう。

こう考えた時、自分の手はまた思わず布団(ふとん)の下へ這入(はい)った。そうして朱鞘(しゅざや)の短刀を引(ひ)き摺(ず)り出した。ぐっと束(つか)を握って、赤い鞘を向へ払ったら、冷たい刃(は)が一度に暗い部屋で光った。凄(すご)いものが手元から、すうすうと逃げて行くように思われる。そうして、ことごとく切先(きっさき)へ集まって、殺気(さっき)を一点に籠(こ)めている。自分はこの鋭い刃が、無念にも針の頭のように縮(ちぢ)められて、九寸(くすん)五分(ごぶ)の先へ来てやむをえず尖(とが)ってるのを見て、たちまちぐさりとやりたくなった。身体(からだ)の血が右の手首の方へ流れて来て、握っている束がにちゃにちゃする。唇(くちびる)が顫(ふる)えた。

短刀を鞘へ収めて右脇へ引きつけておいて、それから全伽(ぜんが)を組んだ。――趙州(じょうしゅう)曰く無(む)と。無とは何だ。糞坊主(くそぼうず)めとはがみをした。

奥歯を強く咬(か)み締(し)めたので、鼻から熱い息が荒く出る。こめかみが釣って痛い。眼は普通の倍も大きく開けてやった。

懸物(かけもの)が見える。行灯が見える。畳(たたみ)が見える。和尚の薬缶頭(やかんあたま)がありありと見える。鰐口(わにぐち)

を開(あ)いて嘲笑(あざわら)った声まで聞える。怪(け)しからん坊主だ。どうしてもあの薬缶を首にしなくてはならん。悟ってやる。無だ、無だと舌の根で念じた。無だと云うのにやっぱり線香の香(におい)がした。何だ線香のくせに。

　自分はいきなり拳骨(げんこつ)を固めて自分の頭をいやと云うほど擲(なぐ)った。そうして奥歯をぎりぎりと嚙(か)んだ。両腋(りょうわき)から汗が出る。背中が棒のようになった。膝(ひざ)の接目(つぎめ)が急に痛くなった。膝が折れたってどうあるものかと思った。けれども痛い。苦しい。無(む)はなかなか出て来ない。出て来ると思うとすぐ痛くなる。腹が立つ。無念になる。非常に口惜(くや)しくなる。涙がほろほろ出る。ひと思(おもい)に身を巨巌(おおいわ)の上にぶつけて、骨も肉もめちゃめちゃに砕(くだ)いてしまいたくなる。

　それでも我慢してじっと坐っていた。堪(た)えがたいほど切ないものを胸に盛(い)れて忍んでいた。その切ないものが身体(からだ)中の筋肉を下から持上げて、毛穴から外へ吹き出よう吹き出ようと焦(あせ)るけれども、どこも一面に塞(ふさ)がって、まるで出口がないような残刻極まる状態であった。

　そのうちに頭が変になった。行灯(あんどう)も蕪村(ぶそん)の画(え)も、畳も、違棚(ちがいだな)も有って無いような、無くって有るように見えた。と云って無(む)はちっとも現前(げんぜん)しない。ただ好加減(いいかげん)に坐っていたようである。ところへ忽然(こつぜん)隣座敷の時計がチーンと鳴り始めた。

　はっと思った。右の手をすぐ短刀にかけた。時計が二つ目をチーンと打った。

〈第三夜〉

こんな夢を見た。

六つになる子供を負(おぶ)ってる。たしかに自分の子である。ただ不思議な事にはいつの間にか眼が潰(つぶ)れて、青坊主(あおぼうず)になっている。自分が御前の眼はいつ潰れたのかいと聞くと、なに昔からさと答えた。声は子供の声に相違ないが、言葉つきはまるで大人(おとな)である。しかも対等(たいとう)だ。

左右は青田(あおた)である。路(みち)は細い。鷺(さぎ)の影が時々闇(やみ)に差す。

「田圃(たんぼ)へかかったね」と背中で云った。

「どうして解る」と顔を後(うし)ろへ振り向けるようにして聞いたら、

「だって鷺(さぎ)が鳴くじゃないか」と答えた。

すると鷺がはたして二声ほど鳴いた。

自分は我子ながら少し怖(こわ)くなった。こんなものを背負(しょ)っていては、この先どうなるか分らない。どこか打遣(うっち)ゃる所はなかろうかと向うを見ると闇の中に大きな森が見えた。あすこならばと考え出す途端(とたん)に、背中で、

「ふふん」と云う声がした。

「何を笑うんだ」

子供は返事をしなかった。ただ

「御父(おとっ)さん、重いかい」と聞いた。

「重かあない」と答えると

「今に重くなるよ」と云った。

自分は黙って森を目標(めじるし)にあるいて行った。田の中の路が不規則にうねってなかなか思うように出られない。しばらくすると二股

（ふたまた）になった。自分は股（また）の根に立って、ちょっと休んだ。

「石が立ってるはずだがな」と小僧が云った。

なるほど八寸角の石が腰ほどの高さに立っている。表には左り日（ひ）ヶ窪（くぼ）、右堀田原（ほったはら）とある。闇（やみ）だのに赤い字が明（あきら）かに見えた。赤い字は井守（いもり）の腹のような色であった。

「左が好いだろう」と小僧が命令した。左を見るとさっきの森が闇の影を、高い空から自分らの頭の上へ抛（な）げかけていた。自分はちょっと躊躇（ちゅうちょ）した。

「遠慮しないでもいい」と小僧がまた云った。自分は仕方なしに森の方へ歩き出した。腹の中では、よく盲目（めくら）のくせに何でも知ってるなと考えながら一筋道を森へ近づいてくると、背中で、「どうも盲目は不自由でいけないね」と云った。

「だから負（おぶ）ってやるからいいじゃないか」

「負ぶって貰（もら）ってすまないが、どうも人に馬鹿にされていけない。親にまで馬鹿にされるからいけない」

何だか厭（いや）になった。早く森へ行って捨ててしまおうと思って急いだ。

「もう少し行くと解る。――ちょうどこんな晩だったな」と背中で独言（ひとりごと）のように云っている。

「何が」と際（きわ）どい声を出して聞いた。

「何がって、知ってるじゃないか」と子供は嘲（あざ）けるように答えた。すると何だか知ってるような気がし出した。けれども判然（はっきり）とは分らない。ただこんな晩であったように思える。そうしてもう少し行けば分るように思える。分っては大変だから、分らないうちに早

く捨ててしまって、安心しなくってはならないように思える。自分はますます足を早めた。

　雨はさっきから降っている。路はだんだん暗くなる。ほとんど夢中である。ただ背中に小さい小僧がくっついていて、その小僧が自分の過去、現在、未来をことごとく照して、寸分の事実も洩(も)らさない鏡のように光っている。しかもそれが自分の子である。そうして盲目である。自分はたまらなくなった。

　「ここだ、ここだ。ちょうどその杉の根の処だ」

　雨の中で小僧の声は判然聞えた。自分は覚えず留った。いつしか森の中へ這入(はい)っていた。一間(いっけん)ばかり先にある黒いものはたしかに小僧の云う通り杉の木と見えた。

　「御父(おとっ)さん、その杉の根の処だったね」

　「うん、そうだ」と思わず答えてしまった。

　「文化五年辰年(たつどし)だろう」

　なるほど文化五年辰年らしく思われた。

　「御前がおれを殺したのは今からちょうど百年前だね」

　自分はこの言葉を聞くや否や、今から百年前文化五年の辰年のこんな闇の晩に、この杉の根で、一人の盲目を殺したと云う自覚が、忽然(こつぜん)として頭の中に起った。おれは人殺(ひとごろし)であったんだなと始めて気がついた途端(とたん)に、背中の子が急に石地蔵のように重くなった。

〈第四夜〉

　広い土間の真中に涼み台のようなものを据(す)えて、その周囲(まわり)に小さい床几(しょうぎ)が並べてある。台は黒光りに光っている。片隅(かたすみ)には四角な膳(ぜん)を前に置いて爺(じい)さ

んが一人で酒を飲んでいる。肴（さかな）は煮しめらしい。

爺さんは酒の加減でなかなか赤くなっている。その上顔中つやつやして皺（しわ）と云うほどのものはどこにも見当らない。ただ白い髯（ひげ）をありたけ生（は）やしているから年寄（としより）と云う事だけはわかる。自分は子供ながら、この爺さんの年はいくつなんだろうと思った。ところへ裏の筧（かけひ）から手桶（ておけ）に水を汲（く）んで来た神（かみ）さんが、前垂（まえだれ）で手を拭（ふ）きながら、

「御爺さんはいくつかね」と聞いた。爺さんは頬張（ほおば）った煮〆（にしめ）を呑（の）み込んで、

「いくつか忘れたよ」と澄ましていた。神さんは拭いた手を、細い帯の間に挟（はさ）んで横から爺さんの顔を見て立っていた。爺さんは茶碗（ちゃわん）のような大きなもので酒をぐいと飲んで、そうして、ふうと長い息を白い髯の間から吹き出した。すると神さんが、

「御爺さんの家（うち）はどこかね」と聞いた。爺さんは長い息を途中で切って、

「臍（へそ）の奥だよ」と云った。神さんは手を細い帯の間に突込（つっこ）んだまま、

「どこへ行くかね」とまた聞いた。すると爺さんが、また茶碗のような大きなもので熱い酒をぐいと飲んで前のような息をふうと吹いて、

「あっちへ行くよ」と云った。

「真直（まっすぐ）かい」と神さんが聞いた時、ふうと吹いた息が、障子（しょうじ）を通り越して柳の下を抜けて、河原（かわら）の方へ真直（まっすぐ）に行った。

爺さんが表へ出た。自分も後（あと）から出た。爺さんの腰に小さい瓢箪（ひょうたん）がぶら下がっている。肩から四角な箱を腋（わき）の下へ釣るしている。浅黄（あさぎ）の股引（ももひき）を穿（は）い

て、浅黄の袖無（そでな）しを着ている。足袋（たび）だけが黄色い。何だか皮で作った足袋のように見えた。

爺さんが真直に柳の下まで来た。柳の下に子供が三四人いた。爺さんは笑いながら腰から浅黄の手拭（てぬぐい）を出した。それを肝心綯（かんじんより）のように細長く綯（よ）った。そうして地面（じびた）の真中に置いた。それから手拭の周囲（まわり）に、大きな丸い輪を描（か）いた。しまいに肩にかけた箱の中から真鍮（しんちゅう）で製（こし）らえた飴屋（あめや）の笛（ふえ）を出した。

「今にその手拭が蛇（へび）になるから、見ておろう。見ておろう」と繰返（くりかえ）して云った。

子供は一生懸命に手拭を見ていた。自分も見ていた。

「見ておろう、見ておろう、好いか」と云いながら爺さんが笛を吹いて、輪の上をぐるぐる廻り出した。自分は手拭ばかり見ていた。けれども手拭はいっこう動かなかった。

爺さんは笛をぴいぴい吹いた。そうして輪の上を何遍も廻った。草鞋（わらじ）を爪立（つまだ）てるように、抜足をするように、手拭に遠慮をするように、廻った。怖（こわ）そうにも見えた。面白そうにもあった。

やがて爺さんは笛をぴたりとやめた。そうして、肩に掛けた箱の口を開けて、手拭の首を、ちょいと撮（つま）んで、ぽっと放（ほう）り込（こ）んだ。

「こうしておくと、箱の中で蛇（へび）になる。今に見せてやる。今に見せてやる」と云いながら、爺さんが真直に歩き出した。柳の下を抜けて、細い路を真直に下りて行った。自分は蛇が見たいから、細い道をどこまでも追（つ）いて行った。爺さんは時々「今になる」と云ったり、「蛇になる」と云ったりして歩いて行く。しまいには、

「今になる、蛇になる、きっとなる、笛が鳴る、」

と唄（うた）いながら、とうとう河の岸へ出た。橋も舟もないから、ここで休んで箱の中の蛇を見せるだろうと思っていると、爺さんはざぶざぶ河の中へ這入（はい）り出した。始めは膝（ひざ）くらいの深さであったが、だんだん腰から、胸の方まで水に浸（つか）って見えなくなる。それでも爺さんは

「深くなる、夜になる、真直になる」

と唄いながら、どこまでも真直に歩いて行った。そうして髯（ひげ）も顔も頭も頭巾（ずきん）もまるで見えなくなってしまった。

自分は爺さんが向岸（むこうぎし）へ上がった時に、蛇を見せるだろうと思って、蘆（あし）の鳴る所に立って、たった一人いつまでも待っていた。けれども爺さんは、とうとう上がって来なかった。

〈第五夜〉

こんな夢を見た。

何でもよほど古い事で、神代（かみよ）に近い昔と思われるが、自分が軍（いくさ）をして運悪く敗北（まけ）たために、生擒（いけどり）になって、敵の大将の前に引き据（す）えられた。

その頃の人はみんな背が高かった。そうして、みんな長い髯を生（は）やしていた。革の帯を締（し）めて、それへ棒のような剣（つるぎ）を釣るしていた。弓は藤蔓（ふじづる）の太いのをそのまま用いたように見えた。漆（うるし）も塗ってなければ磨（みが）きもかけてない。極（きわ）めて素樸（そぼく）なものであった。

敵の大将は、弓の真中を右の手で握って、その弓を草の上へ突いて、酒甕（さかがめ）を伏せたようなものの上に腰をかけていた。その顔を見ると、鼻の上で、左右の眉（まゆ）が太く接続（つなが）っている。

その頃髪剃（かみそり）と云うものは無論なかった。

　自分は虜（とりこ）だから、腰をかける訳に行かない。草の上に胡坐（あぐら）をかいていた。足には大きな藁沓（わらぐつ）を穿（は）いていた。この時代の藁沓は深いものであった。立つと膝頭（ひざがしら）まで来た。その端（はし）の所は藁（わら）を少し編残（あみのこ）して、房のように下げて、歩くとばらばら動くようにして、飾りとしていた。

　大将は篝火（かがりび）で自分の顔を見て、死ぬか生きるかと聞いた。これはその頃の習慣で、捕虜（とりこ）にはだれでも一応はこう聞いたものである。生きると答えると降参した意味で、死ぬと云うと屈服（くっぷく）しないと云う事になる。自分は一言（ひとこと）死ぬと答えた。大将は草の上に突いていた弓を向うへ抛（な）げて、腰に釣るした棒のような剣（けん）をするりと抜きかけた。それへ風に靡（なび）いた篝火（かがりび）が横から吹きつけた。自分は右の手を楓（かえで）のように開いて、掌（たなごころ）を大将の方へ向けて、眼の上へ差し上げた。待てと云う相図である。大将は太い剣をかちゃりと鞘（さや）に収めた。

　その頃でも恋はあった。自分は死ぬ前に一目思う女に逢（あ）いたいと云った。大将は夜が開けて鶏（とり）が鳴くまでなら待つと云った。鶏が鳴くまでに女をここへ呼ばなければならない。鶏が鳴いても女が来なければ、自分は逢わずに殺されてしまう。

　大将は腰をかけたまま、篝火を眺めている。自分は大きな藁沓（わらぐつ）を組み合わしたまま、草の上で女を待っている。夜はだんだん更（ふ）ける。

　時々篝火が崩（くず）れる音がする。崩れるたびに狼狽（うろた）えたように焰（ほのお）が大将になだれかかる。真黒な眉（まゆ）の下

で、大将の眼がぴかぴかと光っている。すると誰やら来て、新しい枝をたくさん火の中へ抛（な）げ込（こ）んで行く。しばらくすると、火がぱちぱちと鳴る。暗闇（くらやみ）を弾（はじ）き返（かえ）すような勇ましい音であった。

　この時女は、裏の楢（なら）の木に繋（つな）いである、白い馬を引き出した。鬣（たてがみ）を三度撫（な）でて高い背にひらりと飛び乗った。鞍（くら）もない鐙（あぶみ）もない裸馬（はだかうま）であった。長く白い足で、太腹（ふとばら）を蹴（け）ると、馬はいっさんに駆（か）け出した。誰かが篝りを継（つ）ぎ足（た）したので、遠くの空が薄明るく見える。馬はこの明るいものを目懸（めが）けて闇の中を飛んで来る。鼻から火の柱のような息を二本出して飛んで来る。それでも女は細い足でしきりなしに馬の腹を蹴（け）っている。馬は蹄（ひづめ）の音が宙で鳴るほど早く飛んで来る。女の髪は吹流しのように闇（やみ）の中に尾を曳（ひ）いた。それでもまだ篝（かがり）のある所まで来られない。

　すると真闇（まっくら）な道の傍（はた）で、たちまちこけこっこうという鶏の声がした。女は身を空様（そらざま）に、両手に握った手綱（たづな）をうんと控（ひか）えた。馬は前足の蹄（ひづめ）を堅い岩の上に発矢（はっし）と刻（きざ）み込んだ。

　こけこっこうと鶏（にわとり）がまた一声（ひとこえ）鳴いた。

　女はあっと云って、緊（し）めた手綱を一度に緩（ゆる）めた。馬は諸膝（もろひざ）を折る。乗った人と共に真向（まとも）へ前へのめった。岩の下は深い淵（ふち）であった。

　蹄の跡（あと）はいまだに岩の上に残っている。鶏の鳴く真似（まね）をしたものは天探女（あまのじゃく）である。この蹄の痕（あと）の岩に刻みつけられている間、天探女は自分の敵（かたき）である。

〈第六夜〉

　運慶（うんけい）が護国寺（ごこくじ）の山門で仁王（におう）を刻んでいると云う評判だから、散歩ながら行って見ると、自分より先にもう大勢集まって、しきりに下馬評（げばひょう）をやっていた。
　山門の前五六間の所には、大きな赤松があって、その幹が斜（なな）めに山門の甍（いらか）を隠して、遠い青空まで伸（の）びている。松の緑と朱塗（しゅぬり）の門が互いに照（うつ）り合ってみごとに見える。その上松の位地が好い。門の左の端を眼障（めざわり）にならないように、斜（はす）に切って行って、上になるほど幅を広く屋根まで突出（つきだ）しているのが何となく古風である。鎌倉時代とも思われる。
　ところが見ているものは、みんな自分と同じく、明治の人間である。その中（うち）でも車夫が一番多い。辻待（つじまち）をして退屈だから立っているに相違ない。
「大きなもんだなあ」と云っている。
「人間を拵（こしら）えるよりもよっぽど骨が折れるだろう」とも云っている。
　そうかと思うと、「へえ仁王だね。今でも仁王を彫（ほ）るのかね。へえそうかね。私（わっし）ゃまた仁王はみんな古いのばかりかと思ってた」と云った男がある。
「どうも強そうですね。なんだってえますぜ。昔から誰が強いって、仁王ほど強い人あ無いって云いますぜ。何でも日本武尊（やまとだけのみこと）よりも強いんだってえからね」と話しかけた男もある。この男は尻を端折（はしょ）って、帽子を被（かぶ）らずにいた。よほど無教育な男と見える。
　運慶は見物人の評判には委細頓着（とんじゃく）なく鑿（のみ）と槌（つち）を動かしている。いっこう振り向きもしない。高い所に乗っ

て、仁王の顔の辺（あたり）をしきりに彫（ほ）り抜（ぬ）いて行く。

運慶は頭に小さい烏帽子（えぼし）のようなものを乗せて、素袍（すおう）だか何だかわからない大きな袖（そで）を背中（せなか）で括（くく）っている。その様子がいかにも古くさい。わいわい云ってる見物人とはまるで釣り合が取れないようである。自分はどうして今時分まで運慶が生きているのかなと思った。どうも不思議な事があるものだと考えながら、やはり立って見ていた。

しかし運慶の方では不思議とも奇体ともとんと感じ得ない様子で一生懸命に彫っている。仰向（あおむ）いてこの態度を眺めていた一人の若い男が、自分の方を振り向いて、

「さすがは運慶だな。眼中に我々なしだ。天下の英雄はただ仁王と我（わ）れとあるのみと云う態度だ。天晴（あっぱ）れだ」と云って賞（ほ）め出した。

自分はこの言葉を面白いと思った。それでちょっと若い男の方を見ると、若い男は、すかさず、

「あの鑿と槌の使い方を見たまえ。大自在（だいじざい）の妙境に達している」と云った。

運慶は今太い眉（まゆ）を一寸（いっすん）の高さに横へ彫り抜いて、鑿の歯を竪（たて）に返すや否や斜（は）すに、上から槌を打（う）ち下（おろ）した。堅い木を一（ひ）と刻（きざ）みに削（けず）って、厚い木屑（きくず）が槌の声に応じて飛んだと思ったら、小鼻のおっ開（ぴら）いた怒り鼻の側面がたちまち浮き上がって来た。その刀（とう）の入れ方がいかにも無遠慮であった。そうして少しも疑念を挟（さしはさ）んでおらんように見えた。

「よくああ無造作（むぞうさ）に鑿を使って、思うような眉（まみえ）や鼻ができるものだな」と自分はあんまり感心したから独言（ひと

りごと)のように言った。するとさっきの若い男が、

「なに、あれは眉や鼻を鑿で作るんじゃない。あの通りの眉や鼻が木の中に埋(うま)っているのを、鑿(のみ)と槌(つち)の力で掘り出すまでだ。まるで土の中から石を掘り出すようなものだからけっして間違うはずはない」と云った。

自分はこの時始めて彫刻とはそんなものかと思い出した。はたしてそうなら誰にでもできる事だと思い出した。それで急に自分も仁王が彫(ほ)ってみたくなったから見物をやめてさっそく家(うち)へ帰った。

道具箱から鑿(のみ)と金槌(かなづち)を持ち出して、裏へ出て見ると、せんだっての暴風(あらし)で倒れた樫(かし)を、薪(まき)にするつもりで、木挽(こびき)に挽(ひ)かせた手頃な奴(やつ)が、たくさん積んであった。

自分は一番大きいのを選んで、勢いよく彫(ほ)り始めて見たが、不幸にして、仁王は見当らなかった。その次のにも運悪く掘り当てる事ができなかった。三番目のにも仁王はいなかった。自分は積んである薪を片(かた)っ端(ぱし)から彫って見たが、どれもこれも仁王を蔵(かく)しているのはなかった。ついに明治の木にはとうてい仁王は埋(うま)っていないものだと悟った。それで運慶が今日(きょう)まで生きている理由もほぼ解った。

〈第七夜〉

何でも大きな船に乗っている。

この船が毎日毎夜すこしの絶間(たえま)なく黒い煙(けぶり)を吐いて浪(なみ)を切って進んで行く。凄(すさま)じい音である。けれどもどこへ行くんだか分らない。ただ波の底から焼火箸(やけひばし)

のような太陽が出る。それが高い帆柱の真上まで来てしばらく挂（か）っているかと思うと、いつの間にか大きな船を追い越して、先へ行ってしまう。そうして、しまいには焼火箸（やけひばし）のようにじゅっといってまた波の底に沈んで行く。そのたんびに蒼（あお）い波が遠くの向うで、蘇枋（すおう）の色に沸（わ）き返る。すると船は凄（すさま）じい音を立ててその跡（あと）を追（おっ）かけて行く。けれども決して追つかない。

　ある時自分は、船の男を捕（つら）まえて聞いて見た。
　「この船は西へ行くんですか」
　船の男は怪訝（けげん）な顔をして、しばらく自分を見ていたが、やがて、
　「なぜ」と問い返した。
　「落ちて行く日を追かけるようだから」
　船の男はからからと笑った。そうして向うの方へ行ってしまった。
「西へ行く日の、果（はて）は東か。それは本真（ほんま）か。東（ひがし）出る日の、御里（おさと）は西か。それも本真か。身は波の上。䑨枕（かじまくら）。流せ流せ」と囃（はや）している。舳（へさき）へ行って見たら、水夫が大勢寄って、太い帆綱（ほづな）を手繰（たぐ）っていた。

　自分は大変心細くなった。いつ陸（おか）へ上がれる事か分らない。そうしてどこへ行くのだか知れない。ただ黒い煙（けぶり）を吐いて波を切って行く事だけはたしかである。その波はすこぶる広いものであった。際限（さいげん）もなく蒼（あお）く見える。時には紫（むらさき）にもなった。ただ船の動く周囲（まわり）だけはいつでも真白に泡（あわ）を吹いていた。自分は大変心細かった。こんな船にいるよりいっそ身を投げて死んでしまおうかと思った。

乗合（のりあい）はたくさんいた。たいていは異人のようであった。しかしいろいろな顔をしていた。空が曇って船が揺れた時、一人の女が欄（てすり）に倚（よ）りかかって、しきりに泣いていた。眼を拭く手巾（ハンケチ）の色が白く見えた。しかし身体（からだ）には更紗（さらさ）のような洋服を着ていた。この女を見た時に、悲しいのは自分ばかりではないのだと気がついた。

　ある晩甲板（かんぱん）の上に出て、一人で星を眺めていたら、一人の異人が来て、天文学を知ってるかと尋ねた。自分はつまらないから死のうとさえ思っている。天文学などを知る必要がない。黙っていた。するとその異人が金牛宮（きんぎゅうきゅう）の頂（いただき）にある七星（しちせい）の話をして聞かせた。そうして星も海もみんな神の作ったものだと云った。最後に自分に神を信仰するかと尋ねた。自分は空を見て黙っていた。

　或時サローンに這入（はい）ったら派手（はで）な衣裳（いしょう）を着た若い女が向うむきになって、洋琴（ピアノ）を弾（ひ）いていた。その傍（そば）に背の高い立派な男が立って、唱歌を唄（うた）っている。その口が大変大きく見えた。けれども二人は二人以外の事にはまるで頓着（とんじゃく）していない様子であった。船に乗っている事さえ忘れているようであった。

　自分はますますつまらなくなった。とうとう死ぬ事に決心した。それである晩、あたりに人のいない時分、思い切って海の中へ飛び込んだ。ところが——自分の足が甲板（かんぱん）を離れて、船と縁が切れたその刹那（せつな）に、急に命が惜しくなった。心の底からよせばよかったと思った。けれども、もう遅い。自分は厭（いや）でも応でも海の中へ這入らなければならない。ただ大変高くできていた船と見えて、身体は船を離れたけれども、足は容易に水に着かない。しかし捕（つか）ま

えるものがないから、しだいしだいに水に近づいて来る。いくら足を縮（ちぢ）めても近づいて来る。水の色は黒かった。

そのうち船は例の通り黒い煙（けぶり）を吐いて、通り過ぎてしまった。自分はどこへ行くんだか判らない船でも、やっぱり乗っている方がよかったと始めて悟りながら、しかもその悟りを利用する事ができずに、無限の後悔と恐怖とを抱（いだ）いて黒い波の方へ静かに落ちて行った。

〈第八夜〉

床屋の敷居を跨（また）いだら、白い着物を着てかたまっていた三四人が、一度にいらっしゃいと云った。

真中に立って見廻すと、四角な部屋である。窓が二方に開（あ）いて、残る二方に鏡が懸（かか）っている。鏡の数を勘定（かんじょう）したら六つあった。

自分はその一つの前へ来て腰をおろした。すると御尻（おしり）がぶくりと云った。よほど坐り心地（ごこち）が好くできた椅子である。鏡には自分の顔が立派に映った。顔の後（うしろ）には窓が見えた。それから帳場格子（ちょうばごうし）が斜（はす）に見えた。格子の中には人がいなかった。窓の外を通る往来（おうらい）の人の腰から上がよく見えた。

庄太郎が女を連れて通る。庄太郎はいつの間にかパナマの帽子を買って被（かぶ）っている。女もいつの間に拵（こし）らえたものやら、ちょっと解らない。双方とも得意のようであった。よく女の顔を見ようと思ううちに通り過ぎてしまった。

豆腐屋（とうふや）が喇叭（らっぱ）を吹いて通った。喇叭を口へあてがっているんで、頬（ほっ）ぺたが蜂（はち）に螫（さ）されたよう

に膨（ふく）れていた。膨れたまんまで通り越したものだから、気がかりでたまらない。生涯（しょうがい）蜂に螫されているように思う。

　芸者が出た。まだ御化粧（おつくり）をしていない。島田の根が緩（ゆる）んで、何だか頭に締（しま）りがない。顔も寝ぼけている。色沢（いろつや）が気の毒なほど悪い。それで御辞儀（おじぎ）をして、どうも何とかですと云ったが、相手はどうしても鏡の中へ出て来ない。

　すると白い着物を着た大きな男が、自分の後（うし）ろへ来て、鋏（はさみ）と櫛（くし）を持って自分の頭を眺め出した。自分は薄い髭（ひげ）を捩（ひね）って、どうだろう物になるだろうかと尋ねた。白い男は、何（な）にも云わずに、手に持った琥珀色（こはくいろ）の櫛（くし）で軽く自分の頭を叩（たた）いた。

　「さあ、頭もだが、どうだろう、物になるだろうか」と自分は白い男に聞いた。白い男はやはり何も答えずに、ちゃきちゃきと鋏を鳴らし始めた。

　鏡に映る影を一つ残らず見るつもりで眼を睜（みは）っていたが、鋏の鳴るたんびに黒い毛が飛んで来るので、恐ろしくなって、やがて眼を閉じた。すると白い男が、こう云った。

　「旦那（だんな）は表の金魚売を御覧なすったか」

　自分は見ないと云った。白い男はそれぎりで、しきりと鋏を鳴らしていた。すると突然大きな声で危険（あぶねえ）と云ったものがある。はっと眼を開けると、白い男の袖（そで）の下に自転車の輪が見えた。人力の梶棒（かじぼう）が見えた。と思うと、白い男が両手で自分の頭を押えてうんと横へ向けた。自転車と人力車はまるで見えなくなった。鋏の音がちゃきちゃきする。

　やがて、白い男は自分の横へ廻って、耳の所を刈（か）り始めた。毛が前の方へ飛ばなくなったから、安心して眼を開けた。粟餅（あわも

ち) や、餅やあ、餅や、と云う声がすぐ、そこでする。小さい杵 (き ね) をわざと臼 (うす) へあてて、拍子 (ひょうし) を取って餅を搗 (つ) いている。粟餅屋は子供の時に見たばかりだから、ちょっと様子が見たい。けれども粟餅屋はけっして鏡の中に出て来ない。ただ餅を搗く音だけする。

　自分はあるたけの視力で鏡の角 (かど) を覗 (のぞ) き込むようにして見た。すると帳場格子のうちに、いつの間にか一人の女が坐っている。色の浅黒い眉毛 (まみえ) の濃い大柄 (おおがら) な女で、髪を銀杏返 (いちょうがえ) しに結 (ゆ) って、黒繻子 (くろじゅす) の半襟 (はんえり) のかかった素袷 (すあわせ) で、立膝 (たてひざ) のまま、札 (さつ) の勘定 (かんじょう) をしている。札は十円札らしい。女は長い睫 (まつげ) を伏せて薄い唇 (くちびる) を結んで一生懸命に、札の数を読んでいるが、その読み方がいかにも早い。しかも札の数はどこまで行っても尽きる様子がない。膝 (ひざ) の上に乗っているのはたかだか百枚ぐらいだが、その百枚がいつまで勘定しても百枚である。

　自分は茫然 (ぼうぜん) としてこの女の顔と十円札を見つめていた。すると耳の元で白い男が大きな声で「洗いましょう」と云った。ちょうどうまい折だから、椅子から立ち上がるや否や、帳場格子 (ちょうばごうし) の方をふり返って見た。けれども格子のうちには女も札も何にも見えなかった。

　代 (だい) を払って表へ出ると、門口 (かどぐち) の左側に、小判 (こばん) なりの桶 (おけ) が五つばかり並べてあって、その中に赤い金魚や、斑入 (ふいり) の金魚や、痩 (や) せた金魚や、肥 (ふと) った金魚がたくさん入れてあった。そうして金魚売がその後 (うしろ) にいた。金魚売は自分の前に並べた金魚を見つめたまま、頬杖 (ほおづえ) を突いて、じっとしている。騒がしい往来 (おうらい) の活動には

ほとんど心を留めていない。自分はしばらく立ってこの金魚売を眺めていた。けれども自分が眺めている間、金魚売はちっとも動かなかった。

〈第九夜〉

世の中が何となくざわつき始めた。今にも戦争（いくさ）が起りそうに見える。焼け出された裸馬（はだかうま）が、夜昼となく、屋敷の周囲（まわり）を暴（あ）れ廻（まわ）ると、それを夜昼となく足軽共（あしがるども）が犇（ひしめ）きながら追（おっ）かけているような心持がする。それでいて家のうちは森（しん）として静かである。

家には若い母と三つになる子供がいる。父はどこかへ行った。父がどこかへ行ったのは、月の出ていない夜中であった。床（とこ）の上で草鞋（わらじ）を穿（は）いて、黒い頭巾（ずきん）を被（かぶ）って、勝手口から出て行った。その時母の持っていた雪洞（ぼんぼり）の灯（ひ）が暗い闇（やみ）に細長く射して、生垣（いけがき）の手前にある古い檜（ひのき）を照らした。

父はそれきり帰って来なかった。母は毎日三つになる子供に「御父様は」と聞いている。子供は何とも云わなかった。しばらくしてから「あっち」と答えるようになった。母が「いつ御帰り」と聞いてもやはり「あっち」と答えて笑っていた。その時は母も笑った。そうして「今に御帰り」と云う言葉を何遍となく繰返して教えた。けれども子供は「今に」だけを覚えたのみである。時々は「御父様はどこ」と聞かれて「今に」と答える事もあった。

夜になって、四隣（あたり）が静まると、母は帯を締（し）め直して、鮫鞘（さめざや）の短刀を帯の間へ差して、子供を細帯で背中へ背負（しょ）って、そっと潜（くぐ）りから出て行く。母はいつでも草履（ぞうり）を穿いていた。子供はこの草履の音を聞きながら母の背中で

寝てしまう事もあった。
　土塀（つちべい）の続いている屋敷町を西へ下（くだ）って、だらだら坂を降（お）り尽（つ）くすと、大きな銀杏（いちょう）がある。この銀杏を目標（めじるし）に右に切れると、一丁ばかり奥に石の鳥居がある。片側は田圃（たんぼ）で、片側は熊笹（くまざさ）ばかりの中を鳥居まで来て、それを潜り抜けると、暗い杉の木立（こだち）になる。それから二十間ばかり敷石伝いに突き当ると、古い拝殿の階段の下に出る。鼠色（ねずみいろ）に洗い出された賽銭箱（さいせんばこ）の上に、大きな鈴の紐（ひも）がぶら下がって昼間見ると、その鈴の傍（そば）に八幡宮（はちまんぐう）と云う額が懸（かか）っている。八の字が、鳩（はと）が二羽向いあったような書体にできているのが面白い。そのほかにもいろいろの額がある。たいていは家中（かちゅう）のものの射抜いた金的（きんてき）を、射抜いたものの名前に添えたのが多い。たまには太刀（たち）を納めたのもある。
　鳥居を潜（くぐ）ると杉の梢（こずえ）でいつでも梟（ふくろう）が鳴いている。そうして、冷飯草履（ひやめしぞうり）の音がぴちゃぴちゃする。それが拝殿の前でやむと、母はまず鈴を鳴らしておいて、すぐにしゃがんで柏手（かしわで）を打つ。たいていはこの時梟が急に鳴かなくなる。それから母は一心不乱に夫の無事を祈る。母の考えでは、夫が侍（さむらい）であるから、弓矢の神の八幡（はちまん）へ、こうやって是非ない願（がん）をかけたら、よもや聴（き）かれぬ道理はなかろうと一図（いちず）に思いつめている。
　子供はよくこの鈴の音で眼を覚（さ）まして、四辺（あたり）を見ると真暗だものだから、急に背中で泣き出す事がある。その時母は口の内で何か祈りながら、背を振ってあやそうとする。すると旨（うま）く泣（な）きやむ事もある。またますます烈（はげ）しく泣き立てる事もあ

る。いずれにしても母は容易に立たない。

　一通(ひととお)り夫の身の上を祈ってしまうと、今度は細帯を解いて、背中の子を摺(ず)りおろすように、背中から前へ廻して、両手に抱(だ)きながら拝殿を上(のぼ)って行って、「好い子だから、少しの間(ま)、待っておいでよ」ときっと自分の頬を子供の頬へ擦(す)りつける。そうして細帯を長くして、子供を縛(しば)っておいて、その片端を拝殿の欄干(らんかん)に括(くく)りつける。それから段々を下りて来て二十間の敷石を往ったり来たり御百度(おひゃくど)を踏む。

　拝殿に括(くく)りつけられた子は、暗闇(くらやみ)の中で、細帯の丈(たけ)のゆるす限り、広縁の上を這(は)い廻っている。そう云う時は母にとって、はなはだ楽(らく)な夜である。けれども縛(しば)った子にひいひい泣かれると、母は気が気でない。御百度の足が非常に早くなる。大変息が切れる。仕方のない時は、中途で拝殿へ上(あが)って来て、いろいろすかしておいて、また御百度を踏み直す事もある。

　こう云う風に、幾晩となく母が気を揉(も)んで、夜(よ)の目も寝ずに心配していた父は、とくの昔に浪士(ろうし)のために殺されていたのである。

　こんな悲(かなし)い話を、夢の中で母から聞いた。

〈第十夜〉

　庄太郎が女に攫(さら)われてから七日目の晩にふらりと帰って来て、急に熱が出てどっと、床に就(つ)いていると云って健(けん)さんが知らせに来た。

　庄太郎は町内一の好男子(こうだんし)で、至極(しごく)善良な正直者である。ただ一つの道楽がある。パナマの帽子を被(かぶ)って、夕方になると水菓子屋(みずがしや)の店先へ腰をかけて、往来(おう

らい)の女の顔を眺めている。そうしてしきりに感心している。そのほかにはこれと云うほどの特色もない。

あまり女が通らない時は、往来を見ないで水菓子を見ている。水菓子にはいろいろある。水蜜桃(すいみつとう)や、林檎(りんご)や、枇杷(びわ)や、バナナを綺麗(きれい)に籠(かご)に盛って、すぐ見舞物(みやげもの)に持って行けるように二列に並べてある。庄太郎はこの籠を見ては綺麗(きれい)だと云っている。商売をするなら水菓子屋に限ると云っている。そのくせ自分はパナマの帽子を被ってぶらぶら遊んでいる。

この色がいいと云って、夏蜜柑(なつみかん)などを品評する事もある。けれども、かつて銭(ぜに)を出して水菓子を買った事がない。ただでは無論食わない。色ばかり賞(ほ)めている。

ある夕方一人の女が、不意に店先に立った。身分のある人と見えて立派な服装をしている。その着物の色がひどく庄太郎の気に入った。その上庄太郎は大変女の顔に感心してしまった。そこで大事なパナマの帽子を脱(と)って丁寧(ていねい)に挨拶(あいさつ)をしたら、女は籠詰(かごづめ)の一番大きいのを指(さ)して、これを下さいと云うんで、庄太郎はすぐその籠を取って渡した。すると女はそれをちょっと提(さ)げて見て、大変重い事と云った。

庄太郎は元来閑人(ひまじん)の上に、すこぶる気作(きさく)な男だから、ではお宅まで持って参りましょうと云って、女といっしょに水菓子屋を出た。それぎり帰って来なかった。

いかな庄太郎でも、あんまり呑気(のんき)過ぎる。只事(ただごと)じゃ無かろうと云って、親類や友達が騒ぎ出していると、七日目の晩になって、ふらりと帰って来た。そこで大勢寄ってたかって、庄さんどこへ行っていたんだいと聞くと、庄太郎は電車へ乗って山へ行ったん

だと答えた。

　何でもよほど長い電車に違いない。庄太郎の云うところによると、電車を下りるとすぐと原へ出たそうである。非常に広い原で、どこを見廻しても青い草ばかり生（は）えていた。女といっしょに草の上を歩いて行くと、急に絶壁（きりぎし）の天辺（てっぺん）へ出た。その時女が庄太郎に、ここから飛び込んで御覧なさいと云った。底を覗（のぞ）いて見ると、切岸（きりぎし）は見えるが底は見えない。庄太郎はまたパナマの帽子を脱いで再三辞退した。すると女が、もし思い切って飛び込まなければ、豚（ぶた）に舐（な）められますが好うござんすかと聞いた。庄太郎は豚と雲右衛門が大嫌（だいきらい）だった。けれども命には易（か）えられないと思って、やっぱり飛び込むのを見合せていた。ところへ豚が一匹鼻を鳴らして来た。庄太郎は仕方なしに、持っていた細い檳榔樹（びんろうじゅ）の洋杖（ステッキ）で、豚の鼻頭（はなづら）を打（ぶ）った。豚はぐうと云いながら、ころりと引（ひ）っ繰（く）り返（かえ）って、絶壁の下へ落ちて行った。庄太郎はほっと一（ひ）と息接（いきつ）いでいるとまた一匹の豚が大きな鼻を庄太郎に擦（す）りつけに来た。庄太郎はやむをえずまた洋杖を振り上げた。豚はぐうと鳴いてまた真逆様（まっさかさま）に穴の底へ転（ころ）げ込んだ。するとまた一匹あらわれた。この時庄太郎はふと気がついて、向うを見ると、遥（はるか）の青草原の尽きる辺（あたり）から幾万匹か数え切れぬ豚が、群（むれ）をなして一直線に、この絶壁の上に立っている庄太郎を目懸（めが）けて鼻を鳴らしてくる。庄太郎は心（しん）から恐縮した。けれども仕方がないから、近寄ってくる豚の鼻頭を、一つ一つ丁寧（ていねい）に檳榔樹の洋杖で打っていた。不思議な事に洋杖が鼻へ触（さわ）りさえすれば豚はころりと谷の底へ落ちて行く。覗（のぞ）いて見ると底の見えない絶壁を、逆（さか）さになった豚が行

列して落ちて行く。自分がこのくらい多くの豚を谷へ落したかと思うと、庄太郎は我ながら怖(こわ)くなった。けれども豚は続々くる。黒雲に足が生(は)えて、青草を踏み分けるような勢いで無尽蔵(むじんぞう)に鼻を鳴らしてくる。

　庄太郎は必死の勇をふるって、豚の鼻頭を七日(なのか)六晩(むばん)叩(たた)いた。けれども、とうとう精根が尽きて、手が蒟蒻(こんにゃく)のように弱って、しまいに豚に舐(な)められてしまった。そうして絶壁の上へ倒れた。

　健さんは、庄太郎の話をここまでして、だからあんまり女を見るのは善(よ)くないよと云った。自分ももっともだと思った。けれども健さんは庄太郎のパナマの帽子が貰いたいと云っていた。

　庄太郎は助かるまい。パナマは健さんのものだろう。

2. 열흘 밤의 꿈

〈첫 번째 밤〉

이런 꿈을 꾸었다.

팔짱을 하고 베갯머리에 앉아 있으니, 반듯하게 누운 여인이 작은 소리로 "이제 죽을 것입니다."라고 말한다. 여인은 긴 머리를 베개위에 드리우고, 둥글고 갸름한 예쁜 얼굴을 그 속에 누이고 있다. 하얀 볼 아래로 따스한 홍조를 띠고 있으며, 입술 빛도 물론 붉다. 도저히 죽을 사람처럼 보이지는 않는다. 그러나 여인은 여전히 작은 소리로 "이제 죽습니다." 하고 분명히 말했다. 나도 확실히 '이제 죽는구나.' 하고 생각하면서 나는 위에서 그녀를 내려다보며 물었다.

"그래 이제 죽는 거야?"

"죽고말고요."

여인은 눈을 둥그렇게 떴다. 크고 윤기 있는 눈으로, 긴 속눈썹에 싸인 눈망울은 그대로 온통 새까맣다. 그 검은 눈동자 속에 내 모습이 선명하게 비친다.

나는 투명 하리 만큼 깊게 보이는 까만 눈의 광택을 바라보며 '이래도 죽는 건가?' 하고 생각했다. 그래서 다정하게 베개 곁에 입을 대고 다시 물었다.

"죽는 건 아니겠지? 괜찮은 거지?"

그랬더니 여인은 졸리는 듯 검은 눈을 크게 뜬 채 역시 작은 목소리로 대답했다.

"하지만 죽는 걸요. 어쩔 수 없어요."

"그럼 내 얼굴이 보이는 거요?"

"보이냐 구요? 그것 봐요. 내 눈에 비치고 있잖아요."

그러면서 생긋이 웃어 보였다. 나는 말없이 베게에서 얼굴을 떼고 다시 팔짱을 하고 결국은 죽는구나 생각했다.

한참 후에 여인이 다시 말했다.

"죽으면 묻어 주세요. 커다란 지주조개로 땅을 파고, 하늘에서 떨어지는 별의 파편을 묘비로 놓아 주세요. 그리고 무덤 곁에서 기다려 주세요. 또 만나러 오느냐고 물었다.

"해가 뜨지요. 그리고 해가 지지요. 그리고 다시 뜨지요. 그리고 다시 지지요. 붉은 해가 동에서 서로, 동에서 서로 기울어져 가는 동안을…… 당신은 기다리고 있을 수 있겠어요?"

나는 말없이 고개를 끄덕였다. 여인은 조용한 어조를 한층 높여서 말했다.

"백 년 동안 기다려 주세요. 밸 년. 내 무덤 곁에 앉아서 기다려 주세요. 꼭 만나러 올 테니까요."

나는 그저 기다리겠노라고 말했다. 그때 검은 눈동자 속에 선명하게 보이던 내 모습이 어스름하게 허물어졌다. 조용한 물이 움직이며 그림자를 흩뜨리듯이 흐른다고 생각하는 순간, 여인의 눈이 꼭 감겼다. 긴 속눈썹 사이로 눈물이 뺨을 타고 흘러내렸다. 이미 죽어있었다.

나는 뜰에 내려가서 진주조개로 구멍을 팠다. 크고 매끄럽고 가장자리가 예리한 지주조개로 흙을 퍼 올릴 때마다 조개 안쪽에 달빛이 비쳐서 반짝거렸다. 축축한 흙냄새도 났다. 한참 후에 구멍을 다 파고 여인을 그 속에 넣어 부드러운 흙을 살며시 따 얹었다. 그때마다 진주조개 안에 달빛이 비쳤다.

그리고 떨어진 별 조각을 주워 와서 흙 위에 살짝 얹었다. 별 조각은 둥글었다. 오랫동안 넓은 하늘에서 떨어지는 사이에 모서리가 다 닳아 매끄러워졌겠지 생각했다. 안아서 흙 위에 올려놓는 동안 내 가슴과 손이 조금 따듯해졌다.

나는 이끼 위에 앉았다. '지금부터 백 년 동안 이렇게 기다리고 있어야겠구나.' 생각하면서 팔짱을 낀 채 둥그런 묘비를 바라보고 있었다. 여인이 말한 대로 동쪽에서 해가 솟아 나왔다. 크고 붉은 해였다. 그것은 또 여인이 말한 대로 마침내 서쪽으로 떨어졌다. 붉은빛 그대로 뚝 떨어졌다. 나는 "하나"하고 세었다.

한참 있으니 또다시 새빨간 태양이 넌지시 올라왔다. 그리고 가만히 가라앉아 버렸다. "둘" 하며 또 세었다.

나는 이런 식으로 하나 둘 세어가는 동안에 붉은 해를 몇 개나 보았는지 알 수가 없었다. 세어도 이루 다 셀 수 없을 만큼 붉은 해가 머리 위를 지나갔다. 그런데 백 년은 아직 오지 않는다. 마침내 이끼가 낀 둥근 돌을 바라보면서 나는 여인에게 속은 게 아닌가 생각하게 되었다.

그러자 돌 밑에서 비스듬히 푸른 나무줄기가 내 쪽을 향해 뻗어 나왔다. 보고 있는 사이에 점점 더 길어져서 마침내 가슴께까지 와 멈추는가 싶더니 살랑살랑 흔들리는 줄기 꼭대기에 고개를 갸우뚱 숙인 듯한 갸름한 꽃봉오리가 활짝 꽃잎을 펼쳤다. 새하얀 백합이 코앞에서 뼈에 사무치리만큼 진한 향기가 났다. 그리고 먼 위쪽에서 "뚝"하고 이슬이 덜어지자 꽃은 제 무게에 못 이겨 흔들흔들 움직였다. 나는 고개를 앞으로 내밀고 차가운 이슬이 떨어져 내린 하얀 꽃잎에 입을 맞추었다. 내가 백합에서 얼굴을 떼는 순간 문득 먼 하늘을 보니, 샛별 하나가 외롭게 깜박이고 있었다.

'백년이 벌써 흘러갔구나.'

이때 비로소 깨달았다.

⟨두 번째 밤⟩

이런 꿈을 꾸었다.

스님 방에서 나와 복도로 연결된 내 방으로 오니, 호롱불이 희미하게 켜져 있었다. 한 쪽 무릎을 방석 위에 대고 심지를 세웠더니 꽃 같은 불똥이 주홍빛 받침대에 떨어졌다. 그러자 방안이 환하게 밝았다.

장지문의 그림은 부손의 필치다. 검은 버드나무를 진하고 엷게 원근(遠近)으로 처리하고, 추워 보이는 어부가 삿갓을 기울이고 둑 위를 지나간다. 벽에는 문주(文珠) 보살의 족자가 걸려 있다. 사르다 남은 향이 어두운 곳에서 아직도 냄새를 피우고 있다. 넓은 절이라 고요하고 인기척이 없다. 고개를 들어 위를 쳐다본 순간 검은 천장에 어른거리는 호롱불의 둥근 그림자가 살아 잇는 것처럼 느껴졌다.

무릎을 세운 채 왼손으로 방석을 젖히고 오른손을 집어넣어 보니, 예상한 곳에 그대로 잘 있었다. 있으면 안심해도 되니 방석을 원래대로 놓고 그 위에 털썩 주저앉았다.

너는 무사다. 무사라면 깨달을 것이다. 그렇게 깨닫지 못하는 것을 보면 너는 무사가 아닐 거다.

인간쓰레기라고? '아하, 화가 났구나.'하고 생각하며 웃었다. 억울하면 깨달았다는 증거를 가지고 다시 오라면서 홱 돌아앉았다. 괘씸하게.

옆방에 놓여 있는 탁상시계가 다음 시각을 알릴 때까지 기어코 깨달아 보이리라. 깨달은 다음 오늘 밤에 또 스님 방으로 갈 것이다. 그래서 스님의 목과 깨달음을 바꾸어 주겠다. 깨닫지 못하면 스님의 목숨을 빼앗을 수 없다. 반드시 깨달을 것이다. 나는 무사다.

만약 깨닫지 못한다면 자진하겠다. 무사가 모욕을 당하고 살아 있을 수는 없다. 깨끗이 죽겠다.

이렇게 생각하자 나도 모르게 손이 다시 방석 밑으로 들어갔다. 그리고 붉은 칼집에 있는 단도를 끄집어냈다. 칼자루를 꼭 거머쥐고 붉은 칼집을 저쪽으로 떨치니 차가운 칼날이 단번에 어두운 방에서 번쩍했다. 두려움이 내 곁에서 슬슬 도망가 버리는 것 같았다. 그리고 모든 것이 칼끝으로 모여서 살기를 띠고 있다. 나는 이 예리한 칼날이 허무하게도 바늘귀처럼 줄어들면서 아홉 치 오 부의 끝에 와 어쩔 수 없이 날카롭게 날이 서 있는 것을 보자 바로 찌르고 싶은 충동을 느꼈다. 피가 오른손 손목으로 흘러와서 잡고 있는 칼자루가 끈적거린다. 입술이 떨렸다.

 단도를 칼집에 넣어 오른쪽 겨드랑이 옆에 놓고 그리고 가부좌를 틀었다. 조주(趙州)가 말하기를 무(無)라고 했다. 무(無)란 무엇인가.

 '개똥같은 중놈.'

 나는 이를 악물었다.

 어금니를 꽉 물어서 그런지 코에서 뜨거운 숨이 거칠게 뿜어져 나온다. 명치가 아프다. 눈을 평상시보다 크게 떴다.

 족자가 보인다. 호롱불이 보인다. 다다미가 보인다. 스님의 머리가 뚜렷이 보인다. 악어 같은 입을 벌리고 조소하는 소리까지 들린다. 괘씸한 중이다. 기어코 저 까까머리를 치지 않으면 안 된다. 깨달아 주겠다. '헛된 일이로다.' 하면서 혀끝으로 중얼거렸다.

 무(無)라고 하는데도 역시 향내가 났다. 뭐야, 향인 주제에.

 나는 갑자기 주먹을 쥐고 머리를 아프도록 때렸다. 그리고는 어금니를 부득부득 갈았다. 양쪽 겨드랑이에서 땀이 나며 등줄기가 빳빳해졌다. 무릎의 연골이 아파 왔다. '무릎 좀 부러진들 어때.' 하고 생각했지만 고통스럽고 아프다. 무(無)는 좀처럼 나오지 않는다 나오는가 하면 곧장 아파진다. 화가 나고 억울하다. 몹시 분하다. 눈물이 뚝뚝 떨어진다. 단번에 큰 바위에 몸을 내던져 뼈도 살도 엉망으로 부숴 버리고 싶어진다.

 그래도 참고 가만히 앉아 있었다. 견디기 어려울 정도로 힘든 안타까움을 억누르고 있었다. 그 괴로움이 온몸의 근육 밑으로부터 나와 모공을 총해 밖으로 나오게 하려고 애를 썼지만, 전부 막혀 있어 전혀 나갈 곳이 없는 듯한 너무나도 잔혹한 상태였다.

그러는 사이에 머리가 이상해졌다. 호롱불도, 부손(無村)의 그림도, 다다미도, 도코노마에 선반도 모두 있으면서 없는 듯, 없으면 서 있는 듯 보였다. 그러나 무(無)는 조금도 눈앞에 나타나지 않는다. 그저 좋을 대로 앉아 있었던 것 같다. 그때 홀연 옆방의 시계가 땡하고 울렸다.

깜짝 놀랐다. 오른손으로 칼을 잡았다. 그러자 시계가 두 번째 땡 하고 울렸다.

〈세 번째 밤〉

이런 꿈을 꾸었다.

여섯 살 된 아이를 업고 있다. 틀림없는 내 아이다. 단지 이상하게도 어느 샌가 눈이 찌부러진 동자승이 되어 있다. 내가 눈은 언제 그렇게 되었느냐고 물었더니, "그냥 옛날부터." 하고 대답했다. 목소리는 어린아이임에 틀림없는데, 말투는 마치 어른 같다. 게다가 반 말투다.

주위는 푸릇푸릇한 논이고 길은 좁다. 가끔 백로 그림자가 어둠 속에서 어른거린다.

"논으로 접어들었군."

등에서 아이가 입을 열었다.

"어떻게 알아."

내가 뒤로 얼굴을 돌리며 물었다.

"백로가 있잖아."

그러고 보니 과연 백로가 두 번쯤 울었다.

나는 내 자식이지만 조금 무서워졌다. 이런 애를 업고 잇다가는 앞으로 무슨 일이 생길지 모르겠다. 어딘가 던져 버릴 곳은 없나 하고 건너편을 보니 어둠 속에 큰 숲이 보였다. '저기라면 괜찮겠다.' 생각한 순간 등에서 "흥" 소리가 났다.

"왜 웃어?"

어린애는 대답은 하지 않고 다만 이렇게 물었다.

"아버지 무거워요?"

"무겁지 않아."

"이제 곧 무거워질 거예요."

나는 말없이 숲을 향해 걸어갔다. 논두렁길이 불규칙적으로 구부러져 있어서 생각대로 잘 나아갈 수가 없었다. 조금 가니 갈림길이 나왔다. 나는 그 곳에 서서 잠시 쉬었다.

"돌이 서 있을 텐데."

아이가 말했다.

과연 귀퉁이에 모가 난 돌이 여덟 치 정도 허리에 닿을 만한 높이로 서 있다. 돌 표면에는 "왼쪽으로 가면 히게구보, 오른쪽으로 가면 홋다하라."라고 적혀 있었다. 어두운데도 붉은 글자가 선명하게 보였는데, 글자의 색은 도롱뇽의 배처럼 붉은 빛깔이었다.

"왼쪽으로 가는데 좋을 거야."

아이가 명령했다. 왼쪽을 보니, 조금 전의 그 숲이 높은 하늘에서 우리들 머리 위로 어둠의 그림자를 드리우고 있었다. 나는 조금 주저했다.

"망설이지 않아도 돼."

아이가 말했다. 나는 어쩔 수 없이 숲 쪽으로 걸어갔다. 속으로는 '소경 주제에 모르는 게 없구나.' 생각하면서, 외길인 논두렁을 따라 숲 가까이 다가갔다. 그때 등 뒤에서 아이가 중얼거렸다.

"아무래도 장님은 자유롭지 못해서 안 되겠어."

"그래서 업어 주니 됐잖아."

"업어 줘서 고맙긴 하지만, 사람들에게 무시당해서 안 되겠어. 부모한테까지 푸대접을 받으니."

어쩐지 아이가 싫어졌다. 빨리 숲으로 가서 내버리려고 서둘렀다.

"조금만 더 가면 알 수 있어.…… 바로 이정도 어두운 밤이었지."

아이는 등에서 혼자 말처럼 중얼거리고 있었다.

"뭐가?"

나는 절박한 목소리로 물었다.

"뭐가라니? 알고 있잖아."

아이는 비웃듯이 대답했다. 그러고 보니 뭔가 알 것 같은 생각이 든다. 그러나 확실하게는 알 수 없다. 단지 이런 밤이었던 것처럼 생각될 뿐이다. 그리고 조금 더 가면 알게 될 것 같다. 알고 나면 큰일이니 아직 모르고 있을 때 빨리 버리고 마음을 놓지 않으면 안 될 것 같았다. 나는 더욱더 걸음을 재촉했다.

조금 전부터 비가 내리고 있다. 길은 점점 어두워지고, 나는 그저 정신없이 걷고 있다. 단지 등에 있는 조그만 아이가 나의 과거, 현재, 미래를 전부 비추며 모든 사실을 다 알고 있는 거울과 같이 빛나고 있다. 게다가 그것은 바로 내 아이다. 그리고 소경이다. 나는 견딜 수 없이 초조해졌다.

"여기야, 여기 바로 그 삼나무 밑이야."

빗속에서 동자승의 목소리가 똑똑히 들렸다. 나는 그대로 멈춰 섰다. 어느새 숲 속으로 들어와 있었다. 약 2미터 앞에 서 있는 거무스레한 것은 틀림없이 아이 말대로 삼나무 같았다.

"아버지, 저 삼나무 밑이었지?"

"응, 그래."

나는 무심코 대답했다.

"분카(文化) 5년 용해(辰歲)였지."

과연 분카 5년 용띠 해였다는 생각이 들었다.

"당신이 나를 죽인 것은 지금부터 백 년 전, 분카 5년 용띠 해의 이런 어두운 밤에 이 삼나무 밑에서 한 소경을 죽였던 기억이 홀연히 머릿속에 떠올랐다.

'나는 살인자였구나.'

비로소 깨달은 순간 등에 있던 아이가 갑자기 돌부처처럼 무거워졌다.

〈네 번째 밤〉

넓은 토방 한가운데에 평상 같은 것이 있어 그 둘레에 작은 의자가 나란히 놓여 있다. 평상은 검은빛을 띠고 있다. 한구석에는 네모난 상을 앞에 놓고 할아버지 혼자서 술을 마시고 있다. 안주는 조림인 것 같다.

할아버지는 적당히 취해 얼굴이 붉어져 있다. 그런데 그 얼굴은 온통 반질반질하고 주름이라곤 어디에도 보이지 않는다. 단지 하얀 수염을 잇는 그대로 기르고 있어서 그걸로 그가 노인이라는 것만은 알 수 있다. 나는 어린아이이면서도 이 할아버지는 몇 살이나 될까 생각했다. 그때 뒤뜰 우물에서 물을 길어 온 아주머니가 앞치마로 손을 닦으면서 물었다.

"할아버지는 몇 살이야?"

할아버지는 입 안에 가득한 조림을 삼키고 태연히 말했다.

"몇 살인지 잊어버렸어."

아주머니는 닦은 손을 가느다란 허리띠 사이에 끼워 넣고 옆에서 할아버지의 얼굴을 보며 서 있었다. 할아버지는 사발 같은 큰 그릇에 술을 따라 쭉 들이켜고는 하얀 수염 사이로 긴 숨을 내뿜었다.

그러자 아주머니는 다시 물었다.

"할아버지 집은 어디지?"

할아버지는 긴 숨을 도중에서 멈추고 대답했다.

"배꼽 속이야."

아주머니는 가느다란 허리띠 사이에 손을 쑤셔 넣은 채로 또 물었다.

"어디로 갈 거야?"

그러자 할아버지는 다시 사발 같은 큰 그릇에 담긴 뜨거운 술을 마시고 아까처럼 숨을 내쉬더니 대답했다.

"저 쪽으로 갈 거야."

"곧바로 갈 거야?"

아주머니가 물었을 때, 훅 하고 내뿜은 숨결이 장지문을 통해서 버드나무 밑을 지나 강변 쪽으로 흘러갔다.

할아버지가 밖으로 나왔다. 나도 뒤따라 나왔다. 할아버지 허리춤에는 작은 표주박이 매달려 있고, 어깨에서 겨드랑이 밑으로 네모난 상자를 늘어뜨리고 있다. 연노랑색의 바지에 역시 연노랑 색깔의 소매 없는 옷을 입고 있다. 버선만큼은 노란색이다. 뭔가 가죽으로 만든 것처럼 보였다.

할아버지는 곧바로 버드나무 아래까지 왔다. 버드나무 밑에 아이들이 서너 명 있었다. 할아버지는 웃으며 허리춤에서 연노랑색의 수건을 꺼내 노끈처럼 가늘게 꼬았다. 그리고는 땅바닥 한가운데에 놓고 수건 주위에 커다란 원을 그렸다. 끝으로 어깨에 멘 상자 안에서 놋쇠로 만든 엿장수가 불고 다니는 피리를 꺼내며 이렇게 되풀이했다.

"이제 곧 수건이 뱀이 될 테니 보고 있거라, 보고 있거라."

아이들은 열심히 수건을 바라보고 있었다. 나도 보고 있었다.

"지켜봐, 지켜봐. 알았어?"

할아버지는 피리를 불며 원 위를 빙글빙글 돌았다. 나는 꼼짝하지 않고 수건만 보고 있었다. 하지만 수건을 조금도 움직이지 않았다.

할아버지는 피리를 "피이 피" 불며 원 위를 몇 번씩 돌았다. 짚신 끝을 세우고 발을 살금살금 들어올리며 조심스럽게 수건 주위를 돌았다. 무섭기도 했지만 재미있을 것도 같았다.

이윽고 할아버지는 피리를 뚝 그쳤다. 그리고는 어깨에 멘 상자를 열고 수건 끝을 살짝 집어서 던져 넣었다.

"이렇게 해두면 상자 속에서 뱀이 된단다. 지금 곧 보여 줄게. 지금 곧 보여 줄게."

그러면서 할아버지는 곧바로 걸어갔다. 버드나무 밑을 지나고 좁은 길을 따라 곧장 아래로 내려갔다. 나는 뱀이 보고 싶어서 좁은 길을 하염없이 따라갔다. 할아버지는 이따금 "지금 될 것이다."고도 하고 "뱀이 된다."고도 하면서 계속 걸어갔다.

지금 된다. 뱀이 된다.
반드시 된다. 피리 소리가 난다.

이렇게 노래까지 부르면서 결국 강에 이르렀다. 강을 건널 다리도 배도 없으니 여기서 쉬면서 상자 속의 뱀을 보여 주겠지 생각하며 기다렸다. 그러나 할아버지는 텀벙텀벙 물속으로 걸어 들어가기 시작했다. 처음에는 무릎 정도 깊이였으나 점차 허리에서 가슴까지 물에 잠겨 보이지 않게 되었다.

깊어진다. 밤이 된다.
곧바로 된다.

할아버지는 계속 노래를 부르며 곧장 걸어갔다. 마침내 수염도, 얼굴도, 머리도, 두건도 전혀 보이지 않게 되었다.

나는 할아버지가 건너편 강가로 올라오면 그때는 뱀을 보여 주겠지 하며 혼자 갈대 소리 나는 곳에 서서 기다리고 있었다. 하지만 할아버지는 결국 나타나지 않았다.

〈다섯 번째 밤〉

이런 꿈을 꾸었다.

신화시대에 가까운 상당히 옛날이라고 생각된다. 나는 전쟁 중에 운 나쁘게 생포되어 적들의 대장 앞에 끌려가게 되었다.

그 당시 사람들은 모두 키 크고 수염을 길게 기르고 있었다. 가죽 허리띠를 매고 거기에 작대기처럼 긴 칼을 차고 있었다. 활은 굵은 등나무 덩굴을 그대로 쓴 듯 칠도 하지 않고 광도 내지 않은 극히 소박한 것이었다.

적장은 활 한가운데를 오른손으로 쥔 채 풀 위에 짚고서 항아리를 엎어 놓은 듯한 통에 걸터앉아 있었다. 그 얼굴을 본즉, 코 바로 위에 좌우로 굵은 눈썹이 이어져 있다. 그 무렵에 면도칼이라는 것은 물론 없었다.

나는 포로였으므로 걸터앉을 수는 없었다. 풀 위에서 책상다리를 하고 앉았다. 발에는 커다란 짚신을 신고 있다. 그 시대의 짚신을 길어서 일어서면 무릎까지 왔다. 그 끝은 짚을 다 엮지 않고 조금 남겨 술처럼 밑으로 늘어뜨려서 걸으면 살랑살랑 흔들렸다.

대장은 화톳불에 내 얼굴을 비춰 보며 죽고 싶은지 살고 싶은지를 물었다. 이것은 그 당시 관습으로 포로에게 누구나 한 번씩 묻는 것이었다. 살고 싶다고 대답하면 항복한다는 뜻이고, 죽고 싶다고 하면 굴복하지 않겠다는 뜻이다. 나는 한마디로 죽겠다고 대답했다. 대장은 풀 위에 짚고 있던 활을 저쪽으로 내던지고 허리에 찬 작대기 모양의 긴 칼을 쑥 뽑았다. 그 칼 위로 바람에 나부끼는 화톳불의 불꽃이 옆에서 불어 닥쳤다. 나는 오른손 손바닥을 펴 대장을 향해 위로 들어올렸다. 기다리라는 신호였다.

대장은 굵은 칼을 철컥 칼집에 집어넣었다.

그 시대에도 사랑은 있었다. 나는 죽기 전에 사랑하는 여인을 한 번만 만나고 싶다고 말했다. 대장은 날이 밝아 닭이 울 때까지라면 기다리겠다고 했다. 닭이 울기 전에 여인을 이곳으로 데리고 와야 한다. 닭이 울어도 여인이 오지 않으면 나는 만나지도 못하고 죽게 된다.

대장은 걸터앉은 채로 화톳불을 바라보고 있다. 나는 커다란 짚신을 신을 다리를 괸 채로 풀 위에서 여인을 기다리고 있다. 밤은 점점 깊어 간다. 가끔 화톳불 허물어지는 소리가 난다. 그 때마다 여기저기 불길이 대장에게로 밀려간다. 대장의 눈이 새까만 눈썹 아래서 반짝반짝 빛나고 있다. 그러자 누군가가 와서 새 나뭇가지를 불속에 가득 던져 넣고 간다. 조금 있으니 탁탁 불이 타는 소리를 낸다. 어둠을 튀겨 보내는 듯한 용감한 소리였다.

이때 여인은 졸참나무에 매어 둔 백마를 끌어냈다. 갈기를 세 번 쓰다듬고 높은 등에 훌쩍 올라탔다. 안장도 등자도 없는 말이었다. 희고 긴 다리로 옆구리를 힘차게 차니 말은 쏜살같이 달려갔다. 누군가가 계속 화톳불에 나뭇조각을 지펴 먼 하늘이 희미하게 밝아 보인다. 말은 그 밝은 하늘을 향해 어둠 속에서 날아온다. 코에서 불기둥 같은 두 줄기 숨을 내뿜으면서. 그런데도 여인은 가느다란 다리로 끊임없이 말의 옆구리를 차고 있다. 허공에서 말발굽 소리가 울릴 정도로 빨리 날아온다. 여인의 머리는 바람에 휘날리는 깃발처럼 어둠 속에서 길게 꼬리를 끌었다. 그래도 아직 화톳불이 있는 곳까지 오지 못했다.

그러자 캄캄한 길섶에서 갑자기 "꼬끼오" 하는 닭 울음소리가 들렸다. 여인은 하늘을 쳐다보며 양손에 잡은 고삐를 한껏 잡아당겼다. 말의 앞발굽은 눈 깜짝할 사이에 단단한 바위 위로 파고들어 갔다.

"꼬끼오" 하고 닭이 또 한 번 울었다.

여인은 악 소리를 내면서 당겼던 고삐를 단번에 늦추었다. 말은 양 무릎을 꿇으며 여인과 함께 앞으로 넘어졌다. 바위 아래는 깊은 연못이었다.

말발굽 자국은 아직도 바위 위에 남아 있다. 닭 울음소리를 흉내 낸 것을 아마노 자쿠라는 악귀였다. 이 자국이 바위에 남아 있는 한 악귀는 나의 적이다.

〈여섯 번째 밤〉

운케이(運慶)가 호국사(護國寺)의 정문 앞에서 인왕상(仁王像)을 조각하고 있다기에 산책 겸 가보았더니, 나보다 먼저 많은 사람들이 모여 세상 이야기를 나누고 있었다.

정문 앞에서 10여 미터쯤 되는 곳에는 큰 소나무가 있고, 그 줄기가 비스듬히 정문의 기와를 가리며 멀리 푸른 하늘까지 뻗어있다. 푸른 소나무와 붉은 칠을 한 문이 서로 마주 비추어 운치 있게 보인다. 게다가 소나무의 위치가 좋다. 문 왼쪽 끝을 눈에 거슬리지 않도록 어슬하게 지나서 위로 갈수록 넓어지며 지붕까지 뻗어 있는 것이 여간 고풍스럽지 않다. 가마쿠라 시대에 와 있는 듯한 생각이 든다.

그런데 구경하는 사람들은 모두 나와 같은 메이지 시대 사람들이다. 그 중에서도 인력거꾼이 가장 많다. 노상에서 손님을 기다리다 지루해서 보고 서 있는 거겠지.

"크기도 하다. 사람을 만드는 것보다 훨씬 더 힘들겠지?"

"야, 인왕산이구나. 지금도 인왕을 조각하나? 아아, 그렇구나, 난 또 인왕상은 모두 옛것뿐인 줄 알았어."
라고 한 남자가 말했다.

"어쩐지 힘이 셀 것 같은데요. 뭐라지, 예로부터 아무리 힘이 세다 해도 인왕만큼 센 사람은 없다고 하지요. 어쩌면 야마토다케노미코토 보다도 힘이 세다니까 말이야."

라고 말을 걸어오는 사내도 있다. 이 사람은 옷자락을 걷어 올려 허리띠에 끼우고 모자도 쓰지 않았다. 꽤나 무식한 사내인 것 같다.

운케이는 구경꾼들의 평판에는 아랑곳없이 끌과 망치를 움직이고 있다. 뒤 한 번 돌아보지 않고 높은 곳에 올라가 인왕상의 얼굴을 끊임없이 판다.

운케이는 머리에 조그만 두건 같은 것을 쓰고 도포인지 뭔지 알 수 없는 커다란 소매를 등에 매고 있다. 그 모양이 몹시 예스럽다. 옆에서 떠들어 대고 있는 구경꾼들과는 전혀 어울리지 않는 듯하다. 나는 운케이가 어떻게 지금까지 살아 있는 것일까 의아해했다. '정말 이상한 일고 다 있구나.' 생각하면서도 그대로 서서보고 있었다.

그러나 운케이 쪽에서는 이상하다고도 기이하다고도 전혀 느끼지 못하는 듯 오로지 열심히 다듬고만 있다. 그 모습을 올려다보고 있던 한 젊은이가 나를 돌아보며 칭찬한다.

"과연 운케이군. 우리 같은 건 아중에도 없다는 듯, 천하의 영웅은 오로지 인왕과 자기만 있을 뿐이라는 태도야. 정말 대단한 사람이야."

나는 그 말이 재미있었다. 그래서 젊은이 쪽을 흘끗 쳐다보았다. 그러자 젊은이는 재빨리

"저 끌과 망치 쓰는 걸 봐요. 자유롭기 이를 데 없는 기묘한 경지에 달해 있잖아요."라고 덧붙였다.

운케이는 지금 굵은 눈썹을 조금 높이 옆으로 파내며 끌날을 세우는가 싶더니 이내 비스듬히 대고 위에서 망치로 내리쳤다. 단단한 나무를 단번에 깎아 내서 두꺼운 나무 부스러기가 망치 소리에 맞춰 날아가는가 싶으면, 콧구멍을 벌렁거리는 화난 듯한 모습으로 나타났다. 칼을 쓰는 솜씨가 정말 대단했다. 잡념이란 전혀 없는 것처럼 보였다.

"저렇게 아무렇게나 움직여도 생각한 대로 눈썹이나 코가 만들어질 수

있는 걸까?"

나는 너무 감탄한 나머지 혼자 중얼거렸다. 그러자 조금 전 그 젊은이가 금방 말을 받았다.

"아니, 저것은 끌로 눈썹이나 코를 만들어 내는 게 아니에요. 저 것과 똑같은 눈썹이나 코가 나무속에 묻혀 있는 것을 끌과 망치의 힘으로 파낼 뿐이지요. 마치 흙 속에서 돌을 파내는 것과 같이 것이니 절대 틀릴 리가 없어요."

나는 이때 비로소 조각이란 바로 그런 것인가 생각했다. 과연 그렇다면 누구나 할 수 있는 일이 아닌가. 그래서 갑자기 나도 인왕상을 조각해 보고 싶은 마음에 빨리 집으로 돌아갔다.

도구 상자에서 끌과 망치를 꺼낸 뒤 곁으로 나가 보니, 지난번 폭풍에 쓰러진 상수리나무를 땔감으로 쓸려고 톱으로 잘라 놓은 것들이 많이 쌓여 있었다.

나는 가장 큰 것을 골라 힘차게 파보았으나 불행히도 인왕은 보이지 않았다. 그 다음 것도 운이 나빠 제대로 파지 질 않았다. 세 번째 것에도 인왕은 없었다. 나는 쌓여있는 나무를 닥치는 대로 조각해 보았으나, 이것도 저것도 인왕상을 간직하고 있는 것은 없었다. 결국 메이지 시대의 나무에는 절대로 인왕의 상이 숨겨져 있지 않다는 것을 깨달았다. 그래서 운케이가 오늘날까지 살아 있는 이유도 거의 알 수 있게 되었다.

〈일곱 번째 밤〉

큰 배에 타고 있다.

이 배가 매일 밤낮으로 멈추지 않고 검은 연기를 내뿜으며 파도를 가르고 간다. 굉장한 소리다. 그러나 어디로 가는지는 알 수 없다. 다만 파도 밑에서 달궈진 부젓가락처럼 태양이 솟아 나온다. 그것이 높은 돛대 바로 위까지 와서 한참 걸려 있는가 하면 어느새 큰 배를 추월해 가버린다. 그리고 끝내는 불에 달궈진 부젓가락이 물에 닿을 때 "피식" 하며 다시 파도 아래로 가라앉는다. 그럴 때마다 푸른 파도가 저 멀리에서 검붉은 빛으로 끓어오른다. 그러면 배는 굉장한 소리를 내면서 그 뒤를 쫓아간다. 그래도 결코 따라잡지 못한다.

언젠가 나는 뱃사람에게 물어 보았다.

"이 배는 서쪽으로 가는 건가요?"

뱃사람은 의아한 얼굴로 한참 내 얼굴을 복 있더니 이윽고 왜 그러느냐며 되물었다.

"떨어지는 해를 쫓아가는 것 같아서요."

뱃사람은 껄껄대고 웃더니 저만큼 가버리고 말았다.

"서쪽으로 가는 해의 끝은 동쪽인가. 그것은 정말인가. 동쪽에서 나오는 해의 고향은 서쪽인가. 그것도 정말인지. 파도에 몸을 맡기고, 노를 베고 잠은 잔다. 흘러라, 흘러라."

누군가 바자를 맞추고 있다. 뱃머리로 가보니 선원들이 여럿 모여서 손으로 굵은 닻줄을 끌어당기고 있었다.

나는 어쩐지 불안했다. 언제 육지에 닿을지 알 수 없다. 그리고 어디로 가는지도 모른다. 단지 검은 연기를 내뿜으며 파도를 헤치고 가는 것만은 확실하다. 그 파도는 망망대해였다. 끝없이 푸르고 때로는 보랏빛으로도 보인다. 다만 움직이는 배 주변만을 언제나 하얀 거품이 부서지고 있다. 나는 몹시 불안했다. 이런 배를 타고 있으니 차라리 그냥 몸을 던져 죽어버릴까 생각했다.

승객은 많았다. 대부분 이국인인 것 같지만 다양한 얼굴들이었다. 하늘이 흐려지며 배가 흔들리자 한 여인이 난간에 기대서서 자꾸만 울고 있었다. 눈물을 닦아 내는 손수건 색깔이 하얗게 보였다. 하지만 몸에는 사라

사 옷감으로 만든 듯한 양장을 하고 있었다. 그 여인을 보니 슬픈 사람은 나만이 아니라는 걸 알았다.

　어느 날 밤 갑판 위에 나가서 혼자 별을 바라보고 있노라니. 한 사람이 다가와서 천문학을 아느냐고 물었다. 나는 세상이 싫어서 죽을 생각까지 하는 사람이다. 천문학 따위는 알 필요가 없다. 그래서 잠자코 있었다. 그러자 사람은 금우궁(金牛宮)의 맨 위에 있는 일곱 별의 이야기를 들려주었다. 그리고 별도 바다도 모두 신의 창조물이라고 했다. 마지막으로 그는 나에게 신을 믿느냐고 물었다. 나는 하늘을 바라보며 가만히 있었다.

　한편 사교장에 들어가니 화려한 옷을 입은 젊은 여인이 앉아 피아노를 치고 있었다. 그 옆에 키가 큰 멋진 남자가 서서 노래를 부르고 있다. 그 입이 매우 커 보였다. 그렇지만 두 사람은 둘 이외의 일에는 전혀 개의치 않는 듯했다. 심지어 배를 타고 있다는 것마저 잊고 있는 것 같았다.

　나는 더욱더 재미가 없어졌다. 결국 죽기로 하고 어느 날 밤 주위에 사람이 없을 때 바다 속으로 뛰어들었다. 그런데 내 발이 갑판의 가장자리에서 뛰어 내리려고 하는 순간에 갑자기 목숨이 아까워졌다. 마음속에서 그만두었으면 좋겠다는 생각이 솟았다. 하지만 이미 늦었다. 나는 싫든 좋든 바다 속으로 들어가지 않으면 안 되었다. 다만 대단히 높은 배였던지 몸은 배를 떠났는데도 발은 금방 물에 닿지 않았다. 그러나 붙잡을 것이 없으니 점점 물에 가까이 다가갔다. 아무리 발을 오므려도 소용이 없다. 물빛은 새까맣다.

　그러는 동안에 배는 여전히 검은 연기를 내뿜으며 지나가 버렸다. 나는 비로소 어디로 가는 배인지는 몰라도 역시 그대로 타고 있어야만 했다는 걸 깨달았다. 하지만 이미 때는 놓친 채 한없는 후회와 공포 속에서 검은 파도 쪽으로 조용히 떨어졌다.

〈여덟 번째 밤〉

　이발소에 들어서니 하얀 가운을 입은 남자 서너 명이 모여 있다가 한꺼번에 "어서 오십시오."하고 인사를 했다.
　한가운데 서서 둘러보니 네모난 방에 창문이 두 군데 열려 있고, 나머지 두 곳에는 거울이 걸려 있다. 거울 수를 세어 보니 여섯 개였다.
　나는 그중 한 거울 앞에 가서 앉았다. 엉덩이가 푹신한 게 상당히 느낌이 좋았다. 거울에 내 얼굴이 멋있게 비쳤다 얼굴 뒤로 창문이 보이고 칸막이로 가려진 계산대가 비스듬히 엿보였다. 칸막이 안에는 사람이 없었다. 창 밖 거리를 지나가는 사람의 허리 위쪽이 잘 보였다.
　쇼타로가 여자를 데리고 지나갔다. 쇼타로는 어느새 파나마 모자를 쓰고 있다. 언제 여인을 사귀었는지 잘 모르겠다. 두 사람 다 만족해하는 표정이었다. 여인의 얼굴을 좀더 자세히 보려고 하는 사이에 그대로 기나 가 버렸다.
　두부 장수가 나팔을 불며 지나갔다. 항상 나팔을 불어서 그런지 뺨이 벌에 쏘인 것처럼 부풀어 올라 있었다. 그렇게 부푼 채로 지나가 버려서 여간 마음이 쓰이지 않는다. 평생 벌에 쏘여 있는 사람처럼 생각된다.
　기생이 나타났다. 아직 화장을 하지 않은 얼굴이다. 틀어 올린 머리스타일이 느슨해져서 단청치 못하다. 얼굴도 잠이 덜 깬 것 같다. 혈색이 가엾으리만큼 나쁘다. 그래도 누군가에게 인사하면서 뭐라고 하는데 아무리 보도 상대는 거울 속에 보이지 않는다.
　그 때 흰 가운을 입은 몸집이 큰 사내가 내 뒤로 와서 가위와 빗을 든 채 내 머리를 내려다보았다. 나는 숱이 적은 머리카락을 잡아 그에게 물었다.
　"어때, 머리숱이 적은데 괜찮겠어?"
　흰 가운의 사내는 아무 말 없이 손에 쥔 호박색 빗으로 내 머리를 두드렸다.

"그런데 내 머리 말이야. 어때, 괜찮겠나?"

나는 또다시 물었다. 그래도 사내는 여전히 아무 대꾸도 없이 재깍재깍 가위질을 하기 시작했다.

거울 속에 비친 모습을 하나도 남김없이 보려고 했으나 가위소리가 날 때마다 검은 머리카락이 날아오는 바람에 무서워서 그만 눈을 감았다. 그러자 흰 가운의 사내가 물었다.

"손님께서는 밖에 잇는 금붕어 장수를 보셨는지요?"

나는 보지 못했다고 했다. 흰 가운의 사내는 그 말 한마디만 던졌을 뿐 다시 열심히 가위질을 했다. 그런데 갑자기 위험하다고 소리치는 자가 있었다. 깜짝 놀라 눈을 떠보니, 흰 가운의 소매 사이로 자전거 바퀴가 보였다. 이어서 인력거의 손잡이가 보이는 순간, 흰 가운의 사내가 양손으로 내 머리를 옆으로 휙 돌렸다. 자전거와 인력거는 시야에서 완전히 사라졌다. 곧 흰 가운의 사내는 내 옆으로 돌아와서 귀 언저리를 깎기 시작했다. 나는 머리카락이 앞으로 날아오지 않아서 안심하고 눈을 떴다. 바로 그 때 "좁쌀떡 사시오, 좁쌀떡이오." 하는 소리가 났다. 조그만 절굿공이를 일부러 절구통 속에 넣고 박자를 맞추며 떡을 치고 있다. 좁쌀떡 집은 어렸을 때 본 것이 전부라 어떻게 생겼는지 좀 보고 싶었다. 하지만 좁쌀떡 장수는 결코 거울 속에 나타나 있지 않았다. 다만 떡 치는 소리만 들린다.

나는 눈을 가늘게 뜨고, 있는 힘을 다해 거울 구석을 들여다보았다. 언제부턴가 칸막이 안에 한 여인이 앉아 있다. 커다란 몸집에 피부가 까무잡잡하고 눈썹 숱이 많아 보인다. 그녀는 머리를 좌우로 나누어 반달 모양으로 둥글려서 은행잎처럼 틀어 올리고, 검은 공단 깃을 단 겹옷차림으로 무릎을 세운 채 지폐를 세고 있다. 지폐는 10엔짜리인 것 같다. 여인을 긴 속눈썹을 내리깔고 얇은 입술을 다문 채 열심히 지폐를 세고 있는데 그 솜씨가 매우 빠르다. 그런데도 지폐의 수는 세어도 세어도 끝날 것 같지가 않다. 무릎 위에 올려놓은 지폐는 백 장쯤 쌓였는데, 그 백장이 아무리 세어도 그대로다.

나는 멍하니 그녀의 얼굴과 10엔짜리 지폐를 지며보고 있었다. 순간 귓전에서 흰 가운의 사내가 큰소리로 머리를 감자고 했다. 마침 좋은 기회라 의자에서 일어나자마자 계산대 쪽을 뒤돌아보았다. 그러나 계산대 안에는 여인도 지폐도 아무것도 보이지 않았다.

이발비를 내고 밖으로 나오니 입구 왼쪽에 타원형의 나무통이 다섯 개쯤 놓여 있는데 그 속에 빨간 금붕어, 반점이 잇는 금붕어, 야윈 금붕어와 살찐 금붕어가 많이 들어 있었다. 그리고 그 뒤에 금붕어 장수가 있었다. 금붕어 장수는 자기 앞에 늘어놓은 금붕어를 지켜보며 턱을 괴고 가만히 있다. 소란스러운 한길의 움직임에는 전혀 관심이 없다. 나는 한참 동안 서서 그 금붕어 장수를 바라보고 있었다. 그러나 내가 바라보고 있는 사이에도 금붕어 장수는 조금도 움직이지 않았다.

〈아홉 번째 밤〉

세상이 왠지 술렁거리기 시작했다. 지금이라고 금방 전쟁이 일어 날 것 같다. 불이 나서 집을 잃은 말들이 안장도 얹지 않은 채 밤낮없이 집 주변을 나폭하게 돌아다니면, 하급 무사들이 그 말을 밤낮없이 소란스럽게 뒤쫓는 것과 같은 기분이다. 그러면서도 집 안은 고요하다.

집에는 젊은 어머니와 세 살 난 어린아이가 있다. 아버지는 어디론가 갔다. 아버지가 나간 것은 달도 뜨지 않은 한 밤중이었다. 마루 위에서 짚신을 신고, 검은 두건을 쓰고, 부엌문으로 나갔다. 그 때 어머니가 들고 있던 작은 등롱 불빛이 어둠을 가늘게 가르며 울타리 앞에 있는 노송을 비추었.

아버지는 그 길로 돌아오지 않았다. 어머니는 매일 세 살짜리 어린아이에게 "아버지는?" 하며 묻는다. 아이는 아무 말도 하지 않았다.

얼마 후 "저지." 하고 대답할 수 있게 되었다. 어머니가 "언제 돌아오지?"하고 물어도 역시 "저기."라고 대답하며 웃었다. 그럴 때면 어머니도 따라 웃었다. 그리고 "빨리 오세요."라는 말을 계속해서 가르쳤다. 그래도 어린아이는 "빨리."라는 말만 외웠을 뿐이다. 가끔 "아버지는 어디에 계시지?"하고 묻는데 "빨리." 하고 대답하는 일고 있었다.

밤이 되어 사방이 조용해지면 어머니는 허리띠를 고쳐 매고 상어가죽 칼집의 단도를 허리띠 사이에 찔러 넣는다. 그리고 좁은 띠로 어린아이를 등에 업고 살며시 문 밖으로 나간다. 어머니는 늘 짚신을 신고 있었다. 아이는 그 짚신 소리를 들으면서 어머니 등에서 잠들기도 했다.

토담으로 이어진 집들을 따라 서쪽으로 가서 완만한 비탈길을 내려가면 큰 은행나무가 있다. 그 은행나무에서 오른쪽으로 꺾으면 한 구역쯤 들어가는 곳에 돌로 세운 기둥문이 있다. 한 쪽은 논이고, 한 쪽은 조릿대뿐인 길을 기둥문까지 와서 빠져 나오면 어두운 삼나무 숲이다. 거기서부터 35미터쯤 되는 자갈길을 따라 막다른 길에 이르면 오래 된 신전의 계단 밑에 다다르게 된다. 색이바랜 불전 위에 커다란 방울 끈이 드리워져서 낮에 보면 그 방울 옆에 하치만(八幡) 현판이 걸려 있다. 여덟팔자의 글씨가 마치 비둘기 두 마리가 서로 마주보고 있는 것처럼 재미있다. 그 외에도 여러 가지 액자가 있다. 대개는 가족들이 소원을 이루기 위해서 이름과 함께 넣은 액자가 많다. 간혹 칼을 넣은 것도 있다.

신사의 기둥문을 들어서면 삼나무 가지 끝에서 부엉이가 언제나 울고 있다. 그리고 짚신 소리가 짝짝거린다. 그 소리가 신전 앞에서 멈추면 어머니는 먼저 방울을 흔들고 두 손으로 손바닥은 친다. 이때 부엉이의 울음소리가 갑자기 그친다. 그리고 어머니는 열심히 남편이 무사하기를 빈다. 어머니의 생각에 남편은 무사인 만큼 화살의 신인 하치만에게 이렇게 간절히 기원하면 언젠가는 들어주겠지 하고 한결같이 믿고 있다.

아이는 곧잘 방울 소리에 잠이 깨어 주위가 캄캄해서 갑자기 울음을 터 뜨리곤 한다. 그럴 때마다 어머니는 입으로 뭔가를 기원하면서 등을 흔들어 달래려고 한다. 그러면 용케 울음을 그치기도 하고 더욱더 심하게 울어대기도 한다. 어쨌든 어머니는 기도가 끝나기 전에는 쉽게 일어서지 않는다. 남편이 무사하기를 기원하고 나면, 이번에는 띠를 풀고 등에 업었던 아이를 앞으로 돌려 양손으로 안고 신전으로 올라간다. 어머니는 "착한 아이니까 잠깐만 기다려라." 하며 자신의 뺨을 어린아이의 뺨에 비빈다. 그리고 업었던 띠를 길게 해서 아이의 허리에 묶고 그 한끝을 신정의 난간에 잡아맨다. 그리고 계단을 내려와서 20칸의 기둥사이에 깔린 자갈길을 왔다갔다하며 백 번 밟는다.

신전에 묶여 있는 아이는 어둠 속에서 넓은 마루 위를 띠의 길이만큼 기어 돌아다닌다. 그런 밤은 어머니에게 무척 수월한 밤이다. 그렇지만 아이가 울기라도 하면 어머니는 마음이 불안해 백번이나 밟아야 하는 발길이 매우 빨라진다. 숨이 몹시 차다. 어쩔 수 없을 때는 도중에 신전으로 올라가서 어린아이를 달래 놓고 또다시 백 번을 밟는 일도 있다.

이렇게 며칠 밤이나 그토록 애를 태우며 밤잠도 자지 않고 걱정했던 아버지는 이리 오래전 낭인(浪人)에게 살해 되었다.

이런 슬픈 이야기를 꿈속에서 어머니로부터 들었다.

〈열 번째 밤〉

쇼타로가 여인에게 납치된 지 7일째 되던 날 밤에 불쑥 돌아와서 갑자기 열이 나 자리에 누웠는데 겐씨가 알리러 왔다.

쇼타로는 동네에서 가장 잘생긴 사내로 매우 착하고 정직한 젊은이다. 그런데 단 한 가지 별난 취미가 있다. 저녁때만 되면 파나마 모자를 쓰고 과일 가게 앞에 앉아서 오가는 여인들의 얼굴을 쳐다보는 것이다. 그리고는 끊임없이 여인들의 모습에 감탄한다. 그 외에는 이렇다 할 특색도 없다. 여인들의 왕래가 뜸할 때는 과일을 보고 있다. 과일에는 여러 가지가 있다. 복숭아, 사과, 비파 등. 바나나는 예쁘게 바구니에 담아서 선물용으로 바로 가져 갈 수 있도록 두 줄로 진열되어 있다.

쇼타로는 그 바구니를 보면서도 예쁘다며 만약 내가 장사를 한다면 과일 가게를 할 거라고 한다. 주제에 자신은 파나마 모자를 쓰고 빈둥빈둥 놀고만 있다.

빛깔이 좋다 하면서 밀감 등을 품평하기도 한다. 그렇지만 지금까지 돈 내고 과일을 산 일은 없다. 하지만 그냥 먹지도 않는다. 단지 과일 빛깔만 칭찬한다.

어느 날 해질녘, 한 여인이 불쑥 가게 앞에 나타났다. 생활에 여유가 있는 사람인 듯 차림새가 매우 좋았다. 그 옷 색깔이 쇼타로의 마음에 썩 들었다. 게다가 쇼타로는 여인의 얼굴에 반하고 말았다. 그래서 소중한 파나마 모자를 벗고 정중하게 인사를 하자 여인은 바구니에 담긴 과일 중 가장 큰 것을 가리키며 그것을 달라고 했다. 쇼타로는 즉시 그 바구니를 집어 주었다. 그러자 여인은 잠깐 들어 보더니 너무 무겁다고 했다.

쇼타로는 원래 한가한 사람인데다 쉽게 잘 사귀는 성격이라 "그럼 댁까지 들어다 드리지요." 하면서 여인과 함께 과일 가게를 나갔다. 그리고는 돌아오지 않았다.

주변사람들이 쇼타로의 만사 태평스러운 성격이 보통일이 아니라며 야단들일 때, 7일째 되는 날 밤 그는 훌쩍 돌아왔다. 그래서 여럿이 몰려들어 어디에 갔었느냐고 물으니, 쇼타로는 전차를 타고 산에 갔었다고 대답했다.

어쨌든 상당히 긴 전차임에 틀림없었다. 쇼타로의 말에 따르면, 전차에서 내리니 곧장 초원이 나왔다는 것이다. 매우 넓은 들판이었고, 어디를 둘러보아도 온통 푸른 풀만 무성했다. 여인과 함께 초원을 걸어가니 갑자기 절벽 끝이 나왔다. 그때 여인이 쇼타로에게 여기서 뛰어내려 보라고 했다. 아래를 내려다보니 절벽은 보이는데 그 밑은 보이지 않았다. 쇼타로는 파나마 모자를 벗고 몇 번이나 사양했다. 그러자 만약 뛰어내리지 않으면 돼지가 와서 핥아도 괜찮느냐고 여인이 물었다. 쇼타로는 돼지와 천둥소리가 가장 싫었다. 그렇지만 목숨과 바꿀 수는 없다고 생각되어 뛰어내리기를 보류했다. 그때 돼지 한 마리가 꿀꿀거리며 달려왔다. 쇼타로는 어쩔 수 없이 가지고 있던 가느다란 나무 지팡이로 돼지의 콧잔등을 때렸다 돼지는 꽥 하고 나자빠지면서 절벽 아래로 떨어졌다. 쇼타로가 "휴우" 하고 한숨을 돌리고 있는데. 또다시 돼지 한 마리가 코를 문지르려고 다가왔다. 쇼타로는 하는 수 없이 지팡이를 들어 올렸다. 돼지는 꽥 하고 울며 역시 낭떠러지 아래로 떨어졌다. 그러자 또 한 마리가 나타났다. 이때 쇼타로가 문득 건너편을 보니, 저 아득한 푸른 들판 끝에서 몇 만 마리인지 헤아릴 수조차 없는 돼지들이 무리지어 절벽 위에 서 있는 자기를 향해 꿀꿀거리며 달려오고 있었다. 쇼타로는 정말 무서웠다. 그렇지만 어쩔 도리가 없어 다가오는 돼지의 콧잔등을 하나하나 신중하게 지팡이로 내리쳤다. 그런데 이상하게도 지팡이가 코에 닿기만 하면 돼지는 벌렁 계곡으로 떨어져 버렸다. 내려다보니 밑이 보이지 않는 절벽으로 돼지들이 거꾸로 뒤집힌 채 줄지어 떨어지고 있는 것이다. 내가 이토록 많은 돼지를 계곡으로 떨어뜨렸나 생각하니 쇼타로는 자기 자신이 무서워졌다. 하지만 돼지는 계속해서 온다, 검은 구름 떼가 밀려오는 듯한 기세로 푸른 초원을 짓밟으며 무진장 꿀꿀거리며 온다.

쇼타로는 죽을힘을 다해 돼지 콧잔등을 엿새 밤 동안이나 때려 눕혔다. 그러나 결국 기운이 빠지고 손이 늘어져서 끝내 돼지에게 당하고 말았다. 그리고 절벽 위에 쓰러졌다.

겐씨는 쇼타로에 대한 얘기를 여기까지 하고, 그러니까 여자를 너무 밝히면 좋지 않다고 했다. 나도 물론 그렇다고 생각했다. 그러나 겐씨는 쇼타로의 파나마모자를 갖고 싶다고 했다.

쇼타르는 살아나지 못할 거야. 파나마모자는 겐씨의 것이 되겠지.

시가 나오야
(志賀直哉, 1883~1971)

1. 정의파(正義派)
2. 키노사키(城の崎にて)

미야기현(宮城県)출생, 가쿠슈인(学習院)을 거쳐 동경대학 영문과에 들어갔으나 중퇴하였다. 가쿠슈인(学習院)시대에 우치무라칸조(内村勘三)에 감화되어 기독교에 들어갔으며 그에게 배운 격렬한 선악감, 정의감은 시가(志賀)의 문학적 기반이 되었다. 1909년에 처녀작『아루아사(或る朝)』를 발표했다. 초기작품은 허위, 부정, 부자연스러움에 반발하는 경향이 강했으나 1910년에 발표한『아바시리마데(網走まで)』『가미소리(剃刀)』『니곳타아타마(濁った頭)』등의 단편에는 지성과 감성을 훌륭하게 조화시켜 묘사, 기교면에 높은 완성도를 보이고 있다. 1913년에 단행본『토메온나(留女)』를 내놓고 잠시 문필활동을 중지했는데, 무샤노코지 사네아쓰(武者小路実篤)의 조언으로 다시 소설을 쓰기 시작하여 『기노사키니테(城の崎にて)』 『와카이(和解)』 『고조노가미사마(小僧の神様)』 등을 발표하여 그의 문재(文才)를 크게 떨쳐서며 신현실파 작가로서 주목받게 되었다.

그의 유일한 장편인『안야코로(暗夜行路)』의 전편을 1921년에 발표하고, 그 후 이 작품의 완성에 전력하여 1937년에 완결하였다. 17년이나 걸쳐 완성시킨 이 작품은 일본현대문학의 근원적인 존재로 냉혹하게 자신의 인간성을 응시한 자전적 소설이다.

♣ 原題：正義派

〈上〉

　或夕方、日本橋の方から永代を渡って来た電車が橋を渡ると直ぐの処で、湯の帰りらしい二十一二の母親に連れられた五つばかりの女の児を轢き殺した。
　その時、そこから七八間先で三人の線路工夫が凸凹になった御影の敷石を金テコで起こしては下の砂をかきならして敷きかえていた。これらが母親の上げた悲鳴で一度に顔を挙げた時には、お河童にした女の児が電車を背にして線路の中をこっちへ向かって浮いたいかにも軽い足どりで馳せているところだった。運転手は狼狽てて一生懸命にブレーキを巻いている……と、女の児がコロリとちょうど張子の人形でも倒すように軽く転がった。女の児は仰向けになったまま、何の表情もない顔をしてすくんでしまった。
　橋からは幾らか下りになっているから巻くブレーキでは容易にに止まらなかった。工夫の一人が何か怒鳴ったが、その時は女の児はもう一番前に附いている救助網の下に入っていた。然し工夫は思った。運転台の下についている第二の救助網は鼠落しのような仕掛けで直ぐ落ちる筈だからまさか殺しはしまいと。—ガッチャンと烈しい音と共に車体が大きく波を打って止った。漸く気が附いて電気ブレーキを掛けたのだ。ところが、どうしたことか落ちねばならぬ筈の第二の救助網が落ちずに小さな女の児の体はいつかその下を通って、もう轢き殺されていた。
　直ぐ人だかりがして、橋詰の交番からは巡査が走って来た。
　若い母親は青くなって、眼がつるし上がって、者が云えなくなってし

まった。一度女の児の側へ寄ったが、それっきりで後は少し離れた処から、立ったままただボンヤリとそれを見ていた。巡査が車の間から小さな血に染んだその死骸を曳き出す時でも、母親は自身とは急に遠くなった物でも見るような一種凄惨な冷淡さを顔に表して見ていた。そして母親は時々光を失った空虚な瞳を物悲しげに細めては落着きなく人だかりを越して遠く家の方を見ようとしていた。

どこからともなく巡査とか電車の監督などが集まって来て、人だかりを押し分けて入って来た。巡査は大きな声をして頻りに人だかりの輪を大きくした。

やはりその人だかりの輪の内で或る監督がその運転手にこんな事を訊いていた。

「電車ブレーキを掛けたには掛けたんだな？」

「掛けました」その声には妙に響きがなかった。運転手は咳をして「突然線路内に飛び込んで参りましたんで……」声がしゃがれて、自身で自身の声のような気がしなかった。そこで運転手は二三度続け様に咳をしてから何か云おうとすると、監督はさえきるように、

「よろしい。ーともかくもナ、警察へ行ったら落ち着いてハッキリと事実を云うんだ。いいか？電気ブレーキで間に合わず、救助網が落ちなかったと云えば、まあ云わば過失より災難だからナ。仕方がない」と云った。

「はア」運転手はただ堅くなって下を向いていた。

「どうせ、僕か山本さんが一緒に行くが……」とそこから急に声を落として「そこのところはハッキリ申し立てんと、示談の場合大変関係して来るからナ」と云った。

「はア」運転手はただ頭を下げた。監督は又普通の声になって云った。

「もう一度確かめて置くが、女の児が前を突っ切ろうとして転がる、

直ぐ電気ブレーキを掛けたが間に合わない。こうだナ？……」
　この時不意に人だかりの中から、
　「そら使ってやがらあ！」と云う高い声がした。人々は皆その方を向いた。それを云ったのは眉間に小さな瘤のある先刻の線路工夫の一人であった。工夫は或興奮と努力とを以て、人だかりの視線から来る圧迫に堪えて、却って寧ろ悪意のある微笑をさえ浮べてその顔を高く人前にさらしていた。
　女の児を轢いた車は客を後の車に移すと、満員の札を下げて監督の一人が人だかりの中を烈しくベルを踏みながらそのまま本所の車庫の方へ運転して行った。その側だけ六七台止っていた電車が順々に或間隔を取ってそれに従って動き出した。
　失神したようになった、若い母親は巡査と監督とに送られて帰って行った。
　警部、巡査、警察医などが間もなく俥を連ねて来て、形式だけの取調べをした。ともかく、その運転手は引致されることになって、尚それと一緒に車掌とその他目撃していた二三人を証人として連れて行きたいといった。四十恰好の商人で、その車に乗り合わせていた男がその一人になった。あと誰かと云う時に少し離れた処で興奮した調子で何か相談していた前の三人の工夫が年かさの丸い顔をした男を先にして自ら証人に立ちたいと申し出て来た。

〈下〉

　警察での審問は割に長くなかった。運転手は女の児が車の直ぐ前に飛び込んで来たので、電気ブレーキでも間に合わなかった、と申し立てた。工夫等はそれを否定した。狼狽して運転手は電気ブレーキを忘れていたのだ、最初は車と女の児との間にはカナリの距離があったのだから

直ぐ電気ブレーキを掛けさえすれば、決して殺す筈はなかったのだ、といった。監督はその間で色々とりなそうとしたが、三人はそれには一切耳を貸さなかった。そして時々運転手の方を向いては「全体手前がドジなんだ」と、こんな事をいって、けわしい眼つきをした。

　三人が警察署の門を出た時にはもう夜も九時に近かった。明るい夜の町へ出ると彼等は何がなし、晴れ晴れした心持になってこれという目的もなく自然急ぎ足で歩いた。そして彼等は何か知れぬ一種の愉快な興奮が互いの心に通い合っているのを感じた。彼等はなぜかいつもより巻舌で物を云いたかった。擦れ違いの人にも「俺達をしらねえか！」こんな事でも云ってやりたいような気がした。

　「ベラ棒め、いつまでいったって、悪い方は悪いんだ」

　年かさの丸い顔をした男が大声でこんな事を云った。

　「監督の野郎途々寄って来て云いやがる——『ナア君、出来た事は仕方がない。君等も社会の仕事で飯を食ってる人間だ』エエ？俺、余っ程警部の前で素っ破ぬいてやろうかと思ったっけ」

　「それを 素っ破抜かねえって事があるもんかなあ……」と口惜しそうに瘤のある若者が云った。——然し夜の町は常と少しも変わった所はなかった。それが彼等には何となく物足らない感じがした。背後から来た俥が突然叱声を残して行き過ぎる。そんな事でもその時の彼等には不当な侮辱ででもある様に感ぜられたのである。歩いているうちに彼等は段々に愉快な興奮の褪めて行く不快を感じた。そしてそのかわりに報わるべきものの報われない不満を感じ始めた。彼等はしっきりなしに何かしゃべらずにはいられなかった。ちょうど女の児轢き殺された場所へ来ると、そこが常と全く変わらない、ただのその場所にいつか還っていた。それには彼等は寧ろ異様な感じをしたのである。「あんまり空々しいじゃないか」三人は立留ると互いにこう云う情けないような、腹立た

しいような、不平を禁じられなかった。

彼等は橋詰の交番の前へ来て、そこの赤い電球の下にもう先刻のではない、イヤに生若い新米らしい巡査がツンと澄まして立っているのを見た。「オイオイあの後はどうなったか警官に伺って見ようじゃねえか？」

「よせよせそんな事を訊いたって今更仕様があるもんか」

年かさの男がそれについて、

「串戯じゃねえぜ、それより俺、腹が空いて堪らねいやい」こう云いながら通り過ぎてちょっと巡査の方を振りかえって見た。その時若い巡査は怒ったような眼でこっちを見送っていた。

「ハハハハ」年かさの男は不快から殊更に甲高く笑って、

「悪くすりゃ明日ッから暫くは食いはぐれもんだぜ」と云った。

「悪くすりゃどころか、それに決ってらあ」と瘤のある男でない若者が云った。こう云いながら若者は暗い家で自分を待っている年寄った母を思い浮かべていた。

「なんせえ　一杯やろうぜ」こう年かさの男が云った。

彼等は何かしら落着きのとれてない心のままで茅場町まで来ると、そこの大きい牛肉屋に登った。二階には未だ四五組の客が鍋の肉をつつきながら思い思いの話をしていた。中には二人で互いに酒をつぎ合いながら、真赤になった額を会わすようにして、仔細らしく小声で話合ってる客もあった。三人は席をきめると直ぐ酒と肉とを命じてそこに安坐をかいた。そして幾らか落ちついたような心持を味わった。然し彼等はまだその話を止めるワケには行かなかった。彼等は途々散散しゃべって来た事を傍に客や女中共を意識しながら一ト調子高い声でここでも又繰り返さずにはいられなかった。

女中共はもうその騒ぎを知っていた。そしてすぐ四五人が彼等をとりまいて坐った。

「何しろお前、頭と手とがちぎれちまったんだ。それを見るとその場で母親の気はふれちまうし……」話はいつの間にか大変大袈裟になっていた。然し三人はそれを少しも不思議とは感じなかった。女中共は首を振り振り痛ましいというように眼を細めて聴いていた。

年かさの男と瘤のある若者はカナリ飲んだ。二人は代る代る警察での問答まで精しく繰り返した。そして所々に、

「ここは明日の新聞にどう出るかネ」と、こんな事を入れたりした。

二階中の客は大方彼等自身の話に耳を傾けだした。三人は警察署を出てから何かしら不満でならなかったものが初めて幾らか満たされたような心持がした。―――が、それは決して長い事ではなかった。彼等に話すべき事の尽きる前にもう女中共は一人去り二人去りして、帰った客の後片付けに、やがて、皆起って行ってしまった。彼等は又三人だけになった。その時はもう十二時に近かったが、年かさの男と瘤のある若者とはなかなか飲む事を止めなかった。そしてその頃は彼等は以前元の不満な腹立たしい堪えられない心持に還っていたのである。最初はそれ程でもなかったが酔うにつれて年かさの男は一番興奮して来た。会社の仕事で食ってるには違いない。然し悪い方は悪いのだ。追い出される事なんか何だ。そんな事でおどかされる自分達ではないぞ。たわいもなく独りこんな事を大声で罵っていた。

暫くして、瘤のない方の若者が、「俺はもう帰るぜ」と云い出した。

「馬鹿野郎！」と年かさの男がぶつけるように行った。

「こんな胸くその悪い時に自家で眠れるかい！」

「そうとも」と瘤のある若者が直ぐ応じた。

烈しく酔った二人がいつの間にか、も一人の若者に逃げられて、小言をいいながら怪しい足取りでその牛肉屋の大戸のくぐりを出た時にはもう余程晩かった。どっちにも電車は通らなくなっていた。

二人は直ぐ側の帳場から俥に乗るとそこから余り遠くない遊廓へ向った。
「親方。大層いい機嫌ですね」一人が曳きながらこういった。
「いい機嫌どころか……」と瘤のある若者が答えた。これが直ぐ台になって、彼は又話し出した。出来事は車夫もよく知っていた。
「へえ、何か線路の方のかたが証人に立ったと聞きましたが、それが親方でしたかい」
　掃いたような大通りは静まりかえって、昼間よりも広々と見えた。大声に話す声は通りに響き渡った。
　年かさの男は前の俥で、グッタリと泥よけへ突伏したまま、死んだようになって揺られて行った。後の若者は「眠ったな」と思っていた。
　永代を渡った。
「オオここだぜ、――ちょうどここだ」後の若者が車夫にこう云った。
　その声を聴くと、死んだようになっていた年かさの男は身を起した。
「オイここだな……ちょっと降ろしてくれ……エエ、ちょっと降ろしてくれ」いつの間にか啜り泣いている。
「もういいやい！　もういいやい！」と瘤のある若者は大声で制した。
「エエ。ちょっと降ろしてくれんな」こういって泣きながら、ケコミに立上りそうにした。
「いけねえいけねえ」と、若者は叱るようにいった。「若い衆かまわねえからドンドンやってくれ！」
　俥はそのまま走った。
　年かさの男も、もう降りようとはしなかった。そして又泥よけに突伏すと声を出して泣き出した。

1. 정의파

〈상〉

 어느 저녁 무렵, 日本橋에서부터 장시간 달려온 전차가 다리를 건너자마자, 목욕탕에서 돌아오는 길인 듯한, 스물 한두 살 쯤의 엄마를 따라오던 다섯 살 정도의 아이를 치여 죽였다. 그때, 그 곳으로부터 14m 정도 앞에서 세 사람의 선로인부가 울퉁불퉁한 화강암 부석을 쇠지렛대로 들고 아래에 있는 모래를 편편하게 다시 깔고 있었다. 이들은 아이의 엄마가 지른 비명으로 일제히 고개를 들었으나 그때는 벌써 단발머리의 여자아이가 전차를 뒤로하고 선로 가운데인 이쪽을 향해 들뜬 듯 가벼운 발걸음으로 막 뛰어오고 있는 참이었다. 운전수가 당황해서 미친 듯이 브레이크를 밟자… 여자아이가 허무하게 마치 종이인형이 넘어지듯 가볍게 넘어졌다. 여자아이는 고개를 든 채 무표정한 얼굴로 쓰러져 버렸다.
 다리에서 얼마간은 내리막길이기 때문에 브레이크로는 쉽게 멈추지 않았다. 인부 중 한 사람이 소리쳤지만, 그 때 여자아이는 벌써 맨 앞에 붙어 있는 구조망 아래에 들어가 있었다. 그러나, 인부는 생각했다. 운전대 아래 붙어있는 두 번째 구조망은 쥐덫 같은 장치로 바로 떨어지기 때문에 설마 죽지는 않았으리라고. 와장창하는 요란한 소리와 함께 차체가 크게 요동하며 멈췄다. 그렇지만, 어찌된 일인지 떨어져야 할 두 번째 구조망이 떨어지지 않아 작은 여자아이의 몸뚱아리는 어느 사이엔가 그 아래를 지나 벌써 죽어 있었다.
 곧 사람들이 모여들고, 橋詰의 파출소에서 순사가 달려왔다. 젊은 엄마는 파랗게 질려서, 눈을 동그랗게 뜬 채, 할 말을 잃어 버렸다. 한번 여자아이 곁으로 다가갔지만, 그 뒤로는 조금 떨어진 곳에서 선 채로 멍하니 그것을 바라보았다. 순사가 차 사이에서 작은 피로 물든 그 시체를 끄집어 낼 때에도, 엄마는 자신과 갑자기 멀어져 버린 물건이라도 보듯이 일종의 처참함과 냉정함을 보여주고 있었다. 그리고, 엄마는 때때로 빛을 잃은 공허한 눈을 슬프도록 가늘게 뜨고는 침착하지 못한 사람들의 무리를 너머 멀리 집쪽을 바라보려 했다.

어디서인지 순사와 전차 감독들이 몰려와서, 사람들을 헤치고 들어왔다. 순사는 큰소리로 열심히 사람들을 좀 더 멀리 서도록 했다. 예상대로, 사람들의 무리 속에서 어느 감독이 운전수에게 이런 것을 묻고 있었다.

"전기 브레이크를 걸긴 한 거야?"

"걸었습니다."

그 목소리에는 묘하게도 울림이 없었다. 운전수는 기침을 하고는

"갑자기 선로 안으로 뛰어 들어와서…"

목소리가 쉬어서, 자신도 자기 목소리 같지 않았을 것이다. 거기서 운전수는 두세 번 계속해서 기침을 하곤 무언가 말하려 하자 감독이 말을 막으며,

"좋아, 어쨌든 경찰서에 가면 침착하고 확실히 사실을 말해야 해. 알았지? 전기 브레이크를 잡았으나 이미 때가 늦었고? 구조망은 떨어지지 않았다고 말하면, 뭐 그럼 과실보다는 재난이니까, 어쩔 수 없을 거야."

"네 - "

운전수는 굳어버린 채 고개를 숙이고 있었다.

"어떻든 내가 山本씨와 함께 가겠지만…"

거기서부터 갑자기 목소리를 낮춰

"그 부분은 확실하게 말해야 해. 합의 할 때 큰 영향이 있을 테니까."

"네 - "

운전수는 다만 고개를 숙이고 있을 뿐이다. 감독은 다기 평상시 목소리로 말했다.

"다시 한 번 확실히 해 두는데, 여자아이가 앞을 가로지르려다 넘어지고, 곧 전기 브레이크를 걸었지만 이미 때는 늦었었다. 이런 거지?"

이 때 갑자기 사람들의 무리 속에서 '거짓말 마라'라는 외침이 있었다. 사람들은 모두 그 쪽을 바라보았다. 그 말을 한 것은 미간에 작은 혹이 있는 아까 선로 인부 중에 한 사람이었다. 인부는 뭔지 모를 흥분과 용기를 가지고 사람들의 시선으로부터 오는 압박을 감수하며, 오히려 악의 있는 미소까지 띄운 얼굴을 높이 들고 사람들 앞에 나섰다.

여자아이를 친 차는 손님을 뒤차에 옮겨 태우고, 만원 팻말을 달고 감독 한 사람이 사람들 속을 요란스럽게 종을 울리면서 그대로 차주의 차고 쪽을 운전해 갔다. 그 쪽으로만 여서 일곱 대 밀려 있었던 전차가 차례로 어느 정도 간격을 두고 따라 갔다. 실신할 듯 했던, 젊은 엄마는 순사와 감독에게 이끌려 돌아갔다. 경부(警部), 순사, 경찰의 등이 곧 차를 줄줄이 타고 와 형식적인 조사를 했다. 아무튼, 그 운전수는 끌려가게 되었고, 또 그와 함께 차장과 그 외 목격했던 두세 사람을 증인으로 데려가고 싶다고 했다. 40세 가량의 상인으로, 그 차에 타고 있었던 남자가 그 한 사람이 되었다. 다음 누구냐고 말할 때에 조금 떨어진 곳에서 흥분한 듯 무언가 상의하고 있던 앞의 세 명의 인부가 고령의 둥근 얼굴을 한 남자를 앞세우고 스스로 증인으로 서고 싶다고 자청했다.

〈하〉

경찰에서의 심문은 생각보다 길어졌다. 운전수는 여자아이가 차 바로 앞에 뛰어 들어왔기 때문에 브레이크로도 때가 늦었다고 주장했다. 인부들은 그것을 부정했다. 당황한 운전수는 전기 브레이크를 잊었던 것이다. 처음에는 차와 여자아이 사이에 제법 거리가 있었기 때문에 바로 전기 브레이크를 밟았더라면, 결코 죽지는 않았을 것이라고 말했다. 감독은 그 사이에서 여러 가지로 수습하려 했지만, 세 사람은 거기에는 일체 귀를 기울이지 않았다. 그리고, 때때로 운전수 쪽을 향해 '전부 네 잘못이야'라고 말하고, 험상 궂은 눈길을 보냈다.

　세 사람이 경찰서 문을 나선 것은 밤 9시가 다 되어서였다. 밝은 밤거리로 나오자, 그들은 왠지 모르게, 상쾌한 기분이 되어, 이렇다 할 목적도 없이 자연스레 바삐 걸음을 재촉했다. 그리고 그들은 뭔가 알 수 없는 일종의 유쾌한 흥분이 서로에 마음에 통하고 있는 것을 느꼈다. 스쳐 지나는 사람에게도 '우릴 몰라?' 이렇게라도 말해주고 싶었다.

　"망할 자식. 어디까지나 잘못한 건 잘못한 거야."

　나이든 둥근 얼굴의 남자가 큰 소리로 이렇게 말했다.

　"감독자식. 줄줄이 와서 말하잖아 『야. 이미 일어나 일을 어쩔 수 없는 거야. 너희들은 회사 일로 밥 먹고 사는 인간이잖아』 어? 난 정말이지, 경찰 앞에서 불어버릴까 생각했다니까."

　"그건 불어버리지 못한 게…"

　분한 듯 혹이 있는 젊은 사람이 말했다. 그렇지만, 밤거리는 평소와 조금도 변함이 없었다. 그것이 그들에게는 왠지 어딘가 부족한 느낌이 들었다. 뒤에서 온 인력거가 갑자기 소리치며 지나갔다. 그런 일도 그때 그들에게는 부당한 모욕처럼 느껴졌던 것이다. 걷고 있는 동안에 그들은 점점 유쾌한 흥분이 식어 가는 불쾌감을 느꼈다. 그리고, 그 대신에 보답 받아야 할 것에 보답 받지 못한 불만을 느끼기 시작했다. 그들은 쉼 없이 뭔가 떠들지 않고서는 견딜 수 없었다. 그러던 중에 어느 사이엔가 그들은 낮에 일하던 곳 근처에 다다랐다. 마침, 여자아이가 치어죽은 장소에 왜, 그곳이 평소보다 전혀 다름없는, 그저 그전의 그 장소로 어느새 되돌아와 있을 뿐이었다. 그것이 그들은 오히려 이상하게 느껴졌다.

"너무 속 들여다보이지 않아?"

세 사람은 멈춰서 서로에게 이런 한심스러운 듯, 화난 듯한 불평을 금할 수 없었다.

그들은 橋詰의 파출소 앞에 가서, 그곳의 빨간 전구 아래에 이미 아까와는 다른 낯선 젊은 풋내기 순경이 새침이 점잖을 빼고 있는 것을 보았다.

"어이. 그 뒤에 어떻게 되었는지 순경에게 물어보지 않을 텐가?"

"관둬. 그런 걸 묻는다고 해서 이제 와서 어쩌겠어."

나이든 남자도

"농담하지 마. 그보다 나, 배가 고파서 참을 수가 없어."

이렇게 말하면서 스쳐지나가 잠깐 순경 쪽을 뒤돌아보았다. 그때, 젊은 순경은 화난 듯한 눈초리로 이쪽을 노려보았다.

"하하 - "

나이든 남자는 불쾌함에 더욱 소리 높여 웃으며,

"자칫하면, 내일부터 한동안은 밥을 굶어야겠어."

"자칫 하면이라니. 그건 정해진 거야."

혹 있는 남자 아닌 젊은이가 말했다.

이렇게 말하면서 젊은이는 어두운 집에서 자신은 기다리고 있을 나이든 어머니를 떠올렸다.

"어쨌든 한잔하자."

이렇게 나이든 남자가 말했다.

그들은 왠지 침착해 지지 않는 마음으로 茅場町까지 가서, 그곳의 큰 정육점에 들어갔다. 2층에는 아직 네, 다섯 팀의 손님이 냄비의 고기를 뒤적이면서, 제각각 이야기를 하고 있었다. 그 중에는 둘이서 서로 술을 권하면서, 새빨개진 얼굴을 맞대고 심각한 모습으로 작은 소리로 이야기하고 있는 손님도 있었다. 세 사람은 자리를 정하자 곧 술과 고기를 주문하고 그곳에 책상다리를 하고 있었다. 그러자 약간 기분이 가라앉은 것 같았다. 그러나, 그들은 아직 그 이야기를 그만 둘 수는 없었다. 그들은 길을 걸으면서 실컷 이야기 한 것을 옆에 손님과 여종업원을 의식하면서 한층 소리 높은 목소리로 여기서도 또 반복하지 않을 수 없었다. 여종업원은 이미 그 사건을 알고 있었다. 그리고 곧 네다섯 명이 그들을 둘러싸고 앉았다.

"어쨌든 그 아이 머리와 손이 찢겨져 버렸어. 그걸 보자 그 자리에서 그 엄마는 미쳐버리고…"

이야기는 어느 사이엔가 대단히 과장되었다. 그러나, 세 사람은 그것을 조금도 이상하게 느끼지 않았다. 여종업원은 머리를 흔들며 애처로운 듯한 눈을 가늘게 뜨고, 듣고 있었다. 나이든 남자와 혹 있는 젊은이는 꽤 마셨다. 두 사람은 교대로 경찰서에서의 취조까지 상세히 되풀이했다. 그리고 여기저기에

"내일 신문에 어떻게 나올까."

이런 이야기를 더했다.

2층 손님은 대부분 그들 자신의 이야기를 그만두고, 세 사람의 이야기에 귀를 기울였다. 세 사람은 경찰서를 나오고 나서, 뭔가 불평불만으로 못 견뎠던 것이 처음으로 어느 정도 만족되어지는 듯한 느낌이 들었다. - 하지만, 그것은 결코 오래가지 않았다. 그들에게 이야깃거리가 다 떨어지기 전에 벌써 여종업원들은 하나씩 둘씩 자리를 뜨고, 돌아간 손님의 뒷정리를 하자, 결국. 모두 나가 버렸다. 그들은 또 다시 세 사람뿐이었다. 그때는 벌써 12시에 가까웠지만, 나이든 남자와 혹 있는 젊은이는 좀처럼 술마시길 멈추지 않았다. 그리고, 그 무렵 그들은 여전히 원래의 불만으로 화가 난 듯 견딜 수 없는 기분으로 돌아가 버렸다. 처음에는 그 정도는 아니었지만 술이 들어가면서 나이든 남자는 제일 흥분해 갔다. '회사 일로 먹고

사는 건 틀림없다. 그러나, 잘못한 건 잘못한 거다.' '내 쫓기는 일 따위는 아무것도 아니다.' '그런 일로 위협받을 우리들이 아니다.' 정신없이 혼자서 이런 말을 큰 소리로 떠들어댔다. 잠시 후, 혹 없는 젊은이가

"나는 이제 돌아가겠어."

"바보 같은 놈."

나이든 남자가 분통터지듯 말했다.

"이렇게 기분 나쁠 때 집에서 잘 수가 있냐."

"아무렴.", 혹 있는 젊은이가 바로 응답했다.

몹시 취한 두 사람이 어느 사이엔가, 한 사람의 젊은이에게 쫓기어 투덜거리며 휘청거리는 발걸음으로 그 정육점을 빠져 나왔을 때에는 이미 상당히 늦은 밤이었다. 어디에도 전차는 지나가지 않았다. 두 사람은 바로 옆의 계산대에서부터 인력거를 타고 그곳에서 그다지 멀지 않은 유곽으로 향했다.

"손님. 대단히 기분이 좋으시군요."

인력거꾼이 인력거를 끌면서 이렇게 말했다.

"좋은 기분이긴 커녕…"

혹 있는 젊은이가 대답했다. 이것이 바로 실마리가 되어, 그는 또 이야기를 꺼냈다. 사건은 인력거꾼도 잘 알고 있었다.

"아하. 뭐. 선로에 계신 분이 증인으로 나섰다고 들었습니다만. 그게 손님들이셨군요."

쓸어놓은 듯한 큰 길은 아주 조용해, 한낮보다도 넓어 보였다. 큰 소리로 이야기하는 소리는 그대로 거리에 울려 퍼졌다. 나이든 남자는 앞자리 인력거에서 축 처져서 흙 받이(발판)에 엎어진 채, 죽은 듯 흔들려 갔다. 뒷자리 젊은이는 '자나' 하고 생각했다. 오랜 시간이 흘렀다.

"어. 여기야. 바로 여기야."

뒷자리의 젊은이가 인력거꾼에게 이렇게 말했다.

그 소리를 듣자. 죽은 듯이 있던 나이든 사내가 몸을 일으켰다.

"어. 여기구나. 잠깐 내려줘… 응, 잠깐 내려줘."

어느 사이엔가 흐느껴 울고 있다.

"이제 그만, 이제 그만!"

혹 있는 젊은이는 큰 소리로 제압했다.

"응. 잠깐 내려주지 않을래."

그리곤 울면서, 발판에 일어서려 했다.

"안 돼, 안 돼."

젊은이는 꾸짖듯이 말했다.

"젊은이. 상관말고 계속 가게."

인력거는 그대로 달렸다.

나이든 사내도. 이제 내리려 하지 않았다. 그리고 다시 발판에 엎드려 소리 내어 울었다.

♣ 原題：**城の崎にて**

〈上〉

　山の手線の電車に跳ね飛ばされて怪我をした、其後養生に、一人で但馬の城崎温泉へ出掛けた。背中の傷が脊椎カリエスになれば致命傷になりかねないが、そんな事はあるまいと医者に言われた。二三年で出なければ後は心配はいらない、兎に角要心は肝心だからといわれて、それで来た。三週間以上――我慢出来たら五週間位居たいものだと考えて来た。

　頭は未だ何だか明瞭しない。物忘れが烈しくなった。然し気分は近年になく静まって、落ちついたいい気持がしていた。稲の種入れの始まる頃で、気候もよかったのだ。

　一人きりで誰も話し相手はない。読むか書くか、ぼんやりと部屋の前に椅子に腰かけて山だの往来だのを見ているか、それでなければ散歩で暮らしていた。散歩する所は町から小さい流れについて少しずつ登りになった路にいい所があった。山の裾を廻っているあたりの小さな潭になった所に山女が沢山集まっている。そして尚よく見ると、足に毛の生えた大きな川蟹が石のように凝然として居るのを見つける事がある。夕方の食事前にはよくこの路を歩いて来た。冷々とした夕方、寂しい秋の山峡を小さい清い流れについて行く時考える事は矢張り沈んだ事が多かった。淋しい考えだった。然しそれには静かないい気持がある。自分はよく怪我の事を考えた。一つ間違えば、今頃は青山の土の下に仰向けになって寝ている所だったなど思う。青い冷たい堅い顔をして、顔の傷も背中の傷も其儘で。祖父や母の死骸が傍にある。それもうお互いに

何の交渉もなく、――こんな事が想い浮ぶ。それは淋しいが、それ程に自分を恐怖させない考だった。何時かはそうなる。それが何時か？――今迄はそんな事を思って、その「何時か」を知らず知らず遠い先の事にしていた。然し今は、それが本統に何時か知れないような気がして来た。自分は死ぬ筈だったのを助かった、何かが自分を殺さなかった、自分には仕なければならぬ仕事があるのだ、――中学で習ったロード・クライヴという本に、クライヴがそう思う事によって激励される事が書いてあった。実は自分もそういう風に危うかった出来事を感じたかった。そんな気もした。然し妙に自分の心は静まって了った。自分の心には、何かしら死に対する親しみが起こっていた。

　自分の部屋は二階で、隣のない、割に静かな座敷だった。読み書きに疲れるとよく縁の椅子に出た。脇が玄関の屋根で、それが家へ接続する所が羽目になっている。其羽目の中に蜂の巣があるらしい。虎斑の大きな肥った蜂が天気さえよければ、朝から暮近くまで毎日忙しそうに働いていた。蜂は羽目のあわいから摩抜けて出ると、一ト先ず玄関の屋根に下りた。其処で羽根や触角を前足や後足で叮嚀に調えると、少し歩きまわる奴もあるが、直ぐ細長い羽根を両方へしっかりと張ってぶーんと飛び立つ。飛立つと急に早くなって飛んで行く。植込みの八つ手の花が丁度咲きかけで蜂はそれに群っていた。自分は退屈すると、よく欄干から蜂の出入りを眺めていた。

　或朝の事、自分は一疋蜂が玄関の屋根で死んで居るのを見つけた。足を腹の下にぴったりとつけ、触角はだらしなく顔へたれ下がっていた。他の蜂は一向に冷淡だった。巣の出入りに忙しくその傍を這いまわるが全く拘泥する様子はなかった。忙しく立働いている蜂は如何にも生きている物という感じを与えた。その傍に一疋、朝も昼も夕も、見るたびに一つ所に全く動かずに俯向きに転がっているのを見ると、それが又如何

にも死んだものという感じを与えるのだ。それは三日程その儘になっていた。それは見ていて、如何にも静かな感じを与えた。淋しかった。他の蜂が皆巣へ入って仕舞った日暮、冷たい瓦の上に一つ残った死骸を見る事は淋しかった。然し、それは如何にも静かだった。

夜の間にひどい雨が降った。朝は晴れ、木の葉も地面も屋根も綺麗に洗われていた。蜂の死骸はもう其処になかった。今も巣の蜂共は元気に働いているが、死んだ蜂は雨樋を伝って地面へ流し出された事であろう。足は縮めた儘、触角は顔へこびりついたまま、多分泥にまみれて何処かで凝然としている事だろう。外界にそれを動かす次の変化が起るまでは死骸は凝然と其処にしているだろう。それとも蟻に曳かれて行くか。それにしろ、それは如何にも静かであった。忙しく忙しく働いてばかりいた蜂が全く動く事がなくなったのだから静かである。自分はその静かさに親しみを感じた。自分は「范の犯罪」という短編小説をその少し前に書いた。范という支那人が過去の出来事だった結婚前の妻と自分の友達だった男との関係に対する嫉妬から、そして自身の生理的圧迫もそれを助長し、その妻を殺す事を書いた。それは范の気持を主にし、仕舞に殺されて墓の下にいる、その静かさを自分は書きたいと思った。

「殺されたる范の妻」を書こうと思った。それはとうとう書かなかったが、自分にはそんな要求が起こっていた。其前からかかっている長篇の主人公の考とは、それは大変異って了った気持だったので弱った。

蜂の死骸が流され、自分の眼界から消えて間もない時だった。ある午前、自分は円山川、それからそれの流れ出る日本海などの見える東山公園へ行くつもりで宿を出た。「一の湯」の前から小川は往来の真中をゆるやかに流れ、円山川へ入る。或所迄来ると橋だの岸だのに人が立って何か川の中の物を見ながら騒いでいた。それは大きな鼠を川へなげ込んだのを見ているのだ。鼠は一生懸命に泳いで逃げようとする。鼠には首の

所に7寸ばかりの魚串が刺し貫してあった。頭の上に三寸程、咽喉の下に三寸程それが出ている。鼠は石垣へ這上がろうとする。子供が二三人、四十位の車夫が一人、それへ石を投げる。却々当らない。カチッカチッと石垣に当って跳ね返った。見物人は大声で笑った。鼠は石垣の間に漸く前足をかけた。然し這入ろうとすると魚串が直ぐにつかえた。そして又水へ落ちる。鼠はどうかして助かろうとしている。顔の表情は人間にわからなかったが動作の表情に、それが一生懸命である事がよくわかった。鼠は何処かへ逃げ込む事が出来れば助かると思っていた。子供や車夫は益々面白がって石を投げた。傍の洗場の前で餌を漁っていた二三羽の家鴨が石が飛んで来るので吃驚し、首を延ばしてきょろきょろとした。スポッ、スポッと石が水へ投げ込まれた。家鴨は頓狂な顔をして首を延ばした儘、鳴きながら、忙しく足を動かして上流の方へ泳いで行った。自分は鼠の最期を見る気がしなかった。鼠が殺されまいと、死ぬに極まった運命を担いながら、全力を尽して逃げ廻っている様子が妙に頭についた。自分は淋しい嫌な気持になった。あれが本統なのだと思った。自分が希っている静かさの前に、ああいう苦しみのある事は恐ろしい事だ。死後の静寂に親しみを持つにしろ、死に到達するまでのああいう動騒は恐ろしいと思った。自殺を知らない動物はいよいよ死に切るまではあの努力を続けなければならない。今自分にあの鼠のような事が起こったら自分はどうするだろう。自分は矢張り鼠と同じような努力をしはしまいか。自分は自分の怪我の場合、それに近い自分になった事を思わないではいられなかった。自分は出来るだけの事をしようとした。自分は自身で病院をきめた。それへ行く方法を指定した。若し医者が留守で、行って直ぐに手術の用意が出来ないと困ると思って電話を先にかけて貰う事などを頼んだ。半分意識を失った状態で、一番大切な事だけによく頭の働いた事は自分でも後から不思議に思った位である。し

かも此傷が致命的なものかどうかは自分の問題だった。然し、致命的のものかどうかを問題としながら、殆ど死の恐怖に襲われなかったのも自分では不思議であった。「フェータルなものか、どうか？医者は何といっていた？」こう側にいた友に訊いた。「フェータルな傷じゃないそうだ」こう言われた。こう言われると自分は然し急に元気づいた。亢奮から自分は非常に快活になった。フェータルなものだと若し聞いたら自分はどうだったろう。その自分は一寸想像出来ない。自分は弱ったろう。然し普段考えている程、死の恐怖に自分は襲われなかったろうという気がする。そしてそういわれても尚、自分は助かろうと思い、何かしら努力をしたろうという気がする。それは鼠の場合と、そう変わらないものだったに相違ない。で、又それが今来たらどうかと思って見て、猶且、余り変わらない自分であろうと思うと「あるがまま」で、気分で希う所が、そう実際に直ぐは影響はしないものに相違ない、しかも両方が本統で、影響した場合は、それでよく、しない場合でも、それでいいのだと思った。それは仕方のない事だ。

〈下〉

そんな事があって、又暫くして、或夕方、町から小川に沿うて一人段々上へ歩いていった。山陰線の隧道の前で線路を越すと道幅が狭くなって路も急になる、流れも同様に急になって、人家も全く見えなくなった。もう帰ろうと思いながら、あの見える所までという風に角を一つ一つ先へ先へと歩いて行った。物が総て青白く、空気の肌ざわりも冷々として、物静かさが却って何となく自分をそわそわとさせた。大きな桑の木が路傍にある。彼方の、路へ差し出した桑の枝で、或一つの葉だけがヒラヒラヒラヒラ、同じリズムで動いている。風もなく流れの他は総て静寂の中にその葉だけがいつまでもヒラヒラヒラヒラと忙しく動

くのが見えた。自分は不思議に思った。多少怖い気もした。然し好奇心もあった。自分は下へいってそれを暫く見上げていた。すると風が吹いて来た。そうしたらその動く葉は動かなくなった。原因は知れた。何かでこういう場合を自分はもっと知っていたと思った。

　段々と薄暗くなって来た。いつまで往っても、先の角はあった。もうここで引きかえそうと思った。自分は何気なく傍の流れを見た。向う側の斜めに水から出ている半畳敷程の石に黒い小さいものがいた。いもりだ。未だ濡れていて、それはいい色をしていた。頭を下に傾斜から流れへ臨んで、じっとしていた。体から滴れた水が黒く乾いた石へ一寸程流れている。自分はそれを何気なく、踞んで見ていた。自分は先程いもりは嫌いでなくなった。蜥蜴は多少好きだ。屋守は虫の中でも最も嫌いだ。いもりは好きでも嫌いでもない。十年程前によく蘆の湖でいもりが宿屋の流し水の出る所に集っているのを見て、自分がいもりだったら堪らないという気をよく起した。いもりに若し生れ変ったら自分はどうするだろう、そんな事を考えた。其頃いもりを見るとそれが想い浮ぶので、いもりを見る事を嫌った。然しもうそんな事を考えなくなっていた。自分はいもりを驚かして水へ入れようと思った。不器用にからだを振りながら歩く形が想われた。自分は踞んだまま、傍の小鞠程の石を取上げ、それを投げてやった。自分は別にいもりを狙わなかった。狙ってもとても当らない程、狙って投げる事の下手な自分はそれが当る事などは全く考えなかった。石はコツといってから流れに落ちた。石の音と同時にいもりは四寸程横へ跳んだように見えた。いもりは尻尾を反らし、高く上げた。自分はどうしたのかしら、と思って見ていた。最初石が当ったとは思わなかった。いもりの反らした尾が自然に静かに下りて来た。すると肘を張ったようにして傾斜に堪えて、前へついていた両の前足の指が内へまくれ込むと、いもりは力なく前へのめってしまった。尾

は全く石についた。もう動かない。いもりは死んでしまった。自分は飛んだ事をしたと思った。虫を殺す事をよくする自分であるが、その気か全くないのに殺してしまったのは自分に妙な嫌な気をさした。素より自分のした事ではあったがいかにも偶然だった。いもりにとっては全く不意な死であった。自分は暫くそこに踞んでいた。いもりと自分だけになったような心持がしていもりの身に自分がなってその心持を感じた。可哀想に想うと同時に、生き物の淋しさを一緒に感じた。自分は偶然に死ななかった。いもりは偶然に死んだ。自分は淋しい気持になって、暫く足元の見える路を温泉宿の方に帰って来た。遠く町端れの灯が見え出した。死んだ蜂はどうなったか。その後の雨でもう土の下に入ってしまったろう。あの鼠はどうしたろう。海へ流されて、今頃はその水ぶくれのした体を塵芥と一緒に海岸へでも打ちあげられている事だろう。そして死ななかった自分は今こうして歩いている。そう思った。自分はそれに対し、感謝しなければ済まぬような気もした。然し実際喜びの感じは湧き上っては来なかった。生きている事と死んでしまっている事と、それは両極ではなかった。それ程に差はないような気がした。もうかなり暗かった。視覚は遠い灯を感ずるだけだった。足の踏む感覚も視覚を離れて、いかにも不確だった。ただ頭だけが勝手に働く。それが一層そういう気分に自分を誘って行った。三週間いて、自分はここを去った。それから、もう三年以上になる。自分は脊椎カリエスになるだけは助かった。

2. 기노사키에서

야마노테선 전철의 전차에 치여서 상처를 입었다. 상처를 고친 후 요양하러 혼자서 다지마의 기노사끼온천으로 갔다. 등의 상처가 척추 카리에스로 발전되면 치명적 일 수 있으나, 2~3년 내에 그렇지만 않으면 걱정할 필요는 없고 그런 일은 아마 없을 거라고 의사는 말했다. 어쨌든 조심하는 게 제일이라고 해서, 그래서 오게 되었다. 3주간 이상 — 참을 수 있으면 5주간 정도 있으면 좋겠다 싶어서 말이다.

머리는 아직 왠지 맑지 않다. 건망증도 심해졌다. 그러나 기분은 근래에 없이 가라앉아서 안정된 기분이었다. 벼 수확이 시작될 무렵이어서 날씨도 좋았다.

혼자뿐이어서 아무도 이야기할 상대는 없다. 읽든지 쓰든지 멍하니 방 앞의 의자에 앉아 산이나 한 길가를 보고 있거나, 그렇지 않으면 산책하며 지냈다. 산책하는 곳은 마을에서 작은 시내를 따라 조금씩 올라가는 비탈길에 좋은 데가 있었다. 산기슭을 도는 근처에 작은 연못이 있어 그 곳에 송어가 많이 모여 있었다. 거기를 더욱 자세히 보면 다리에 털이 난 큰 시내 게가 돌처럼 가만히 있는 것이 눈에 띌 때가 있다. 저녁 식사 전에는 자주 이 길을 걷곤 했다. 냉랭한 저녁, 쓸쓸한 가을의 산골짜기를 작고 맑은 시냇물을 따라서 걸을 때 생각되는 일은 역시 침울한 게 많았다. 고독한 생각이었다. 그러나 거기에는 조용한 기운이 감돈다. 나는 자주 상처를 생각했다. 자칫하면 지금쯤은 북망산 어느 땅 밑에 반듯이 누워 있을 뻔했다는 생각이 들었다. 창백하고 차갑고 굳은 얼굴을 하고, 얼굴의 상처도 등의 상처도 그대로인 채. 조부랑 어머니의 시해가 옆에 있다. 그것도 이젠 서로 아무런 교감도 없이 — 그런 생각이 떠오른다. 그것은 쓸쓸하지만 그렇게 나를 두렵게는 하지 않았다. 언젠가는 그렇게 된다. 그것이 언제일까? — 지금까지는 그런 일을 생각하면서, 그 「언젠가」를 나도 모르게 먼 훗날의 일로 삼고 있었다. 그러나, 지금은 그것이 정말로 언젠지 알 수 없는 듯한 기분이 들었다. 나는 죽기 마련이었는데 살아났다, 무언가가 나를 살려냈다, 나에게는 하지 않으면 안 될 일이 있는 것이다. — 중학교에서 배운 로드 클라이브라고 하는 책에 클라이브가 그렇게 생각함으로써 힘을 얻은 것이 쓰여 있었다. 사실은 나도 그와 같이 위험했었던 지난 사고를 느끼고 싶었다. 그런 생각도 들었다. 그러나 묘하게도 내 마음은 가라앉아 버렸다. 나의 마음에는 무엇인지 죽음에 대한 친근감이 일어나고 있었다.

　나의 방은 2층으로, 옆방이 없는 비교적 조용한 객실이었다. 읽거나 쓰기에 피곤해지면 자주 마루에 있는 의자로 나왔다. 옆쪽이 현관의 지붕이어서 그것이 집으로 이어지는 곳이 판자벽으로 되어 있다. 그 판자 안에는 벌집이 있는 것 같았다. 황색 바탕에 검은 줄무늬가 있는 크고 살찐 벌이 날씨만 좋으면 아침부터 저물 때까지 매일 바쁜 듯이 일하고 있었다. 벌은 판자사이에서 빠져나오면 우선 현관 지붕에 내려앉는다. 그리고, 날개랑 촉각을 앞발과 뒷발로 정성껏 가다듬고서 잠깐 여기저기 돌아다니는 것도 있지만, 금방 가늘고 긴 날개를 양쪽으로 힘차게 펴고 붕하고 날아오른다. 날아오르면 갑자기 속력을 내어 날아간다. 정원의 팔손이나무 꽃이 마침 피기 시작한 때여서 벌은 거기에 떼지어 몰려 있었다. 나는 지루하면 자주 난간에서 벌의 출입을 바라보고 있었다.

　어느 날 아침, 나는 한 마리의 벌이 현관의 지붕에서 죽어 있는 것을 발견했다. 다리는 배 밑에 딱 붙이고, 촉각은 힘없이 얼굴에 늘어져 있었다. 다른 벌은 아주 냉담했다. 벌집의 출입으로 바쁘게 그 옆을 날아다니지만, 전혀 쳐다보지도 않거니와 구해주려는 모습도 보이지 않았다. 바쁘게 일하고 있는 벌은 분명코 살아있는 것이라고 하는 느낌을 주었다. 「그 옆에 있는 한 마리, 아침에도 낮에도 저녁때도 볼 때마다 한 켠에 전혀 움직이지 않고 엎드린 채 방치되어 있는 벌, 그것을 보면 정말 죽은 것이로구나 하는 느낌을 준다.」 그것은 사흘 정도 그대로 놓여 있었다. 그것을 보고 있자니 참으로 조용한 느낌을 받았다. 쓸쓸했다. 다른 벌이 모두 벌집으로 들어가 버린 저녁때, 차가운 기와위에 혼자 남은 시체를 보는 것은 쓸쓸했다. 그러나 그것은 참으로 고요함 그대로였다.

밤새 큰 비가 내렸다. 아침엔 개어서 나뭇잎도 지면도 지붕도 깨끗이 빗물로 씻겨져 있었다. 벌의 시체는 이젠 그곳에 없었다. 지금도 벌집의 벌들은 원기 왕성하게 일하고 있지만, 죽은 벌은 빗물받이를 타고 지면으로 흘러내려져 버렸겠지. 다리는 움츠린 채 촉각은 얼굴에 달라붙은 채로, 아마 진흙투성이가 되어 어딘가에서 가만히 있겠지. 외계에서 그것을 움직이는 다음 변화가 일어날 때까지는 시체는 그곳에 꼼짝 않고 있을 것이다. 그렇지 않으면 개미에게 끌려가든지, 그렇다 하더라도 그것은 정말이지 고요함 그대로다. 아주 바쁘게 일만 하고 있던 벌이 전혀 움직일 수 없게 되었기 때문에 조용한 것이다. 나는 그 고요함에 친근감을 느꼈다.

나는 조금 전에(范fan의 범죄)라는 단편 소설을 썼다. 范이라는 중국인이 자기 아내의 과거에 자신 친구와의 관계에 대한 질투 때문에, 그리고 자신의 정신적인 중압감 때문에 결국 아내를 살해한다는 내용이다. 이 글은 范의 심리상태를 중심으로 표현했지만, 지금은 그의 아내의 심리상태를 중심으로 쓰고, 결국에는 남편에게 살해되어 무덤 속에 있는 그 종결을 마무리 짓고 싶다는 생각이 들었다. 「살해된 范의 아내」를 써보려 했지만 결국 쓰지 못했다. 그러나 나에겐 쓰고 싶은 욕구가 일고 있었다. 이전부터 쓰고 있던 장편소설의 주인공의 생각과 그 욕구가 전혀 다른 감정이었기 때문에 난처했다.

벌의 시체가 떠내려가서, 나의 시야에서 사라진 지 얼마 되지 않은 때였다. 어느 날 오전, 나는 마루야마강(圓山川), 그리고 그 강이 흘러들어 나온 日本海가 보이는 히가시야마(東山)공원에 갈 생각으로 숙소를 나왔다. 「이찌노유」의 앞에 있는 작은 시내는 내왕하는 길 한가운데를 완만히 흘러서 마루야마강(圓山川)으로 들어간다. 어느 지점에 이르니 다리나, 물가 같은 데에 사람들이 서서 무언가 강물에 있는 것을 보면서 떠들고 있었다. 그것은 큰 쥐를 강에 집어던진 것을 보고 있는 것이다. 쥐는 온 힘을 다해서 헤엄쳐 도망치려 한다. 쥐의 목 부분에는 21센티미터 정도의 산적 꼬챙이가 꿰뚫려 있었다. 머리위에 세치 정도, 목 아래에 9센티미터 정도 그것이 나와 있다. 쥐는 돌담을 기어오르려 한다. 아이가 두세 명, 40세가량의 인력거꾼이 한명이, 그것에 돌을 던진다. 좀처럼 맞지 않는다. 탁탁하고 돌담에 맞아서 튀어나온다. 구경꾼들은 큰 소리로 웃었다. 쥐는 돌난간사이에 겨우 앞발을 걸쳤다. 그러나 기어오르려고 하니 산적꼬챙이가 금방 걸렸다. 그리곤 다시 물에 떨어진다. 쥐는 어떻게 해서라도 살아나려고 발버둥치고 있었다. 쥐의 표정은 인간에게는 읽을 수 없었지만, 동작으로 보아 그것이 필사적이라는 것을 잘 알 수 있었다. 쥐는 어딘가로 도망쳐 들어갈 수 있다면 살 수 있다고 생각하고 있는 듯, 긴 꼬챙이를 꿴 채, 다시 강의 한가운데로 헤엄쳐나갔다. 아이들이랑 인력군은 더욱 재미있어 하며 돌을 던졌다. 그 근처에서 먹이를 찾고 있던 두세 마리의 집오리가 돌이 날아오는 데에 놀라, 목을 길게 빼고 두리번거렸다. 풍덩풍덩하고 돌이 물에 내던져졌다. 집오리는 놀란 얼굴을 하고 목을 길게 뺀 채 울면서 재빨리 발을 움직여서 상류쪽으로 헤엄쳐갔다. 나는 쥐의 최후를 차마 지켜볼 수가 없었다. 하지만 분명히 죽을 운명이면서도 전력을 다해서 도망쳐 다니는 모습이 묘하게 뇌리에 새겨졌다. 나는 쓸쓸하고 언짢은 기분이 되었다. 그리고 그것이 진실이라고 생각했다. 내가 바라고 있는 조용함 앞에 저런 괴로움이 있는 것은 무서운 일이다. 죽은 후의 정적에 친근감을 갖는다 하더라도, 죽음에 이르기까지의 저런 소동은 두렵다고 생각했다. 자살을 모르는 동물은 결국 죽음에 이르기까지는 저런 노력을 계속하지 않으면 안 된다. 지금 나에게 저 쥐와 같은 일이 일어난다면, 나는 어떻게 할 것인가? 나는 역시 쥐와 똑같은 노력을 하지는 않을까. 나는 내가 부상당했을 경우 그 처지와 비슷하게 된 나를 생각하지 않을 수 없었다. 나는 할 수 있는 데까지 최선을 다하려고 했다. 나는 스스로 병원을 정했다. 그리고 그곳에 가는 방법을 알려 주었다. 만약 의사가 부재중이어서, 가는 즉시 수술준비가 안되면 곤란하다고 생각해서 전화를 먼저 걸어달라는 것 등도 부탁했다. 절반의 의식을 잃은 상태에서 가장 중요한 일에만은 머리가 잘 돌아간 것을 그 후에 내가 생각해 봐도 참으로 신기하다고 생각했을 정도였다. 더구나 이 상처가 치명적인가 아닌가는 바로 내 자신의 문제였다. 그러나 치명적인지 아닌지를 문제시하면서도 거의 죽음의 공포에 사로잡히지 않았던 것도 나로서는 신기한 일이었다.

"치명적이래 뭐래? 의사는 뭐라고 말했지?"

이렇게 곁에 있던 친구에게 물었다.

"치명적인 상처는 아니라고 하네." 그렇게 말했다. 이 말을 듣자, 나는 갑자기 힘이 났다. 흥분 상태에서 나는 대단히 기분이 좋았다. 만약 치명적이라고 들었다면 나는 어떠했을까? 그런 나의 모습을 도저히 상상할 수 없다. 아마 나는 낙담했겠지. 그러나, 평소 생각하고 있던 만큼, 죽음의 공포에 사로잡히지 않았을 것이라는 느낌은 든다. 그리고 치명적이라는 말을 들어도 역시 나는 살 수 있을 것이라고 생각하고, 뭔가 노력을 했을 것이라는 느낌이 든다. 그것은 쥐의 경우와 그렇게 다르지 않은 것이었음에 틀림없다. 또 그것이 지금 그러한 처지가 된다면 어쩔까, 하고 생각해보고, 여전히 그다지 다르지 않을 것이라고 생각하니, 있는 그대로 조용히 죽음을 맞이하고 싶다고 하는 소망이 그렇게 실제로 당장은 영향을 받지 않을 것임에 틀림없고, 게다가 조용히 죽음을 맞이하는 것과 삶에의 노력을 기울이는 것 두 가지가 사실이어서 그것에 영향 받은 경우는, 그것이 좋고, 영향 받지 않는 경우라도 그만이라고 여겼다. 어찌됐든 별 도리가 없는 일이다.

그런 일이 있고 나서 또 얼마 지난 어느 날 저녁, 마을로부터 작은 시내를 따라 혼자서 계속 위로 걸어 올라갔다. 산음선(山陰線)의 터널 앞에서 선로를 넘자, 노폭이 좁아지고, 길도 가파르게 되고 시냇물의 흐름도 또한 급해져서 인가도 전혀 보이지 않았다. 이제 돌아가야겠다고 생각하면서도 저 보이는 곳까지만 가볼까 하는 생각으로 모퉁이를 하나하나 돌아 계속 앞으로 걸어갔다. 모든 것이 파리하고 공기의 촉감도 냉랭해서, 고요함이 오히려 왠지 나를 불안케 했다. 큰 뽕나무가 길가에 있다. 저쪽의 길 쪽으로 뻗은 뽕나무 가지에 하나 남은 잎만이 팔랑팔랑 같은 리듬으로 움직이고 있다. 바람도 없고 시냇물 이외는 모두 정적 속에 그 잎 새만이 움직이는 것이 보였다. 나는 이상하게 생각했다. 다소 무서운 생각마저 들었다. 그러나 호기심도 있었다. 나는 그 아래로 가서 그것을 잠시 올려다보고 있었다. 그러자 바람이 불어 왔다. 그랬더니 그 움직이던 잎이 움직이지 않게 되었다. 원인은 알 수 있었다. 어떤 일로 해서 이런 경우를 나는 벌써 알고 있었다고 생각했다.

점점 어두워졌다. 가도 가도 앞에 모퉁이가 나타났다. 이제 이쪽에서 돌아 서야겠다고 생각하면서 나는 무심코 옆의 시내를 보았다. 저쪽에서 비스듬히 물 위에 나온 다다미반장 크기의 돌에 검고 작은 것이 있었다. 도롱뇽이다. 물기에 젖은 몸이 좋은 색을 띠고 있었다. 머리를 숙여 경사지게 시냇물 쪽으로 꼼짝 않고 있었다. 몸에서 방울져 떨어진 물이 검고 마른 돌 위에 한 치쯤 흐르고 있다. 나는 그것을 무심코, 웅크리고 앉아 보고 있었다. 나는 예전처럼 도롱뇽이 싫지 않게 되었다. 도마뱀을 나는 조금 좋아한다. 도마뱀붙이는 동물 중에서 가장 싫다. 도롱뇽은 좋아하지도 싫어하지도 않는다. 10년쯤 전에 자주 아시노꼬에서 도롱뇽이 숙소의 하수구의 출구에 모여 있는 것을 보고 내가 도롱뇽이었다면 견딜 수 없을 것이라는 느낌이 자주 들었었다. 도롱뇽으로 만약 다시 태어난다면 나는 어떻게 할 것인가, 그런 것을 생각했다. 그 무렵 도롱뇽을 보기만 하면 그런 생각이 떠올라서 도롱뇽을 보는 것이 싫었다. 그러다 이젠 그런 것을 생각하지 않게 되어 있었다. 나는 도롱뇽을 놀라게 해서 물속에 들어가게 하려고 생각했다. 서투르게 몸을 흔들면서 걷는 모습이 상상되었다. 나는 웅크린 채 곁의 작은 공 크기 만 한 돌을 집어 들어 그것을 던졌다. 나는 일부러 도롱뇽을 겨누지 않았다. 겨눈다 하더라도 도저히 맞지 않을 만큼, 겨냥해서 던지는 것이 서툰 나는 그것이 맞을 것이라고는 전혀 생각지 않았다. 돌은 탁하면서 강에 떨어졌다. 그 소리와 함께 도롱뇽은 12센티미터 정도 옆으로 튄 것 같이 보였다. 도롱뇽은 꼬리를 휘면서 높이 올랐다. 나는 어떻게 된 것일까 하고 궁금해 하며 보고 있었다. 처음엔 돌을 맞았다고는 여기지 않았다. 도롱뇽의 휘어졌던 꼬리가 자연스레 조용히 내려왔다. 그러자 팔꿈치를 펴듯이 하고, 경사에 버티고 앞으로 짚고 있던 두 앞발가락이 안으로 감겨들어서면서 도롱뇽은 힘없이 앞으로 꼬꾸라져버렸다. 꼬리는 완전히 돌에 닿았다. 이젠 움직이지 않는다. 도롱뇽은 죽어버렸다. 나는 엉뚱한 짓을 했다고 생각했다. 간혹 벌레를 죽이는 일을 마다하지 않는 나지만, 그럴 생각이 전혀 없는데 죽이고 만 것은 나에게 묘하고도 언짢은 기분을 남겼다. 처음부터 내가 한 짓이기는 하지만 참으로 우연이었다. 도롱뇽에게 있어서는 정말로 불의의 죽음이었다. 나는 잠시 그곳에 웅크리고 있었다. 도롱뇽과 나만이 남아버린 것 같은 기분이 들어서, 내 자신이 도롱뇽이 된 듯한 그런 기분을 느꼈다. 불쌍하다고 생각함과 동시에 생물의 부질없음을 함께 느꼈다. 나는 우연히 죽지 않았다. 도롱뇽은 우연히 목숨을 잃은 것이다. 나는 쓸쓸한 기분이 되어 겨우 어두운 발길을 더듬어 온천 쪽으로 향했다. 멀리 마을 변두리의 불빛이 보이기 시작했다. 죽은 벌은 어떻게 되었을까? 그 후에 내린 비로 이젠 흙속에 묻혀버렸겠지. 그 쥐는 어찌 되었을까. 바다에 떠내려가, 지금쯤은 물에 부푼 몸을 쓰레기와 함께 해변 가 어딘가에 밀어 올려 있을 것이다. 그리고 죽지 않은 나는 지금 이렇게 걷고 있다. 그렇게 생각했다. 나는 이 사실에 대해서 감사하지 않으면 안 될 것 같은 느낌이 들었다. 그러나, 사실 기쁜 느낌은 들지 않았다. 살아 있는 것과 죽은 것은 그것은 양극은 아니었다. 그다지 차이는 없는 것 같은 생각이 들었다. 이젠 꽤 어두워졌다. 시각은 먼 불빛을 느낄 뿐이었다. 발을 내딛는 감각도 시각에서 떠나 아주 불확실했다. 단지 머릿속의 생각만이 제멋대로 움직인다. 그것이, 한층 더 우울한 기분으로 나를 끌어가는 것이었다.

 3주간 머물다가 나는 이 곳을 떠났다. 그런 후 벌써 3년이 지났다. 나는 척추 카리에스가 되는 일만은 모면했다.

아쿠다가와 류노스케

(芥川龍之介 ; 1892~1927)

1. 라쇼몽(羅生門)
2. 하나(鼻)
3. 구노이토(蜘蛛の糸)

동경 출생. 생후 8개월 무렵 생모의 발광으로 그녀의 친정인 아쿠타가와(芥川)집안에서 양육되며 나중에 양자가 된다. 어려서부터 병약하고 신경이 예민했으며 청년기에는 19세기말 유럽문학에 심취하고 풍부한 문학적 소양을 함양한다. 동경대학 영문학과에 재학시절 「신시초(新思潮)」에 발표한 『하나(鼻 : はな)』가 소세키(漱石)의 눈에 들어 신진작가로 문단에 등단할 계기를 마련하게 되었다. 그는 주로 『곤자쿠모노가타리(今昔物語 : こんじゃくものがたり)』 등의 설화나 역사에 소재를 취재하여 그것을 현대적 주제로 재구성하여 재치 넘친 작품들을 잇달아 발표하였다. 그의 주요작품들을 소재별로 구분해보면 대략 다음과 같다.

- 고전 및 역사적 소재를 토대로 인간의 에고이즘을 날카롭게 파헤친 작품. 즉 왕조물(王朝物)에『라쇼몬(羅生門 らしょうもん)』(1915), 『하나(鼻 はな)』, 『이모가유(芋粥 いもがゆ)』, 『지고쿠헨(地獄変 じごくへん)』(1918) 등이 있다.
- 근세초기의 기독교 설화에서 취재한 작품 즉 기리시탄물(切支丹物 きりしたんもの)에는 『사마요에루유다야진(さまよへる猶太人 ゆだやじん)』『호쿄닌노시(奉教人の死 ほうきょうにん し)』(1918) 등이 있다.
- 에도(江戸)시대의 인물과 사건에서 취재한 작품. 즉 에도물(江戸物)에는 『게사쿠산마이(劇作三昧 げさくさんまい)』(1917), 『가레노쇼(枯野抄 かれ の しょう)』 등이 여기에 속한다. 과거의 세계 속에서, 현대인간에게도 통하는 인간성 일반을 묘사하고자 했다.

그 후 신변을 제재로 불안한 인생을 묘사한 작품을 발표했으며, 여기에 『아키(秋 あき)』(1920), 『겐카쿠산보(玄鶴三房 げんかくさんぼう)』『갓파(河童 かっぱ)』『하구루마(歯車 は ぐるま)』(1927) 등이 있다. 만년의 작품에는 인생에 대한 회의와 절망이 짙게 깔려 있으며 예술상의 심한 불안과 우울증으로 인한 신경쇠약으로 1927년에 스스로 목숨을 끊었다.

♣ 原題：**羅生門**

　ある日の暮方の事である。一人の下人(げにん)が、羅生門(らしょうもん)の下で雨やみを待っていた。

　広い門の下には、この男のほかに誰もいない。ただ、所々丹塗(にぬり)のはげた、大きな円柱(まるばしら)に、きりぎりすが一匹とまっている。羅生門が、朱雀大路(すざくおおじ)にある以上は、この男のほかにも、雨やみをする市女笠(いちめがさ)や揉烏帽子(もみえぼし)が、もう二三人はありそうなものである。それが、この男のほかには誰もいない。

　何故かと云うと、この二三年、京都には、地震とか辻風(つじかぜ)とか火事とか饑饉とか云うわざわいがつづいて起った。そこで洛中(らくちゅう)のさびれ方は一通りではない。旧記によると、仏像や仏具を打砕いて、その丹がついたり、金銀の箔はくがついたりした木を、路ばたにつみ重ねて、薪(たきぎ)の料(しろ)に売っていたと云う事である。洛中がその始末であるから、羅生門の修理などは、元より誰も捨てて顧る者がなかった。するとその荒れ果てたのをよい事にして、狐狸(こり)がすむ。盗人が棲む。とうとうしまいには、引取り手のない死人を、この門へ持って来て、棄てて行くと云う習慣さえ出来た。そこで、日の目が見えなくなると、誰でも気味を悪るがって、この門の近所へは足ぶみをしない事になってしまったのである。

　その代りまた鴉(からす)がどこからか、たくさん集って来た。昼間見ると、その鴉が何羽となく輪を描いて、高い鴟尾(しび)のまわりを啼きながら、飛びまわっている。ことに門の上の空が、夕焼けであかくなる時には、それが胡麻(ごま)をまいたようにはっきり見えた。鴉は、勿

論、門の上にある死人の肉を、ついばみに来るのである。ーもっとも今日は、刻限(こくげん)が遅いせいか、一羽も見えない。ただ、所々、崩れかかった、そうしてその崩れ目に長い草のはえた石段の上に、鴉の糞が、点々と白くこびりついているのが見える。下人は七段ある石段の一番上の段に、洗いざらした紺の襖(あお)の尻を据えて、右の頬に出来た、大きな面皰(にきび)を気にしながら、ぼんやり、雨のふるのを眺めていた。

　作者はさっき、「下人が雨やみを待っていた」と書いた。しかし、下人は雨がやんでも、格別どうしようと云う当てはない。ふだんなら、勿論、主人の家へ帰る可き筈である。所がその主人からは、四五日前に暇を出された。前にも書いたように、当時京都の町は一通りならず衰微(すいび)していた。今この下人が、永年、使われていた主人から、暇を出されたのも、実はこの衰微の小さな余波にほかならない。だから「下人が雨やみを待っていた」と云うよりも「雨にふりこめられた下人が、行き所がなくて、途方にくれていた」と云う方が、適当である。その上、今日の空模様も少からず、この平安朝の下人の Sentimentalisme に影響した。申(さる)の刻こく下さがりからふり出した雨は、いまだに上るけしきがない。そこで、下人は、何をおいても差当り明日あすの暮しをどうにかしようとしてー云わばどうにもならない事を、どうにかしようとして、とりとめもない考えをたどりながら、さっきから朱雀大路にふる雨の音を、聞くともなく聞いていたのである。

　雨は、羅生門をつつんで、遠くから、ざあっと云う音をあつめて来る。夕闇は次第に空を低くして、見上げると、門の屋根が、斜につき出した甍(いらか)の先に、重たくうす暗い雲を支えている。

　どうにもならない事を、どうにかするためには、手段を選んでいる遑(いとま)はない。選んでいれば、築土(ついじ)の下か、道ばたの土の上

で、饑死(うえじ)にをするばかりである。そうして、この門の上へ持って来て、犬のように棄てられてしまうばかりである。選ばないとすれば━下人の考えは、何度も同じ道を低徊した揚句(あげく)に、やっとこの局所へ逢着(ほうちゃく)した。しかしこの「すれば」は、いつまでたっても、結局「すれば」であった。下人は、手段を選ばないという事を肯定しながらも、この「すれば」のかたをつけるために、当然、その後に来る可き「盗人になるよりほかに仕方がない」と云う事を、積極的に肯定するだけの、勇気が出ずにいたのである。

　下人は、大きな嚔(くさめ)をして、それから、大儀そうに立上った。夕冷えのする京都は、もう火桶(ひおけ)が欲しいほどの寒さである。風は門の柱と柱との間を、夕闇と共に遠慮なく、吹きぬける。丹塗(にぬり)の柱にとまっていたきりぎりすも、もうどこかへ行ってしまった。

　下人は、頸(くび)をちぢめながら、山吹(やまぶき)の汗衫(かざみ)に重ねた、紺の襖(あお)の肩を高くして門のまわりを見まわした。雨風の患(うれえ)のない、人目にかかる惧(おそれ)のない、一晩楽にねられそうな所があれば、そこでともかくも、夜を明かそうと思ったからである。すると、幸い門の上の楼へ上る、幅の広い、これも丹を塗った梯子(はしご)が眼についた。上なら、人がいたにしても、どうせ死人ばかりである。下人はそこで、腰にさげた聖柄(ひじりづか)の太刀(たち)が鞘走(さやばし)らないように気をつけながら、藁草履(わらぞうり)をはいた足を、その梯子の一番下の段へふみかけた。

　それから、何分かの後である。羅生門の楼の上へ出る、幅の広い梯子の中段に、一人の男が、猫のように身をちぢめて、息を殺しながら、上の容子ようすを窺っていた。楼の上からさす火の光が、かすかに、その男の右の頰をぬらしている。短い鬚の中に、赤く膿(うみ)を持った面皰(にきび)のある頰である。下人は、始めから、この上にいる者は、死人

ばかりだと高を括くくっていた。それが、梯子を二三段上って見ると、上では誰か火をとぼして、しかもその火をそこここと動かしているらしい。これは、その濁った、黄いろい光が、隅々に蜘蛛(くも)の巣をかけた天井裏に、揺れながら映ったので、すぐにそれと知れたのである。この雨の夜に、この羅生門の上で、火をともしているからは、どうせただの者ではない。

　下人は、守宮(やもり)のように足音をぬすんで、やっと急な梯子を、一番上の段まで這うようにして上りつめた。そうして体を出来るだけ、平(たいら)にしながら、頸を出来るだけ、前へ出して、恐る恐る、楼の内を覗(のぞい)て見た。

　見ると、楼の内には、噂に聞いた通り、幾つかの死骸(しがい)が、無造作に棄ててあるが、火の光の及ぶ範囲が、思ったより狭いので、数は幾つともわからない。ただ、おぼろげながら、知れるのは、その中に裸の死骸と、着物を着た死骸とがあるという事である。勿論、中には女も男もまじっているらしい。そうして、その死骸は皆、それが、かつて、生きていた人間だと云う事実さえ疑われるほど、土を捏(こね)て造った人形のように、口を開あいたり手を延ばしたりして、ごろごろ床の上にころがっていた。しかも、肩とか胸とかの高くなっている部分に、ぼんやりした火の光をうけて、低くなっている部分の影を一層暗くしながら、永久に唖(おし)の如く黙っていた。

　下人は、それらの死骸の腐爛(ふらん)した臭気に思わず、鼻をおおった。しかし、その手は、次の瞬間には、もう鼻を掩う事を忘れていた。ある強い感情が、ほとんどことごとくこの男の嗅覚を奪ってしまったからだ。

　下人の眼は、その時、はじめてその死骸の中にうずくまっている人間を見た。檜皮色(ひわだいろ)の着物を着た、背の低い、やせた、白髪頭

(しらがあたま)の、猿のような老婆である。その老婆は、右の手に火をともした松の木片(きぎれ)を持って、その死骸の一つの顔を覗きこむように眺めていた。髪の毛の長い所を見ると、多分女の死骸であろう。

下人は、六分の恐怖と四分の好奇心とに動かされて、暫時(ざんじ)は呼吸(いき)をするのさえ忘れていた。旧記の記者の語を借りれば、「頭身(とうしん)の毛も太る」ように感じたのである。すると老婆は、松の木片を、床板の間に挿して、それから、今まで眺めていた死骸の首に両手をかけると、丁度、猿の親が猿の子の虱(しらみ)をとるように、その長い髪の毛を一本ずつ抜きはじめた。髪は手に従って抜けるらしい。

その髪の毛が、一本ずつ抜けるのに従って、下人の心からは、恐怖が少しずつ消えて行った。そうして、それと同時に、この老婆に対するはげしい憎悪が、少しずつ動いて来た。―いや、この老婆に対すると云っては、語弊(ごへい)があるかも知れない。むしろ、あらゆる悪に対する反感が、一分毎に強さを増して来たのである。この時、誰かがこの下人に、さっき門の下でこの男が考えていた、饑死(うえじに)をするか盗人になるかと云う問題を、改めて持出したら、恐らく下人は、何の未練もなく、饑死を選んだ事であろう。それほど、この男の悪を憎む心は、老婆の床に挿した松の木片のように、勢いよく燃え上り出していたのである。

下人には、勿論、何故老婆が死人の髪の毛を抜くかわからなかった。従って、合理的には、それを善悪のいずれに片づけてよいか知らなかった。しかし下人にとっては、この雨の夜に、この羅生門の上で、死人の髪の毛を抜くと云う事が、それだけで既に許すべからざる悪であった。勿論、下人は、さっきまで自分が、盗人になる気でいた事なぞは、とうに忘れていたのである。

そこで、下人は、両足に力を入れて、いきなり、梯子から上へ飛び

上った。そうして聖柄(ひじりづか)の太刀に手をかけながら、大股に老婆の前へ歩みよった。老婆が驚いたのは云うまでもない。

老婆は、一目下人を見ると、まるで弩(いしゆみ)にでもはじかれたように、飛び上った。

「おのれ、どこへ行く。」

下人は、老婆が死骸につまずきながら、慌てふためいて逃げようとする行く手をふさいで、こうののしった。老婆は、それでも下人をつきのけて行こうとする。下人はまた、それを行かすまいとして、押しもどす。二人は死骸の中で、しばらく、無言のまま、つかみ合った。しかし勝敗は、はじめからわかっている。下人はとうとう、老婆の腕をつかんで、無理にそこへねじ倒した。丁度、にわとりの脚のような、骨と皮ばかりの腕である。

「何をしていた。云え。云わぬと、これだぞよ。」

下人は、老婆をつき放すと、いきなり、太刀の鞘(さや)を払って、白い鋼(はがね)の色をその眼の前へつきつけた。けれども、老婆は黙っている。両手をわなわなふるわせて、肩で息を切りながら、眼を、眼球(めだま)がまぶたの外へ出そうになるほど、見開いて、唖のように執拗(しゅうね)く黙っている。これを見ると、下人は始めて明白にこの老婆の生死が、全然、自分の意志に支配されていると云う事を意識した。そうしてこの意識は、今までけわしく燃えていた憎悪の心を、いつの間にか冷ましてしまった。後あとに残ったのは、ただ、ある仕事をして、それが円満に成就した時の、安らかな得意と満足とがあるばかりである。そこで、下人は、老婆を見下しながら、少し声を柔らげてこう云った。

「おれは検非違使(けびいし)の庁の役人などではない。今し方この門の下を通りかかった旅の者だ。だからお前に縄(なわ)をかけて、どうしようと云うような事はない。ただ、今時分この門の上で、何をして居たの

だか、それを己に話しさえすればいいのだ。」

　すると、老婆は、見開いていた眼を、一層大きくして、じっとその下人の顔を見守った。まぶたの赤くなった、肉食鳥のような、鋭い眼で見たのである。それから、皺で、ほとんど、鼻と一つになった唇を、何か物でも噛んでいるように動かした。細い喉で、尖った喉仏(のどぼとけ)の動いているのが見える。その時、その喉から、からすの啼くような声が、喘(あえぎ)喘ぎ、下人の耳へ伝わって来た。

「この髪を抜いてな、この髪を抜いてな、鬘(かずら)にしようと思うたのじゃ。」

　下人は、老婆の答が存外、平凡なのに失望した。そうして失望すると同時に、また前の憎悪が、冷やかな侮蔑(ぶべつ)と一しょに、心の中へはいって来た。すると、その気色が、先方へも通じたのであろう。老婆は、片手に、まだ死骸の頭から奪った長い抜け毛を持ったなり、蟇(ひき)のつぶやくような声で、口ごもりながら、こんな事を云った。

「成程な、死人しびとの髪の毛を抜くと云う事は、何ぼう悪い事かも知れぬ。じゃが、ここにいる死人どもは、皆、そのくらいな事を、されてもいい人間ばかりだぞよ。現在、わしが今、髪を抜いた女などはな、蛇を四寸しすんばかりずつに切って干したのを、干魚(ほしうお)だと云うて、太刀帯(たてわき)の陣へ売りに往んだわ。疫病えやみにかかって死ななんだら、今でも売りに往んでいた事であろ。それもよ、この女の売る干魚は、味がよいと云うて、太刀帯どもが、欠かさず菜料(さいりょう)に買っていたそうな。わしは、この女のした事が悪いとは思うていぬ。せねば、饑死をするのじゃて、仕方がなくした事であろ。されば、今また、わしのしていた事も悪い事とは思わぬぞよ。これとてもやはりせねば、饑死をするじゃて、仕方がなくする事じゃわいの。じゃて、その仕方がない事を、よく知っていたこの女は、大方わしのする事も大目

に見てくれるであろ。」

　老婆は、大体こんな意味の事を云った。

　下人は、太刀を鞘(さや)におさめて、その太刀の柄(つか)を左の手でおさえながら、冷然として、この話を聞いていた。勿論、右の手では、赤く頬に膿を持った大きな面皰(にきび)を気にしながら、聞いているのである。しかし、これを聞いている中に、下人の心には、ある勇気が生まれて来た。それは、さっき門の下で、この男には欠けていた勇気である。そうして、またさっきこの門の上へ上って、この老婆を捕えた時の勇気とは、全然、反対な方向に動こうとする勇気である。下人は、饑死をするか盗人になるかに、迷わなかったばかりではない。その時のこの男の心もちから云えば、饑死などと云う事は、ほとんど、考える事さえ出来ないほど、意識の外に追い出されていた。

「きっと、そうか。」

　老婆の話が完おわると、下人は嘲(あざけ)るような声で念を押した。そうして、一足前へ出ると、不意に右の手を面皰から離して、老婆の襟上(えりがみ)をつかみながら、噛みつくようにこう云った。

「では、おれが引剥(ひはぎ)をしようと恨むまいな。己もそうしなければ、饑死をする体なのだ。」

　下人は、すばやく、老婆の着物を剥ぎとった。それから、足にしがみつこうとする老婆を、手荒く死骸の上へ蹴倒した。梯子の口までは、僅に五歩を数えるばかりである。下人は、剥ぎとった檜皮色ひわだいろの着物をわきにかかえて、またたく間に急な梯子を夜の底へかけ下りた。

　しばらく、死んだように倒れていた老婆が、死骸の中から、その裸の体を起したのは、それから間もなくの事である。老婆はつぶやくような、うめくような声を立てながら、まだ燃えている火の光をたよりに、梯子の口まで、這って行った。そうして、そこから、短い白髪しらがを

倒さかさまにして、門の下を覗きこんだ。外には、ただ、黒洞々(こくとうとう)たる夜があるばかりである。
　下人の行方(ゆくえ)は、誰も知らない。

（大正四年九月）

1. 라쇼몽

어느 날 해질녘의 일이다. 한 미천한 사나이가 라쇼몽 밑에서 비가 그치기를 기다리고 있었다. 넓은 문 아래에는, 이 남자 외에 아무도 없다. 단지, 군데군데 붉은 칠이 벗겨진 커다란 둥근 기둥에 귀뚜라미가 한 마리가 앉아 있다. 라쇼몽이 스자꾸(朱雀) 대로에 있는 이상은, 이 사나이 외에도 비를 피하고 있는 이찌메(市女)갓을 쓴 여인들과 모미에(揉烏) 모자를 쓴 사내가 두세 명은 더 있을 법하다. 그런데도 이 사나이 외에는 아무도 없다.

왜냐하면, 근래 2, 3년, 쿄토에는 지진이나 회오리바람, 화재 그리고 기근 등의 재앙이 계속 일어났다. 그래서 시내의 쇠퇴함이란 이만저만이 아니다. 옛 기록에 의하면, 불상이나 불구를 부수어서, 그 칠이나, 금은박이 붙어 있는 나무를 길가에 쌓아놓고 땔감으로 팔고 있었다고 한다. 쿄토의 시내가 그런 형편이고 보니, 라쇼몽의 수리 같은 것은 애초부터 버려둔 채, 돌보는 자가 없었다. 그러자 그 몹시 황폐해진 곳에서는 여우와 너구리 등이 살고, 도둑이 산다. 마침내는 거둘 사람이 없는 시신을 여기로 끌고 와서 버리고 가는 일마저 생겼다. 그래서 해가 저물면 누구나 기분이 음산해져서 이 문 근처에는 발을 들여놓지 않게 되어버린 것이다.

그 대신 까마귀들이 어디선가 떼 지어 몰려왔다. 한낮에 보면 그 수많은 까마귀가 원을 그리며, 물고기 꼬리모양의 장식이 있는 높은 마룻대 끝을 울면서 날아다닌다. 특히 문 위의 하늘이 저녁놀로 빨갛게 물들 즈음에는 그것이 참깨를 뿌려놓은 것처럼 선명하게 보였다. 까마귀는, 물론 문 위에 있는 시체를 쪼아 먹으러 오는 것이다. ─ 그런데, 오늘은 시간이 늦은 탓인지, 한 마리도 보이지 않는다. 그저 여기저기 무너져 내린, 그리고 그 무너져가는 틈새에 긴 풀이 돋아난 돌계단 위에 까마귀의 똥이 점점이 하얗게 달라붙어 있는 것이 보일 뿐이다. 사나이는 일곱 단의 계단 맨 윗 단에서, 몇 번이나 빨아 빛바랜 감색 겹옷 밑자락을 깔고 앉아, 오른쪽 볼에 큰 여드름에 마음 쓰면서 멍하니 비가 내리는 것을 바라보고 있었다.

 작자는 앞에서 "미천한 사나이가 비가 그치기를 기다리고 있었다"라고 썼다. 그러나 사나이는 비가 그쳐도 달리 무엇을 하려고 하는 기색도 없다. 평상시라면 물론 주인집으로 돌아가야 할 터였다. 그런데 그 주인한테서 4,5일전에 쫓겨났다. 앞에서도 썼듯이 당시 쿄토거리는 이만저만 쇠퇴한 것이 아니었다. 지금 이 사나이가 오랫동안 고용되어있던 주인으로부터 해고당한 것도 실은 이 쇠퇴함의 작은 여파에 지나지 않았다. 따라서 "사나이가 비가 그치기를 기다리고 있었다"고 하는 것보다는 "비 때문에 꼼짝 못한 사나이가 갈 곳이 없어서 어찌할 바를 모르고 있었다"라고 하는 편이 적절하다. 게다가 오늘 날씨도 적잖이, 이 헤이안 시대의 사나이의 센티멘탈리즘에 영향을 주었다. 오후 4시 늦게부터 내리기 시작한 비는 아직도 그칠 것 같지가 않다. 그래서 사나이는 만사를 제쳐놓고 당장 내일 살아갈 일을 어떻게든지 해보려고 해서 ― 말하자면 어찌할 도리가 없는 것을 어찌해 보려고, 종잡을 수 없는 궁리를 해가며 아까부터 스자꾸대로에 내리는 빗소리를 무심히 듣고 있었던 것이다.

 비는 라쇼몽을 둘러싸고 멀리서 쏴아 하는 소리를 몰고 온다. 어둠은 점점 하늘에 낮게 드리우고, 올려다보니 문의 지붕이, 비스듬히 내민 기와 끝에 무겁게 어슴푸레한 구름을 받치고 있었다.

 어쩔 도리가 없는 일을 어떻게든 하기 위해서는, 수단을 가리고 있을 여우가 없다. 수단을 가리고 있다가는 돌담 밑이나 길바닥 흙 위에서 굶어죽을 뿐이다. 그리고 이 문루 위로 옮겨져 와서는 개처럼 버려질 뿐이다. 수단을 가리지 않는다고 하면 ― 사나이의 생각은 몇 번이고 같은 생각을 되풀이한 끝에 겨우 이런 생각을 갖게 되었다. 그러나, 이 '수단을 가리지 않는다고 하면'은 언제까지나 결국 '않는다고 하면'의 결말을 위해서는 당연히 그 뒤에 '도둑이 되는 수밖에 없다'라는 사실이 온다는 것을 적극적으로 긍정할 용기가 나지 않았던 것이다.

사나이는 크게 재채기를 하고는 귀찮은 듯 일어섰다. 저녁공기가 쌀쌀한 쿄토 시내는 벌써 화로가 그리워질 만큼 추웠다. 바람은 문의 기둥과 기둥 사이를 어둠과 함께 사정없이 불어쳤다. 붉은 칠을 한 기둥에 앉아 있던 여치도 이미 어디론가 가버렸다.

사나이는 목을 움츠리면서 겹쳐 입은 감색 겹옷의 어깨를 움츠리고 문 주위를 둘러보았다. 비바람 걱정이 없는, 사람 눈에 띌 염려가 없는 하룻밤 편히 잘 수 있는 곳이 있으면 거기서 어찌되든 간에 밤을 새우려고 생각했기 때문이다. 그러자 다행히 문 위의 누각으로 올라가는, 폭이 넓고 게다가 붉은 칠을 한 사다리가 보였다. 그 위에, 사람이 있다고 해도 어차피 죽은 사람뿐이다. 사나이는 거기서, 허리에 찬 칼집에서 나무손잡이 칼이 빠져나오지 않도록 조심하면서, 짚신을 신은 발로 그 사다리의 맨 아랫단에 디뎌 놓았다.

그로부터 몇 분이 지난 일이다. 랴쇼몽의 누각 위로 올라가는, 폭이 넓은 사다리의 중간에서 한 사나이가 고양이처럼 몸을 움츠리고 숨을 죽이면서 위의 동정을 살피고 있었다. 누각 위에서 비치는 불빛이 희미하게 그 사나이의 오른 뺨을 드러내고 있었다. 짧은 수염 속에 빨갛게 고름진 여드름이 돋아 있는 뺨이다. 사나이는 처음부터 이 위에 있는 것은 죽은 사람뿐이라고 대수롭지 않게 여기고 있었다. 그런데 사다리를 두세단 올라가 보니, 위에서는 누군가 불을 켜고, 게다가 그 불을 한곳으로 올메고 있는 듯하다. 그것은 그 흐린 노란 불빛이 구석구석 거미집이 걸린 천정 안을 흔들면서 비췄기에 곧 알 수 있었던 것이다. 이 비오는 밤에 이 랴쇼몽 위에서 불을 켜고 있는 것을 보면 아무래도 보통 사람은 아니다.

사나이는 도마뱀처럼 발소리를 죽이고 가까스로 가파른 사다리를 맨 윗단까지 기듯이 올라갔다. 그리고 몸을 되도록 납작하게 엎드리고 목을 되도록 앞으로 내밀면서 조심스럽게 다락 안을 들여다보았다.

들여다보니, 다락 안에는, 소문에 듣던 대로, 몇 개의 시신이 아무렇게나 버려져 있었는데, 불빛이 미치는 범위가 생각보다 좁았기 때문에 그 수가 얼마나 되는지 알 수 없다. 단지 어렴풋이나마 알 수 있는 것은 그 안에 알몸과 시신과, 옷을 걸친 시신이 있다는 사실이다. 물론 개중에는 여인도 남정네도 섞여 있는 것 같다. 그리고 그 시체는 모두 그것이 지난날 살아 있던 인간이었다는 사실마저 의심스러울 만큼 흙을 빚어 만든 인형처럼 입을 벌리거나 팔을 뻗고서 여기저기 바닥위에 뒹굴고 있었다. 더구나 어깨나 가슴 등 높은 부위에 받은 희미한 불빛으로 낮은 부분의 그늘을 한층 더 어둡게 하면서 영원히 벙어리마냥 잠자코 있었다.

사나이는 그 시체들이 썩어서 풍기는 악취에 엉겁결에 코를 막았다. 그러나, 그 손은 다음 순간에는 이미 코를 막으려 하지 않았다. 어떤 강렬한 감정이 이 사나이의 후각을 거의 남김없이 마비시켜 버렸기 때문이다.

사나이의 눈은, 그때 비로소 그 시체들 사이에 웅크리고 앉아 있는 사람을 보았다. 노송나무색 갈의 옷을 입은, 키 작고 깡마른, 백발의, 원숭이와 같은 노파였다. 그 노파는 오른손에 불을 붙인 소나무 조각을 들고, 그 시체들 속에 있는 한 얼굴을 엿보듯이 바라보고 있었다. 머리카락이 긴 것으로 보아 아마도 여자시체일 것이다.

사나이는 6할의 공포와 4할의 호기심에 끌려서 잠시 동안 숨 쉬는 것조차 잊고 있었다. 옛 사람의 말을 빌리면, 「머리털이 곤두선다」와 같은 느낌이었다. 그러자 노파는 소나무 조각을 마룻바닥 사이에 꽂고 나서, 지금까지 바라보고 있던 시체의 머리에 양손을 대더니, 마치 어미 원숭이가 새끼 원숭이의 이를 잡아주듯이, 그 긴 머리카락을 한가닥씩 뽑기 시작했다. 머리카락은 손놀림에 따라 뽑히는 듯하다.

그 머리카락이 한 가닥씩 뽑힘에 따라 사나이의 마음에 공포심은 조금씩 사라져갔다. 그리고 그와 동시에 이 노파에 대한 격렬한 증오가 일기 시작했다. ─ 아니, 이 노파에 대해서라고 해서는 어폐가 있을지도 모른다. 오히려 모든 악에 대한 반감이 점점 강도를 더해왔다고 할 것이다. 이때, 누군가가 이 사나이에게 아까 문 밑에서 이 사나이가 생각하고 있던, 굶어 죽느냐, 도둑이 되느냐의 문제를 새삼스럽게 끄집어낸다면, 아마 사나이는 아무 미련도 없이 굶어죽는 쪽을 택했을 것이다. 그만큼 이 사나이가 악을 증오하는 마음은 노파가 마루에 꽂은 소나무 조각처럼, 활활 타오르고 있었던 것이다.

사나이는 물론, 노파가 왜 시체의 머리카락을 뽑는지 알 수 없었다. 그러나 사나이로서는 이렇게 비 내리는 밤에, 이 라쇼몽 위에서 죽은 사람의 머리카락을 뽑는다는 사실, 그것만으로도 이미 용서할 수 없는 악이었다. 물론 사나이는 조금 전까지 자신이 도둑이 될 생각을 가지고 있었다는 것 따위는 까맣게 잊고 있는 것이다.

그래서 사나이는 양다리에 힘을 주고, 갑자기 사다리에서 위로 뛰어올랐다. 그리고 나무손잡이가 달린 칼에 손을 대면서, 성큼성큼 노파 앞으로 다가갔다. 노파가 놀란 것은 말할 나위도 없다.

노파는 흘깃 사나이를 보더니, 마치 새총에 튕겨나듯이 튀어올랐다.

"너 이년, 어딜 가?"

사나이는, 노파가 시체에 걸려 넘어지면서, 허둥지둥 도망치려고 하는 앞을 가로막고 이렇게 호통쳤다.

노파는 그래도 사나이를 밀어젖히고 가려고 한다. 사나이는 또 그것을 가지 못하게 하려고 도로 민다. 두 사람은 시체 사이에서 잠시 말없이, 마주 붙어 싸웠다. 그러나 승패는, 처음부터 뻔한 것이었다. 사나이는 결국 노파의 팔을 움켜잡고는 억지로 그곳에 쓰러뜨렸다. 마치 닭다리처럼, 뼈와 가죽만 남은 팔이었다.

"무슨 짓을 하고 있었지. 말해. 말하지 않으면 이거야."

사나이는 노파를 떼밀어버리고는 휙 칼을 뽑아 흰 강철빛 칼날을 그 눈앞에 들이댔다. 하지만 노파는 잠자코 있다. 양손을 부들부들 떨면서 어깨로 가쁘게 숨을 쉬면서 눈알이 눈꺼풀 밖으로 튀어나오기라도 하듯 크게 뜨고, 벙어리처럼 계속 침묵을 지키고 있다. 그것을 보자, 사나이는 비로소 명백하게 이 노파의 생사가 완전히 자기의 의지의 지배하에 있다는 것을 의식했다. 그리고 이 의식은 지금까지 격렬하게 타오르고 있던 증오심을 어느새 누그러뜨리고 말았다. 뒤에 남은 것은 오직 어떤 일을 끝내서 그것이 원만하게 성취되었을 때의 뿌듯한 성취감과 만족감만이 있을 뿐이다. 그래서, 사나이는 노파를 내려다보면서 조금 목소리를 누그러뜨리고 이렇게 말했다.

"나는 경시청의 관리는 아니다. 방금 이 문루 밑을 지나가던 나그네다. 그러니 너에게 포박을 해서 어떻게 하려고 하는 것은 아니다. 단지, 지금 이 문루에서 무엇을 하고 있었는지, 그것을 나에게 말해주기만 하면 되는 거야."

그러자 노파는 휘둥그레져 있던 눈을 한층 더 크게 뜨고 빤히 그 사나이의 얼굴을 지켜보았다. 눈두덩이 빨갛게 된, 육식조와 같은 날카로운 눈으로 보고 있었던 것이다. 그리고 주름살로 코와 거의 맞붙어 있는 입술을 무언가 씹고 있는 듯 움직였다. 가느다란 목에서 툭 튀어난 목젖이 움직이고 있는 것이 보인다. 그때 그 목에서 까마귀가 우는 듯한 쉰 목소리가 헐떡헐떡하며 사나이의 귀에 전해져왔다.

"이 머리카락을 뽑아서요. 이 머리카락을 뽑아서 가발을 만들려고 해요."

사나이는 노파의 대답이 의외로, 평범한 것에 실망했다. 그리고 실망함과 동시에 아까 느꼈던 증오가, 차가운 모멸감과 함께 마음속에 생겨났다. 그러자 그 마음이 상대에게도 통했던지, 노파는 한 손에 아직도 시체의 머리에서 뽑은 긴 머리카락을 쥔 채, 두꺼비의 중얼거림과도 같은 소리로 더듬거리면서, 이런 말을 했다.

"사실, 죽은 사람의 머리카락을 뽑는다는 것은 매우 나쁜 일인지도 모르지요. 하지만 여기에 있는, 죽은 사람들은 모두 그만한 일을 당해도 무방한 사람뿐이라구요. 제가 지금 머리카락을 뽑은 여인은 뱀을 12센치미터씩 잘라, 말린 생선이라고 속여, 대궐 경비의 무관들에게 팔러 다녔죠. 역병에 걸려 죽지 않았다면, 지금도 팔러 다녔을 테지요. 그것도 말이에요. 이 여인이 파는 건어물은 맛이 좋다고 해서 경비병들이 한 사람도 빠뜨리지 않고 반찬거리고 샀다고 해요. 나는 이 여인이 한 짓이 나쁘다고는 생각지 않아요. 그렇게 하지 않으면 굶어죽는 수밖에 없으니 어쩔 수 없어 한 일이겠죠. 그러니까 지금 내가 한 일도 나쁘다고는 생각지 않아요. 이렇게라도 역시 하지 않으면, 굶어죽을 테니까요, 하는 수 없이 하는 일이에요. 그러니 그 어쩔 수 없는 일임을 잘 알고 있던 이 여인은 어쩌면 내가 하는 짓도 너그러이 봐주겠지요."

노파는, 대충 이런 뜻의 말을 했다.

사나이는 칼을 거두고, 그 칼자루를 왼손으로 누르면서 냉정히 이 얘기를 듣고 있었다. 물론, 오른손으로는 빨갛게 고름진, 볼의 커다란 여드름에 신경을 쓰면서, 듣고 있는 것이다. 그러나 이야기를 듣고 있는 동안에 사나이의 마음에는 어떤 용기가 솟구쳐왔다. 그것은 아까 문 밑에서, 이 사나이에게는 없었던 용기이다. 그리고 또 아까 이 문 위에 올라와서 이 노파를 붙들어냈을 때의 마음과는 전혀 다른 방향으로 움직이려고 하는 것이다. 사나이는 굶어죽느냐, 도둑이 되느냐 하는 것에, 망설이는 짓 따위는 하지 않게 되었다. 그때의 이사나이의 마음을 말하자면, 굶어죽는 것 따위는 거의 생각조차 할 수 없을 만큼, 의식 밖으로 밀려나 있었다.

"틀림없이 그런가?"

노파의 얘기가 끝나자, 사나이는 비웃는 듯한 소리로 다짐했다. 그리고 한발 앞으로 나서자, 갑자기 오른손을 여드름에서 떼고, 노파의 목덜미를 움켜잡으면서 물어뜯을 듯 이렇게 말했다.

"그렇다면, 내가 당신의 옷을 빼앗아도 원망하지 마라, 나도 그렇게 하지 않으면 굶어 죽을 신세다."

사나이는 재빠르게 노파의 옷을 벗겨 빼앗았다. 그리고는 다리를 붙들고 늘어지려는 노파를 난폭하게 시체 위로 걷어차서 쓰러뜨렸다. 계단입구까지는 불과 다섯 발자국을 헤아릴 거리였다. 사나이는 뺏어든 노송나무색 옷을 옆구리에 끼고 눈 깜짝 할 사이에 가파른 사다리를 그것도 컴컴한 아래쪽으로 뛰어 내려갔다.

잠시, 죽은 듯이 쓰러져 있던 노파가 시체 속에서, 그 벌거벗은 몸을 일으킨 것은 그로부터 얼마 지나지 않아서였다. 노파는 중얼거리는 듯한, 신음하는 듯한 소리를 내면서 아직도 타오르고 있는 불빛에 의지해, 계단입구까지 기어갔다. 그리고 거기에서 짧은 백발을 거꾸로 늘어뜨려 문 밑을 들여다보았다. 밖에는 오직 칠 흙 같은 어둠만 깔려 있을 뿐이다.

사나이의 행방은 아무도 모른다.

♣ 原題：**鼻**

　禅智内供（ぜんちないぐ）の鼻と云えば、池（いけ）の尾（お）で知らない者はない。長さは五六寸あって上唇（うわくちびる）の上から顋（あご）の下まで下っている。形は元も先も同じように太い。云わば細長い腸詰（ちょうづ）めのような物が、ぶらりと顔のまん中からぶら下っているのである。

　五十歳を越えた内供は、沙弥（しゃみ）の昔から、内道場供奉（ないどうじょうぐぶ）の職に陞（のぼ）った今日（こんにち）まで、内心では始終この鼻を苦に病んで来た。勿論（もちろん）表面では、今でもさほど気にならないような顔をしてすましている。これは専念に当来（とうらい）の浄土（じょうど）を渇仰（かつぎょう）すべき僧侶（そうりょ）の身で、鼻の心配をするのが悪いと思ったからばかりではない。それよりむしろ、自分で鼻を気にしていると云う事を、人に知られるのが嫌だったからである。内供は日常の談話の中に、鼻と云う語が出て来るのを何よりも惧（おそ）れていた。

　内供が鼻を持てあました理由は二つある。―― 一つは実際的に、鼻の長いのが不便だったからである。第一飯を食う時にも独りでは食えない。独りで食えば、鼻の先が鋺（かなまり）の中の飯へとどいてしまう。そこで内供は弟子の一人を膳の向うへ坐らせて、飯を食う間中、広さ一寸長さ二尺ばかりの板で、鼻を持上げていて貰う事にした。しかしこうして飯を食うと云う事は、持上げている弟子にとっても、持上げられている内供にとっても、決して容易な事ではない。一度この弟子の代りをした中童子（ちゅうどうじ）が、嚏（くさめ）をした拍子に手がふ

るえて、鼻を粥（かゆ）の中へ落した話は、当時京都まで喧伝（けんでん）された。――けれどもこれは内供にとって、決して鼻を苦に病んだ重（おも）な理由ではない。内供は実にこの鼻によって傷つけられる自尊心のために苦しんだのである。

　池の尾の町の者は、こう云う鼻をしている禅智内供のために、内供の俗でない事を仕合せだと云った。あの鼻では誰も妻になる女があるまいと思ったからである。中にはまた、あの鼻だから出家（しゅっけ）したのだろうと批評する者さえあった。しかし内供は、自分が僧であるために、幾分でもこの鼻に煩（わずらわ）される事が少くなったと思っていない。内供の自尊心は、妻帯と云うような結果的な事実に左右されるためには、余りにデリケイトに出来ていたのである。そこで内供は、積極的にも消極的にも、この自尊心の毀損（きそん）を恢復（かいふく）しようと試みた。

　第一に内供の考えたのは、この長い鼻を実際以上に短く見せる方法である。これは人のいない時に、鏡へ向って、いろいろな角度から顔を映しながら、熱心に工夫（くふう）を凝（こ）らして見た。どうかすると、顔の位置を換えるだけでは、安心が出来なくなって、頬杖（ほおづえ）をついたり頤（あご）の先へ指をあてがったりして、根気よく鏡を覗いて見る事もあった。しかし自分でも満足するほど、鼻が短く見えた事は、これまでにただの一度もない。時によると、苦心すればするほど、かえって長く見えるような気さえした。内供は、こう云う時には、鏡を箱へしまいながら、今更のようにため息をついて、不承不承にまた元の経机（きょうづくえ）へ、観音経（かんのんぎょう）をよみに帰るのである。

　それからまた内供は、絶えず人の鼻を気にしていた。池の尾の寺は、僧供講説（そうぐこうせつ）などのしばしば行われる寺である。寺の内

には、僧坊が隙なく建て続いて、湯屋では寺の僧が日毎に湯を沸かしている。従ってここへ出入する僧俗の類（たぐい）も甚だ多い。内供はこう云う人々の顔を根気よく物色した。一人でも自分のような鼻のある人間を見つけて、安心がしたかったからである。だから内供の眼には、紺の水干（すいかん）も白の帷子（かたびら）もはいらない。まして柑子色（こうじいろ）の帽子や、椎鈍（しいにび）の法衣（ころも）なぞは、見慣れているだけに、有れども無きが如くである。内供は人を見ずに、ただ、鼻を見た。――しかし鍵鼻（かぎばな）はあっても、内供のような鼻は一つも見当らない。その見当らない事が度重なるに従って、内供の心は次第にまた不快になった。内供が人と話しながら、思わずぶらりと下っている鼻の先をつまんで見て、年甲斐（としがい）もなく顔を赤らめたのは、全くこの不快に動かされての所為（しょい）である。

　最後に、内供は、内典外典（ないてんげてん）の中に、自分と同じような鼻のある人物を見出して、せめても幾分の心やりにしようとさえ思った事がある。けれども、目連（もくれん）や、舎利弗（しゃりほつ）の鼻が長かったとは、どの経文にも書いてない。勿論竜樹（りゅうじゅ）や馬鳴（めみょう）も、人並の鼻を備えた菩薩（ぼさつ）である。内供は、震旦（しんたん）の話の序（ついで）に蜀漢（しょくかん）の劉玄徳（りゅうげんとく）の耳が長かったと云う事を聞いた時に、それが鼻だったら、どのくらい自分は心細くなくなるだろうと思った。

　内供がこう云う消極的な苦心をしながらも、一方ではまた、積極的に鼻の短くなる方法を試みた事は、わざわざここに云うまでもない。内供はこの方面でもほとんど出来るだけの事をした。烏瓜（からすうり）を煎（せん）じて飲んで見た事もある。鼠の尿（いばり）を鼻へなすって見た事もある。しかし何をどうしても、鼻は依然として、五六寸の長さをぶらりと唇の上にぶら下げているではないか。

所がある年の秋、内供の用を兼ねて、京へ上った弟子(でし)の僧が、知己(しるべ)の医者から長い鼻を短くする法を教わって来た。その医者と云うのは、もと震旦(しんたん)から渡って来た男で、当時は長楽寺(ちょうらくじ)の供僧(ぐそう)になっていたのである。

内供は、いつものように、鼻などは気にかけないと云う風をして、わざとその法もすぐにやって見ようとは云わずにいた。そうして一方では、気軽な口調で、食事の度毎に、弟子の手数をかけるのが、心苦しいと云うような事を云った。内心では勿論弟子の僧が、自分を説伏(ときふ)せて、この法を試みさせるのを待っていたのである。弟子の僧にも、内供のこの策略がわからない筈はない。しかしそれに対する反感よりは、内供のそう云う策略をとる心もちの方が、より強くこの弟子の僧の同情を動かしたのであろう。弟子の僧は、内供の予期通り、口を極めて、この法を試みる事を勧め出した。そうして、内供自身もまた、その予期通り、結局この熱心な勧告に聴従(ちょうじゅう)する事になった。

その法と云うのは、ただ、湯で鼻を茹(ゆ)でて、その鼻を人に踏ませると云う、極めて簡単なものであった。

湯は寺の湯屋で、毎日沸かしている。そこで弟子の僧は、指も入れられないような熱い湯を、すぐに提(ひさげ)に入れて、湯屋から汲んで来た。しかしじかにこの提へ鼻を入れるとなると、湯気に吹かれて顔を火傷(やけど)する惧(おそれ)がある。そこで折敷(おしき)へ穴をあけて、それを提の蓋(ふた)にして、その穴から鼻を湯の中へ入れる事にした。鼻だけはこの熱い湯の中へ浸(ひた)しても、少しも熱くないのである。しばらくすると弟子の僧が云った。

――もう茹(ゆだ)った時分でござろう。

内供は苦笑した。これだけ聞いたのでは、誰も鼻の話とは気がつかないだろうと思ったからである。鼻は熱湯に蒸(む)されて、蚤(のみ)

の食ったようにむず痒(がゆ)い。

　弟子の僧は、内供が折敷の穴から鼻をぬくと、そのまだ湯気の立っている鼻を、両足に力を入れながら、踏みはじめた。内供は横になって、鼻を床板の上へのばしながら、弟子の僧の足が上下(うえした)に動くのを眼の前に見ているのである。弟子の僧は、時々気の毒そうな顔をして、内供の禿(は)げ頭を見下しながら、こんな事を云った。

　――痛うはござらぬかな。医師は責(せ)めて踏めと申したで。じゃが、痛うはござらぬかな。

　内供は首を振って、痛くないと云う意味を示そうとした。所が鼻を踏まれているので思うように首が動かない。そこで、上眼(うわめ)を使って、弟子の僧の足に皸(あかぎれ)のきれているのを眺めながら、腹を立てたような声で、

　――痛うはないて。

と答えた。実際鼻はむず痒い所を踏まれるので、痛いよりもかえって気もちのいいくらいだったのである。

　しばらく踏んでいると、やがて、粟粒(あわつぶ)のようなものが、鼻へ出来はじめた。云わば毛をむしった小鳥をそっくり丸炙(まるやき)にしたような形である。弟子の僧はこれを見ると、足を止めて独り言のようにこう云った。

　――これを鑷子(けぬき)でぬけと申す事でござった。

　内供は、不足らしく頬をふくらせて、黙って弟子の僧のするなりに任せて置いた。勿論弟子の僧の親切がわからない訳ではない。それは分っても、自分の鼻をまるで物品のように取扱うのが、不愉快に思われたからである。内供は、信用しない医者の手術をうける患者のような顔をして、不承不承に弟子の僧が、鼻の毛穴から鑷子(けぬき)で脂(あぶら)をとるのを眺めていた。脂は、鳥の羽の茎(くき)のような形をし

て、四分ばかりの長さにぬけるのである。

　やがてこれが一通りすむと、弟子の僧は、ほっと一息ついたような顔をして、

　――もう一度、これを茹でればようござる。

　と云った。

　内供はやはり、八の字をよせたまま不服らしい顔をして、弟子の僧の云うなりになっていた。

　さて二度目に茹でた鼻を出して見ると、成程、いつになく短くなっている。これではあたりまえの鍵鼻と大した変りはない。内供はその短くなった鼻を撫（な）でながら、弟子の僧の出してくれる鏡を、極（きま）りが悪るそうにおずおず覗（のぞ）いて見た。

　鼻は――あの顋（あご）の下まで下っていた鼻は、ほとんど嘘のように萎縮して、今は僅（わずか）に上唇の上で意気地なく残喘（ざんぜん）を保っている。所々まだらに赤くなっているのは、恐らく踏まれた時の痕（あと）であろう。こうなれば、もう誰も哂（わら）うものはないにちがいない。――鏡の中にある内供の顔は、鏡の外にある内供の顔を見て、満足そうに眼をしばたたいた。

　しかし、その日はまだ一日、鼻がまた長くなりはしないかと云う不安があった。そこで内供は誦経（ずぎょう）する時にも、食事をする時にも、暇さえあれば手を出して、そっと鼻の先にさわって見た。が、鼻は行儀（ぎょうぎ）よく唇の上に納まっているだけで、格別それより下へぶら下って来る景色もない。それから一晩寝てあくる日早く眼がさめると内供はまず、第一に、自分の鼻を撫でて見た。鼻は依然として短い。内供はそこで、幾年にもなく、法華経（ほけきょう）書写の功を積んだ時のような、のびのびした気分になった。

　所が二三日たつ中に、内供は意外な事実を発見した。それは折から、

用事があって、池の尾の寺を訪れた侍（さむらい）が、前よりも一層可笑（おか）しそうな顔をして、話も碌々（ろくろく）せずに、じろじろ内供の鼻ばかり眺めていた事である。それのみならず、かつて、内供の鼻を粥（かゆ）の中へ落した事のある中童子（ちゅうどうじ）なぞは、講堂の外で内供と行きちがった時に、始めは、下を向いて可笑（おか）しさをこらえていたが、とうとうこらえ兼ねたと見えて、一度にふっと吹き出してしまった。用を云いつかった下法師（しもほうし）たちが、面と向っている間だけは、慎（つつし）んで聞いていても、内供が後（うしろ）さえ向けば、すぐにくすくす笑い出したのは、一度や二度の事ではない。

　内供ははじめ、これを自分の顔がわりがしたせいだと解釈した。しかしどうもこの解釈だけでは十分に説明がつかないようである。――勿論、中童子や下法師が哂（わら）う原因は、そこにあるのにちがいない。けれども同じ哂うにしても、鼻の長かった昔とは、哂うのにどことなく容子（ようす）がちがう。見慣れた長い鼻より、見慣れない短い鼻の方が滑稽（こっけい）に見えると云えば、それまでである。が、そこにはまだ何かあるらしい。

　――前にはあのようにつけつけとは哂わなんだて。

　内供は、誦（ず）しかけた経文をやめて、禿（は）げ頭を傾けながら、時々こう呟（つぶや）く事があった。愛すべき内供は、そう云う時になると、必ずぼんやり、傍（かたわら）にかけた普賢（ふげん）の画像を眺めながら、鼻の長かった四五日前の事を憶（おも）い出して、「今はむげにいやしくなりさがれる人の、さかえたる昔をしのぶがごとく」ふさぎこんでしまうのである。――内供には、遺憾（いかん）ながらこの問に答を与える明が欠けていた。

　――人間の心には互に矛盾（むじゅん）した二つの感情がある。勿

論、誰でも他人の不幸に同情しない者はない。所がその人がその不幸を、どうにかして切りぬける事が出来ると、今度はこっちで何となく物足りないような心もちがする。少し誇張して云えば、もう一度その人を、同じ不幸に陥(おとし)れて見たいような気にさえなる。そうしていつの間にか、消極的ではあるが、ある敵意をその人に対して抱くような事になる。――内供が、理由を知らないながらも、何となく不快に思ったのは、池の尾の僧俗の態度に、この傍観者の利己主義をそれとなく感づいたからにほかならない。

　そこで内供は日毎に機嫌(きげん)が悪くなった。二言目には、誰でも意地悪く叱(しか)りつける。しまいには鼻の療治(りょうじ)をしたあの弟子の僧でさえ、「内供は法慳貪(ほうけんどん)の罪を受けられるぞ」と陰口をきくほどになった。殊に内供を怒らせたのは、例の悪戯(いたずら)な中童子である。ある日、けたたましく犬の吠(ほ)える声がするので、内供が何気なく外へ出て見ると、中童子は、二尺ばかりの木の片(きれ)をふりまわして、毛の長い、痩(や)せた尨犬(むくいぬ)を逐(お)いまわしている。それもただ、逐いまわしているのではない。「鼻を打たれまい。それ、鼻を打たれまい」と囃(はや)しながら、逐いまわしているのである。内供は、中童子の手からその木の片をひったくって、したたかその顔を打った。木の片は以前の鼻持上(はなもた)げの木だったのである。

　内供はなまじいに、鼻の短くなったのが、かえって恨(うら)めしくなった。

　するとある夜の事である。日が暮れてから急に風が出たと見えて、塔の風鐸(ふうたく)の鳴る音が、うるさいほど枕に通(かよ)って来た。その上、寒さもめっきり加わったので、老年の内供は寝つこうとしても寝つかれない。そこで床の中でまじまじしていると、ふと鼻がいつ

になく、むず痒(かゆ)いのに気がついた。手をあてて見ると少し水気(すいき)が来たようにむくんでいる。どうやらそこだけ、熱さえもあるらしい。

　――無理に短うしたで、病が起ったのかも知れぬ。

　内供は、仏前に香花(こうげ)を供(そな)えるような恭(うやうや)しい手つきで、鼻を抑えながら、こう呟いた。

　翌朝、内供がいつものように早く眼をさまして見ると、寺内の銀杏(いちょう)や橡(とち)が一晩の中に葉を落したので、庭は黄金(きん)を敷いたように明るい。塔の屋根には霜が下りているせいであろう。まだうすい朝日に、九輪(くりん)がまばゆく光っている。禅智内供は、蔀(しとみ)を上げた縁に立って、深く息をすいこんだ。

　ほとんど、忘れようとしていたある感覚が、再び内供に帰って来たのはこの時である。

　内供は慌てて鼻へ手をやった。手にさわるものは、昨夜(ゆうべ)の短い鼻ではない。上唇の上から顋(あご)の下まで、五六寸あまりもぶら下っている、昔の長い鼻である。内供は鼻が一夜の中に、また元の通り長くなったのを知った。そうしてそれと同時に、鼻が短くなった時と同じような、はればれした心もちが、どこからともなく帰って来るのを感じた。

　――こうなれば、もう誰も哂(わら)うものはないにちがいない。

　内供は心の中でこう自分に囁(ささや)いた。長い鼻をあけ方の秋風にぶらつかせながら。

　　　　　　　　　　　　　　　（大正五年一月）

2. 코

　젠치 나이구(禪 智內供) 스님의 코로 말할 것 같으면 이케노오(池の尾)에서 모르는 사람이 없다. 길이가 약 15,18센치미터나 되고, 윗입술 위에서 턱 밑까지 매달려 있다. 모양은 밑둥과 끝이 똑같이 굵다. 말하자면 가늘고 기다란 순대 같은 물건이 대롱대롱 얼굴 한복판에 매달려 있는 것이다.
　쉰 살이 넘은 나이구는 사미승시절부터 궁중의 내도량의 공봉의 자리에 오른 오늘날까지 내심으론 늘 이 코 때문에 마음고생을 해 왔다. 물론 겉으로는 지금도 별로 신경이 쓰이지 않는 것 같은 얼굴로 시치미를 떼고 있지만. 이것은 전심전력해서 내세의 정토를 갈앙해야할 승려의 몸으로 코 걱정을 하는 것은 좋지 않다고 생각했기 때문만은 아니다. 그보다는 오히려 자기가 코에 신경을 쓰고 있다는 것이 남에게 알려지는 것이 싫었기 때문이다. 나이구는 일상 이야기 속에 코라는 말이 나오는 것을 무엇보다도 두려워하고 있었다.
　나이구가 코를 짐스럽고 귀찮아한 이유는 두 가지이다. ― 첫째 실제로 긴 코가 불편했기 때문이다. 우선 밥을 먹을 때도 혼자서는 먹을 수가 없다. 혼자서 먹으면 코끝이 밥공기 안의 밥에 닿고 만다. 그래서 나이구는 제자 하나를 상 맞은편에 앉혀 놓고, 밥을 먹는 동안 내내 넓이 한 치, 길이 두자 가량의 판자로 코를 받치게 했다. 그러나 이렇게 해서 밥을 먹는다는 일은, 들어 올리고 있는 제자에게도 들어 올려지고 있는 나이구에게도 결코 쉬운 일이 아니다. 한번은 제자 대신 동자승이 들어 올리고 있었는데 그가 재채기를 하는 바람에 그만 코를 죽 속에 빠뜨린 이야기는 당시 쿄토까지 소문이 파다했다. ― 그러나 이것은 나이구로서 결코 코 때문에 속을 썩인 주된 이유는 아니다. 나이구는 실은 이 긴코로 인해 상처받는 자존심 때문에 괴로워했다.

이케노오 마을 사람들은 이러한 코를 가진 젠치 나이구를 위해, 나이구가 속인이 아닌 것이 다행이라고들 했다. 그런 코를 가지고는 아무도 마누라가 될 여자가 없을 것이라고 생각했기 때문이다. 그중에는 또 그 코 때문에 출가했을 것이라고 생각하는 사람까지 있었다. 그러나 나이구는 그 자신이 승려이기 때문에 코로 인해서 번거롭게 되는 일이 줄어들었다고 생각하지는 않는다. 나이구의 자존심은 아내를 얻는 것과 같은 결과적 사실에 좌우되기에는 너무나 미묘하게 생겨먹었던 것이다. 그래서 나이구는 적극적으로나 소극적으로나 이 상처받은 자존심을 회복하고자 애썼다.

먼저 나이구가 생각한 것은 이 긴 코를 실제 보다도 짧게 보이게 하는 방법이다. 이것은 사람이 없을 때 거울을 향해 여러 각도에서 얼굴을 비춰 보면서 열심히 생각했다. 어떤 때는 얼굴 위치를 바꾸는 것만으로는 안심이 안 되어 턱을 괴기도 하고 턱 끝에 손가락을 대기도 하면서 열심히 거울을 들여다보았다. 그러나 스스로도 만족할 만큼 코가 짧게 보인 적은 지금까지 단 한 번도 없었다. 어떤 때는 애를 쓰면 쓸수록 오히려 길게 보이는 것 같은 느낌마저 들었다. 나이구는 이런 때면 거울을 상자에 넣으면서 새삼스럽게 한숨을 쉬고는 마지못해 다시 경상(經床)으로 관음경을 읽으러 갔다.

그리고 또 나이구는 언제나 남의 코에 대해 신경을 쓰고 있었다. 이케노오 절은 승공강설(僧供講說) 등이 가끔 열리는 절이다. 절 안에는 승방이 빈틈없이 이어져 있고, 목욕탕에서는 스님이 매일 물을 끓이고 있다. 따라서 이곳에 드나드는 승속(僧俗)의 부류도 매우 많다. 나이구는 이런 사람들의 얼굴을 자세히 관찰했다. 한 사람이라도 자기와 같은 코를 지닌 인간을 찾아서 마음적으로 위로를 받고 싶었던 것이다. 그래서 나이구의 눈에는 감색의 옷감도 흰색의 홑옷도 들어오지 않는다. 그러니 홍 귤색의 모자나 흑회색의 승복 따위는 눈에 익숙해 있었으리만큼 있어보았자 없는 것과 마찬가지다. 나이구는 사람을 보지 않고 오직 코만 보았다. — 그러나 매부리코는 있어도 나이구와 같은 코는 하나도 눈에 띄지 않았다. 이런 일이 거듭됨에 따라 나이구의 마음은 차츰차츰 다시 불쾌해졌다. 나이구가 다른 사람과 이야기를 하면서 무의식적으로 길게 매달려 있는 코끝을 쥐어 보고는, 나이 값도 못하고 얼굴을 붉힌 것은 전적으로 이 불쾌감에 동요되었다는 것이다.

결국 나이구는 내전외전(內典外典)속에 자신과 똑같은 코를 지닌 인물을 찾아내어 나름대로 조금의 위안이라도 삼으려고 생각한 일도 있다. 그러나 목련(目連)이나 사리불(舍利弗)의 코가 길었다는 말은 어느 경전에도 쓰여 있지 않았다. 물론 용수(龍樹)며 마명(馬鳴)도 보통 사람의 코를 지닌 보살이다. 나이구는 중국의 이야기 끝에 촉한의 유현덕의 귀가 길었다는 이야기를 들었을 때, 그것이 코였더라면 얼마나 자신의 허전함이 없어질까 하고 생각했다.

나이구가 이렇게 소극적으로 고심을 하면서도, 한편으로는 또 적극적으로 코가 짧게 되는 방법을 시도해 보았다는 얘기는 일부러 여기서 말할 필요도 없다. 나이구는 이 방면에서도 거의 할 수 있는 만큼의 노력을 했다. 쥐참외를 달여 먹은 일도 있다. 뒤 오줌을 코에 문질러 본 일도 있다. 그러나 무엇을 어떻게 하든 간에 15,18센티미터 되는 코는 여전히 대롱대롱 입술 위에 늘어뜨리고 있는 게 아닌가.

그런데 어느 해 가을, 나이구의 심부름을 겸해 경도에 올라간 제자스님이 잘 아는 의사한테 긴 코를 짧게 하는 방법을 배워 왔다. 그 의사라는 사람은 원래 중국에서 건너온 남자로서 현재는 장락사의 공승(供僧)이 되어 있었던 것이다.

나이구는 평소처럼 코 따위는 신경을 쓰지 않는 체를 하며, 일부러 그 방법도 당장에 해보자는 말을 안 하고 있었다. 그리고 한편으로는 지나가는 말투로 식사 때마다 제자에게 수고를 끼치는 게 마음에 걸린다는 말을 했다. 속으로는 물론 제자 스님이 자기를 설득해서 그 방법을 시도케 하기를 기다리고 있었던 것이다. 제자 스님인들 나이구의 이 같은 생각을 모를 리가 없다. 그러나 그런 생각에 대한 반감보다는 나이구가 그러한 책략을 부리는 마음 쪽이 훨씬 더 이 제자 스님의 동정을 자아냈다. 제자 스님은 나이구가 예기한 대로 온갖 말로 이 방법을 시도할 것을 권유하기 시작했다. 그리고 나이구 자신도 역시, 그 예상대로 결국 제자스님의 간곡한 권고에 따르게 되었다.

그 방법이란 그저 뜨거운 물로 코를 삶아 그 코를 남에게 밟게 하는 지극히 간단한 것이었다.

뜨거운 물이라면 절의 목욕간에서 매일 끓이고 있었다. 그래서 제자 스님은 손가락도 담글 수 없을 정도 뜨거운 물을 즉시 냄비주전자에 담아 목욕간에서 길러왔다. 그렇지만 직접 이 냄비주전자에 코를 담갔다가 김을 쐬어서 얼굴을 델 염려가 있었다. 그래서 네모난 쟁반에 구멍을 뚫어, 그것을 남비 주전자의 뚜껑으로 삼고, 그 구멍을 통해 코를 뜨거운 물속에 넣기로 했다. 코만큼은 뜨거운 물에 담가도 조금도 뜨겁지 않았다. 잠시 후 제자 스님이 말했다

"이젠 삶아졌을 것입니다."

나이구는 쓴웃음을 지었다. 이 말만 들어가지고는 아무도 코에 관한 이야기라고는 알아차리지 못할 것이라 생각했기 때문이다. 코는 열탕에 익혀져서 벼룩이 물어뜯은 것처럼 근질근질거렸다.

제자 스님은 나이구가 구멍이 나있는 네모쟁반에서 코를 빼내자, 아직도 김이 나고 있는 코를 양 발에 힘을 주어 밟기 시작했다. 나이구는 엎드

려 코를 마룻바닥에 늘어뜨리고서, 제자 스님의 발이 위아래로 움직이는 것을 보고 있었다. 제자 스님은 때때로 애처로운 듯한 표정을 지으며 나이구의 대머리를 내려다보면서 이런 말을 했다.

"아프지는 않으십니까? 의사는 단단히 밟으라고 했습니다. 그런데 아프지는 않으십니까?"

나이구는 고개를 흔들어 아프지 않다는 뜻을 나타내려 했다. 그렇지만 코를 밟히고 있는 터라 생각대로 고개가 움직여지지 않았다. 그래서 눈을 치뜨고 제자 스님의 발이 얼어서 튼 자국을 바라보면서 화가 난 것 같은 목소리로,

"아프지는 않네."

하고 대답했다. 실제로는 코가 가려운 데를 밟고 있기 때문에 아프기는커녕 오히려 기분이 좋을 정도였던 것이다.

한동안 밟고 있자니, 마침내 좁쌀알 같은 것이 코에 돋아나기 시작했다. 말하자면 털을 뽑은 새를 통째로 구운 것 같은 모양이었다. 제자 스님이 그것을 보자, 발을 멈추고 혼잣말처럼 이렇게 말했다.

"이걸 족집게로 뽑으라고 하더군요."

나이구는 불만스러운 듯 볼을 부풀리고서, 잠자코 제자 스님이 하는 대로 맡겨 두었다. 물론 제자 스님의 친절을 모르는 바 아니다. 그런 줄은 알지만, 자기의 코를 마치 물건처럼 취급하는 것이 불쾌하게 여겨졌기 때문이다. 나이구는 신용할 수 없는 의사의 수술을 받는 환자 같은 표정을 짓고 마지못해 제자 스님이 털구멍에 족집게로 기름을 빼내는 것을 바라보고 있었다. 기름은 새털심 같은 모양으로 4푼 가량의 길이로 빠져 나왔다.

마침내 이 일이 한차례 끝나자, 제자 스님은 한숨 돌린 듯한 표정을 짓고는

"다시 한 번 이것을 삶도록 하겠습니다."

고 했다.

　나이구는 이마를 찌 뿌린 채 불만스러운 표정을 지으면서도 제자 스님이 하는 대로 맡겨 두었다.

　그런데 두 번째로 삶은 코를 꺼내어보니, 정말 평소 때 보다 짧아져 있었다. 이쯤 되면 흔하게 있는 매부리코와 별 차이가 없다. 나이구는 그 짧아진 코를 쓰다듬으며 제자 스님이 꺼내어 준 거울을 창피스러운 듯이 조심조심 들어 다 보았다.

　코는 — 그 턱 아래까지 늘어져 있던 코는 거의 거짓말처럼 위축되어, 이제 겨우 윗입술 위에서 풀이 죽은 채 겨우 붙어 있었다. 군데군데 얼룩지게 빨갛게 되어 있는 것은 아마도 밟혔을 때의 자국일 곳이다. 이쯤 되면, 이제 아무도 웃는 이가 없을 것이다. — 거울 속에 있는 나이구의 얼굴은 거울밖에 있는 나이구의 얼굴을 보고 만족스러운 듯이 눈을 깜박거렸다.

　그러나 그 날은 그래도 종일토록 코가 다시 길어지지 않을까하는 불안이 있었다. 그래서 나이구는 독경을 할 때나, 식사를 할 때나 틈이 나기만 하면 손을 들어 살짝 코끝을 만져 보았다. 그러나 코는 의젓하게 입술 위쪽에 자리를 잡고 있을 뿐, 각별히 그 보다 밑으로 처져 내려오는 듯 하지는 않다. 그로부터 하룻밤을 자고 다음날 아침 일찍 눈이 떠지자, 나이구는 제일 먼저 자기의 코를 쓰다듬어 보았다. 코는 여전히 짧다. 나이구는 그래서 몇 년 만에 법화경 서사(書寫)의 공을 쌓았을 때와 같은 시원스러운 기분이 되었다.

　그런데 2, 3일 지나는 동안 나이구는 뜻밖의 사실을 발견했다. 그것은 마침 볼일이 있어 이케노오 절을 찾아온 무사가, 전보다도 훨씬 이상한 얼굴을 하고 말도 별로 하지 않은 채 빤히 나이구의 코만을 쳐다보고 있었던 것이다. 그뿐 아니라, 전에 나이구의 코를 죽 속에 빠뜨린 일이 있는 동자승은 법당 밖에서 나이구와 스쳐지나갈 때, 처음에는 아래쪽을 보고 웃음을 참고 있더니, 결국 참을 수가 없었던지 한꺼번에 웃음을 터뜨려 버렸다. 지시를 받는 하법사들이 마주 바라보고 있는 동안에는 공손히 말을 듣고 잇지만, 나이구가 뒤만 돌아보면 금방 킥킥하고 웃기 시작한 일은 한 두 번이 아니다.

나이구는 처음엔, 이것을 자기 얼굴이 변한 탓이라고 해석했다. 그러나 아무래도 이 해석만으로는 충분한 설명이 되는 것 같지 않았다. ─ 물론 동자승이나 하법사가 웃는 원인은 거기에 있음에 틀림이 없다. 그렇지만 같은 웃음이라지만 코가 길던 시절과는 웃는 모습이 어딘지 모르게 다르다. 눈에 익은 긴 코보다 짧은 코쪽이 우스꽝스럽게 보인다면 할 말은 없다. 그러나 거기에는 그밖에 다른 무엇이 있는 것 같았다.

─ 전에는 저렇게 거침없이 웃지는 않았는데.

나이구는 외기 시작하던 경문을 중단하고 대머리를 갸웃거리면서 때때로 이렇게 중얼거리는 일이 있었다. 사랑해야할 나이구는 그럴 때면 언제나 멍하니 옆에 걸려 있는 보현(普賢)의 화상을 바라보면서, 코가 길었던 4, 5일 전의 일을 되새기면서, '이제는 더없이 천하게 영락한 사람이 전성기의 옛날을 그리워하듯' 울적해지고 마는 것이다. ─ 나이구에게는 유감스럽게도 이 물음에 대한 답을 내려줄 총명함이 부족했던 것이다.

─ 인간의 마음에는 서로 모순된 두 개의 감정이 있다. 물론 누구나 남의 불행에 동정하지 않는 사람은 없다. 그러나 그 사람이 그 불행을 간신히 극복하고 나면, 이번에는 이쪽에서 어쩐지 허전한 마음이 든다. 조금 과장해서 말한다면, 다시 한 번 그 사람을 똑같은 불행에 빠뜨려 보았으면 하는 생각이 들게 된다. 그리고 어느새, 소극적이기는 하지만, 어떤 적의를 그 사람에 대해서 품게 된다. ─ 나이구가 이유를 알지 못하면서도 어쩐지 불쾌하게 생각한 것은 이케노오의 승속의 태도에서 이 방관자의 이기주의를 은근히 감지했기 때문이다.

그래서 나이구는 날마다 기분이 상했다. 그래서 입만 벌리면 누구에게나 심술 사납게 야단을 쳤다. 드디어 코를 치료해준 제자 스님까지도 "나이구는 법간탐의 벌을 받을 거야." 하고 험담할 정도가 되었다. 특히 나이구를 화나게 만든 것은 그 개구쟁이 동자승였다. 어느 날, 요란하게 개 짖는 소리가 나므로 나이구가 별 생각 없이 밖에 나가 보니 동자승은 두자 가량 되는 나무 막대기를 휘두르며 털이 길고 깡마른 삽살개를 뒤쫓아 다니고 있었다. 그것도 그저 뒤쫓는 것이 아니었다. "코를 맞지 않을래. 자, 코를 맞지 않을래." 하고 놀리면서 뒤쫓고 있는 것이다. 나이구는 동자승의 손에서 그 나무 막대기를 낚아챈 뒤 냅다 그 얼굴을 때렸다. 나무 막대기는 전에 코를 들어올리던 나무였던 것이다.

나이구는 공연히 코가 짧아진 것이 오히려 원망스러워졌다.

그러던 어느 날 밤의 일이다. 해가 저물고 갑자기 바람이 불기 시작했는지 탑의 풍경이 울리는 소리가 시끄러울 정도로 베갯맡에 울려왔다. 게다가 싸늘한 기운도 한층 더해 왔으므로, 노년의 나이구는 좀처럼 잠을 이룰 수가 없었다. 그래서 잠자리 속에서 눈을 껌벅이고 있는데, 문득 코가 평소 때와는 달리 근질거리는 것을 느꼈다. 손을 대어 보니 약간 물기가 오른 듯 부어 있다. 아무래도 거기에 열까지 나는 것 같았다.

— 무리하게 짧게 하는 바람에 병이 났는지도 모르겠다.

나이구는 부처님 앞에 향화(香花)를 바치는 것 같은 엄숙한 손짓으로 코를 누르면서 이렇게 중얼거렸다.

다음날 아침, 나이구가 평소처럼 일찍 눈을 떠보니, 절 안의 은행나무와 침엽수의 잎이 하룻밤사이에 많이 떨어져, 정원에 금을 뿌려 놓은 것처럼 밝았다. 탑의 꼭대기에는 서리가 내린 탓이리라. 아직도 엷은 아침 햇살에 구륜(九輪)이 눈부시게 빛나고 있다. 젠치 나이구는 덧문을 올린 마루에 서서 깊이 숨을 들이마셨다.

거의 잊혀 가던 어떤 감각이 다시금 나이구에게 되돌아온 것은 이때였다. 나이구는 얼른 코에 손을 가져갔다. 손에 닿은 것은 어젯밤의 짧은 코가 아니다. 윗입술 위로부터 턱 아래까지 15, 18센치미터 가량 매달려 있는, 예전의 긴 코였다. 나이구는 코가 하룻밤 사이에 다시 원상태로 길어진 것을 알았다. 그리고 그와 동시에 코가 짧아졌을 때와 같은 시원한 마음이 어디에서부터인지 돌아오는 것을 느꼈다.

— 이렇게 된 이상, 이젠 아무도 웃는 자는 없을 것이다. 나이구는 마음속으로 이렇게 자신에게 속삭였다. 기다란 코를 새벽의 가을바람에 흔들거리면서.

♣ 原題: 蜘蛛の糸

〈一〉

　ある日の事でございます。御釈迦様(おしゃかさま)は極楽の蓮池(はすいけ)のふちを、独りでぶらぶら御歩きになっていらっしゃいました。池の中に咲いている蓮の花は、みんな玉のようにまっ白で、そのまん中にある金色(きんいろ)の蕊(ずい)からは、何とも云えない好い匂が、絶間なくあたりへ溢れて居ります。極楽は丁度朝なのでございましょう。

　やがて御釈迦様はその池のふちに御佇(おたたず)みになって、水の面を蔽ている蓮の葉の間から、ふと下の容子を御覧になりました。この極楽の蓮池の下は、丁度地獄の底に当って居りますから、水晶のような水を透き徹して、三途(さんず)の河や針の山の景色が、丁度覗(のぞき)眼鏡を見るように、はっきりと見えるのでございます。

　するとその地獄の底に、犍陀多(かんだた)と云う男が一人、ほかの罪人と一しょに蠢(うごめ)いている姿が、御眼に止まりました。この犍陀多(かんだた)と云う男は、人を殺したり家に火をつけたり、いろいろ悪事を働いた大泥坊でございますが、それでもたった一つ、善い事を致した覚えがございます。と申しますのは、ある時この男が深い林の中を通りますと、小さな蜘蛛(くも)が一匹、路ばたを這って行くのが見えました。そこで犍陀多は早速足を挙げて、踏み殺そうと致しましたが、「いや、いや、これも小さいながら、命のあるものに違いない。その命を無暗(むやみ)にとると云う事は、いくら何でも可哀そうだ。」と、こう急に思い返して、とうとうその蜘蛛を殺さずに助けてやったからでございます。

御釈迦様は地獄の容子を御覧になりながら、この犍陀多には蜘蛛を助けた事があるのを御思い出しになりました。そうしてそれだけの善い事をした報(むくい)には、出来るなら、この男を地獄から救い出してやろうと御考えになりました。幸い、側を見ますと、翡翠(ひすい)のような色をした蓮の葉の上に、極楽の蜘蛛が一匹、美しい銀色の糸をかけて居ります。御釈迦様はその蜘蛛の糸をそっと御手に御取りになって、玉のような白蓮しらはすの間から、遥か下にある地獄の底へ、まっすぐにそれを御下(おろ)しなさいました。

〈二〉

こちらは地獄の底の血の池で、ほかの罪人と一しょに、浮いたり沈んだりしていた犍陀多でございます。何しろどちらを見ても、まっ暗で、たまにそのくら暗からぼんやり浮き上っているものがあると思いますと、それは恐しい針の山の針が光るのでございますから、その心細さと云ったらございません。その上あたりは墓の中のようにしんと静まり返って、たまに聞えるものと云っては、ただ罪人がつく微(かすか)な嘆息(たんそく)ばかりでございます。これはここへ落ちて来るほどの人間は、もうさまざまな地獄の責苦(せめく)に疲れはてて、泣声を出す力さえなくなっているのでございましょう。ですからさすが大泥坊の犍陀多も、やはり血の池の血に咽むせびながら、まるで死にかかった蛙(かわず)のように、ただもがいてばかり居りました。

ところがある時の事でございます。何気(なにげ)なく犍陀多が頭を挙げて、血の池の空を眺めますと、そのひっそりとした暗の中を、遠い遠い天上から、銀色の蜘蛛(くも)の糸が、まるで人目にかかるのを恐れるように、一すじ細く光りながら、するすると自分の上へ垂れて参るのではございませんか。犍陀多はこれを見ると、思わず手を拍(う)って喜びまし

た。この糸に縋(すが)りついて、どこまでものぼって行けば、きっと地獄からぬけ出せるのに相違ございません。いや、うまく行くと、極楽へはいる事さえも出来ましょう。そうすれば、もう針の山へ追い上げられる事もなくなれば、血の池に沈められる事もある筈はございません。

　こう思いましたから犍陀多は、早速その蜘蛛の糸を両手でしっかりとつかみながら、一生懸命に上へ上へとたぐりのぼり始めました。元より大泥坊の事でございますから、こう云う事には昔から、慣れ切っているのでございます。

　しかし地獄と極楽との間は、何万里となくございますから、いくら焦(あせ)って見た所で、容易に上へは出られません。ややしばらくのぼる中うちに、とうとう犍陀多もくたびれて、もう一たぐりも上の方へはのぼれなくなってしまいました。そこで仕方がございませんから、まず一休み休むつもりで、糸の中途にぶら下りながら、遥かに目の下を見下しました。

　すると、一生懸命にのぼった甲斐があって、さっきまで自分がいた血の池は、今ではもう暗の底にいつの間にかかくれて居ります。それからあのぼんやり光っている恐しい針の山も、足の下になってしまいました。この分でのぼって行けば、地獄からぬけ出すのも、存外わけがないかも知れません。犍陀多は両手を蜘蛛の糸にからみながら、ここへ来てから何年にも出した事のない声で、「しめた。しめた。」と笑いました。ところがふと気がつきますと、蜘蛛の糸の下の方には、数限かずかぎりもない罪人たちが、自分ののぼった後をつけて、まるで蟻(あり)の行列のように、やはり上へ上へ一心によじのぼって来るではございませんか。犍陀多はこれを見ると、驚いたのと恐しいのとで、しばらくはただ、莫迦(ばか)のように大きな口を開(あ)いたまま、眼ばかり動かして居りました。自分一人でさえ断きれそうな、この細い蜘蛛の糸が、どうし

てあれだけの人数にんずの重みに堪える事が出来ましょう。もし万一途中で断きれたと致しましたら、折角ここへまでのぼって来たこの肝腎(かんじん)な自分までも、元の地獄へ逆落(さかおと)しに落ちてしまわなければなりません。そんな事があったら、大変でございます。が、そう云う中にも、罪人たちは何百となく何千となく、まっ暗な血の池の底から、うようよと這(は)い上って、細く光っている蜘蛛の糸を、一列になりながら、せっせとのぼって参ります。今の中にどうかしなければ、糸はまん中から二つに断れて、落ちてしまうのに違いありません。

そこで犍陀多は大きな声を出して、「こら、罪人ども。この蜘蛛の糸は己おれのものだぞ。お前たちは一体誰に尋きいて、のぼって来た。下りろ。下りろ。」と喚(わめ)きました。

その途端でございます。今まで何ともなかった蜘蛛の糸が、急に犍陀多のぶら下っている所から、ぷつりと音を立てて断きれました。ですから犍陀多もたまりません。あっと云う間もなく風を切って、独楽(こま)のようにくるくるまわりながら、見る見る中に暗の底へ、まっさかさまに落ちてしまいました。

後にはただ極楽の蜘蛛の糸が、きらきらと細く光りながら、月も星もない空の中途に、短く垂れているばかりでございます。

〈三〉

御釈迦様(おしゃかさま)は極楽の蓮池(はすいけ)のふちに立って、この一部始終(しじゅう)をじっと見ていらっしゃいましたが、やがて犍陀多が血の池の底へ石のように沈んでしまいますと、悲しそうな御顔をなさりながら、またぶらぶら御歩きになり始めました。自分ばかり地獄からぬけ出そうとする、犍陀多の無慈悲な心が、そうしてその心相当な罰をうけて、元の地獄へ落ちてしまったのが、御釈迦様の御目から見る

と、浅間しく思召されたのでございましょう。

　しかし極楽の蓮池の蓮は、少しもそんな事には頓着(とんじゃく)致しません。その玉のような白い花は、御釈迦様の御足(おみあし)のまわりに、ゆらゆら萼(うてな)を動かして、そのまん中にある金色の蕊(ずい)からは、何とも云えない好よい匂が、絶間(たえま)なくあたりへ溢(あふれ)て居ります。極楽ももう午(ひる)に近くなったのでございましょう。

　　　　　　　　　　　　　（大正七年四月十六日）

3. 거미줄

⟨1⟩

　어느 날이었습니다. 부처님은 극락세계에 있는 연못가 주위를 혼자서 천천히 걸어 다니고 계셨습니다. 연못에 피어 있는 연꽃들은 모두 옥처럼 새하얗고, 그 한가운데에 있는 금빛 꽃술에서는 이루 말할 수 없이 좋은 향기가 끊임없이 흘러넘치고 있었습니다. 극락세계는 마침 해가 떠오르는 아침이었답니다.
　이윽고 부처님은 연못가에 멈추어서, 수면에 가득한 연잎 사이로 문득 아래쪽 광경을 바라보셨습니다. 이 아름다운 연못의 가장 밑바닥에는 지옥이 있었는데, 물이 수정처럼 맑아서 지옥의 삼도천과 바늘산의 모습이 선명히 보였습니다.
　부처님이 연못을 들여다보자, 지옥에서 간다타라는 한 사나이가 다른 죄인들과 함께 몸부림치는 모습이 눈에 들어왔습니다. 이 간다타라는 사나이는 사람을 죽이기도 하고 집에다 불을 지르기도 하며 온갖 나쁜 짓을 일삼았던 대도(大盜)였습니다. 그러나 딱 한 가지, 착한 일을 한 적이 있었습니다. 언젠가 이 사나이는 깊은 숲 속을 지나다가 작은 거미 한 마리가 길가를 기어가는 모습을 보았습니다. 간다타는 거미를 밟아 죽이려 했지만 곧 생각을 바꾸었습니다.
　'아니지, 아니야. 이 놈도 작지만 목숨이 있는 것이다. 함부로 목숨을 빼앗는 것은 불쌍하지.'
　결국 간다타는 그 거미를 살려주었습니다.
　부처님은 지옥의 광경을 바라보다 간다타가 거미를 살려주었던 것을 기억해 내셨습니다. 그리고 그에 대한 보상으로, 될 수 있으면 이 사나이를 지옥에서 구해주고자 생각하셨습니다. 연못 주위를 살펴보니, 비취빛 연잎 위에 극락의 거미 한 마리가 아름다운 은빛 거미줄을 치고 있었습니다. 부처님은 그 거미줄을 살짝 들어 올려 새하얀 연꽃 사이로 내려다보이는 지옥의 하늘에 드리우셨습니다.

〈2〉

간다타는 지옥 바닥의 피의 연못에서 다른 죄인들과 함께 떴다 가라앉기를 반복하고 있었습니다. 어디를 보아도 깜깜하고, 어둠 속에서 바늘산의 바늘만이 어렴풋이 으스스한 빛을 발했습니다. 또 주변은 무덤 속처럼 조용해서 죄인들이 내쉬는 가느다란 탄식소리 이외에는 어떤 소리도 들리지 않았습니다. 다들 지옥의 온갖 고통에 시달려 울음소리를 낼 기력조차 없었기 때문입니다. 그러니 내로라하는 대도였던 간다타도 피의 연못에서 허우적거리며 눈물만 흘릴 뿐이었습니다.

그런데 어느 날, 무심코 간다타가 고개를 들어 위를 쳐다보니, 적막한 어둠 속에서 은빛 거미줄이 희미한 빛을 내며 자기 위로 내려오고 있었습니다. 간다타는 손뼉을 치며 기뻐했습니다. 이 줄에 매달리면 지옥에서 벗어날 수 있을 지도 모릅니다. 잘만 하면 극락에 들어갈 수도 있을 것입니다. 그러면 더 이상 바늘산으로 쫓기는 일도 없고, 피의 연못에 빠지게 되는 일도 없을 것입니다.

간다타는 얼른 거미줄을 양손으로 단단히 잡고서 있는 힘을 다해 위로 오르기 시작했습니다. 원래 대도였으므로 이런 일은 익숙했습니다.

하지만 지옥과 극락 사이는 몇 만 리나 떨어져 있어서 아무리 힘을 써도 위로 올라가기가 힘들었습니다. 마침내 간다타는 지쳐서 한 뼘도 위로 올라갈 수 없게 되었습니다. 하는 수 없이 잠시 멈추고, 줄에 매달린 채 아래를 내려다보았습니다.

　열심히 올라온 덕분인지 피의 연못과 바늘산이 어둠에 묻혀 보이지 않았습니다. 계속 이렇게 올라가다 보면 지옥에서 벗어나게 될지도 모릅니다. 간다타는 양손에 거미줄을 감으면서 몇 년 만에 처음으로 웃었습니다. 그런데 얼핏 정신이 들고 보니, 거미줄 아래쪽에 셀 수도 없이 많은 죄인들이 자신을 따라오고 있는 것이 보였습니다. 간다타는 너무 놀라 입을 벌린 채 눈만 굴리고 있었습니다.

　'나 한사람만으로도 끊어질 것 같은 이 가느다란 거미줄이, 저 많은 사람들의 무게를 견뎌낼 수 있을까?'

　만약 거미줄이 끊어져버리면, 자기마저 지옥으로 다시 떨어져 버릴지도 모릅니다. 죄인들은 몇 백이고 몇 천이고 어두운 지옥 바닥에서 가느다란 거미줄을 잡고 악착같이 올라오고 있었습니다. 이러다가는 거미줄이 끊어져 버릴지도 모릅니다.

　간다타는 큰 소리로 호통을 쳤습니다.

　"이놈들아. 이 거미줄은 내거야. 너희들은 도대체 누구에게 물어보고 올라온 것이냐. 내려가라. 내려가."

　바로 그때입니다. 여태까지 아무렇지도 않던 거미줄이 갑자기 간다타가 매달려 있던 곳에서부터 뚝 하고 끊어졌습니다. 간다타도 다른 죄인들도 눈 깜짝할 사이에 바람을 가르며, 팽이처럼 빙글빙글 돌면서 순식간에 어둠 속으로 떨어지고 말았습니다.

　달도 별도 없는 지옥의 하늘 한가운데에, 그저 거미줄만이 반짝반짝 가늘게 빛을 내며 짧게 드리워져 있었습니다.

〈3〉

　부처님은 극락의 연못가에 서서 이 모습을 보고 계셨습니다. 간다타가 피의 연못으로 가라앉아버리자, 슬픈 표정을 지으면서 다시 천천히 발걸음을 옮기셨습니다. 혼자만 지옥에서 빠져나오려는 간다타의 무자비한 마음이 벌을 받아 지옥으로 다시 떨어져 버린 것이 부처님의 눈에는 한심스럽게 여겨졌습니다.

그러나 극락의 연못에 있는 연꽃들은 조금도 그런 일에 상관하지 않습니다. 옥처럼 흰 꽃은 부처님의 발치에서 흔들흔들 꽃받침을 움직이고, 금빛 꽃술에서는 이루 말할 수 없이 좋은 향기가 끊임없이 흘러넘치고 있었습니다. 극락도 어느새 낮이 가까워진 모양입니다.

미야자와 겐지
(宮沢賢治; 1896~1933)

1. 주문 많은 요리점(注文の多い料理店)
2. 개미와 버섯(ありときのこ)

이와테현(岩手縣)에서 태어났으며 모리오카(盛岡)고등농림학교 농예화학과를 졸업했다. 재학 중에 단카(短歌), 동화를 즐겨 썼으며, 법화경에 깊이 감화되었다. 졸업 후 2년간 연구생으로 비료 및 지질, 토양조사에 종사했으나 그만두고 문학에 의한 불교포교를 목적으로 상경하였다.

그 후 여동생의 발병으로 하여 농학교 교사가 되었으며, 이때부터 시를 짓기 시작했다. 1922년 여동생 도시(とし)의 죽음으로 창작생활을 중단하고 심각한 신앙상의 고뇌에 하였다.

1924년 시집 『하루토슈라(春と修羅)』를 자비출판 했으며 1926년에는 교직을 그만두고 농업에 직접 종사하면서 농촌개량과 농업지도에 전념하는 한편 『農民藝術槪論綱要』(농민예술개론강요)를 썼다. 1931년 동북쇄석공장의 촉탁기사가 되어 석탄판매 선전에 헌신적으로 동분서주하다가 1933년 9월에 병사했다. 미야자와겐지(宮沢賢治)의 작품은 생전에는 거의 알려지지 않았는데 1934년 구사노신페(草野心平), 다카무라고타로(高村光太郞) 등에 의해 전집이 출판됨에 따라 시인으로서의 명성을 얻었다.

또한 그의 문학사적인 위치는 다이쇼(大正)후기에서 쇼와(昭和)초기에 걸쳐 어느 시파(詩派)에도 속하지 않고 자신의 전통적인 기반위에서 시작(詩作)에 몰두하여 최후까지 독자적인 시의 세계에서 문학적인 과업을 수행하였다는 점이다. 그의 예술은 자연, 우주, 과학이 융합한 신비하고 웅대한 우주관에 바탕을 두었으며, 그의 생애는 구도자처럼 농민을 사랑하고 농업지도와 농촌개량을 위해 평생을 힘썼다. 생전에 출간된 작품집은 시집 〈봄과 수라〉, 동화집 〈주문 많은 요리점〉뿐이다. 사후에 시인 구사노 신페이 등의 노력으로 많은 유고가 발표되었다. 동화 〈은하철도의 밤〉〈바람의 마타사부로〉〈주문 많은 요리점〉 등은 지금까지 많은 일본인에게 사랑 받아 왔으며, 특히 〈은하철도의 밤〉은 애니메이션으로도 제작되고 한국에도 널리 알려진 대표작이다.

♣ 原題: **注文の多い料理店**

　二人の若い紳士が、すっかりイギリスの兵隊のかたちをして、ぴかぴかする鉄砲をかついで、白熊(しろくま)のような犬を二疋(にひき)つれて、だいぶ山奥の、木の葉のかさかさしたとこを、こんなことを云いいながら、あるいておりました。
　「ぜんたい、ここらの山は怪けしからんね。鳥も獣(けもの)も一疋も居やがらん。なんでも構わないから、早くタンタアーンと、やって見たいもんだなあ。」
　「鹿(しか)の黄いろな横っ腹なんぞに、二三発お見舞もうしたら、ずいぶん痛快だろうねえ。くるくるまわって、それからどたっと倒れるだろうねえ。」
　それはだいぶの山奥でした。案内してきた専門の鉄砲打ちも、ちょっとまごついて、どこかへ行ってしまったくらいの山奥でした。
　それに、あんまり山が物凄(ものすご)いので、その白熊のような犬が、二疋いっしょにめまいを起こして、しばらく吠(う)なって、それから泡を吐て死んでしまいました。
　「じつにぼくは、二千四百円の損害だ」と一人の紳士が、その犬の眼(ま)ぶたを、ちょっとかえしてみて言いました。
　「ぼくは二千八百円の損害だ。」と、もひとりが、くやしそうに、あたまをまげて言いました。
　はじめの紳士は、すこし顔いろを悪くして、じっと、もひとりの紳士の、顔つきを見ながら云いました。
　「ぼくはもう戻ろうとおもう。」

「さあ、ぼくもちょうど寒くはなったし腹は空いてきたし戻ろうとおもう。」

「そいじゃ、これで切りあげよう。なあに戻りに、昨日の宿屋で、山鳥を拾円も買って帰ればいい。」

「兎もでていたねえ。そうすれば結局おんなじこった。では帰ろうじゃないか」

ところがどうも困ったことは、どっちへ行けば戻れるのか、いっこうに見当がつかなくなっていました。

風がどうと吹ふいてきて、草はざわざわ、木の葉はかさかさ、木はごとんごとんと鳴りました。

「どうも腹が空いた。さっきから横っ腹が痛くてたまらないんだ。」

「ぼくもそうだ。もうあんまりあるきたくないな。」

「あるきたくないよ。ああ困ったなあ、何かたべたいなあ。」

「喰(た)べたいもんだなあ」

二人の紳士は、ざわざわ鳴るすすきの中で、こんなことを云いました。

その時ふとうしろを見ますと、立派な一軒の西洋造りの家がありました。

そして玄関には

RESTAURANT

西洋料理店

WILDCAT HOUSE

山猫軒

という札がでていました。

「君、ちょうどいい。ここはこれでなかなか開けてるんだ。入ろうじゃないか」

「おや、こんなとこにおかしいね。しかしとにかく何か食事ができるんだろう」

「もちろんできるさ。看板にそう書いてあるじゃないか」

「はいろうじゃないか。ぼくはもう何か喰べたくて倒れそうなんだ。」

二人は玄関に立ちました。玄関は白い瀬戸(せと)の煉瓦(れんが)で組んで、実に立派なもんです。

そして硝子(がらす)の開き戸がたって、そこに金文字でこう書いてありました。

「どなたもどうかお入りください。決してご遠慮(えんりょ)はありません」

二人はそこで、ひどくよろこんで言いました。

「こいつはどうだ、やっぱり世の中はうまくできてるねえ、きょう一日なんぎしたけれど、こんどはこんないいこともある。このうちは料理店だけれどもただでご馳走(ちそう)するんだぜ。」

「どうもそうらしい。決してご遠慮はありませんというのはその意味だ。」

二人は戸を押して、なかへ入りました。そこはすぐ廊下になっていました。その硝子戸の裏側には、金文字でこうなっていました。

「ことに肥(ふと)ったお方や若いお方は、大歓迎(だいかんげい)いたします」

二人は大歓迎というので、もう大よろこびです。

「君、ぼくらは大歓迎にあたっているのだ。」

「ぼくらは両方兼ねてるから」

ずんずん廊下を進んで行きますと、こんどは水いろのペンキ塗の扉(と)がありました。

「どうも変な家だ。どうしてこんなにたくさん戸があるのだろう。」

「これはロシア式だ。寒いとこや山の中はみんなこうさ。」

そして二人はその扉をあけようとしますと、上に黄いろな字でこう書いてありました。

「当軒は注文の多い料理店ですからどうかそこはご承知ください」

「なかなかはやってるんだ。こんな山の中で。」

「それあそうだ。見たまえ、東京の大きな料理屋だって大通りにはすくないだろう」

二人は云いながら、その扉をあけました。するとその裏側に、

「注文はずいぶん多いでしょうがどうか一々こらえて下さい。」

「これはぜんたいどういうんだ。」ひとりの紳士は顔をしかめました。

「うん、これはきっと注文があまり多くて支度が手間取るけれどもごめん下さいと斯(こ)ういうことだ。」

「そうだろう。早くどこか室(へや)の中にはいりたいもんだな。」

「そしてテーブルに座りたいもんだな。」

ところがどうもうるさいことは、また扉が一つありました。そしてそのわきに鏡がかかって、その下には長い柄(え)のついたブラシが置いてあったのです。

扉には赤い字で、

「お客さまがた、ここで髪をきちんとして、それからはきもの
の泥を落してください。」

と書いてありました。

「これはどうも尤(もっと)もだ。僕もさっき玄関で、山のなかだとおもって見くびったんだよ」

「作法の厳しい家だ。きっとよほど偉い人たちが、たびたび来るんだ。」

そこで二人は、きれいに髪をけずって、靴の泥を落しました。

そしたら、どうです。ブラシを板の上に置くや否(いな)や、そいつがぼうっとかすんで無くなって、風がどうっと室の中に入ってきました。
　二人はびっくりして、互によりそって、扉をがたんと開けて、次の室へ入って行きました。早く何か暖いものでもたべて、元気をつけて置かないと、もう途方(とほう)もないことになってしまうと、二人とも思ったのでした。
　扉の内側に、また変なことが書いてありました。
「鉄砲と弾丸(たま)ここへ置いてください。」
　見るとすぐ横に黒い台がありました。
「なるほど、鉄砲を持ってものを食うという法はない。」
「いや、よほど偉いひとが始終来ているんだ。」
　二人は鉄砲をはずし、帯皮を解いて、それを台の上に置きました。
　また黒い扉がありました。
「どうか帽子と外套(がいとう)と靴をおとり下さい。」
「どうだ、とるか。」
「仕方ない、とろう。たしかによっぽどえらいひとなんだ。奥に来ているのは」
　二人は帽子とオーバーコートを釘(くぎ)にかけ、靴をぬいでぺたぺたあるいて扉の中にはいりました。
　扉の裏側には、
「ネクタイピン、カフスボタン、眼鏡、財布、その他金物類、
　ことに尖(とが)ったものは、みんなここに置いてください」
　と書いてありました。扉のすぐ横には黒塗りの立派な金庫も、ちゃんと口を開けて置いてありました。鍵(かぎ)まで添えてあったのです。
「ははあ、何かの料理に電気をつかうと見えるね。金気(かなけ)のものはあぶない。ことに尖ったものはあぶないと斯う云うんだろう。」

「そうだろう。して見ると勘定は帰りにここで払うのだろうか。」
「どうもそうらしい。」
「そうだ。きっと。」
　二人はめがねをはずしたり、カフスボタンをとったり、みんな金庫のなかに入れて、ぱちんと錠(じょう)をかけました。
　すこし行きますとまた扉があって、その前に硝子の壺(つぼ)が一つありました。扉には斯う書いてありました。
「壺のなかのクリームを顔や手足にすっかり塗ってください。」
　みるとたしかに壺のなかのものは牛乳のクリームでした。
「クリームをぬれというのはどういうんだ。」
「これはね、外がひじょうに寒いだろう。室のなかがあんまり暖いとひびがきれるから、その予防なんだ。どうも奥には、よほどえらいひとがきている。こんなとこで、案外ぼくらは、貴族とちかづきになるかも知れないよ。」
　二人は壺のクリームを、顔に塗って手に塗ってそれから靴下をぬいで足に塗りました。それでもまだ残っていましたから、それは二人ともめいめいこっそり顔へ塗るふりをしながら喰べました。
　それから大急ぎで扉をあけますと、その裏側には、
「クリームをよく塗りましたか、耳にもよく塗りましたか、」
と書いてあって、ちいさなクリームの壺がここにも置いてありました。
「そうそう、ぼくは耳には塗らなかった。あぶなく耳にひびを切らすとこだった。ここの主人はじつに用意周到しゅうとうだね。」
「ああ、細かいとこまでよく気がつくよ。ところでぼくは早く何か喰べたいんだが、どうも斯うどこまでも廊下じゃ仕方ないね。」
　するとすぐその前に次の戸がありました。

「料理はもうすぐできます。
　十五分とお待たせはいたしません。
　すぐたべられます。
　早くあなたの頭に瓶（びん）の中の香水をよく振りかけてください。」
　そして戸の前には金ピカの香水の瓶が置いてありました。
　二人はその香水を、頭へぱちゃぱちゃ振りかけました。
　ところがその香水は、どうも酢のような匂いがするのでした。
「この香水はへんに酢くさい。どうしたんだろう。」
「まちがえたんだ。下女が風邪でも引いてまちがえて入れたんだ。」
　二人は扉をあけて中にはいりました。
　扉の裏側には、大きな字で斯う書いてありました。
「いろいろ注文が多くてうるさかったでしょう。お気の毒でした。
　もうこれだけです。どうかからだ中に、壺の中の塩をたくさん
　よくもみ込んでください。」
　なるほど立派な青い瀬戸の塩壺は置いてありましたが、こんどというこんどは二人ともぎょっとしてお互にクリームをたくさん塗った顔を見合せました。
「どうもおかしいぜ。」
「ぼくもおかしいとおもう。」
「沢山の注文というのは、向うがこっちへ注文してるんだよ。」
「だからさ、西洋料理店というのは、ぼくの考えるところでは、西洋料理を、来た人にたべさせるのではなくて、来た人を西洋料理にして、食べてやる家とこういうことなんだ。これは、その、つ、つ、つ、つまり、ぼ、ぼ、ぼくらが……。」がたがたがたがた、ふるえだしてもうものが言えませんでした。

「その、ぼ、ぼくらが、……うわあ。」がたがたがたがたふるえだして、もうものが言えませんでした。
「遁(に)げ……。」がたがたしながら一人の紳士はうしろの戸を押そうとしましたが、どうです、戸はもう一分(いちぶ)も動きませんでした。
奥の方にはまだ一枚扉があって、大きなかぎ穴が二つつき、銀いろのホークとナイフの形が切りだしてあって、
「いや、わざわざご苦労です。
大へん結構にできました。
さあさあおなかにおはいりください。」
と書いてありました。おまけにかぎ穴からはきょろきょろ二つの青い眼玉がこっちをのぞいています。
「うわあ。」がたがたがたがた。
「うわあ。」がたがたがたがた。
ふたりは泣き出しました。
すると戸の中では、こそこそこんなことを云っています。
「だめだよ。もう気がついたよ。塩をもみこまないようだよ。」
「あたりまえさ。親分の書きようがまずいんだ。あすこへ、いろいろ注文が多くてうるさかったでしょう、お気の毒でしたなんて、間抜(まぬ)けたことを書いたもんだ。」
「どっちでもいいよ。どうせぼくらには、骨も分けて呉くれやしないんだ。」
「それはそうだ。けれどももしここへあいつらがはいって来なかったら、それはぼくらの責任だぜ。」
「呼ぼうか、呼ぼう。おい、お客さん方、早くいらっしゃい。いらっしゃい。いらっしゃい。お皿も洗ってありますし、菜っ葉ももうよく塩

でもんで置きました。あとはあなたがたと、菜っ葉をうまくとりあわせて、まっ白なお皿にのせるだけです。はやくいらっしゃい。」
「へい、いらっしゃい、いらっしゃい。それともサラドはお嫌きらいですか。そんならこれから火を起してフライにしてあげましょうか。とにかくはやくいらっしゃい。」
　二人はあんまり心を痛めたために、顔がまるでくしゃくしゃの紙屑（かみくず）のようになり、お互にその顔を見合せ、ぶるぶるふるえ、声もなく泣きました。
　中ではふっふっとわらってまた叫さけんでいます。
「いらっしゃい、いらっしゃい。そんなに泣いては折角（せっかく）のクリームが流れるじゃありませんか。へい、ただいま。じきもってまいります。さあ、早くいらっしゃい。」
「早くいらっしゃい。親方がもうナフキンをかけて、ナイフをもって、舌なめずりして、お客さま方を待っていられます。」
　二人は泣いて泣いて泣いて泣いて泣きました。
　そのときうしろからいきなり、
「わん、わん、ぐゎあ。」という声がして、あの白熊のような犬が二疋、扉をつきやぶって室へやの中に飛び込んできました。鍵穴（かぎあな）の眼玉はたちまちなくなり、犬どもはううとなってしばらく室の中をくるくる廻わっていましたが、また一声
「わん。」と高く吠えて、いきなり次の扉に飛びつきました。戸はがたりとひらき、犬どもは吸い込まれるように飛んで行きました。
　その扉の向うのまっくらやみのなかで、
「にゃあお、くゎあ、ごろごろ。」という声がして、それからがさがさ鳴りました。
　室はけむりのように消え、二人は寒さにぶるぶるふるえて、草の中に

立っていました。

　見ると、上着や靴や財布やネクタイピンは、あっちの枝にぶらさがったり、こっちの根もとにちらばったりしています。風がどうと吹いてきて、草はざわざわ、木の葉はかさかさ、木はごとんごとんと鳴りました。

　犬がふうとうなって戻もどってきました。

　そしてうしろからは、

「旦那あ、旦那あ、」と叫ぶものがあります。

　二人は俄かに元気がついて

「おおい、おおい、ここだぞ、早く来い。」と叫びました。

　簑帽子(みのぼうし)をかぶった専門の猟師(りょうし)が、草をざわざわ分けてやってきました。

　そこで二人はやっと安心しました。

　そして猟師のもってきた団子(だんご)をたべ、途中で十円だけ山鳥を買って東京に帰りました。

　しかし、さっき一ぺん紙くずのようになった二人の顔だけは、東京に帰っても、お湯にはいっても、もうもとのとおりになおりませんでした。

1. 주문이 많은 요리점

　두 명의 젊은 신사가 영국병사 옷차림을 하고 광이 나는 총을 메고, 백곰같이 큰 개 두 마리를 끌고, 깊은 산 속 나뭇잎이 바스락거리는 아주 깊은 산골짜기를 이런 얘기를 하면서 걸어가고 있었습니다. "원래 이 부근의 산은 형편없어. 새는 고사하고 짐승 한 마리도 없잖아. 뭐든지 좋으니 빨리 탕탕하고 한방 쏴 보고 싶은데."
　"사슴의 누런 옆구리에 총알 두세 방을 쏘아붙이면 통쾌할거야. 빙글빙글 맴돌다가 꽈당 하고 쓰러지겠지."
　그곳은 매우 깊은 산중이었습니다. 길을 안내하던 포수도 갈팡질팡하다가 어디론가 가 버렸을 정도로 산이 깊었습니다. 게다가 산세가 너무 험하고 무서워 그 백곰같이 생긴 두 마리의 개도 현기증을 일으켜, 잠시 으르렁거리다가 거품을 토하고 죽어버렸습니다.
　"나는 이천사백 원을 손해 봤어."
　하며 그중의 한 신사가 개의 눈꺼풀을 뒤집어 보고 말했습니다.
　"나도 이천 팔백 원을 손해 봤다고."
　또 다른 한 사람도 억울하다는 듯이 고개를 돌리며 말했습니다. 첫 번째 신사는 인상을 쓰면서 말없이 또 한 신사의 표정을 살피면서 말했습니다.
　"난 이제 돌아가고 싶어."
　"글쎄. 나도 마침 춥기도 하고 배도 고파서 돌아가려고 해."
　"그렇다면 이 정도로 끝냅시다. 돌아가는 길에 어제 잤던 그 숙소에서 산새를 십 원어치쯤 사 가지고 가면 되지."
　"산토끼도 있던데. 그러면 결국 마찬가지야. 자. 돌아가지."

그런데 아무래도 곤란한 것이, 어느 쪽으로 가야 돌아갈 수 있는지 전혀 방향을 짐작할 수가 없었습니다. 바람이 세차게 불어오자 풀은 바삭바삭, 나뭇잎은 우수수, 나무는 웅웅하고 요란하게 울렸습니다.

"너무 배가 고파서 조금 전 부터 옆구리가 아파 죽을 것 같다고."

"나도 그래, 이젠 더 이상 걷고 싶지도 않아."

"걷고 싶지 않아? 나도 걷고 싶지 않군. 난처해졌는걸, 무엇이든 먹고 싶어."

"정말 먹고 싶군."

두 신사는 바람에 와삭거리는 억새풀 속에서 이런 말을 주고받았습니다. 그때 문득 뒤돌아보니, 훌륭한 서양식 집 한 채가 눈에 뛰었습니다. 그리고 그 현관에는

> RESTAURANT
> 서양 요리점
> WILDCAT HOUSE
> 들고양이 집

이라는 간판이 걸려 있었습니다.

"어이. 마침 잘 됐군. 여기 이런 데가 있어요. 들어가지 않겠나?"

"아니, 이런 곳에 좀 이상한데. 하지만 어쨌든 무언가 먹을 수는 있겠지."

"론이지. 간판에 그렇게 쓰여 있지 않은가."

"나는 이제 뭔가 먹고 싶어서 쓸어 질 지경이야."

두 사람은 현관 앞으로 갔습니다. 현관은 하얀 도자기 기와로 만들어져 정말 멋진 모습이었습니다. 그리고 유리로 된 여닫이문이 있고 거기에 금박 글씨로 이렇게 쓰여 있었습니다.

'누구든지 부디 들어오십시오. 결코 사양하실 필요 없습니다.'

그래서 두 사람은 대단히 기뻐하며 말했습니다.

"이거 웬일이지, 세상은 역시 멋지군, 오늘은 하루 종일 고생이 많았지만 이렇게 좋은 일도 생기잖소, 이 집은 음식점인데도 공짜로 대접한다잖아."

"정말 그런 것 같군. 결코 사양하지 말라는 것이 그 뜻인가 보오."

두 사람은 문을 열고 안으로 들어갔습니다. 안쪽은 바로 복도로 연결되어 있는데, 그 유리문 뒤쪽에도 금박 글자로 이렇게 쓰여 있었습니다.

'특히 뚱뚱한 분이나 젊은 분은 대 환영합니다.'

두 사람은 대 환영이라고 해서 더욱 기뻤습니다.

"여보게, 우리는 대 환영의 대상이야."

"우리는 양쪽을 다 해당되거든."

성큼성큼 복도를 따라 들어가자, 이번에는 푸른색 페인트칠을 한 문이 있었습니다.

"참 이상한 집이야. 왜 이렇게 문이 많지?"

"이것은 러시아식이거든, 추운 지방이나 산 속은 다 이래."

그리고, 두 사람이 그 문을 열려고 하자 문 위에 누런 글자로 이렇게 쓰여 있었습니다.

'이 집은 주문이 많은 음식점이니, 부디 그 점을 양해해 주시기 바랍니다.'

"정말 번창하는 가게이군, 이런 산 속에서."

"그야 당연하지. 봐요, 동경의 큰 음식점도 큰길가에는 적잖아."

두 사람은 말하면서 그 문을 열었습니다. 그러자 그 뒤쪽에,

'주문이 꽤 많겠지만 제발 조금만 참아 주십시오.'

"도대체 이게 무슨 뜻이야?"

한 신사는 얼굴을 찡그렸습니다.

"응, 이것은 주문이 너무 많아서 준비하는 데 시간이 걸리더라도 양해해

주십시오. 라는 뜻이겠지."

"그렇겠지. 빨리 어딘가 방 안으로 들어가 앉고 싶군. 그리고 테이블에 앉고 싶은데."

그런데 성가시게도 또 하나의 문이 있었고, 그 옆에서는 거울이 걸려 있고 그 밑에는 손잡이가 긴 솔이 놓여 있었습니다. 문에는 붉은 글씨로

'손님 여러분, 여기서 머리를 잘 빗고 신발에 묻은 흙을 털어 주세요.'

라고 쓰여 있었습니다.

"옳은 말씀이야. 나도 아까 현관에서 산 속이라고 깔보았거든."

"예법이 엄격한 식당이군, 아마도 높은 분들이 자주 오는 모양이지."

그래서 두 사람은 머리를 단정히 빗고, 구두의 흙을 털었습니다. 그런데 이게 무슨 일이죠? 솔을 탁자 위에 놓자마자 그것이 뿌옇게 흐려지며 사라지고, 바람이 휙 방 안으로 밀려들어 왔습니다. 두 사람은 깜짝 놀라 서로 달라붙어 문을 쾅 열고 다음 방으로 들어갔습니다. 빨리 무언가 따뜻한 음식을 먹고 기운을 차리지 않으면 뭔가 엄청난 일이 일어날지도 모른다는 생각이 들었기 때문이었습니다. 문 안쪽에는 또 이상한 글귀가 쓰여 있었습니다.

'총과 탄알을 여기에 놓아두십시오.'

보니, 바로 옆에 검은 탁자가 있었습니다.

"그렇지, 총을 가지고 음식을 먹을 수는 없지."

"꽤 높은 사람들이 많이 들리는 가보군."

두 사람은 혁대에서 총을 풀어 그것을 탁자위에 놓았습니다. 또 검은 문이 있었습니다.

'부디 모자와 외투, 구두를 벗어 주십시오.'

"어쩌겠소? 벗을까?"

"할 수 없지, 벗자. 틀림없이 저 안에 와 계신 분은 높은 훌륭한 사람일 거야."

두 사람은 모자와 코트를 걸이에 걸고, 구두를 벗고, 맨발로 쿵쿵 걸어서 문 안으로 들어갔습니다. 그런데 문 안쪽에는

'넥타이, 커프스단추, 안경, 지갑, 그 외에 금속류로 된 물건이나, 끝이 뾰족한 것은 모두 여기에 놓아두십시오.

라고 쓰여 있었습니다. 문 옆에는 검정 칠을 한 훌륭한 금고도 문이 열린 채 놓여 있었습니다. 열쇠까지 달려 있었던 것이었습니다.

"아, 어떤 요리를 만들 때 전기를 쓰는 모양이로군, 금속은 위험하다 그 말이지. 특히 끝이 뾰족한 물건도 위험하다는 거겠지."

"그렇다면 계산은 돌아가는 길에 여기서 하는 걸까?"

"아무래도 그런 모양이네."

"그래. 맞아요."

두 사람은 안경을 벗고, 커프스단추를 풀어서 모두 금고 안에 넣은 후 찰카닥 자물쇠로 잠갔습니다. 조금 더 가자 또 문이 있는데, 그 앞에 유리로 된 항아리가 하나 있었습니다. 그리고 문에 이런 글귀가 쓰여 있었지요.

'항아리 속의 크림은 얼굴과 손발에 모두 발라 주세요.'

보아하니 항아리 속에 든 것은 틀림없이 우유크림이었습니다.

"왜 크림을 바르라는 것이지?"

"이건 말이야. 바깥이 무척 춥잖아. 방 안이 너무 따뜻하면 피부가 건조해져서 틀 테니까 그걸 예방하려는 거겠지, 아무래도 안에는 굉장히 훌륭한 사람이 와 있는 게 틀림없어, 이런 곳에서 뜻밖에도 우리는 귀족과 만나게 될지도 몰라."

두 사람은 항아리에 든 크림을 얼굴과 손에 바르고, 양말을 벗고 발에도 발랐습니다. 그래도 아직 남아 있기에 둘이서 각각 얼굴에 바르는 척하며

몰래 핥아 먹었습니다. 그런 다음 황급히 문을 열자 그 뒤쪽에는
'크림을 잘 바르셨습니까? 귀에도 잘 바르셨나요?'
라고 쓰여 있었고, 거기에도 조그만 크림 항아리가 놓여 있었습니다.
"그렇군, 나는 귀에는 바르지 않았어. 하마터면 귀가 틀 뻔 했잖아. 이 집 주인은 정말 세심하군."
"아 그래, 세심한 곳 까지 생각이 미치는 군. 그런데 나는 뭐든지 빨리 먹고 싶은데. 이렇게 끝없이 복도에만 세워두고 있으니 어찌할 도리가 없군."
그러자 곧 다음 문이 있었습니다.
'요리는 이제 곧 됩니다. 십오 분 안에 됩니다. 곧 드실 수 있습니다. 빨리 병에 든 향수를 잘 흔들어 당신의 머리에 뿌려 주십시오.'
그리고 문 앞에는 금빛으로 번쩍거리는 향수병이 놓여 있었습니다. 두 사람은 그 향수를 머리에 홀홀 뿌렸습니다. 그런데 향수는 왠지 식초 냄새가 나는 것입니다.
"이 향수는 이상하게 식초 냄새가 난다, 어떻게 된 거지?"
"잘못된 거야, 하녀가 감기라도 걸려서 실수로 넣은 거겠지."
두 사람은 문을 열고 안으로 들어갔습니다. 문 뒤쪽에 커다란 글자로 이렇게 쓰여 있었습니다.
'여러 가지로 주문이 많아 귀찮았죠? 미안합니다. 이것으로 마지막입니다. 제발 온몸에 항아리 안에 든 소금을 많이 잘 문질러 주십시오.'
과연 파란색의 멋진 도자기로 된 소금 항아리가 놓여 있었는데. 이번만은 두 사람 다 섬뜩하여 놀라며 크림을 바른 얼굴을 서로 쳐다보았습니다.
"아무래도 이상한데?"
"나도 이상한 생각이 드는군."
"주문이 많은 것은 저쪽에서 우리한테 주문을 하고 있는 거잖아."
"그러니까 서양 요리점이라고 하는 것이 내 생각에 의하면 서양 요리를

찾아온 사람에게 먹여 주는 곳이 아니라, 찾아온 손님을 서양요리로 만들어 먹어 치우는 집이다. 그런 말씀이야. 즉 이것은 그, 그, 그, 결국 우, 우, 우, 우리가......."

두 사람은 온몸이 와들와들 떨려서 더 이상 말을 이을 수가 없었습니다.

"도망치자······."

한 신사가 떨면서 뒤에 있는 문을 열려고 밀었습니다. 이게 어찌 된 일입니까? 문은 이제 꼼짝도 하지 않았습니다. 안쪽으로는 아직 문 하나가 더 있었는데 커다란 열쇠 구멍이 두 개나 있고 은색 포크와 나이프 모양이 반쯤 나와 있었는데

'이거 정말 수고 많으셨습니다. 매우 잘 만들어졌습니다. 자아. 어서 안(뱃속)으로 들어와 주시지요.'

라고 쓰여 있었습니다. 게다가 열쇠 구멍으로는 번쩍이는 두개의 푸른 눈이 이쪽을 노려보고 있었습니다.

"으악!"

와들와들

"으악!"

부들부들

두 사람은 울음을 터뜨렸습니다. 그러자 문 안에서 소곤소곤 이런 말이 들려 왔습니다.

"틀렸어. 이제 알아 차렸다. 소금을 문지르지 않을 것 같은데."

"당연하지. 대장의 문장이 형편없었거든. 거기다가 '여러 가지 주문이 많아서 귀찮았죠, 미안합니다.' 따위의 어리석은 말을 써 넣었으니······."

"어느 쪽 이든 좋아, 어차피 우리에겐 뼈도 나눠 주지 않을 테니까."

"그건 그래, 하지만 녀석들이 만약 이쪽으로 들어오지 않으면 결국 우리들 책임이라구."

"부를까? 불러보자. 어이, 손님들, 빨리 오세요. 어서 오십쇼. 오세요. 접시도 씻어 놓고 채소도 소금에 잘 절여 두었습니다. 다음에는 여러분과 채소 잎을 잘 섞어 하얀 접시에 담는 일만 남았습니다. 아무튼 빨리 오십시오."

"어이, 오세요. 오세요. 혹시 샐러드는 싫어하세요? 그러면 지금부터 불을 붙여 프라이를 해 드릴까요? 어쨌든 빨리 오세요."

두 사람은 너무나 충격 받아 얼굴이 마치 구깃구깃한 휴지처럼 되었습니다. 그래서 서로 얼굴을 바라보며 덜덜덜 떨다가 소리도 없이 울었습니다. 안에서는 큭큭 웃으며 다시 소리쳤습니다.

"오세요. 오세요. 그렇게 울면 기껏 바른 크림이 흘러내리잖아요. 어이, 이제 곧 갖다 드리지요. 자. 빨리 오세요."

"빨리 오세요. 대장이 벌써 냅킨을 목에 걸고, 나이프를 들고, 입맛을 다시면서 손님들을 기다리고 있습니다."

두 사람은 울고 또 울었습니다. 그 때 뒤에서 갑자기 '컹, 컹, 으르렁!' 하는 소리가 나더니, 그 백곰 같은 사냥개 두 마리가 문을 밀어 넘어뜨리고 방 안으로 뛰어 들어왔습니다.

열쇠 구멍의 눈동자들은 순식간에 사라지고, 개들은 으르렁거리며 잠시 방안을 빙빙 돌더니 다시 '컹' 하고 크게 짖고 갑자기 다음 문으로 뛰어들었습니다. 문은 쿵 하고 열렸고 개들은 빨려 들듯이 그 속으로 뛰어들었습니다. 그 문 저편의 칠 흑 같은 어둠 속에서는, '야옹, 으르렁, 쿵쿵!' 하는 소리가 났고, 부스럭거리는 소리도 들려왔습니다. 방은 연기처럼 사라졌습니다. 그런데 어느새 두 사람은 추위에 부들부들 떨면서 풀밭 속에 서 있었습니다. 보아하니 저고리와 구두, 지갑 넥타이핀 따위는 여기저기 나뭇가지에 걸려 있거나 그 밑둥에 흩어져 있었습니다. 바람이 휙 불어오자 풀은 와삭와삭, 나뭇잎은 우수수, 나무는 '웅웅' 요란하게 울렸습니다. 개가

으르렁대다가 돌아왔습니다. 그리고 그 뒤쪽에서
"손님, 손님!"
하고 외치는 사람이 있었습니다. 두 사람은 갑자기 기운이 돌아와,
"어이, 어이, 여기야. 이쪽으로 빨리 와."
하고 외쳤습니다.
 삿갓 쓴 전문 사냥꾼이 풀숲을 헤치며 이쪽으로 다가왔습니다. 두 사람은 그제야 마음이 놓였습니다. 그리고 사냥꾼이 가져온 경단을 먹고, 도중에 산새를 십 원어치 사서 동경으로 돌아왔습니다. 그러나 아까 휴지처럼 구겨진 두 사람의 얼굴만은 동경에 온 다음에도 그리고 목욕을 해도 원래대로 돌아오지 않았습니다.

♣ 原題:**ありときのこ**

　苔(こけ)いちめんに、霧(きり)がぽしゃぽしゃ降って、蟻の歩哨(ほしょう)は鉄の帽子のひさしの下から、するどいひとみであたりをにらみ、青く大きな羊歯(しだ)の森の前をあちこち行ったり来たりしています。
　向こうからぷるぷるぷるぷる一ぴきの蟻の兵隊が走って来ます。
「停(と)まれ、誰かッ」
「第百二十八聯隊(れんたい)の伝令(でんれい)！」
「どこへ行くか」
「第五十聯隊　聯隊本部」
　歩哨はスナイドル式の銃剣(じゅうけん)を、向こうの胸に斜めにつきつけたまま、その眼の光りようや顎(あご)のかたち、それから上着の袖の模様や靴のぐあい、いちいち詳しく調べます。
「よし、通れ」
　伝令はいそがしく羊歯の森のなかへはいって行きました。
　霧の粒はだんだん小さく小さくなって、いまはもう、うすい乳(ちち)いろのけむりに変かわり、草や木の水を吸いあげる音は、あっちにもこっちにも忙しく聞こえだしました。さすがの歩哨もとうとうねむさにふらっとします。
　二疋(ひき)の蟻の子供らが、手をひいて、何かひどく笑わらいながらやって来ました。そしてにわかに向こうの楢(なら)の木の下を見てびっくりして立ちどまります。
「あっ、あれなんだろう。あんなところにまっ白な家ができた」
「家じゃない山だ」

「昨日はなかったぞ」
「兵隊さんにきいてみよう」
「よし」
　二疋の蟻は走ります。
「兵隊さん、あすこにあるのなに？」
「なんだうるさい、帰れ」
「兵隊さん、いねむりしてんだい。あすこにあるのなに？」
「うるさいなあ、どれだい、おや！」
「昨日はあんなものなかったよ」
「おい、大変んだ。おい。おまえたちはこどもだけれども、こういうときには立派にみんなのお役にたつだろうなあ。いいか。おまえはね、この森をはいって行ってアルキル中佐(ちゅうさ)どのにお目にかかる。それからおまえはうんと走って陸地測量部(りくちそくりょうぶ)まで行くんだ。そして二人ともこう言いうんだ。北緯二十五度ど東経六厘(りん)の処に、目的のわからない大きな工事ができましたとな。二人とも言ってごらん」
「北緯二十五度ど東経六厘の処に目的のわからない大きな工事ができました」
「そうだ。では早く。そのうち私は決てここを離れないから」
　蟻の子供らはいちもくさんにかけて行きます。
　歩哨は剣をかまえて、じっとそのまっしろな太い柱の、大きな屋根のある工事をにらみつけています。
　それはだんだん大きくなるようです。だいいち輪廓(りんかく)のぼんやり白く光ってぶるぶるぶるぶるふるえていることでもわかります。
　にわかにぱっと暗くらくなり、そこらの苔はぐらぐらゆれ、蟻の歩哨は夢中で頭をかかえました。眼をひらいてまた見ますと、あのまっ白な

建物は、柱が折れてすっかり引っくり返っています。
　蟻の子供らが両方から帰ってきました。
「兵隊さん。かまわないそうだよ。あれはきのこというものだって。なんでもないって。アルキル中佐はうんと笑ったよ。それからぼくをほめたよ」
「あのね、すぐなくなるって。地図に入れなくてもいいって。あんなもの地図に入れたり消けしたりしていたら、陸地測量部など百あっても足りないって。おや！ 引っくりかえってらあ」
「たったいま倒れたんだ」歩哨は少しきまり悪そうに言いました。
「なあんだ。あっ。あんなやつも出て来たぞ」
　向こうに魚の骨の形をした灰(はい)いろのおかしなきのこが、とぼけたように光りながら、枝(えだ)がついたり手が出たりだんだん地面からのびあがってきます。二疋の蟻の子供らは、それを指(さ)して、笑って笑って笑います。
　そのとき霧(きり)の向こうから、大きな赤い日がのぼり、羊歯もすぎごけもにわかにぱっと青くなり、蟻の歩哨は、またいかめしくスナイドル式銃剣を南の方へ構えました。

2. 개미와 버섯

　온통 이끼 낀 땅에 안개가 촉촉이 내려서, 개미 보초병은 철모챙 아래로 날카로운 시선으로 주위를 살펴보고, 파랗게 물든 넓은 고사리 숲 앞을 이곳저곳분주하게 다니고 있습니다.
　저쪽에서 한 마리의 개미 병사가 부들부들부들 달려옵니다.
　"멈춰, 누구냐!"
　"제128연대의 전령!"
　"어디가!"
　"제50연대 연대본부!"
　보초병은 긴 총을 상대의 가슴에 비스듬히 겨눈 채, 그 눈빛이나 턱의 모양, 그리고 웃옷 소매의 모양이나 구두의 상태를 하나하나 자세히 살펴봅니다.
　"좋아, 통과!"
　전령은 바쁘게 고사리 숲 안쪽으로 들어갔습니다.
　안갯방울은 점점 작고 작아져서, 이제는 이미 옅은 우윳빛 연기로 바뀌었고, 풀이나 나무가 물을 빨아올리는 소리는 이쪽이나 저쪽이나 바쁘게 들려왔습니다. 아무리 보초병이라고 해도 결국 졸려서 비틀거립니다.
　두 마리의 개미 아이들이 손을 잡고, 뭔가 몹시 웃으면서 다가왔습니다. 그리고 갑자기 저편의 졸참나무 아래를 보고 깜짝 놀라 멈춰 섰습니다.
　"앗, 저건 뭐지? 저런 곳에 하얀 집이 생겼어."
　"집이 아니라 산이다."
　"어제는 없었어."

"군인아저씨한테 물어보자."

"좋아."

두 마리의 개미는 달립니다.

"군인아저씨, 저기 있는 건 뭐야?"

"뭐야, 시끄럽다. 돌아가."

"군인아저씨, 졸고 있었지? 저기 있는 건 뭐야?"

"시끄럽다니까, 뭐 말이냐, 이런!"

"어제는 저런 게 없었어."

"이런, 큰일이다. 어이, 너희들은 어린이지만, 이럴 때는 훌륭하게 다른 사람들에게 도움이 될 수 있겠지? 잘 들어라. 너는 이 숲을 들어가서 아루킬 중령님을 뵈어라, 그리고 너는 더 달려가서 육지측량부까지 가는 거다. 그리고 둘 다 이렇게 말하도록 해라. 북위25도 동경6리의 위치에, 목적을 알 수 없는 거대한 공사가 생겼습니다. 둘 모두, 한번 말해 봐라."

"북위25도 동경6리의 위치에 목적을 알 수 없는 거대한 공사가 생겼습니다."

"그래. 그럼 빨리, 그동안 난 절대로 이곳을 벗어나지 않을테니."

개미 어린이들은 재빠르게 달려갔습니다.

보초는 검을 잡고, 지그시 그 새하얗고 굵은 기둥의, 커다란 지붕이 있는 공사를 노려보고 있습니다.

이것은 점점 커져가는 것 같습니다. 일단 윤곽이 흐릿하게 하얗게 빛나고 부들부들부들부들 떨리는 것으로도 알 수 있습니다.

갑자기 확 어두워지더니, 그곳의 이끼가 흔들흔들 흔들려서 개미 보초병은 정신없이 머리를 감쌌습니다. 눈을 뜨고 다시 보니, 그 새하얀 건물은 기둥이 부러져서 완전히 쓰러져 있습니다.

개미 어린이들이 양쪽에서 돌아왔습니다.

"군인아저씨. 상관없다고 했어. 저건 버섯이라는 거래. 아무것도 아니래. 아루킬 중령님이 웃었어. 그리고 날 칭찬했어."

"있잖아, 바로 없어진대. 지도에 넣지 않아도 괜찮대. 저런 걸 지도에 넣었다가 지웠다가 하면 육지측량부같은게 백 개 있어도 부족하대. 우와! 완전히 쓰러져버렸네."

"방금 쓰러졌다." 보초병은 겸연쩍게 말했습니다.

"뭐야, 아, 저런 녀석도 나왔어."

저편에 생선 뼈 모양을 한 회색의 이상한 버섯이, 얼빠진 듯이 빛을 내면서 가지가 붙거나 손이 나오거나 하면서 점점 지면에서 올라갑니다. 두 마리의 개미 아이들은, 그것을 가리키며 웃고웃고 웃습니다.

그 때 안개 저편에서, 커다란 붉은 해가 솟아오르고, 고사리도 솔이끼도 갑자기 확 파래지고, 개미 보초병은 다시 삼엄하게 슈나이더식 총검을 남쪽으로 겨눴습니다.

다자이오사무
(太宰治, 1909~1948)

1. 달려라 메로스(走れメロス)

아오모리현(青森縣)에서 대지주의 여섯째아들로 태어나 동경대학 불문과를 중퇴했다. 재학 중에 공산당 운동에 참가했으며 기생출신인 하쓰요(初代)와 동거하면서 긴자에 있는 카페의 여종업원과 동반자살을 시도했으나 여자만 죽었다. 그는 자살방조죄에 처해 평생 지울 수 없는 죄의식으로 살게 된다.

1934년에 발표한 『도게노하나(道化の華)』가 아쿠다가와상(芥川賞)의 차석으로 추천받은 뒤 작가로서의 위치를 굳혔다. 그러나 그 후 마약에 중독되어 정신병원에 입원했고 하쓰요(初代)와 동반자살을 시도했으나 또 미수에 그치고 말았다. 이 사건 후 하쓰요(初代)와 헤어지고 이시하라미요코(石原美代子)와 재혼했다. 이때부터 『후가쿠햣케(富嶽百景)』(1939), 『조세토(女性徒)』(1939) 등 평이하고 안정된 작풍으로 초연한 정신을 견지하면서 『하시레메로스(走れメロス)』(1940)와 같은 아주 짧은 단편도 썼다. 그 뒤 『우다이진사네모토(右大臣實朝)』(1943), 『쓰가루(津輕)』(1944), 『세키베쓰(惜別)』(1945) 등 현대와 고전이 조화된 장편을 왕성한 필력으로 완성시켰다. 대부분의 문인들이 일본군부의 탄압으로 붓을 꺾었으나 다자이오사무(太宰治)는 활기 넘치는 활동으로 많은 명작을 남겼다.

♣ 原題: **走れメロス**

　メロスは激怒した。必ず、かの邪智暴虐(じゃちぼうぎゃく)の王を除かなければならぬと決意した。メロスには政治がわからぬ。メロスは、村の牧人である。笛を吹き、羊と遊んで暮して来た。けれども邪悪に対しては、人一倍に敏感であった。きょう未明メロスは村を出発し、野を越え山越え、十里はなれたこのシラクスの市にやって来た。メロスには父も、母も無い。女房も無い。十六の、内気な妹と二人暮しだ。この妹は、村の或る律気な一牧人を、近々、花婿(はなむこ)として迎える事になっていた。結婚式も間近かなのである。メロスは、それゆえ、花嫁の衣裳やら祝宴の御馳走やらを買いに、はるばる市にやって来たのだ。先ず、その品々を買い集め、それから都の大路をぶらぶら歩いた。メロスには竹馬の友があった。セリヌンティウスである。今は此のシラクスの市で、石工をしている。その友を、これから訪ねてみるつもりなのだ。久しく逢わなかったのだから、訪ねて行くのが楽しみである。歩いているうちにメロスは、まちの様子を怪しく思った。ひっそりしている。もう既に日も落ちて、まちの暗いのは当りまえだが、けれども、なんだか、夜のせいばかりでは無く、市全体が、やけに寂しい。のんきなメロスも、だんだん不安になって来た。路で逢った若い衆をつかまえて、何かあったのか、二年まえに此の市に来たときは、夜でも皆が歌をうたって、まちは賑やかであった筈はずだが、と質問した。若い衆は、首を振って答えなかった。しばらく歩いて老爺(ろうや)に逢い、こんどはもっと、語勢を強くして質問した。老爺は答えなかった。メロスは両手で老爺のからだをゆすぶって質問を重ねた。老爺は、あたりをはばかる

低声で、わずか答えた。
「王様は、人を殺します。」
「なぜ殺すのだ。」
「悪心を抱いている、というのですが、誰もそんな、悪心を持っては居りませぬ。」
「たくさんの人を殺したのか。」
「はい、はじめは王様の妹婿さまを。それから、御自身のお世嗣よつぎを。それから、妹さまを。それから、妹さまの御子さまを。それから、皇后さまを。それから、賢臣のアレキス様を。」
「おどろいた。国王は乱心か。」
「いいえ、乱心ではございませぬ。人を、信ずる事が出来ぬ、というのです。このごろは、臣下の心をも、お疑いになり、少しく派手な暮しをしている者には、人質ひとりずつ差し出すことを命じて居ります。御命令を拒めば十字架にかけられて、殺されます。きょうは、六人殺されました。」
聞いて、メロスは激怒した。「あきれた王だ。生かして置けぬ。」
メロスは、単純な男であった。買い物を、背負ったままで、のそのそ王城にはいって行った。たちまち彼は、巡邏（じゅんら）の警吏に捕縛された。調べられて、メロスの懐中からは短剣が出て来たので、騒ぎが大きくなってしまった。メロスは、王の前に引き出された。
「この短刀で何をするつもりであったか。言え！」暴君ディオニスは静かに、けれども威厳を以もって問いつめた。その王の顔は蒼白そうはくで、眉間（みけん）の皺（しわ）は、刻み込まれたように深かった。
「市を暴君の手から救うのだ。」とメロスは悪びれずに答えた。
「おまえがか？」王は、憫笑（びんしょう）した。「仕方の無いやつじゃ。おまえには、わしの孤独がわからぬ。」

「言うな！」とメロスは、いきり立って反駁はんばくした。「人の心を疑うのは、最も恥ずべき悪徳だ。王は、民の忠誠をさえ疑って居られる。」

「疑うのが、正当の心構えなのだと、わしに教えてくれたのは、おまえたちだ。人の心は、あてにならない。人間は、もともと私慾のかたまりさ。信じては、ならぬ。」暴君は落着いて呟つぶやき、ほっと溜息をついた。「わしだって、平和を望んでいるのだが。」

「なんの為の平和だ。自分の地位を守る為か。」こんどはメロスが嘲笑した。「罪の無い人を殺して、何が平和だ。」

「だまれ、下賤(げせん)の者。」

王は、さっと顔を挙げて報いた。

「口では、どんな清らかな事でも言える。わしには、人の腹綿の奥底が見え透いてならぬ。おまえだって、いまに、磔(はり)つけになってから、泣いてわびたって聞かぬぞ。」

「ああ、王は悧巧(りこう)だ。うぬぼれているがよい。私は、ちゃんと死ぬる覚悟で居るのに。命乞いなど決してしない。ただ、——」と言いかけて、メロスは足もとに視線を落し瞬時ためらい、「ただ、私に情をかけたいつもりなら、処刑までに三日間の日限を与えて下さい。たった一人の妹に、亭主を持たせてやりたいのです。三日のうちに、私は村で結婚式を挙げさせ、必ず、ここへ帰って来ます。」

「ばかな。」と暴君は、しわがれた声で低く笑った。「とんでもない嘘を言うわい。逃がした小鳥が帰って来るというのか。」

「そうです。帰って来るのです。」メロスは必死で言い張った。「私は約束を守ります。私を、三日間だけ許して下さい。妹が、私の帰りを待っているのだ。そんなに私を信じられないならば、よろしい、この市にセリヌンティウスという石工がいます。私の無二の友人だ。あれを、

人質としてここに置いて行こう。私が逃げてしまって、三日目の日暮まで、ここに帰って来なかったら、あの友人を絞め殺して下さい。たのむ、そうして下さい。」

　それを聞いて王は、残虐な気持で、そっとほくそえんだ。生意気なことを言うわい。どうせ帰って来ないにきまっている。この嘘つきにだまされた振りして、放してやるのも面白い。そうして身代りの男を、三日目に殺してやるのも気味がいい。人は、これだから信じられぬと、わしは悲しい顔して、その身代りの男を磔刑に処してやるのだ。世の中の、正直者とかいう奴輩（やつばら）にうんと見せつけてやりたいものさ。

　「願いを、聞いた。その身代りを呼ぶがよい。三日目には日没までに帰って来い。おくれたら、その身代りを、きっと殺すぞ。ちょっとおくれて来るがいい。おまえの罪は、永遠にゆるしてやろうぞ。」

　「なに、何をおっしゃる。」

　「はは。いのちが大事だったら、おくれて来い。おまえの心は、わかっているぞ。」

　メロスは口惜しく、じだんだ踏んだ。ものも言いたくなくなった。

　竹馬の友、セリヌンティウスは、深夜、王城に召された。暴君ディオニスの面前で、よき友と佳き友は、二年ぶりで相逢うた。メロスは、友に一切の事情を語った。セリヌンティウスは無言でうなずき、メロスをひしと抱きしめた。友と友の間は、それでよかった。セリヌンティウスは、縄打たれた。メロスは、すぐに出発した。初夏、満天の星である。

　メロスはその夜、一睡もせず十里の路を急ぎに急いで、村へ到着したのは、あくる日の午前、陽は既に高く昇って、村人たちは野に出て仕事をはじめていた。メロスの十六の妹も、きょうは兄の代りに羊群の番をしていた。よろめいて歩いて来る兄の、疲労困憊（こんぱい）の姿を見つけて驚いた。そうして、うるさく兄に質問を浴びせた。

「なんでも無い。」メロスは無理に笑おうと努めた。「市に用事を残して来た。またすぐ市に行かなければならぬ。あす、おまえの結婚式を挙げる。早いほうがよかろう。」

妹は頬をあからめた。

「うれしいか。きれいな衣裳も買って来た。さあ、これから行って、村の人たちに知らせて来い。結婚式は、あすだと。」

メロスは、また、よろよろと歩き出し、家へ帰って神々の祭壇を飾り、祝宴の席を調え、間もなく床に倒れ伏し、呼吸もせぬくらいの深い眠りに落ちてしまった。

眼が覚めたのは夜だった。メロスは起きてすぐ、花婿の家を訪れた。そうして、少し事情があるから、結婚式を明日にしてくれ、と頼んだ。婿の牧人は驚き、それはいけない、こちらには未だ何の仕度も出来ていない、葡萄(ぶどう)の季節まで待ってくれ、と答えた。メロスは、待つことは出来ぬ、どうか明日にしてくれ給え、と更に押してたのんだ。婿の牧人も頑強であった。なかなか承諾してくれない。夜明けまで議論をつづけて、やっと、どうにか婿をなだめ、すかして、説き伏せた。結婚式は、真昼に行われた。新郎新婦の、神々への宣誓が済んだころ、黒雲が空を覆い、ぽつりぽつり雨が降り出し、やがて車軸を流すような大雨となった。祝宴に列席していた村人たちは、何か不吉なものを感じたが、それでも、めいめい気持を引きたて、狭い家の中で、むんむん蒸し暑いのも怺こらえ、陽気に歌をうたい、手を拍うった。メロスも、満面に喜色を湛たたえ、しばらくは、王とのあの約束をさえ忘れていた。祝宴は、夜に入っていよいよ乱れ華やかになり、人々は、外の豪雨を全く気にしなくなった。メロスは、一生このままここにいたい、と思った。この佳い人たちと生涯暮して行きたいと願ったが、いまは、自分のからだで、自分のものでは無い。ままならぬ事である。メロスは、わが身に

鞭打ち、ついに出発を決意した。あすの日没までには、まだ十分の時が在る。ちょっと一眠りして、それからすぐに出発しよう、と考えた。その頃には、雨も小降りになっていよう。少しでも永くこの家に愚図愚図とどまっていたかった。メロスほどの男にも、やはり未練の情というものは在る。今宵呆然、歓喜に酔っているらしい花嫁に近寄り、

「おめでとう。私は疲れてしまったから、ちょっとご免こうむって眠りたい。眼が覚めたら、すぐに市に出かける。大切な用事があるのだ。私がいなくても、もうおまえには優しい亭主があるのだから、決して寂しい事は無い。おまえの兄の、一ばんきらいなものは、人を疑う事と、それから、嘘をつく事だ。おまえも、それは、知っているね。亭主との間に、どんな秘密でも作ってはならぬ。おまえに言いたいのは、それだけだ。おまえの兄は、たぶん偉い男なのだから、おまえもその誇りを持っていろ。」

花嫁は、夢見心地でうなずいた。メロスは、それから花婿の肩をたたいて、

「仕度の無いのはお互さまさ。私の家にも、宝といっては、妹と羊だけだ。他には、何も無い。全部あげよう。もう一つ、メロスの弟になったことを誇ってくれ。」

花婿はもみ手して、てれていた。メロスは笑って村人たちにも会釈(えしゃく)して、宴席から立ち去り、羊小屋にもぐり込んで、死んだように深く眠った。

眼が覚めたのは翌る日の薄明の頃である。メロスは跳ね起き、南無三、寝過したか、いや、まだまだ大丈夫、これからすぐに出発すれば、約束の刻限までには十分間に合う。きょうは是非とも、あの王に、人の信実の存するところを見せてやろう。そうして笑って磔の台に上ってやる。メロスは、悠々と身仕度をはじめた。雨も、いくぶん小降りになっ

ている様子である。身仕度は出来た。さて、メロスは、ぶるんと両腕を大きく振って、雨中、矢の如く走り出た。

　私は、今宵、殺される。殺される為に走るのだ。身代りの友を救う為に走るのだ。王の奸佞(かんねい)邪智を打ち破る為に走るのだ。走らなければならぬ。そうして、私は殺される。若い時から名誉を守れ。さらば、ふるさと。若いメロスは、つらかった。幾度か、立ちどまりそうになった。えい、えいと大声挙げて自身を叱りながら走った。村を出て、野を横切り、森をくぐり抜け、隣村に着いた頃には、雨も止やみ、日は高く昇って、そろそろ暑くなって来た。メロスは額(ひたい)の汗をこぶしで払い、ここまで来れば大丈夫、もはや故郷への未練は無い。妹たちは、きっと佳い夫婦になるだろう。私には、いま、なんの気がかりも無い筈だ。まっすぐに王城に行き着けば、それでよいのだ。そんなに急ぐ必要も無い。ゆっくり歩こう、と持ちまえの呑気(のんき)さを取り返し、好きな小歌をいい声で歌い出した。ぶらぶら歩いて二里行き三里行き、そろそろ全里程の半ばに到達した頃、降って湧わいた災難、メロスの足は、はたと、とまった。見よ、前方の川を。きのうの豪雨で山の水源地は氾濫し、濁流滔々(とうとう)と下流に集り、猛勢一挙に橋を破壊し、どうどうと響きをあげる激流が、木葉微塵(こっぱみじん)に橋桁(はしげた)を跳ね飛ばしていた。彼は茫然と、立ちすくんだ。あちこちと眺めまわし、また、声を限りに呼びたててみたが、繋舟(けいしゅう)は残らず浪に浚さらわれて影なく、渡守りの姿も見えない。流れはいよいよ、ふくれ上り、海のようになっている。メロスは川岸にうずくまり、男泣きに泣きながらゼウスに手を挙げて哀願した。「ああ、鎮しずめたまえ、荒れ狂う流れを！　時は刻々に過ぎて行きます。太陽も既に真昼時です。あれが沈んでしまわぬうちに、王城に行き着くことが出来なかったら、あの佳い友達が、私のために死ぬのです。」

濁流は、メロスの叫びをせせら笑う如く、ますます激しく躍り狂う。浪は浪を呑み、捲き、あおり立て、そうして時は、刻一刻と消えて行く。今はメロスも覚悟した。泳ぎ切るより他に無い。ああ、神々も照覧あれ！　濁流にも負けぬ愛と誠の偉大な力を、いまこそ発揮して見せる。メロスは、ざんぶと流れに飛び込み、百匹の大蛇のようにのた打ち荒れ狂う浪を相手に、必死の闘争を開始した。満身の力を腕にこめて、押し寄せ渦巻き引きずる流れを、なんのこれしきと掻（かき）わけ掻きわけ、めくらめっぽう獅子奮迅の人の子の姿には、神も哀れと思ったか、ついに憐愍（れんびん）を垂れてくれた。押し流されつつも、見事、対岸の樹木の幹に、すがりつく事が出来たのである。ありがたい。メロスは馬のように大きな胴震いを一つして、すぐにまた先きを急いだ。一刻といえども、むだには出来ない。陽は既に西に傾きかけている。ぜいぜい荒い呼吸をしながら峠をのぼり、のぼり切って、ほっとした時、突然、目の前に一隊の山賊が躍り出た。

「待て。」

「何をするのだ。私は陽の沈まぬうちに王城へ行かなければならぬ。放せ。」

「どっこい放さぬ。持ちもの全部を置いて行け。」

「私にはいのちの他には何も無い。その、たった一つの命も、これから王にくれてやるのだ。」

「その、いのちが欲しいのだ。」

「さては、王の命令で、ここで私を待ち伏せしていたのだな。」

　山賊たちは、ものも言わず一斉に棍棒（こんぼう）を振り挙げた。メロスはひょいと、からだを折り曲げ、飛鳥の如く身近かの一人に襲いかかり、その棍棒を奪い取って、

「気の毒だが正義のためだ！」と猛然一撃、たちまち、三人を殴り倒

し、残る者のひるむ隙すきに、さっさと走って峠を下った。一気に峠を駈け降りたが、流石(さすが)に疲労し、折から午後の灼熱しゃくねつの太陽がまともに、かっと照って来て、メロスは幾度となく眩暈めまいを感じ、これではならぬ、と気を取り直しては、よろよろ二、三歩あるいて、ついに、がくりと膝を折った。立ち上る事が出来ぬのだ。天を仰いで、くやし泣きに泣き出した。ああ、あ、濁流を泳ぎ切り、山賊を三人も撃ち倒し韋駄天(いだてん)、ここまで突破して来たメロスよ。真の勇者、メロスよ。今、ここで、疲れ切って動けなくなるとは情無い。愛する友は、おまえを信じたばかりに、やがて殺されなければならぬ。おまえは、稀代(きたい)の不信の人間、まさしく王の思う壺(つぼ)だぞ、と自分を叱ってみるのだが、全身萎なえて、もはや芋虫(いもむし)ほどにも前進かなわぬ。路傍の草原にごろりと寝ころがった。身体疲労すれば、精神も共にやられる。もう、どうでもいいという、勇者に不似合いなふてくされた根性が、心の隅に巣喰った。私は、これほど努力したのだ。約束を破る心は、みじんも無かった。神も照覧、私は精一ぱいに努めて来たのだ。動けなくなるまで走って来たのだ。私は不信の徒では無い。ああ、できる事なら私の胸を截たち割って、真紅の心臓をお目に掛けたい。愛と信実の血液だけで動いているこの心臓を見せてやりたい。けれども私は、この大事な時に、精も根も尽きたのだ。私は、よくよく不幸な男だ。私は、きっと笑われる。私の一家も笑われる。私は友をあざむいた。中途で倒れるのは、はじめから何もしないのと同じ事だ。ああ、もう、どうでもいい。これが、私の定った運命なのかも知れない。セリヌンティウスよ、ゆるしてくれ。君は、いつでも私を信じた。私も君を、欺かなかった。私たちは、本当に佳い友と友であったのだ。いちどだって、暗い疑惑の雲を、お互い胸に宿したことは無かった。いまだって、君は私を無心に待っているだろう。ああ、待っているだろう。あり

がとう、セリヌンティウス。よくも私を信じてくれた。それを思えば、たまらない。友と友の間の信実は、この世で一ばん誇るべき宝なのだからな。セリヌンティウス、私は走ったのだ。君を欺くつもりは、みじんも無かった。信じてくれ！　私は急ぎに急いでここまで来たのだ。濁流を突破した。山賊の囲みからも、するりと抜けて一気に峠を駈け降りて来たのだ。私だから、出来たのだよ。ああ、この上、私に望み給うな。放って置いてくれ。どうでも、いいのだ。私は負けたのだ。だらしが無い。笑ってくれ。王は私に、ちょっとおくれて来い、と耳打ちした。おくれたら、身代りを殺して、私を助けてくれると約束した。私は王の卑劣を憎んだ。けれども、今になってみると、私は王の言うままになっている。私は、おくれて行くだろう。王は、ひとり合点して私を笑い、そうして事も無く私を放免するだろう。そうなったら、私は、死ぬよりつらい。私は、永遠に裏切者だ。地上で最も、不名誉の人種だ。セリヌンティウスよ、私も死ぬぞ。君と一緒に死なせてくれ。君だけは私を信じてくれるにちがい無い。いや、それも私の、ひとりよがりか？　ああ、もういっそ、悪徳者として生き伸びてやろうか。村には私の家が在る。羊も居る。妹夫婦は、まさか私を村から追い出すような事はしないだろう。正義だの、信実だの、愛だの、考えてみれば、くだらない。人を殺して自分が生きる。それが人間世界の定法ではなかったか。ああ、何もかも、ばかばかしい。私は、醜い裏切り者だ。どうとも、勝手にするがよい。やんぬる哉かな。――四肢を投げ出して、うとうと、まどろんでしまった。

　ふと耳に、潺々(せんせん)、水の流れる音が聞えた。そっと頭をもたげ、息を呑んで耳をすました。すぐ足もとで、水が流れているらしい。よろよろ起き上って、見ると、岩の裂目から滾々こんこんと、何か小さくささやきながら清水が湧き出ているのである。その泉に吸い込まれる

ようにメロスは身をかがめた。水を両手ですくって、一くち飲んだ。ほうと長い溜息が出て、夢から覚めたような気がした。歩ける。行こう。肉体の疲労恢復かいふくと共に、わずかながら希望が生れた。義務遂行の希望である。わが身を殺して、名誉を守る希望である。斜陽は赤い光を、樹々の葉に投じ、葉も枝も燃えるばかりに輝いている。日没までには、まだ間がある。私を、待っている人があるのだ。少しも疑わず、静かに期待してくれている人があるのだ。私は、信じられている。私の命なぞは、問題ではない。死んでお詫び、などと気のいい事は言って居られぬ。私は、信頼に報いなければならぬ。いまはただその一事だ。走れ！　メロス。

　私は信頼されている。私は信頼されている。先刻の、あの悪魔の囁きは、あれは夢だ。悪い夢だ。忘れてしまえ。五臓が疲れているときは、ふいとあんな悪い夢を見るものだ。メロス、おまえの恥ではない。やはり、おまえは真の勇者だ。再び立って走れるようになったではないか。ありがたい！　私は、正義の士として死ぬ事が出来るぞ。ああ、陽が沈む。ずんずん沈む。待ってくれ、ゼウスよ。私は生れた時から正直な男であった。正直な男のままにして死なせて下さい。

　路行く人を押しのけ、跳はねとばし、メロスは黒い風のように走った。野原で酒宴の、その宴席のまっただ中を駆け抜け、酒宴の人たちを仰天させ、犬を蹴けとばし、小川を飛び越え、少しずつ沈んでゆく太陽の、十倍も早く走った。一団の旅人と颯さっとすれちがった瞬間、不吉な会話を小耳にはさんだ。「いまごろは、あの男も、磔にかかっているよ。」ああ、その男、その男のために私は、いまこんなに走っているのだ。その男を死なせてはならない。急げ、メロス。おくれてはならぬ。愛と誠の力を、いまこそ知らせてやるがよい。風態なんかは、どうでもいい。メロスは、いまは、ほとんど全裸体であった。呼吸も出来ず、二

度、三度、口から血が噴き出た。見える。はるか向うに小さく、シラクスの市の塔楼が見える。塔楼は、夕陽を受けてきらきら光っている。
　「ああ、メロス様。」うめくような声が、風と共に聞えた。
　「誰だ。」メロスは走りながら尋ねた。
　「フィロストラトスでございます。貴方のお友達セリヌンティウス様の弟子でございます。」その若い石工も、メロスの後について走りながら叫んだ。「もう、駄目でございます。むだでございます。走るのは、やめて下さい。もう、あの方かたをお助けになることは出来ません。」
　「いや、まだ陽は沈まぬ。」
　「ちょうど今、あの方が死刑になるところです。ああ、あなたは遅かった。おうらみ申します。ほんの少し、もうちょっとでも、早かったなら！」
　「いや、まだ陽は沈まぬ。」メロスは胸の張り裂ける思いで、赤く大きい夕陽ばかりを見つめていた。走るより他は無い。
　「やめて下さい。走るのは、やめて下さい。いまはご自分のお命が大事です。あの方は、あなたを信じて居りました。刑場に引き出されても、平気でいました。王様が、さんざんあの方をからかっても、メロスは来ます、とだけ答え、強い信念を持ちつづけている様子でございました。」
　「それだから、走るのだ。信じられているから走るのだ。間に合う、間に合わぬは問題でないのだ。人の命も問題でないのだ。私は、なんだか、もっと恐ろしく大きいものの為に走っているのだ。ついて来い！フィロストラトス。」
　「ああ、あなたは気が狂ったか。それでは、うんと走るがいい。ひょっとしたら、間に合わぬものでもない。走るがいい。」
　言うにや及ぶ。まだ陽は沈まぬ。最後の死力を尽して、メロスは走った。メロスの頭は、からっぽだ。何一つ考えていない。ただ、わけのわ

からぬ大きな力にひきずられて走った。陽は、ゆらゆら地平線に没し、まさに最後の一片の残光も、消えようとした時、メロスは疾風の如く刑場に突入した。間に合った。

「待て。その人を殺してはならぬ。メロスが帰って来た。約束のとおり、いま、帰って来た。」と大声で刑場の群衆にむかって叫んだつもりであったが、のどがつぶれてしわがれた声がかすかに出たばかり、群衆は、ひとりとして彼の到着に気がつかない。すでに磔の柱が高々と立てられ、縄を打たれたセリヌンティウスは、徐々に釣り上げられてゆく。メロスはそれを目撃して最後の勇、先刻、濁流を泳いだように群衆を掻きわけ、掻きわけ、

「私だ、刑吏！ 殺されるのは、私だ。メロスだ。彼を人質にした私は、ここにいる！」と、かすれた声で精一ぱいに叫びながら、ついに磔台に昇り、釣り上げられてゆく友の両足に、かじりついた。群衆は、どよめいた。あっぱれ。ゆるせ、と口々にわめいた。セリヌンティウスの縄は、ほどかれたのである。

「セリヌンティウス。」メロスは眼に涙を浮べて言った。「私を殴れ。ちから一ぱいに頬を殴れ。私は、途中で一度、悪い夢を見た。君が若もし私を殴ってくれなかったら、私は君と抱擁する資格さえ無いのだ。殴れ。」

セリヌンティウスは、すべてを察した様子でうなずき、刑場一ぱいに鳴り響くほど音高くメロスの右頬を殴った。殴ってから優しく微笑(ほほえみ)、

「メロス、私を殴れ。同じくらい音高く私の頬を殴れ。私はこの三日の間、たった一度だけ、ちらと君を疑った。生れて、はじめて君を疑った。君が私を殴ってくれなければ、私は君と抱擁できない。」

メロスは腕に唸りをつけてセリヌンティウスの頬を殴った。

「ありがとう、友よ。」二人同時に言い、ひしと抱き合い、それから嬉し泣きにおいおい声を放って泣いた。

　群衆の中からも、歔欷（きょき）の声が聞えた。暴君ディオニスは、群衆の背後から二人の様を、まじまじと見つめていたが、やがて静かに二人に近づき、顔をあからめて、こう言った。

「おまえらの望みはかなったぞ。おまえらは、わしの心に勝ったのだ。信実とは、決して空虚な妄想ではなかった。どうか、わしをも仲間に入れてくれまいか。どうか、わしの願いを聞き入れて、おまえらの仲間の一人にしてほしい。」

　どっと群衆の間に、歓声が起った。

「万歳、王様万歳。」

　ひとりの少女が、緋のマントをメロスに捧げた。メロスは、まごついた。佳き友は、気をきかせて教えてやった。

「メロス、君は、まっぱだかじゃないか。早くそのマントを着るがいい。この可愛い娘さんは、メロスの裸体を、皆に見られるのが、たまらなく口惜しいのだ。」

　勇者は、ひどく赤面した。

　　　　　　　　　　　　　　（古伝説と、シルレルの詩から。）

1. 달려라 메로스

메로스는 격분했다. 반드시 그 간사하고 포악한 왕을 없애버리리라 결심했다. 메로스는 정치를 모른다. 메로스는 시골의 양치기다. 피리를 불고 양과 어울려 놀면서 살아왔다. 하지만 바르지 못한 일에 대해서는 남달리 민감했다. 오늘 새벽 메로스는 마을을 출발해서 들을 넘고 산을 넘어 10리 떨어진 시라크스 시내에 왔다. 메로스에게는 아버지도 어머니도 없다. 아내도 없다. 16살의 내성적인 누이동생과 둘이서 살고 있다. 이 누이동생은 머지않아 마을의 어느 성실한 양치기를 신랑으로 맞이하기로 되어있다. 결혼식도 얼마 남지 않았다. 그러한 이유로 메로스는 신부의 옷이나 축하연에서 대접할 음식 등을 사러 멀리 떨어진 도시에 온 것이다. 먼저 필요한 물건들을 사 모으고, 도시의 대로를 어슬렁어슬렁 걸어갔다. 메로스에게는 죽마고우가 있었다. 세리눈티우스다. 지금은 이 시라크스 시내에서 석공으로 일하고 있다. 그 친구를 이제부터 찾아갈 작정이었다. 오랫동안 만나지 못했기 때문에 찾아가는 것이 즐거웠다. 걸어가는 동안 메로스는 거리의 모습이 이상하다고 생각했다. 고요했다. 이미 해가 져서 거리가 어두운 것은 당연하지만, 어쩐지 밤의 탓인 것만은 아닌 듯 시내 전체가 몹시 쓸쓸했다. 낙천적인 메로스도 점점 불안해졌다. 길에서 마주친 젊은이를 붙잡고 무슨 일이 있었나, 2년 전에 이 도시에 왔을 때는 밤에도 모두가 노래하고 거리는 떠들썩했었는데, 하고 질문했다. 젊은이는 고개를 저으며 대답하지 않았다. 잠시 걷다가 노인과 마주치자, 이번에는 더욱 어세를 높여 질문했다. 노인 역시 답해주지 않았다. 메로스는 양손으로 노인의 몸을 흔들며 질문을 거듭했다. 노인은 주변을 경계하며 낮은 목소리로 겨우 대답했다.

"임금님은 사람을 죽인다네."

"왜 죽이지요?"

"악심을 품고 있다고 하는데, 아무도 그런 악심을 가지고 있지 않아."

"많은 사람을 죽였나요?"

"그렇다네. 처음에는 임금님의 처남, 다음은 세자, 다음은 누이동생, 다음은 누이동생의 아이, 다음은 왕후, 다음은 충신 아레키스."

"놀랍군요. 국왕은 미쳤나요?"

"아니, 미치지는 않았네. 남을 믿을 수 없다고 하셨다더군. 요즘에는 신하의 마음도 의심하셔서, 조금이라도 호화로운 생활을 하는 자에게는 인질을 한명씩 바치도록 명하셨네. 명령을 거부하면 십자가에 매달려 죽게 돼. 오늘은 여섯 명 죽었다네."

이 말을 들은 메로스는 격노했다.

"기가 막힌 왕이군. 살려둘 수 없어."

메로스는 단순한 남자였다. 산 물건을 등에 짊어진 채 어슬렁어슬렁 성 안으로 들어갔다. 금세 그는 순찰을 돌던 경관에게 체포되었다. 조사과정에서 메로스의 품속에서 단검이 나오는 바람에, 소동이 커지고 말았다. 메로스는 왕의 앞으로 끌려갔다.

"이 단도로 무엇을 할 속셈이었나. 말하라!"

폭군 디오니스는 조용히, 그러나 위엄을 갖추고 물었다. 왕의 얼굴은 창백하고 미간의 주름은 새겨 넣은 것처럼 깊었다.

"도시를 폭군의 손에서 구하려 했소."

메로스는 당당하게 대답했다.

"네놈이?"

왕은 비웃었다.

"별 수 없는 녀석이로군. 네놈 따위가 내 고독함을 모른다."

"닥치시오!"

메로스는 격분하여 반박했다.

"남의 마음을 의심하는 것은 가장 부끄러워해야할 악덕이오. 왕은 백성의 충성조차도 의심하고 있어!"

"의심하는 것이 정당한 마음가짐이라고 내게 가르쳐 준 것은 네놈들이다. 사람의 마음은 믿을 수가 없다. 인간은 원래 욕심 덩어리지. 믿어서는 안 돼."

폭군은 차분하게 중얼거리고 한숨을 쉬었다.

"나 역시도 평화를 바라고 있노라만."

"무엇을 위한 평화란 말이오. 자신의 지위를 지키기 위해서인가?"

이번에는 메로스가 비웃었다.

"죄 없는 사람을 죽이면서 무엇이 평화란 말이오."

"닥쳐라, 천한 것."

왕은 대뜸 고개를 들고 말했다.

"입으로는 어떤 깨끗한 말이라도 할 수 있다. 나에게는 남의 마음속이 환히 들여다보인다. 너는 이제 처형될 테니, 울며 빌어도 듣지 않을 것이니라."

"아, 왕은 간사하구나. 자만하고 있어라. 나는 이미 죽을 각오를 하였으니, 결코 목숨을 구걸하지는 않을 것이다. 다만."

메로스는 발밑에 시선을 떨어트리고 잠시 망설이다 말했다.

"다만, 제게 자비를 베풀 마음이 있으시다면, 처형까지 3일간의 기한을 주십시오. 하나뿐인 누이동생에게 남편을 갖게 해주고 싶습니다. 3일 안에 저는 마을에서 결혼식을 올리게 하고, 반드시 여기에 돌아오겠습니다."

"바보 같구나."

폭군은 쉰 목소리로 낮게 웃었다.

"터무니없는 거짓말을 하는구나. 날아가 버린 새가 돌아올 것이라는 것인가?"

"그렇습니다. 돌아올 것입니다."

메로스는 필사적으로 주장하였다.

"저는 약속을 지킵니다. 저에게 3일간만 시간을 주십시오. 누이동생이 제가 돌아오기를 기다리고 있습니다. 그렇게나 저를 믿을 수 없으시다면, 좋습니다. 이 도시에 세리눈티우스라는 석공이 있습니다. 제 둘도 없는 친구입니다. 그를 이곳에 인질로 두고 가겠습니다. 제가 도망가서 3일째 해질 무렵까지 여기에 돌아오지 않는다면, 그 친구를 대신 죽이십시오. 부탁입니다. 그렇게 해 주십시오."

그 말을 듣고 왕은 잔혹한 기분으로 슬쩍 웃었다. 건방진 소리를 하는구나. 어차피 돌아오지 않을 것이 분명하다. 이 거짓말쟁이에게 속는 셈 치고 풀어주는 것도 재미있겠다. 그렇게 해서 인질이 된 남자를 3일 째에 죽여 버리는 것도 고소할 것이다. 사람은 이래서 믿을 수가 없구나 하고, 나는 슬픈 얼굴로 그 인질이 된 남자를 처형할 것이다. 세상의 정직한 척 하는 녀석들에게 보란 듯이 보여주고 싶구나.

"소원을 들어주마. 그자를 부르라. 3일째 해질녘까지 돌아오도록 하라. 늦는다면 그 인질을 반드시 죽일 것이니라. 조금 늦게 오는 것이 좋을 것이다. 네놈의 죄는 영원히 용서해 주지."

"무, 무슨 말씀을?"

"하하. 목숨이 소중하다면 늦게 오너라. 네놈의 마음은 알고 있으니."

메로스는 분하여 발을 굴렀다. 무슨 말도 할 수 없었다.

죽마고우 세리눈티우스는 늦은 밤 왕성에 불려갔다. 폭군 디오니스의 면전에서 다시없는 좋은 친구들은 2년 만에 상봉했다. 메로스는 친구에게 모든 사정을 이야기했다. 세리눈티우스는 말없이 고개를 끄덕이고 메로스를 꼭 껴안았다. 친구 사이에는 그것으로 충분했다. 세리눈티우스는 포박되었다. 메로스는 곧바로 출발했다. 초여름의 밤하늘에는 별이 가득했다.

메로스는 그날 밤 한숨도 자지 않고 10리 길을 서두르고 서둘러서, 다음 날 오전 마을에 도착하였다. 해는 이미 높이 떠서 마을 사람들은 들에 나갈 준비를 시작하고 있었다. 메로스의 16살 난 누이동생은 오늘 오라비를 대신하여 양떼를 돌보고 있었는데, 비틀거리며 걸어온 오라비의 지친 모습을 보고 놀랐다. 그리고는 귀찮게 오라비에게 질문을 해댔다.

"아무것도 아니야."

메로스는 억지로 웃으려고 노력했다.

"도시에 할 일을 남겨놓고 왔다. 곧 다시 가야만 해. 내일 네 결혼식을 올리도록 하자. 빨리 하는 것이 좋겠지."

누이동생은 볼을 붉혔다.

"기쁘니? 예쁜 옷도 사 왔다. 자, 지금부터 가서 마을 사람들에게 알리고 오렴. 결혼식은 내일이라고."

메로스는 비틀거리며 집에 돌아와 신들을 모신 제단을 장식하고, 축하연 자리를 준비하고, 순식간에 바닥에 쓰러져 숨도 쉬지 않을 정도로 깊은 잠에 빠져들었다.

눈을 뜬 것은 밤이었다. 메로스는 일어나서 바로 신랑의 집을 찾아갔다. 그리고는 조금 사정이 있으니 내일 결혼식을 해 달라고 부탁했다. 신랑이 될 양치기는 놀라며 그렇게는 할 수 없다, 이쪽은 아직 아무 준비도 하지 못했다, 포도가 열릴 계절까지는 기다려달라고 했다. 메로스는 기다릴 수 없다, 부디 내일 결혼해 달라고 거듭 부탁했다. 신랑이 될 양치기도 완강했다. 좀처럼 승낙해 주지 않았다. 새벽녘까지 의논을 계속한 끝에 겨우 어떻게든 신랑은 설득했다. 결혼식은 한낮에 열렸다. 신랑신부가 신들에게

선서를 끝낼 때 쯤, 먹구름이 하늘을 덮고 후드득후드득 비가 오기 시작하더니 이윽고 장대비같이 퍼붓게 되었다. 축하연에 참석한 마을사람들은 왠지 불길함을 느꼈지만 각자 기분을 다독이며 좁은 집 안에서 더위를 버티며 쾌활하게 노래하고 손뼉을 쳤다. 메로스도 얼굴 가득 기쁨을 담고, 잠시 동안은 왕과의 약속을 잊고 있었다. 밤이 되고 축하연은 더욱 즐거워져서 사람들은 바깥의 호우를 전혀 신경 쓰지 않게 되었다. 메로스는 평생 이대로 있고 싶다고 생각했다. 이렇게 좋은 사람들과 평생 함께 살아가고 싶다고 바랐지만, 지금 자신의 몸은 자신만의 것이 아니다. 뜻대로는 되지 않을 터이다. 메로스는 자신에게 채찍질을 하여 마침내 출발할 결심을 하였다. 내일 해가 질 때까지는 아직 시간이 충분하다. 잠깐 한숨 자고 나서 바로 출발하자고 생각했다. 그때쯤이면 비도 잦아들 것이다. 조금이라도 오래 이 집에서 꾸물거리며 머물러 있고 싶었다. 메로스 같은 사나이라도 역시 미련이 남았다. 이 밤, 망연히 환희에 젖어있는 신부에게로 다가갔다.

"축하한다. 미안하지만 나는 많이 지쳤으니 조금 자고 싶구나. 일어나서 바로 도시로 떠날 거야. 중요한 일이 있어. 내가 없더라도 이제 네게는 좋은 남편이 있으니 결코 쓸쓸하지 않을 거야. 이 오라비가 가장 싫어하는 것은 남을 의심하는 것, 그리고 거짓말이다. 너도 알고 있겠지. 남편과의 사이에 어떤 비밀도 만들어서는 안 된다. 네게 말하고 싶은 것은 그것뿐이란다. 네 오라비는 상당히 대단한 사나이였으니, 너도 긍지를 가지고 살아가도록 하렴."

신부는 꿈을 꾸는 것 같은 기분으로 고개를 끄덕였다. 메로스는 신랑의 어깨를 두들겨주었다.

"준비를 못 한 것은 우리도 마찬가지지. 우리 집에 보물이라고 할 만한 것은 누이동생과 양 뿐이야. 그 외엔 아무것도 없어. 전부 주겠네. 부디 메로스의 매제가 된 것을 자랑스럽게 여겨주게."

신랑은 두 손을 모으고 수줍어했다. 메로스는 웃으며 마을사람들과 가볍게 인사하고 축하연 자리를 떠나 양치기용 판잣집에 기어들어갔다. 그리고는 죽은 듯이 깊이 잠들었다.

눈을 뜬 것은 다음 날 해 뜰 즈음이었다. 메로스는 벌떡 일어났다. 늦잠을 자버렸나? 아니야, 아직은 괜찮아. 지금 바로 출발하면 약속한 시각까지는 충분해. 오늘은 꼭 왕에게 사람에게는 진실한 마음이 존재한다는 것을 보여주자. 그리고 웃으며 처형장에 올라가 줄 테다. 메로스는 유유히 준비를 시작했다. 비도 꽤 잦아든 모양이다. 준비는 끝났다. 메로스는 양팔을 크게 휘젓고, 화살처럼 빗속으로 달려 나갔다.

나는 오늘밤 죽는다. 죽기 위해 달리고 있다. 인질이 된 친구를 구하기 위해 달리고 있다. 왕의 간악함과 간사함을 깨뜨리기 위해 달리고 있다. 달려야 한다. 그리고 나는 죽는다. 젊을 때 명예를 지켜라. 작별이다, 고향이여. 젊은 메로스는 괴로웠다. 몇 번인가 멈추어 설 것만 같았다. 에잇, 에잇 하고 크게 소리쳐 자신을 꾸짖으며 달렸다. 마을을 나와 들을 가로지르고 숲을 빠져나와 이웃 마을에 도착했을 무렵에는, 비가 그치고 해도 높이 떠서 슬슬 더워져왔다. 메로스는 주먹으로 이마의 땀을 닦았다. 여기까지 왔으니 괜찮다, 이제 고향에 대한 미련은 없다, 누이동생과 신랑은 분명 좋은 부부가 될 것이다, 내게는 지금 어떤 걱정도 없다, 곧바로 성에 도착하기만 하면 그걸로 충분하다, 그리 서두를 필요 없다, 천천히 걷자 하고 낙천적인 성격을 되찾았다. 좋아하는 노래를 멋진 목소리로 부르기 시작했다. 터벅터벅 걸어서 2리를 가고 3리를 갔다. 슬슬 절반쯤 왔을 무렵, 생각지도 못한 재난이 닥쳐왔다. 메로스는 퍼뜩 멈추었다. 보라, 앞쪽의 냇물을. 어제 내린 호우로 산의 수원지가 범람해서 거센 물살이 하류로 몰려들었다. 맹렬한 기세로 일거에 다리를 파괴하고, 당당히 울리면서 산산조각 난 교각을 튕겨내고 있었다. 그는 망연히 멈춰 섰다. 이리저리 둘러

보고, 힘이 닿는 한 불러도 보았지만 묶여있던 배는 남김없이 파도에 쓸려가서 흔적도 없고, 뱃사공의 모습도 보이지 않는다. 물살은 불어나 마침내 바다처럼 되었다. 메로스는 냇가에 웅크리고는 걱정에 못 이겨 울며 제우스에게 두 손을 들고 애원했다.

"아아, 미친 듯이 거친 이 물결을 진정시켜주십시오! 시간은 계속 흘러가고 있습니다. 태양도 이미 하늘 정중앙에 가까워 졌습니다. 저물어버리기 전에 성에 도착하지 못한다면 그 좋은 친구가 저 때문에 죽고 맙니다."

물살은 메로스의 외침을 비웃듯 점점 격렬하게 춤을 추었다. 파도는 파도를 삼키고, 휘감고, 부추겼다. 그렇게 시간은 계속 사라져갔다. 메로스는 각오를 다졌다. 헤엄쳐 넘을 수밖에 없어. 아아, 신들이여 지켜보소서! 거센 물살에도 지지 않는 사랑과 진실한 마음의 위대한 힘을, 지금이야말로 발휘해 보이겠나이다. 메로스는 물속에 뛰어들어 백 마리의 이무기처럼 요동치는 파도를 상대로 필사적인 투쟁을 시작했다. 소용돌이치는 물살 속에서 온 힘을 팔에 모아 이까짓 일에 지지 않겠다는 다짐으로 돌진했다. 이 모습을 보고 신도 불쌍히 여겼는지, 마침내 연민을 베풀어주었다. 끝도 없이 밀려가기만 하다 건너편 기슭의 나무줄기를 붙잡을 수 있었던 것이다. 감사했다. 메로스는 말처럼 크게 몸을 한번 흔들고는 바로 다시 달렸다. 한시라도 허비할 수 없다. 태양은 이미 서쪽으로 기울어지려고 했다. 거친 호흡을 하며 고개를 올라 마음을 놓았을 때, 갑자기 눈앞에 한 무리의 산적이 뛰쳐나왔다.

"멈춰라!"

"무슨 짓이냐. 나는 해가 지기 전에 성에 가야만 한다. 비켜라!"

"무슨 소리. 놓아주지 않겠다. 가진 것을 전부 내놓고 가라."

"나는 목숨 말고는 아무것도 없다. 그 목숨마저도 곧 왕에게 주어야 한다."

"그 목숨이 필요한 것이다."

"이제 보니 왕의 명령으로 여기서 나를 기다리고 있었던 것이로구나."

산적들은 아무 말 없이 일제히 곤봉을 휘둘렀다. 메로스는 훌쩍 몸을 굽혀 가까이 있는 한명을 덮쳐 곤봉을 빼앗았다.

"미안하지만 정의를 위해서다!"

메로스는 순식간에 세 명을 쓰러트리고, 남은 자들이 기가 꺾인 틈에 재빨리 달려 고개를 내려갔다. 오후의 작열하는 태양이 정면으로 환하게 내리쬐었다. 메로스는 몇 번이고 현기증을 느꼈지만 정신을 다잡고 비틀비틀 두세 걸음 걸었다. 그러나 결국 털썩 무릎을 꿇고 말았다. 일어설 수가 없었다. 하늘을 올려보며 분통을 터뜨렸다. 아아, 아, 거센 물살을 헤엄쳐 나오고, 산적을 셋이나 쓰러트린 달리기꾼, 여기까지 돌파해 온 메로스여. 진정한 용사, 메로스여. 지금 여기서 지쳐 움직일 수 없다면 한심하다. 사랑하는 친구는 너를 믿었기에 죽게 되고 말았다. 너는 세상에 다시 없이 믿을 수 없는 인간, 바로 왕이 생각한 대로구나 하고 자신을 꾸짖었다. 그러나 전신이 쇠약해져서 이제는 애벌레만큼도 앞으로 나아갈 수 없다. 길옆의 풀밭에 벌렁 드러누웠다. 몸이 피로해지면 정신도 약해진다. 이제 아무래도 좋다. 용사에게 어울리지 않는 약한 생각이 마음 한구석에 둥지를 틀었다. 나는 이만큼이나 노력했다. 약속을 어길 마음은 조금도 없었다. 신께서 보셨듯이 나는 힘껏 노력해 왔다. 움직일 수 없게 될 때 까지 달려왔다. 나는 믿을 수 없는 무리가 아니다. 아아, 할 수만 있다면 내 가슴을 열어젖혀서 진홍색 심장을 보여주고 싶다. 사랑과 진실의 혈액만으로 움직이는 이 심장을 보여주고 싶다. 하지만 나는 이 중요한 고비에 기력도 끈기도 다해버렸다. 나는 무척이나 불행한 사나이다. 나는 분명 웃음거리가 될 것이다. 나의 가족도 웃음거리가 될 것이다. 나는 친구를 속였다. 도중에 쓰러지는 것은 처음부터 아무것도 하지 않은 것과 같음이다. 아아, 이젠 아무래도 좋다. 이것이 나에게 정해진 운명일지도 모른다. 세리눈티우스여, 용서해다오. 너는 언제나 나를 믿었다. 나도 너를 속이지 않았다. 우리는 정말 좋은 친구였다. 단 한번이라도 어두운 의혹의 구름을 서로의 가슴에 품은 적은 없었다. 지금도 너는 나를 의심 없이 기다리고 있을 테지. 아아, 기다리고 있을 테지. 고맙다, 세리눈티우스. 용케도 나를 믿어주었다. 그것을 생각하면 견딜 수가 없다. 친구와 친구 사이의 믿음은 이 세상에서 가장 자랑할 만한 보물이니까. 세리눈티우스, 나는 달렸다. 너를 속일 생각은 조금도 없었다. 믿어주게! 나는 서두르고 서둘러서 여기까지 왔다. 거센 물살을 돌파했다. 산적 떼의 위협에서도 훌쩍 빠져나와 단숨에 고개를 내려왔다. 나였기에 할 수 있었다. 아아, 더 이상 나에게 바라지 말아줘. 내버려둬. 아무래도 좋다. 나는 진 것이다. 한심하다. 비웃어다오. 왕은 나에게 조금 늦게 오라고 속삭였다. 늦게 오면 대신 친구를 죽이고 나를 살려주겠다고 약속했다. 나는 왕의 비열함을 증오했다. 하지만 이제 와서 보니 나는 왕이 말하는 대로 되었다. 나는 늦을 것이다. 왕은 제멋대로 나를 비웃고 아무 일도 없었던 것 같이 나를 석방하겠지. 그렇게 된다면 나는 죽는 것보다 괴로워진다. 나는 영원히 배신자다. 지상에서 가장 불명예스러운 인간이다. 세리눈티우스여, 나도 죽겠다. 너와 함께 죽게 해다오. 너만은 나를 믿어줄 것이 틀림없다. 아니, 그것도 나의 독단인가? 아아, 차라리 비겁한 배신자로서 목숨을 부지해볼까. 마을에는 내 집이 있다. 양도 있다. 누이동생 부부는 설마 나를 마을에서 쫓아내지는 않을 테지. 정의다, 믿음이다, 사랑이다 하는 것을 생각해보면 시시하다. 남을 죽이고 자신은 산다. 그것이 인간세계의 법칙이 아니었던가. 아아, 모두 어리석다. 나는 추악한 배신자다. 어떻게 하든지 마음대로 해라. 이제 어쩔 수가 없다. 메로스는 사지를 내뻗고 꾸벅꾸벅 잠시 졸고 말았다.

문득 귀에 졸졸 물 흐르는 소리가 들렸다. 살짝 고개를 들어 숨을 삼키고 귀를 기울였다. 발 옆으로 물이 흐르고 있는 것 같다. 비틀비틀 일어나서 보니, 바위틈에서 조금씩 무언가 작게 속삭이며 맑은 물이 솟아나오고 있다. 그 샘물에 빨려 들어갈 듯이 메로스는 몸을 굽혔다. 물을 양손으로 떠서 한 모금 마셨다. 휴우 하고 긴 한숨을 쉬니 꿈에서 깨어난 것만 같은 기분이 들었다. 걸을 수 있다. 가자. 육체의 피로회복과 함께 가냘프게나마 희망이 솟았다. 의무수행의 희망이다. 내 몸을 죽여서 명예를 지킬 희망이다. 석양은 붉은 빛이 무성한 나무들 잎사귀에 비추고 이파리도 가지도 타는 듯이 빛나고 있다. 해가 질 때까지는 아직 시간이 있다. 나를 기다리는 사람이 있다. 조금도 의심하지 않고 조용히 기다려주는 사람이 있다. 나를 믿고 있다. 내 목숨 따위는 문제가 아니다. 죽어서 사죄한다는 그럴 듯한 말 따위를 하고 있을 수는 없다. 나는 신뢰에 보답해야만 한다. 지금은 단지 그것뿐이다. 달려라! 메로스.

나는 신뢰받고 있다. 나는 신뢰받고 있다. 조금 전 그 악마의 속삭임은, 그것은 꿈이다. 나쁜 꿈이다. 잊어버려라. 온몸이 피곤할 때는 문득 그런 나쁜 꿈을 꿀 법도 하다. 메로스, 네 잘못이 아니다. 역시 너는 진정한 용사다. 다시 일어서 달릴 수 있게 되지 않았는가. 감사하다! 나는 정의의 용사로서 죽을 수 있다. 아아, 해가 저문다. 빨리도 저물어간다. 기다려 주십시오, 제우스여. 저는 태어날 때부터 정직한 사나이였습니다. 정직한 사나이인 채 죽게 해 주십시오.

길 가는 사람을 밀치고 떠밀며 메로스는 검은 바람처럼 달렸다. 들판에서 술자리의 한가운데로 달려들어 사람들을 놀라게 하고, 개를 걷어차고, 시내를 뛰어넘어, 서서히 저물어가는 태양보다 열배나 빠르게 달렸다. 한 무리의 여행자들과 스쳐 지나가던 순간, 불길한 대화를 언뜻 들었다.

"지금쯤은 그 남자도 처형대에 매달려 있겠지."

아아, 그 사나이, 그 사나이를 위해서 나는 지금 이렇게 달리고 있다. 그 사나이를 죽게 해서는 안 된다. 서둘러라, 메로스. 늦어서는 안 된다. 사랑과 진실의 힘을, 지금에야말로 알게 해주어야 한다. 차림새 따위는 아무래도 좋다. 메로스는 이제 거의 알몸이었다. 호흡도 할 수 없고, 두 번 세 번 입에서 피가 쏟아져 나왔다. 보인다. 아득히 먼 저쪽 조그맣게 시라크스의 탑루가 보인다. 탑루는 석양을 받아서 반짝반짝 빛나고 있다.

"아아, 메로스님."

신음하는 듯한 목소리가 바람과 함께 들렸다.

"누구냐?"

메로스는 달리면서 물었다.

"필로스트라트스입니다. 당신의 친구 세리눈티우스님의 제자입니다."

그 젊은 석공도, 메로스의 뒤를 따라 달리면서 외쳤다.

"이미 틀렸습니다. 소용없습니다. 달리는 것은 그만 두세요. 이제 그분을 구할 수 없습니다."

"아니다. 아직 해는 지지 않았다."

"이제 곧 그 분이 사형될 것입니다. 아아, 당신은 늦었습니다. 원망스럽습니다. 아주 조금, 조금이라도 빨랐다면!"

"아니다. 아직 해는 지지 않았다."

메로스는 찢어지는 듯한 가슴을 안고 붉고 큰 석양만을 응시하고 있었다. 달릴 수밖에 없다.

"그만 두십시오. 달리는 것을 그만두세요. 지금은 당신의 목숨이 소중합니다. 그분은 당신을 믿었습니다. 형장에 끌려 나가면서도 태연했습니다. 왕이 아무리 그분을 비웃어도 '메로스는 올 것입니다'라고만 답하며, 줄곧 강한 신념을 지니고 계셨습니다."

"그러니 달리는 것이다. 믿고 있기 때문에 달리는 것이다. 시간 내에 갈 수 있고 없고는 문제가 아니다. 사람의 목숨도 문제가 아니다. 나는 무언가, 더 두렵고 큰 것을 위해서 달리는 것이다. 따라와라! 필로스트라트스."

"아아, 당신은 미쳤는가. 그렇다면 힘껏 달려야 한다. 어쩌면 늦지 않을지도 모른다. 달리시오."

그렇다. 아직 해는 지지 않았다. 최후의 죽을힘을 다해서 메로스는 달렸다. 메로스의 머릿속은 텅 비었다. 아무것도 생각하지 않았다. 단지, 알 수 없는 커다란 힘에 이끌려 달렸다. 해는 한들한들 지평선에 지고, 마지막 한 줄기의 잔광마저 사라지려고 했을 때, 메로스는 질풍처럼 형장에 돌입했다. 늦지 않았다.

"멈춰라. 그 사람을 죽여서는 안 된다. 메로스가 돌아왔다. 약속대로, 지금 돌아왔다."

큰 소리로 형장의 군중을 향해 외쳤지만, 목이 잠겨 쉰 목소리가 약하게 나왔을 뿐, 군중은 한사람도 그의 도착을 알아차리지 못했다. 이미 처형대가 높이 세워지고, 밧줄에 묶인 세리눈티우스는 서서히 끌리어 올라간다. 메로스는 그것을 목격하고는 조금 전 물살을 헤엄친 것처럼 군중을 헤치고, 헤치며 외쳤다.

"나다! 집행관! 죽어야 할 것은 나다. 메로스다. 그를 인질로 내세운 나는 여기에 있다!"

쉰 목소리로 힘껏 외치면서, 마침내 형장에 올라서 처형대 앞에 선 친구의 두 발에 매달렸다. 군중은 술렁거렸다. 장하다, 용서해라 라고 모두가 외쳤다. 세리눈티우스는 밧줄에서 풀려났다.

"세리눈티우스."

메로스는 눈에 눈물을 글썽이며 말했다.

"나를 때려줘. 힘껏 뺨을 때려. 나는 도중에 한번 나쁜 꿈을 꾸었어. 네가 만약 나를 때려주지 않는다면, 나는 너와 포옹할 자격조차 없어. 때려."

세리눈티우스는 모든 것을 알아차린 듯이 끄덕이고, 형장 전체에 울려

퍼질 만큼 크게, 메로스의 오른뺨을 때렸다. 그리고는 부드럽게 미소 지으며 말했다.

"메로스, 나를 때려. 똑같이 내 뺨을 때려. 나는 이 3일간, 딱 한번 잠깐 너를 의심했어. 태어나서 처음으로 너를 의심했어. 네가 나를 때려주지 않으면, 나는 너와 포옹할 수 없어."

메로스는 팔에 힘을 주어 세리눈티우스의 뺨을 때렸다.

"고맙다, 친구여."

둘은 동시에 말하며 꽉 껴안고 기뻐서 엉엉 소리 내어 울었다.

군중들 속에서도 흐느끼는 소리가 들렸다. 폭군 디오니스는 군중의 뒤에서 두 사람의 모습을 물끄러미 보고 있다가 조용히 두 사람에게 다가와서, 얼굴을 붉히며 이렇게 말했다.

"그대들의 바람은 이루어졌다. 그대들이 나를 이겼다. 믿음이란 결코 허무한 망상이 아니었다. 부디 나를 친구로 맞아주지 않겠는가. 제발 내 바람을 들어주게. 그대들과 친구가 되고 싶네."

와아, 하고 군중 사이에서 환성이 일었다.

"만세, 임금님 만세!"

한 소녀가 붉은 망토를 메로스에게 바쳤다. 메로스는 당황했다. 그의 좋은 친구는 그것을 알아챘다.

"메로스, 자네는 발가벗고 있지 않은가. 어서 그 망토를 입는 것이 좋겠네. 이 귀여운 아가씨는 메로스의 나체가 모두에게 보여지는 것이 견딜 수 없이 분한 듯싶네."

용사의 얼굴이 빨갛게 물들었다.

(옛 전설과, 실러의 시에서)

▣ 옮긴이 소개

이기섭(李起燮)
일본중앙대학교 석·박사과정 수료
계명대학교 문학박사
현재 세명대학교 국제언어문화학부 교수

이지은(李知垠)
경북대학교 일어일문학과 졸업
현재 경북대학교 대학원 재학

초판 1쇄 | 2017년 3월 10일
초판 3쇄 | 2021년 2월 20일
옮 긴 이 | 이기섭, 이지은
펴 낸 이 | 권 호 순
펴 낸 곳 | 시간의물레
등   록 | 2004년 6월 5일
주   소 | (03443)서울시 은평구 증산로17길 31, 401호
전   화 | (02)3273-3867
팩   스 | (02)3273-3868
전자우편 | timeofr@naver.com
블 로 그 | http://blog.naver.com/mulretime
홈페이지 | http://www.mulretime.com

ISBN 978-89-6511-183-2 (03830)
정가 18,000원

ⓒ 이기섭, 이지은 2017

* 이 책의 저작권은 저자에게 출판권은 시간의물레에 있습니다.
* 잘못 만들어진 책은 교환해드립니다.